OETINGER TASCHEN BUCH

Marah Woolf wurde 1971 in Sachsen-Anhalt geboren, wo sie auch heute noch mit ihrem Mann und drei Kindern lebt. Sie studierte Geschichte und Politik und erfüllte sich mit der Veröffentlichung ihres ersten Romans 2011 einen großen Traum. Die Arbeit an der MondLichtSaga wurde Ende 2012 abgeschlossen. Seitdem haben sich ihre Bücher als E-Book oder Taschenbuch mehr als eine Million Mal verkauft. Für ihre Recherchen lebte Marah mit ihrer Familie ein komplettes Jahr in Schottland. Unter dem Pseudonym Emma C. Moore schreibt sie außerdem Liebes- und Kurzromane.

Marah Woolf

BOOKLESS

WÖRTER DURCHFLUTEN DIE ZEIT

Oetinger Taschenbuch

Originalausgabe
2. Auflage 2017
© 2017 by Marah Woolf und Oetinger Taschenbuch in der
Verlag Friedrich Oetinger GmbH, Poppenbütteler Chaussee 53,
22397 Hamburg
Alle Rechte vorbehalten
Dieses Werk wurde vermittelt durch die
AVA international GmbH Autoren- und Verlagsagentur, München.
www.ava-international.de
http://marahwoolf.com/
Umschlaggestaltung: Carolin Liepins
Druck: CPI books GmbH, Birkstraße 10, 25917 Leck, Deutschland
ISBN 978-3-8415-0486-9

www.oetinger-taschenbuch.de

FÜR MARCUS,

FÜR GESTERN, HEUTE UND MORGEN

*Dort, wo man Bücher verbrennt,
verbrennt man am Ende auch Menschen.*

Heinrich Heine

PROLOG

Lucy trat durch die Eingangstür des Archivs, deren alte Scharniere zur Begrüßung knarrten. Fest presste sie die Bücher in ihrem Arm an sich. Hier war sie in Sicherheit. Sie atmete auf und wischte sich die Tränenspuren aus dem Gesicht. So schnell es die steilen Stufen zuließen, eilte sie die Treppe hinunter.

In dem schmalen Gang zwischen den Regalen stieg ihr der vertraute Geruch der alten Bücher in die Nase. Aber heute vermochte er sie nicht zu trösten. Wieder rannen ihr Tränen über die Wangen, und sie betete, dass sie das Medaillon finden würde. Es musste auf dem Schreibtisch liegen. Sie durfte es nicht verloren haben.

Eilig hastete sie durch die verzweigten Gänge. Der allgegenwärtige Staub kribbelte ihr in der Nase. Umständlich kramte sie den Schlüssel aus der Jackentasche, bemüht, die Bücher, die sie auf dem Arm balancierte, nicht fallen zu lassen. Nachdem sie ihn gefunden hatte, schloss sie auf und trat ein.

Sie durchquerte den winzigen Raum, legte ihre Last auf dem Schreibtisch ab und knipste die Arbeitslampe an. Dann wühlte sie hektisch zwischen den Papieren, Büchern und Karteikarten, die auf dem winzigen Tisch verstreut herumlagen.

»Verdammt«, stieß sie hervor. Warum fand sie es nicht? Sie bückte sich und kroch unter den Tisch. Immer hektischer wurden ihre Bewegungen. Die Zeit rannte ihr davon. Sie musste weg von hier, bevor sie sie entdeckten. Aber ohne das Schmuckstück konnte sie nicht fort. Verzweifelt sah Lucy sich um. Sie brauchte es zurück. Es war ihr wertvollster Besitz. Alles, was sie hatte. Ihr Blick glitt suchend durch den Raum, der nur in schummrigem Licht lag. Endlich entdeckte Lucy es. Matt schimmernd hing es an der Ecke eines der Bücher, die neben der Tür aufgestapelt lagen. Es hätte nicht viel gefehlt, und die Bücher hätten es unter sich begraben. Aufschluchzend stürzte sie darauf zu, umklammerte das Schmuckstück und strich über das warme Metall der Kette. Hastig versicherte sie sich, dass es unversehrt war. Dann legte sie es sich um den Hals und löschte das Licht. Nie wieder würde sie das Medaillon ablegen, schwor sie sich. Ein letztes Mal sah sie sich um, bevor sie auf den Gang trat. Vermutlich würde sie nicht hierher zurückkehren. Das schlechte Gewissen, die Bücher alleinzulassen, quälte sie. Aber sie hatte keine Wahl. Sie musste fort, und zwar so schnell wie möglich. Ihr blieb nur, zu hoffen, dass die Bücher ihr die überstürzte Flucht verziehen. »Ich werde für euch kämpfen«, wisperte sie in die Stille, ohne zu wissen, was sie eigentlich tun konnte, um zu verhindern, dass noch mehr von ihnen verloren gingen. Sie erhielt keine Antwort. Ein letztes Mal atmete sie den vertrauten Duft der Bücher ein. Dann machte sie sich auf den Rückweg.

Lucy spürte die Veränderung, kaum dass sie einen Fuß zurück in das endlose Labyrinth der Regalreihen gesetzt hatte. Ihr Herz schlug schneller. Furcht kroch durch ihren Körper. Sie durfte nicht die Nerven verlieren. Aufmerksam blickte sie sich um, konnte aber nichts Ungewöhnliches entdecken. Die Bücher schwiegen, und trotzdem wurde sich Lucy ihrer Panik gewahr. Sie wünschte, sie würde die Gefühle der Bücher nicht so stark spüren, die Angst lähmte sie, ohne dass sie den Grund dafür erkennen konnte. Sie konnte sich nicht rühren. Ihr Herz wummerte in ihrer Brust. Die Bücher waren in Gefahr.

Dann hörte sie das Knistern, und im selben Augenblick bekam die Furcht der Bücher einen Duft. Der Geruch alter Bücher verschwand, und ein anderer nahm seinen Platz ein. Als Lucy begriff, was sie da roch, bemerkte sie auch schon den weißen Qualm, der wie Nebel zwischen den Regalen aufstieg. Hypnotisiert starrte Lucy auf das Schauspiel, das sich ihr bot. Wie aus dem Nichts züngelten kleine gelbe Flammen aus den Gängen zu ihrer Linken hervor. Mit jedem Wimpernschlag schienen sie größer und größer zu werden. Ihre Farben wechselten zu einer verwirrenden Mischung von Weiß, Blau und Rot.

Das Archiv brannte. Die Bücher – das Feuer würde sie vernichten. Jedes einzelne von ihnen. Lucy war immer noch wie erstarrt. Dann drangen die Schreie der Bücher an ihr Ohr. Lucy schwankte und griff Halt suchend nach der Wand. Was sollte sie tun? Viel zu schnell fraß das Feuer sich durch das trockene Holz und das uralte Papier. Die Flammen leckten über den Boden, wanden sich um jeden einzelnen Karton, bohrten sich in sein Innerstes und verrichteten ihr zerstörerisches Werk. Beinahe sorgfältig gingen sie dabei vor, als wollten sie verhindern, dass ihnen auch nur ein Buch entging. Der Schatz, der hier so viele Jahre verwahrt und geschützt worden war, ging vor ihren Augen verloren.

»Lauf, Lucy. Rette dich!«, forderten die Bücher plötzlich von ihr. Tausende Stimmen vereinigten sich zu einem Schrei. »Rette uns!«

Die Betäubung fiel von ihr ab, und sie erwachte aus ihrer Starre. Voller Panik hastete sie zurück in das Büro. Sie knipste das Licht wieder an und griff nach dem Telefon. Ihre Hände zitterten so stark, dass ihr der Hörer entglitt und auf den Boden knallte.

Für die Bücher hier unten würde jede Hilfe zu spät kommen, aber der Bestand in den oberen Etagen konnte vielleicht gerettet werden. Sie musste sich nur beeilen. Alles hing jetzt von ihr ab. Sie bückte sich, um den Hörer aufzuheben, und versuchte, das Zittern ihrer Finger zu unterdrücken. Dann wählte sie die Nummer des Infoschalters.

Nichts. Kein Tuten erklang.

Das Telefon war tot.

Wütend schüttelte sie den altersschwachen Apparat und versuchte es noch einmal. Das Gerät gab kein Lebenszeichen von sich. Lucy stöhnte auf. Sie blickte zu den Büchern, die sie vor wenigen Minuten auf ihrem Schreibtisch abgelegt hatte. Wenigstens diese würde sie retten. Sie konnte sie nicht dem Feuer überlassen.

Hastig zog sie ihre Strickjacke von der Lehne des Stuhls, griff nach einer Wasserflasche und goss deren Inhalt über die Wolle. Dann drückte sie sich den feuchten Stoff vor Mund und Nase, nahm die Bücher und umklammerte sie wie einen Rettungsanker.

Das Feuer hatte sich weiter vorgearbeitet. Es breitet sich viel zu schnell aus, schoss es Lucy durch den Kopf, bevor sie losrannte. Sie musste den Weg abkürzen und nach oben gelangen. An der nächsten Kreuzung bog sie rechts ab. Die Bücher in ihrem Arm behinderten sie, aber sie war nicht gewillt, sie den Flammen zu überlassen. Der Weg vor ihr dehnte sich ins Unendliche. Der Rauch nahm ihr erst die Sicht und dann den Atem.

Ein Krachen ertönte vor ihr. Die riesigen Regale wankten und begannen einzustürzen. Das Feuer hatte sich durch die dicken Eichenbretter gefressen, und diese hielten ihm nicht länger stand. Sie drehte sich um und rannte zurück. Zwängte sich zwischen zwei Regale, die so eng beieinanderstanden, dass sie kaum hindurchpasste. Funken stoben durch den Raum, und eine Welle aus Flammen, Schutt und Asche flog auf Lucy zu. Sie versuchte, schneller zu laufen, drängte sich voller Furcht durch die Gänge. Eigentlich hätte sie längst bei der Treppe angekommen sein müssen. Aber sosehr sie sich auch bemühte, in dem Rauch etwas zu erkennen, um sie herum türmten sich nur Regale mit unzähligen Büchern. Verzweifelt sah sie nach oben. Der Buchstabe, der diese Regalreihe markieren sollte, war nicht mehr zu erkennen. Lucy begann zu husten und zu würgen. Was, wenn sie nicht hinausfand?

Sie ließ die feuchte Strickjacke fallen und zerrte mit einer Hand einen der verschlossenen Kartons aus dem Regal. Oben auf dem Deckel war deutlich die Signatur zu lesen. Sie begann mit dem Buchstaben L.

»Verfluchter Mist«, krächzte Lucy in den Lärm des Infernos. Sie hatte sich verlaufen. Zurück konnte sie nicht. Das Feuer war zu nah, und die Hitze brannte auf ihrer Haut. Sie nahm das Buch aus dem Karton, den sie achtlos fallen ließ. Sie konnte es nicht zurücklassen und der Vernichtung preisgeben. Dann rannte sie, so schnell ihre schmerzende Lunge es zuließ, weiter.

Nur Minuten später wurde ihr klar, dass sie völlig die Orientierung verloren hatte. Lucy konnte nicht mehr. Ihr fehlte die Luft zum Atmen. Die Kraft zum Weiterlaufen. Das Feuer schien sie ihres Willens beraubt zu haben. Um sie herum brodelten die Flammen, sie griffen nach allem, was ihnen in die Quere kam, und fraßen es auf. Egal, in welche Richtung sie sich wandte, von allen Seiten stürmte das Feuer auf sie zu. Eine alles vernichtende Armee, die erbarmungslos ihr Werk verrichtete.

Lucy saß in der Falle.

Tränen rannen ihr über die Wangen, und sie versuchte wütend, sie fortzuwischen. Das war sein Werk. Sie hatte ihm vertraut, und er hatte sie verraten. Wütend ballte sie die Fäuste, sie musste die Gedanken an ihn abschütteln. Wenn sie schon starb, sollte ihr letzter Gedanke nicht ihm gelten. Schluchzend verbarg sie ihr Gesicht in den Händen. Langsam rutschte sie, an eines der Regale gelehnt, zu Boden. Mit der linken Hand umfasste sie das Medaillon fester.

»Wir sind bei dir«, flüsterten die Bücher. »Wir lassen dich nicht im Stich. Hab keine Angst.«

Lucy weinte lautlos. An allem war nur sie schuld. Sie wünschte, sie könnte die letzten Wochen ungeschehen machen. Aber eine glühend rote Welle rollte heran und fraß ihre Welt.

Von allen Welten, die der Mensch erschaffen hat, ist die der Bücher die Gewaltigste.

Heinrich Heine

1. KAPITEL
LONDON, EINEN MONAT ZUVOR

Lucy rannte die Treppe zur Bibliothek hinauf und schob sich immer noch keuchend durch die Eingangstüren und den winzigen Vorraum. Unvermittelt sah sie in das missmutige Gesicht von Mr Barnes, dem Direktor der London Library. Er hatte sich im Empfangsbereich aufgebaut und die Arme hinter dem Rücken verschränkt. Sein Fuß wippte ungeduldig auf und ab.

»Miss Guardian«, begann er seine Litanei. »Ich weiß nicht, was ich mit Ihnen anstellen soll. Was ist so schwierig daran, pünktlich an seinem Arbeitsplatz zu erscheinen? Ihnen muss doch klar sein, dass eine Menge anderer Schülerinnen für dieses Praktikum Schlange stehen. Ich weiß nicht, wie lange ich Sie unter diesen Umständen noch beschäftigen kann. Sicher möchten Sie nicht, dass ich mich bei Ihrem Tutor am College beschwere?«

Lucy hätte am liebsten die Augen verdreht. Sie kannte diese Predigt mittlerweile fast auswendig. Ihr Blick schweifte zum Empfangstresen, hinter dem sich ihre Freundin Marie gerade in haargenau der gleichen Pose wie Mr Barnes aufbaute und flüsternd jedes seiner Worte mitsprach. Lucy biss sich in die Wangen, um nicht loszulachen. Es war ihr schleierhaft, wie es Marie gelang, dieses Frettchen so detailgetreu nachzuahmen.

Dummerweise bemerkte Mr Barnes, dass ihre Aufmerksamkeit nicht mehr ihm galt. Aufgebracht fuhr er herum. Dabei verlor er den Halt und wäre sicherlich zu Boden gestürzt, hätte Lucy ihn nicht festgehalten.

Um ihn von Marie abzulenken, plapperte sie einfach drauflos: »Mr Barnes, ich verspreche hoch und heilig, dass es das letzte Mal ist, dass ich zu spät komme. Aber sehen Sie«, Lucy versuchte einen Augenaufschlag, der gründlich misslang und lediglich dazu führte, dass Mr Barnes seine buschigen Augenbrauen zusammenzog, »ich musste letzte Nacht dieses Referat vorbereiten, über Perikles. Ich habe Ihnen doch davon erzählt. Ich habe die halbe Nacht daran gearbeitet, und es ist wirklich gut geworden. Leider bin ich deshalb viel zu spät ins Bett gegangen, und dann habe ich zu allem Überfluss vergessen, meinen Wecker zu stellen. Ich war einfach todmüde.«

»Ja, ja. Um eine Ausrede sind Sie nie verlegen. Das war Ihre letzte Verwarnung. Damit das klar ist«, knurrte Mr Barnes, drehte sich um und lief vor sich hin grummelnd zurück in sein Büro. Lucy atmete tief durch und ging zu Marie, die sich hinter dem Empfangstresen so unsichtbar wie möglich machte.

»Du hast mich gerettet«, stöhnte ihre Freundin, als Lucy neben ihr auftauchte und ihr einen Kuss auf die Wange gab.

»Diesmal war es echt knapp«, bestätigte Lucy. »Du solltest deine schauspielerischen Talente irgendwo anders ausleben.«

Marie sah sie zerknirscht an. »Ich weiß«, sagte sie. »Aber ich kann einfach nicht anders. Es reizt mich immer wieder.« Die Mädchen kicherten.

»Weshalb bist du wirklich zu spät?«, fragte Marie.

»Das Übliche.« Lucy zuckte mit den Achseln. »Keine Ahnung, wie andere Leute das schaffen. Ich stehe rechtzeitig auf, und trotzdem scheint meine Zeit schneller zu vergehen. Egal, was ich anstelle – ich komme zu spät.«

Marie verschränkte ihre Arme und sah sie herausfordernd an. »Du hast in der U-Bahn gelesen.«

Lucy schüttelte den Kopf.

»Du hast die richtige Haltestelle verpasst«, setzte Marie hinzu.

Wieder schüttelte Lucy protestierend den Kopf.

»Zeig deine Tasche«, forderte Marie und winkte mit der rechten Hand. Lucy kniff die Augen zusammen.

»Ich habe also recht«, triumphierte ihre Freundin und zog ein Buch aus der Tasche. »Wie oft habe ich dir gesagt: Lass die Dinger zu Hause. Beinahe jeden Morgen verpasst du deine Station. Und dann kommst du wie ein abgehetztes Kaninchen hier an. Wie deine Haare wieder aussehen.« Marie angelte eine Haarbürste aus einem Schubfach ihres Schreibtisches. »Bring das in Ordnung.«

»Sieht doch sowieso keiner.«

»Nur weil du nur Bücher im Kopf hast, bedeutet das noch lange nicht, dass es anderen Leuten auch so geht. Glaub mir, es gibt durchaus ein paar Typen, die sich nach dir umdrehen würden, wenn du dein Gesicht nicht ständig zwischen bedruckten Seiten verstecken würdest.«

Ein älterer Herr trat an den Tresen und legte seinen Ausweis vor. Sein Haar war fast weiß, und die Haut seiner Wangen fiel faltig über seine Kieferknochen.

Marie nickte ihm zu und betätigte die Schranke, die ins Innere der Bibliothek führte.

»Meinst du so einen Vertreter des anderen Geschlechts?«, fragte Lucy aufmüpfig. »Da laufe ich lieber mit Haaren herum, die aussehen wie ein Vogelnest. Und überhaupt, wenn du nicht immer bei Chris schlafen würdest, dann könnten wir zusammen zur Bibliothek fahren und ich wäre pünktlich«, protestierte Lucy noch, als Marie sie längst in Richtung Toilette schob.

»Das könnte dir so passen«, erwiderte sie. »Chris und ich sind in seiner Wohnung viel besser aufgehoben. Da können wir machen, was wir wollen. Aber davon verstehst du Küken nichts.«

»Du bist heute wieder sehr witzig«, brauste Lucy auf, sprach aber nur noch mit der Toilettentür. Marie war gerade mal ein paar Monate älter als sie. Und nur weil sie einen festen Freund hatte, brauchte sie sich gar nicht einbilden, ihr Vorschriften machen zu können. Sie betrachtete ihre Frisur im Spiegel. Zugegebenermaßen sah sie ziemlich zerzaust aus. Allerdings würde die Bürste da nicht helfen. Diese Haare waren sozusagen ihr Schicksal.

Lucy war gerade dabei, im Lesesaal Bücher einzusortieren, als Marie hereingeschlichen kam. »Du sollst zu Mr Barnes kommen. Sofort«, flüsterte sie.

»Hat er gesagt, was er will?« Er würde sie doch nicht ernsthaft feuern, oder? Wie sollte sie das ihrem Tutor erklären? So schnell würde sie keinen neuen Praktikumsplatz finden, und den brauchte sie, sonst konnte sie eine gute Note vergessen. Sie war so froh gewesen, dass Marie ihr die Stelle in der Bibliothek besorgt hatte, und nun hatte sie es vermasselt. Mist.

»Mir hat er nichts verraten.« Aufmunternd klopfte ihre Freundin ihr auf die Schulter.

Lucy trottete den Flur zum Büro des Direktors entlang. Vielleicht konnte sie ihn noch umstimmen. Sie könnte sich ein paar Tränchen rausdrücken und an sein Mitleid appellieren. Allerdings bezweifelte sie, dass es helfen würde. Vor einer der alten hohen Holztüren, die den Flur säumten, blieb sie stehen und klopfte. Da Lucy nicht hören konnte, ob sie zum Eintreten aufgefordert wurde, drückte sie die Türklinke hinunter. Vorsichtig steckte sie ihren Kopf durch den Spalt.

Mr Barnes thronte hinter seinem riesigen Schreibtisch und hatte den Kopf über ein Dokument gebeugt, sodass das Einzige, was Lucy von ihm sehen konnte, seine Glatze war. Nervös trat sie ein und hauchte ein Hallo. Ein bisschen Unterwürfigkeit konnte ja nicht schaden.

Der Bibliotheksdirektor ignorierte ihre Begrüßung und schrieb eifrig weiter. Erst nach einer ganzen Weile, in der Lucy von einem Fuß auf den anderen getrippelt war, sah er auf und bedeutete ihr, vor ihm Platz zu nehmen.

Er selbst stand auf, trat neben sie und griff nach Lucys Hand. »Ich war vielleicht ein bisschen harsch zu Ihnen vorhin«, setzte er an. »Dabei war ich auch mal jung.« Er zwinkerte ihr zu. »Meine Mitarbeiterinnen aus dem Lesesaal sind sehr zufrieden mit Ihrer Arbeit. Sie loben Ihren Einsatz sehr.«

Lucy verkniff sich ein Lächeln. Sie machte diese Arbeit wirklich gern. Für sie gab es nichts Schöneres, als Tag für Tag von Büchern umgeben zu sein. Aber er hatte sie sicherlich nicht zu sich gebeten, um sich bei ihr zu entschuldigen. Das passte zu dem Mann genauso wenig wie ein Halloweenkostüm. Bestimmt wollte er irgendwas von ihr. Er ließ ihre Hand los, um sich wieder zu setzen. Verstohlen wischte Lucy die Finger an der Hose ab. Sie fühlten sich feucht an.

»Ich habe Ihnen den Praktikumsplatz gegeben, weil Sie ein hervorragendes Zeugnis haben. Sie belegen deutlich mehr Kurse als Ihre Mitschüler, und natürlich lässt Ihr Schicksal mich nicht kalt.« Er machte eine kunstvolle Pause, aber Lucy wusste bereits, was jetzt kommen würde. »Bestimmt war es nicht leicht, in einem Heim und ohne Eltern aufzuwachsen. Normalerweise gebe ich nur Schülern einen Job, die aus stabilen Verhältnissen kommen. Man weiß ja nie. Wir haben sehr wertvolle Bücher in unserem Bestand.«

Das hatte sie sich alles schon beim Vorstellungsgespräch anhören müssen. Der Mann war ein verbohrter Ignorant.

»Aber ich wollte Ihnen eine Chance geben. Ich dachte, Sie sind deutlich klüger und reifer als Ihre Altersgenossen.«

Sie nickte und hoffte, dass es dankbar aussah. Eigentlich wollte sie lieber brechen. Zu oft schon hatte sie mit solchen Gutmenschen zu tun gehabt.

»Lange Rede, kurzer Sinn. Da die Kolleginnen im Lesesaal Ihnen so gute Referenzen gegeben haben, dürfen Sie ab heute im Archiv arbeiten und Miss Olive unterstützen. Sie ist nicht mehr die Jüngste und braucht Hilfe. Sie möchte ein bisschen kürzertreten. Es ist nicht einfach, stundenlang im Keller zu arbeiten, aber ich bin sicher, Sie schaffen das.«

Wahrscheinlich fand er keine andere Dumme, die er dafür abstellen konnte, vermutete Lucy. Aber ihr sollte es recht sein. »Das wird kein Problem für mich sein«, antwortete sie, als er sie gespannt anstarrte. Hoffentlich erwartete er keine Dankbarkeit.

Mr Barnes grinste zufrieden, nahm wortlos seinen Stift in die Hand und vertiefte sich wieder in seine Unterlagen. Nervös rutschte sie auf ihrem Stuhl hin und her.

»Sie können gehen. Marie soll Sie nach unten begleiten. Richten Sie ihr das aus.« Damit winkte Mr Barnes sie zur Tür hinaus.

»Er hat mich ins Archiv versetzt«, platzte es aus Lucy heraus, als sie am Infoschalter ankam. Ihre Freundin verabschiedete sich von dem Besucher, mit dem sie gerade gesprochen hatte.

»Wie bitte?«

»Er hat mich ins Archiv versetzt«, wiederholte sie. »Ich glaube ja, er hätte mich lieber gefeuert. Ich schwöre, dass ich nie wieder zu spät komme.«

»Ins Archiv?« Marie schüttelte fasungslos den Kopf, und Lucys Herz rutschte ihr in die Hose. Eigentlich fand sie die Aussicht gar nicht so übel, besser, als auf der Straße zu stehen.

»Was ist so schlimm daran? Ist doch nur ein Keller voller Bücher.«

»Da unten spukt es. Hast du noch nichts davon gehört?«, flüsterte Marie zur Erklärung und beugte sich über den Tresen. »Manche von den Angestellten schwören, schon mal ein Gespenst gesehen zu haben. Es würde mich nicht wundern, wenn da das eine oder andere Skelett verstaubt.« Lucy schüttelte ungläubig den Kopf. Sie hatte diese Geschichten als Gruselmärchen abgetan, die den Besuchern der Bibliothek erzählt wurden, um die wöchentlichen Montagsführungen etwas unterhaltsamer zu gestalten. Wer glaubte schon an Geister? Allerdings arbeitete Marie schon länger in der London Library als sie.

»Hast du schon mal eins gesehen?«, hakte sie deshalb nach.

Marie schüttelte den Kopf. »Bist du wahnsinnig? Ich gehe da nur runter, wenn ich unbedingt muss. Miss Olive hat sowieso nicht gern Leute da unten. Sie ist ein bisschen eigenbrötlerisch.«

»Ich glaube erst an Gespenster, wenn ich mal einem begegnet bin«, erklärte Lucy. »Lass uns runtergehen. Ich bin neugierig, wie es da ist.« Sie fragte sich, warum sie nicht längst mal dort gewesen war. Sie arbeitete jetzt seit vier Wochen hier, aber in den Keller hatte es sie einfach noch nie verschlagen. Vor Aufregung kribbelte es in ihrem Bauch.

Lucy folgte Marie, bis diese vor einer hohen Tür stehen blieb. Wunderschöne Schnitzereien verzierten das von der Zeit verblichene Holz. Schon mehr als einmal hatte Lucy die Blumenranken bewundert.

»Das Tor zur Unterwelt«, erklärte Marie ihr und lachte nervös. Zögernd drückte sie die Klinke nach unten, und ein misstönendes Knarren durchbrach die Stille. Gespannt hielt Lucy die Luft an.

Ein dunkler Gang tat sich vor den beiden Mädchen auf, der in die Tiefe führte. Unwillkürlich musste Lucy an mittelalterliche Burgen und Folterkeller denken. Glücklicherweise wurde die steinerne Treppe, wenn auch nur schummrig, von elektrischem Licht erhellt. Nackte Glühbirnen hingen von der Decke herab.

»Keine abgenagten Knochen weit und breit«, flüsterte Lucy ihrer Freundin zu und kicherte.

»Du bist blöd! Du wirst schon noch sehen, was ich meine.« Tapfer betrat Marie die erste Stufe, Lucy blieb ihr dicht auf den Fersen.

Die Luft, die den Gang durch die offene Tür hinunterwehte,

wirbelte winzige Staubpartikel auf, die kurz funkelten, verharrten und dann auf die abgetretenen Steinstufen niedersanken. Lucy stellte sich vor, dass die Luft sie jeden Tag ein Stück weiter nach unten wehte. Sie würden es nie wieder ans Tageslicht schaffen.

Hinter ihnen fiel die Tür mit lautem Getöse ins Schloss. Marie schrie auf, und auch Lucy zuckte zusammen, fing sich aber gleich wieder und lachte auf. »Das war bloß der Wind«, erklärte sie. »Sei nicht so schreckhaft.«

Der skeptische Ausdruck in Maries Augen war nicht zu übersehen. »Wo soll hier Wind herkommen?«

Lucy sparte sich eine Erwiderung. »Wollen wir? Je schneller ich bei Miss Olive bin, um so schneller bist du wieder oben.«

»Stimmt.«

Die Treppe war steil. Um nicht kopfüber hinunterzupurzeln, umfasste Lucy mit einer Hand das Geländer. Es fühlte sich kalt unter ihren Fingern an. Hunderte Hände hatten es im Laufe der Zeit glatt geschliffen.

Als sie den Fuß der Treppe erreichte, rundeten sich ihre Augen vor Erstaunen. Das Gewölbe, das sich vor ihr ausbreitete, schien kein Ende zu nehmen. Links und rechts des Aufgangs erstreckten sich rohe, in das Erdreich versenkte Steinwände. Der Boden bestand aus vom Alter fleckig gewordenen, abgewetzten Steinquadern. Die hohen Bücherborde, die vor ihr aufragten, bogen sich unter ihrer Last. Neugierig trat Lucy an das vorderste Regal heran. Marie griff ihren Arm und zog sie weiter. Sie nahm kaum den Blick von dem Plan, den sie in der Hand hielt und der ihr helfen sollte, sich zu orientieren. Oft konnte sie noch nicht hier unten gewesen sein. Warum hatte Mr Barnes ihr nicht jemanden mitgegeben, der sich hier auskannte? Vermutlich hoffte er, dass sie beide sich verliefen und nie wieder aus diesem Labyrinth herausfanden. Sie würde ein hervorragendes Gespenst abgeben, war sich Lucy sicher. Sie kicherte, und Marie sah sich fragend um. Lucy verzichtete darauf, ihr ihre Zukunftsaussichten mitzuteilen, falls sie den Plan nicht richtig las. Stattdessen folgte sie Marie durch das Gewirr schmaler Gassen. Ihre Aufmerksamkeit wurde zunehmend von den Schätzen, die hier verborgen lagen, in Beschlag genommen. Sie blieb stehen. Marie war so darauf konzentriert, sich nicht zu verlaufen, dass sie gar nicht bemerkte, wie Lucy immer mehr zurückfiel.

Tief sog sie den Duft ein, der ihr aus den Regalen entgegenströmte. Dieser Duft versinnbildlichte alles, was sie an Büchern am meisten liebte. Es war die Erwartung auf ein neues Abenteuer, das sie gefangen nehmen und forttragen würde. Forttragen in Welten, die sie sonst nie erreichen würde. Sie roch die Bäume, aus deren Holz die unzähligen Blätter der Bücher gefertigt waren. Sie roch das Pergament von jahrhundertealten Exemplaren, das aus Lumpen gewonnen worden war. Der Einfallsreichtum der Menschen war unerschöpflich gewesen, wenn es darum gegangen war, Erkenntnisse, Gedanken und Gefühle niederzuschreiben. Der Duft der Farben der Bilder, mit denen die Bücher verziert waren, vermischte sich mit dem dunklen Aroma der ledernen Einbände. Ganz schwach nahm sie den Geruch des Rußes wahr, aus dem früher Tinte hergestellt worden war. Tausende Schreiber und Drucker hatten ihr Leben damit verbracht, diese wertvollen Texte für die Nachwelt zu erhalten. Sie konnte ihr Glück kaum fassen, dass sie diesen Schätzen nun Gesellschaft leisten durfte.

Marie hatte das Ende des Ganges erreicht und bog nach rechts ab. Wenn sie ihre Freundin aus den Augen verlor, würde sie sich hoffnungslos verirren. Die meterlangen Regale durchzogen das komplette Gewölbe, immer wieder unterbrochen von Kreuzungen und Abzweigungen, die einen in eine neue Richtung lockten. Ein Menschenleben würde nicht ausreichen, um all diese Kostbarkeiten auch nur anzusehen, geschweige denn zu lesen.

Betrübt strich sie über ein paar Buchrücken und lief Marie hinterher. Am Ende des Ganges blieb sie stehen und lauschte. Maries Schritte hallten laut durch die Stille. Bestimmt veranstaltete sie diesen Lärm absichtlich, um sich Mut zu machen. Es würde ihr nicht schwerfallen, ihr zu folgen. Wieder richtete sie ihre Aufmerksamkeit auf eins der Regale. Die meisten Bücher standen offen auf ihrem Bord. Nur einige waren, um sie zusätzlich zu schützen, in Kartons verstaut. Ein Buchrücken reihte sich an den nächsten. Sorgfältig mit Signaturen versehen, warteten sie darauf, dass ein Leser sich für sie interessierte. Vorsichtig zog Lucy eines der Bücher aus dem Regal. Sie strich über den Einband und schlug es auf. Staub wirbelte zwischen verblichenen Seiten hervor. Lucys Nase begann zu kribbeln. Sie stellte das Buch zurück und holte ein Taschentuch aus ihrer Hosentasche. Noch einmal strich sie über die Buchrücken, bevor sie sich endgültig daranmachte, Marie zu folgen. Deren Schritte waren verstummt. Lucy sah nach rechts und nach links. Um sie herum erstreckte sich nur das Gewirr der Gänge. Ein mulmiges Gefühl beschlich sie. Wohin war ihre Freundin verschwunden? Allein würde sie hier nie rausfinden. Sie hätte sie nicht aus den Augen lassen dürfen. Gänsehaut breitete sich auf ihren Armen aus. Es war empfindlich kühl hier unten, fiel ihr erst jetzt auf. Sie war viel zu sehr mit den Büchern beschäftigt gewesen. Erleichtert atmete sie auf, als sich ein blonder Lockenkopf zwischen zwei Regalen hervorschob.

»Da bist du ja«, rief Marie mit piepsiger Stimme. »Ich hab schon befürchtet, eins dieser Regale hat dich verschluckt.«

Lucy grinste. »Du hast wirklich Angst hier unten, oder?«

»Findest du es nicht ein bisschen unheimlich?«, fragte Marie zurück, und der Ausdruck auf ihrem Gesicht sprach Bände.

Lucy schüttelte den Kopf. Sie würde nicht zugeben, dass sie sich gerade selbst für eine winzige Sekunde gefürchtet hatte. Hier gab es schließlich nur Bücher, und diese waren schon immer ihre engsten Vertrauten gewesen. Ihr fiel so einiges ein, was ihr Angst machte. Bücher gehörten definitiv nicht dazu.

»Hhmpf«, machte Marie. »Los, komm. Je eher ich wieder oben bin, umso besser.«

Schweigend eilten sie weiter durch die Gänge, bis Marie vor einem kleinen Büro stehen blieb, das sich an eine der steinernen Außenwände schmiegte. Sie öffnete die Tür. Die Kühle, die im Archiv die Bücher schützte, wich einer angenehmen Wärme. Der Raum hatte die Bezeichnung Büro kaum verdient. Zelle wäre angemessener, befand Lucy. Der Eindruck verstärkte sich noch durch die vielen im Raum verteilten Bücherstapel, die es ihr kaum ermöglichten, einen Fuß vor den anderen zu setzen.

Eine altertümliche Lampe brannte auf dem Schreibtisch, der ebenfalls mit Büchern bedeckt war. Nur mit viel gutem Willen würde es möglich sein, dass sie und Miss Olive sich hier gemeinsam reinquetschten. Immerhin gab es zwei Stühle, auch wenn einer davon unter der Last von Büchern fast zusammenbrach.

»Sie ist nicht da«, stellte Marie missmutig fest. »So ein Mist, jetzt müssen wir auch noch nach ihr suchen.«

Lucy tat ihre Freundin leid. Sie würde sie erlösen müssen. Sie wusste längst, dass nur wenige Menschen ihre Vorliebe für die Abgeschiedenheit und die Dunkelheit teilten. Sie war das einzige Kind im Heim gewesen, das sich bei den nächtlichen Mutproben auf den Speicher getraut und es länger als ein paar Minuten dort ausgehalten hatte. Wirklich gefürchtet hatte sie sich nie. Im Gegenteil. Sie wäre glücklich gewesen, wenn ihr wenigstens einmal ein Gespenst über den Weg gelaufen wäre. Aber Fehlanzeige. Vielleicht hatte sie hier mehr Glück. Marie hingegen war eher ein Lichtmensch, das sah man schon an ihrer blonden Lockenmähne und den blauen Augen. Sie traten vor die Tür des kleinen Büros.

»Miss Olive«, begann Marie zu rufen. »Miss Olive. Wo sind Sie?«

Sie erhielten keine Antwort. Marie seufzte auf.

»Ich kann sie auch allein suchen«, schlug Lucy vor. Sie hatte bereits ein paarmal mit Miss Olive gesprochen, wenn diese Bücher in den Lesesaal gebracht hatte, und mochte die alte Dame.

Erleichterung breitete sich auf Maries Gesicht aus, und sie deutete auf die Regalreihen. »Bist du sicher? Ich lasse dir den Plan hier. Eigentlich ist es nicht schwer, sich zurechtzufinden, wenn man das System einmal verstanden hat. Im vorderen Bereich sind die Regale nach dem Alphabet geordnet.« Sie wies auf den Buchstaben E, der das Regal direkt vor ihnen zierte. »Geh nicht zu weit hinein. Hinten wird es deutlich komplizierter. Da findet sich maximal Miss Olive zurecht. Das Archiv ist nicht mehr einheitlich strukturiert. Früher haben die Archivare mit einem System römischer Ziffern gearbeitet, kombiniert mit Buchstaben. Ich glaube nicht, dass Miss Olive so weit nach hinten gegangen ist. Sie wird vermutlich irgendwo in der Nähe Bücher einsortieren.«

Lucys Neugier nahm mit jedem Wort von Marie zu. Ein uneingeweihter Besucher würde sich hoffnungslos verirren, aber sie würde jeden einzelnen Gang erkunden.

»Das System, nach dem hier mal alles geordnet war, ist im Laufe der Zeit verloren gegangen«, referierte Marie weiter. »Jeder Archivar hat dem Saal seinen Stempel aufgedrückt. Neben dem Hauptraum gibt es viele kleinere und größere Räume, Nischen, manchmal Höhlen, in denen Bücher aufbewahrt werden. Dieses Archiv ist ein Irrgarten, und glaube bloß nicht dieser Legende, dass man immer nach links gehen muss, um einen Ausgang zu finden. Das ist ganz großer Quatsch.« Lucy hörte schon nur noch mit einem Ohr zu. Sie konnte es nicht abwarten, ihre Erkundungen zu beginnen.

Marie stoppte ihren Redefluss und sah auf ihre Uhr. »Um halb eins Mittag?«

»Nudeln?«, stellte Lucy die Gegenfrage.

»Nur, wenn ich dich nicht abholen muss.«

Lucy grinste. »Ich komme nach oben, wenn es dir lieber ist.«

»Dafür würde ich dir sogar ein Eis spendieren!«, rief Marie theatralisch und trat bereits den Rückzug an.

»Ich nehme dich beim Wort«, rief Lucy ihrer Freundin hinterher, von der sie wusste, dass sie chronisch knapp bei Kasse war.

Ein Lachen, das in dem Gewölbe nun doch ein bisschen unheimlich klang, schallte zu ihr zurück. Und dann wurde es still. Sehr still.

*Ein Buch muss die Axt sein für
das gefrorene Meer in uns.*

Franz Kafka

2. KAPITEL

Lucy atmete tief ein, band sich ihre rote Lockenmähne zu einem Zopf, warf einen letzten Blick auf den Plan und setzte einen Fuß in Gang F. Im Grunde war es egal, wo sie mit der Suche begann. Erst mal würde sie sich ganz in Ruhe umsehen.

Die Kuppel, die sich über ihr wölbte, war mit verblichenen Ornamenten verziert. Kein Besucher der oberirdischen Stockwerke würde unter seinen Füßen etwas derart Kunstvolles vermuten. Früher mussten die Zeichnungen in allen Farben des Regenbogens geleuchtet haben. Jetzt war nur noch an wenigen Stellen die einstige Pracht zu erahnen. Die Atmosphäre des Saales hüllte Lucy ein und legte sich um sie. Während Marie so schnell wie möglich an die Oberfläche flüchtete, kam es Lucy vor, als sei sie jetzt erst richtig angekommen.

Sie wagte einen weiteren Schritt in den Gang hinein. Ihre Finger glitten über die schmalen Kisten, in denen die älteren Bücher verstaut waren. Manche davon waren mit Seidenstoffen überzogen, die oft bereits durchscheinend wirkten. Andere waren kunstvoll bemalt. Die meisten waren recht zweckmäßig mit Kanten aus Metall und einem kleinen Schild an der Vorderseite versehen, auf dem der Name des Buches stand. Lucys Fingerspitzen kribbelten vor Verlangen, in einen der Kartons zu schauen. Aber sie war sich nicht sicher, ob das erlaubt war. Sie war allerdings immer der Meinung gewesen, dass Bücher Gesellschaft brauchten. Ließ man sie zu lange allein, wurden sie schwermütig. Für sie besaßen Bücher eine eigene Persönlichkeit. Mal waren sie liebenswürdig und friedlich, mal störrisch und eitel. Einem Buch musste man auf behutsame Weise begegnen, damit es seine Geheimnisse preisgab und den Leser in seine Welt ließ.

Das Licht der nackten Glühbirne über ihr flackerte kurz. Lucy lief die paar Schritte zurück und entdeckte in einer Nische neben der Bürotür eine Taschenlampe. Sie griff danach und probierte, ob sie funktionierte. Jetzt konnte es losgehen. Ohne noch einmal zurückzuschauen, drang sie tiefer und tiefer in das Labyrinth ein. Miss Olive entdeckte sie nirgends. Sie war mutterseelenallein mit Tausenden Büchern.

Das Deckenlicht flackerte hier hinten deutlich stärker. Dann erlosch es für eine Sekunde ganz. Lucy umklammerte die Taschenlampe und beglückwünschte sich, dass sie sie mitgenommen hatte. Offenbar war sie an einer Stelle angelangt, an der die Lampen nicht so regelmäßig gewartet wurden wie im vorderen Bereich. Marie hatte sie zwar gewarnt, sich nicht zu tief vorzuwagen. Doch sie konnte nicht umkehren. Die dunklen Gänge übten eine Anziehungskraft auf sie aus, der sie sich nicht entziehen konnte. Sie blieb stehen, unschlüssig, ob sie weitergehen oder sich lieber auf den Rückweg machen sollte.

In diesem Moment drang ein Geräusch an ihr Ohr, und direkt über ihr gab eine Lampe endgültig ihren Geist auf. Jemand in ihrer Nähe flüsterte ein paar Worte. Sie lauschte angestrengt, aber das Flüstern verstummte. Ob Miss Olive Selbstgespräche führte? Verdenken würde sie es ihr nicht. Schließlich war sie hier zwischen all den Büchern ohne jede Gesellschaft, und das seit Jahren, wenn nicht Jahrzehnten. Lucy hatte sich noch nie Gedanken über das Alter der Archivarin gemacht.

»Miss Olive?«, rief sie. Keine Antwort.

Lucy wartete eine Weile, aber alles blieb still. Bestimmt hatte sie sich das Wispern nur eingebildet. Langsam ging sie weiter, setzte vorsichtig einen Fuß vor den anderen und lauschte in die Stille. Und da war es wieder. Sie hörte es deutlicher als zuvor. Sie verlangsamte ihre Schritte, blieb aber nicht stehen. Dieses Flüstern erinnerte sie an etwas. Etwas, das vor langer Zeit geschehen war.

Lucy hatte Bücher geliebt, seit sie sie auf ihrem Schoß allein hatte halten können. Stundenlang hatte sie zwischen den anderen Kindern im Spielzimmer des Kinderheims gesessen und sich durch die bunten Welten geblättert. Sie mochte nicht mit Puppen oder Autos spielen, sie wollte, dass man ihr vorlas. So wanderte sie von Schoß zu Schoß, und jeder Erzieher, der eine Minute erübrigen konnte, las Lucy vor.

Dann, an ihrem vierten Geburtstag, war es passiert. Sie saß in ihrem Zimmer auf ihrem Bett, und auf ihren Knien ruhte ein neues Buch. Es war *Der selbstsüchtige Riese* von Oscar Wilde. Sie hatte es geschenkt bekommen. Als sie es aufschlug, flüsterte ihr das Buch seine ersten Worte direkt in den Kopf. »Jeden Nachmittag, wenn die Kinder aus der Schule kamen, gingen sie in den Garten des Riesen, um darin zu spielen. Es war ein großer, lieblicher Garten mit weichem grünem Gras.«

Lucy kam es beinahe vor, als wäre es erst gestern gewesen. Sie hatte die Worte nur zu wiederholen brauchen. Seit diesem Tag las sie alles, was sie in die Finger bekam. Seit diesem Tag war sie nie mehr allein. Die Bücher waren zu ihren Freunden und engsten Vertrauten geworden. Alle ihre Abenteuer hatte sie mit ihnen gemeinsam erlebt. Das Flüstern hatte sie nur in ihrem Kopf wahrgenommen. Gewundert hatte sie sich nicht darüber. Sie hatte lange gedacht, dass man so lesen lernte. Erst als sie in die Schule kam, begriff sie, dass dies ganz und gar nicht der normale Weg war.

Madame Moulin, die Leiterin des Heimes, in dem Lucy ihre gesamte Kindheit verbracht hatte, hatte sich nicht erklären können, weshalb ihr Schützling plötzlich lesen konnte. Aber sie hatte schnell begriffen, dass die Bücher im Heim nicht ausreichten, um Lucys Hunger nach Worten zu stillen. Darum war sie mit ihr in die Bibliothek des Dorfes gegangen, und auch dort hatten die Bücher sie auf diese Weise begrüßt. Die Leute im Dorf hatten es seltsam gefunden, dass Lucy mit den Büchern sprach. Einem Kind verzieh man jedoch eine Menge. Als sie älter wurde, hatte sie lernen müssen, dass diese Toleranz schnell nachließ. Um nicht als merkwürdig abgestempelt zu werden, hatte sie aufgehört, mit den Büchern zu reden.

Das Wispern hier im Archiv war ähnlich dem Flüstern in ihrem Kopf, und doch war es anders. Lucy lauschte angestrengt. Die Bücher erzählten nicht einfach ihre Geschichte, es klang viel eher, als unterhielten sie sich miteinander. Aber das war unmöglich. Sie war nicht mehr vier oder fünf Jahre alt. Sie musste sich das einbilden. Oder in Maries Geschichten steckte doch ein Körnchen Wahrheit. Ein pochender Schmerz bohrte sich in ihr Handgelenk, und Lucy zuckte zusammen. Beinahe hätte sie die Taschenlampe fallen gelassen. Sie schob den Ärmel des Pullovers zurück und lugte unter den Pulswärmer, den sie niemals ablegte.

Eine Tätowierung wurde sichtbar. Lucy betrachtete das kleine weiße Buch, das jemand in ihre Haut gestochen hatte, bevor sie als Baby in das Heim gekommen war. Seit Langem schon verbarg sie das Zeichen sorgfältig vor neugierigen Augen. Wenn jemand sie fragte, warum sie den gehäkelten Schutz nicht einmal an heißen Sommertagen ablegte, behauptete sie einfach, dass sie sich als Kind verbrannt und nun eine hässliche Narbe an der Stelle hätte. Gewöhnlich hakten die Leute nicht weiter nach, und das war auch gut so.

Denn an dieser Tätowierung war nichts gewöhnlich. Schon bei ihrem ersten Besuch in der Dorfbibliothek hatte das Zeichen sanft gepocht. Mit vier Jahren hatte sie angenommen, die Bücher würden das Zeichen begrüßen und es antwortete ihnen. Die Umrisse hatten sich gerötet und waren angeschwollen. Lucy hatte es Madame Moulin gezeigt, und diese hatte vorsichtig eine Salbe daraufgestrichen. Einen Tag später hatte sie Lucy einen hellblauen Pulswärmer geschenkt und seitdem jedes Jahr zu ihrem Geburtstag einen neuen. Mittlerweile besaß Lucy eine ganze Sammlung in allen möglichen Farben. Madame Moulin hatte nicht extra sagen müssen, dass Lucy das Mal verbergen sollte. Das hatte sie von ganz allein gewusst. Ansonsten hatte sie versucht, die Tätowierung zu ignorieren.

Nun allerdings brachte diese sich mit Nachdruck in Erinnerung. Sie pochte stärker als je zuvor, und das Wispern um Lucy herum wurde lauter und lauter. Angestrengt versuchte sie, etwas zu verstehen. Doch vergeblich. Und trotzdem wusste sie, dass die Bücher über sie sprachen oder über etwas, das sie betraf. Das Raunen zog sie weiter, tiefer hinein in die dunklen Gänge. Als die Stelle an ihrem Arm zu brennen begann, zuckte Lucy zusammen. Sie zog den Pulswärmer ab und rieb über das Bild. Es half kein bisschen. Sie blieb stehen und leuchtete mit der Taschenlampe auf ihr Handgelenk. Ihre Augen weiteten sich ungläubig. Die Tätowierung verfärbte sich, und das viel stärker, als beim ersten Mal vor so vielen Jahren. Die feinen Schattierungen ließen es normalerweise aussehen wie ein altes gebundenes Buch. Nur eben schneeweiß und ohne Titel. Es war die Arbeit eines Meisters, das war ihr im Laufe der Jahre klar geworden. Nun wurden die zarten Striche leuchtend rot. Das Wispern verstummte schlagartig. Das Buch auf ihrem Arm hämmerte. »Autsch«, entfuhr es Lucy. Sie presste die linke Hand darauf. Die Stille, die sich um sie herum ausbreitete, war unheimlicher als das Wispern. Sie betrachtete die wunderschön verzierten Kartons. Ihr Blick richtete sich wie von selbst auf eine dunkelblaue Kiste, deren Seiten mit roten Ranken dekoriert waren. Die Kanten waren mit metallenen Ecken verstärkt, und an der Vorderseite war ein Schild angebracht. *Emma, Jane Austen,* entzifferte sie die verblichene Schrift und schnappte nach Luft. Sie verehrte die Autorin, seit sie mit zwölf das erste Buch von ihr gelesen hatte. Lucys Mal pulsierte auffordernd. Das Flüstern begann erneut. Und endlich verstand sie, was die Bücher von ihr wollten.

»Öffne es«, forderten sie sie auf.

Meinten sie das im Ernst? Sie hatte nicht mal diese unbequemen Stoffhandschuhe dabei, die anzuziehen Pflicht war, wenn man alte Bücher berührte.

»Bitte«, flehten die unterschiedlichen Stimmen. »Sieh es dir an.«

Lucy hielt ihr Ohr an den Karton. Das Buch darin blieb still. Sollte sie wirklich seine Ruhe stören?

»Tu es«, brummte das Buch, das danebenlehnte. »Ich will endlich wieder meine Ruhe. Dieses Geschrei macht einen ganz närrisch.«

Das musste ein Traum sein, beschloss Lucy. Dass Bücher ihre Worte in ihren Kopf pflanzten, hatte sie immer hingenommen. Dass sie nun laut und deutlich mit ihr sprachen, war doch zu skurril. Aber wenn das ein Traum war, dann wollte sie ihn auch auskosten. Genau das hatte sie sich als Kind doch gewünscht. Beherzt griff sie zu und zog die Kiste aus dem Regal. Sie war schwerer, als sie vermutet hatte. Vorsichtig stellte sie sie auf den Boden und ging auf die Knie. Kälte kroch in ihre Beine. Behutsam öffnete sie den Deckel.

Ihre Hände zitterten vor Aufregung. Sie hatte dieses Buch immer besonders gemocht. Obwohl selbst Jane Austen angeblich einmal gesagt hatte, dass sie mit Emma eine Heldin hatte schaffen wollen, die niemand außer ihr mögen würde. Lucy war das egal gewesen, obwohl Emma schon ein kleines bisschen selbstsüchtig, verwöhnt und arrogant war. Lucy hatte sie um ihre Selbstsicherheit beneidet und natürlich um Mr Knightley. Bei der Erinnerung lächelte sie. Ursprünglich war die Geschichte in drei Bänden erschienen. Vor Lucy lag allerdings ein dicker gebundener Wälzer. Sie strich über den Ledereinband. Das hier war vermutlich ein sehr alter Sammelband. Ihr Herz klopfte vor Aufregung bis zum Hals, als sie das Buch aus dem Karton nahm. Erwartungsvolle Stille umgab sie, als sie den Lederdeckel aufschlug. Fast rechnete sie damit, dass Mr Barnes hinter ihr auftauchte und ihr das Buch aus den Händen riss oder dass sie aufwachte.

Nur mit Mühe hielt sie das unhandliche Werk fest. Nicht auszudenken, wenn es auf den Boden fiel. Die erste Seite war leer. Sie blätterte weiter. Immer schneller. Ungläubig starrte sie auf das ausgeblichene Papier. Da hatte sich wohl jemand einen Scherz erlaubt. Dieses Buch hier war komplett leer. Keine der Seiten enthielt auch nur einen einzigen Buchstaben. Vergilbt und von hellbraunen Schlieren durchzogen lagen sie zwischen den beiden Deckeln. Es fehlten die wundervollen Worte, die Jane Austen einst geschrieben und mit denen sie sich unsterblich gemacht hatte. Viele der Seiten wirkten zerfressen. Erst bei näherer Betrachtung erkannte Lucy, dass auch der Einband unter ihren Fingern zerbröselte. Irgendwer hatte einen Fehler gemacht. Oder auch nicht. Vermutlich war das Originalmanuskript da, wo es hingehörte – in einem Safe oder einem Museum. Sie musste das googeln.

Die Krämpfe kamen so plötzlich und heftig, dass Lucy zusammensackte. In heißen Wellen fluteten sie durch ihren Körper. Sie schnappte nach Luft, kauerte zusammengekrümmt auf dem Boden und versuchte zu lokalisieren, woher der Schmerz kam. In ihrem Kopf pulsierte es, die Tätowierung brannte. Sie kippte zur Seite und presste das Buch an sich. Die Schmerzen wurden unerträglich. Lucy wollte schreien, um Hilfe rufen, aber kein Laut kam über ihre Lippen.

»Sie spürt es«, drangen die Worte eines der Bücher in ihr umnebeltes Hirn.

»Du musst es fortlegen«, riet eine andere Stimme.

Aber Lucy konnte sich nicht bewegen.

»Tue es, sonst wird der Schmerz dich auffressen«, verlangte wieder der dunkle, griesgrämige Bariton. »Dummes Kind«, setzte er hinzu. »Weißt du denn gar nichts?«

Nur ganz langsam begriff Lucy: Es war das Buch, das diesen Schmerz verursachte. Es kämpfte um sein Leben. Der Schmerz des Buches vibrierte durch ihren Körper. Tränen stiegen ihr in die Augen. Mit letzter Kraft legte sie das leere Buch zurück in den Karton und verschloss ihn. Der Schmerz verebbte nur langsam. Ein letztes Mal strich sie zärtlich über den Deckel und schob den Karton an die richtige Stelle zurück. Benommen machte sie sich auf den Rückweg zu dem kleinen Büro. Das war definitiv kein Traum gewesen.

Erschöpft taumelte Lucy aus dem Gang heraus. Hoffentlich war Miss Olive mittlerweile zurückgekommen, wo immer sie auch gewesen sein mochte. Sie musste sie fragen, was es mit dem Buch auf sich hatte. Weshalb ein leeres Buch in dem Karton aufbewahrt wurde. Ein letztes Mal prüfte sie ihre Tätowierung. Sie hatte wieder ihre gewohnte Farbe angenommen und verhielt sich still. Sorgfältig bedeckte sie sie wieder.

Miss Olive saß in ihrem Büro. Sie war sehr klein und zart. Es war schwer vorstellbar, dass diese schmächtige Frau täglich mit Bücherstapeln hantierte. Kein Wunder, dass sie Hilfe brauchte.

Sie sah auf, als Lucy zaghaft an den Rahmen der offenen Tür klopfte.

»Da bist du ja. Mr Barnes hat mir schon heute Morgen angekündigt, dass er dich zu mir schicken würde«, sagte Miss Olive mit klarer Stimme. »Wo warst du? Hast du etwas Interessantes entdeckt?«

Lucy nickte, räusperte sich und sagte dann leise: »Eher etwas Merkwürdiges.«

Fragend musterte Miss Olive sie. »Von den anderen Mitarbeitern traut sich kaum jemand, hier unten allein herumzustreifen, und schon gar nicht in den Regionen, in denen du offenbar unterwegs warst.«

Lucy folgte ihrem Blick und klopfte sich verlegen die Hose ab, die voller Staubflecken und Reste von Spinnenweben war. Viel brachte es nicht.

»Die meisten gruseln sich, weißt du.« Miss Olive lachte und schüttelte den Kopf. »Du bist mutiger. Das dachte ich mir. Ich habe Mr Barnes vorgeschlagen, dass du mir hilfst. Ich will ein bisschen kürzertreten.«

Lucy sah sie verwundert an. »Aber wieso ich?«, stammelte sie.

Miss Olive stand auf und schlängelte sich zwischen den Bücherstapeln hindurch. Selbst wenn man den altmodischen Dutt, zu dem sie ihre grauen Haare hochgesteckt hatte, dazurechnete, reichte sie Lucy gerade bis zu den Schultern, und Lucy war selbst nicht sonderlich groß.

»Du hast etwas an dir, das die Bücher mögen. Ich habe es gleich gespürt, als du oben angefangen hast«, antwortete Miss Olive rätselhaft und zupfte ihr einen Fussel von der Schulter. »Also, was genau hast du entdeckt?«, fragte sie noch mal und rieb sich die kleinen faltigen Hände.

Lucy wollte ihr von dem leeren Buch erzählen. Doch in dem Moment, in dem sie ansetzte, wusste sie nicht mehr, ob ihr ihre

Fantasie nicht doch einen Streich gespielt hatte. Die Bücher hatten sie nicht wirklich mit ihrem Wispern zu dem Karton gelockt und mit ihr gesprochen, oder? Ihre Tätowierung konnte sich nicht tatsächlich so stark verfärben und pulsieren. Sie musste sich das alles eingebildet haben, eine andere Erklärung konnte es nicht geben.

»Nun, was ist? Sag schon. Wir haben nicht ewig Zeit.«

»Es ist *Emma* von Jane Austen«, stotterte Lucy. Der klar war, dass an den Werken von Jane Austen im Grunde nichts merkwürdig war. Jeder einigermaßen gebildete Mensch in England kannte diese Bücher. »Das Buch ist leer«, setzte sie stockend hinzu.

Miss Olive sah sie verständnislos an.

»Vergessen Sie's«, winkte Lucy eilig ab. »Ich hab zu wenig geschlafen letzte Nacht.« Sie ließ sich auf einen Stuhl fallen.

»*Emma?*«, hörte sie Miss Olives Stimme. »Was soll das sein? Jane Austen hat nie ein Buch mit diesem Titel geschrieben. Du musst es mir zeigen.«

Lucys Drehstuhl schwenkte herum, und fassungslos sah sie Miss Olive an.

Am späten Nachmittag ließ Lucy sich auf einen der gepolsterten Sitze der U-Bahn fallen. Sie atmete tief durch, stellte ihren Rucksack neben sich und versuchte zu entspannen.

Sie lebte erst seit ein paar Wochen in London, und erstaunlicherweise gefiel es ihr ganz gut. Heute war allerdings so ein Tag, wo sie sich in das langweilige Dorf zurückwünschte, in dem sie groß geworden war. Zwar ohne Eltern, aber doch sehr behütet. Vielleicht sollte sie Madame Moulin anrufen, überlegte sie, verwarf den Gedanken aber gleich wieder. Die Leiterin des Heimes würde sie bitten, zurückzukommen, und das wollte sie auf keinen Fall. Sie war so glücklich, endlich auf eigenen Füßen zu stehen. Jedenfalls fast. Sie hatte sich ganz allein für das College in London beworben, um dort die restlichen Fächer zu belegen, die sie für den begehrten Studienplatz am King's College brauchte. Und sie hatte sich selbst ein Zimmer in einer Wohngemeinschaft gesucht. Erst nachdem alles geklärt war, hatte sie Madame Moulin gebeten, ihr zu erlauben, nach London zu gehen, und das, obwohl sie erst siebzehn Jahre alt war.

Ihre Ersatzmutter zu überzeugen, war nicht leicht gewesen, obwohl schon Kinder das Heim bereits mit sechzehn Jahren verlassen hatten. Nur wenige blieben bis zum letzten Schuljahr der Highschool. Madame Moulin hatte nie ein großes Aufheben darum gemacht. Sie bereitete ihre Kinder auf ein selbstständiges Leben vor. Das war ihr Leitspruch. Mit ihr hingegen hatte sie wochenlang diskutiert, bis Lucy der Verdacht beschlich, dass es einen Grund gab, warum sie sie nicht nach London gehen lassen wollte. Allerdings hatte sie nicht herausgefunden, was das für ein Grund gewesen sein könnte. Wenn sie sie jetzt anrief, gab sie zu, noch nicht erwachsen genug zu sein, um ihre Probleme allein zu lösen. Zumal kein klar denkender Mensch das Problem ernst nehmen würde. Bücher sprachen nicht.

Trotzdem würde sie gern mit jemandem darüber reden. Denn dass Miss Olive eines der bekanntesten Werke von Jane Austen nicht kannte, war einfach seltsam. Sie hatte versucht, den Karton mit Miss Olives Hilfe wiederzufinden, aber es war hoffnungslos gewesen. Sie hatte sich vor der älteren Frau erbarmungslos blamiert.

»Next Station Covent Garden«, tönte es durch die Bahn.

Zielstrebig ging Lucy die Straße zu ihrem Zuhause entlang, das sie sich in Covent Garden mit Marie und einem anderen Mädchen teilte. Sie gingen alle drei auf dasselbe College, allerdings belegte sie mit Jules, ihrer anderen Mitbewohnerin, keine gemeinsamen Kurse. Sie hatte großes Glück mit dem Zimmer gehabt, und obwohl sie Marie und Jules erst seit ein paar Wochen kannte, waren sie längst Freundinnen geworden.

Alte, hohe Häuser streckten sich in den grauen Himmel. Der Duft von frischem Kuchen stieg Lucy in die Nase, und wie auf Kommando fing ihr Magen an zu knurren. Vor lauter Aufregung hatte sie die Nudeln heute Mittag kaum hinunterbekommen. Nun machte sich das bemerkbar. Ohne lange nachzudenken, betrat sie die Bäckerei an der Ecke und kaufte ein paar der duftenden Gebäckstücke.

Vor ihrer Tür angekommen, drückte sie die Klingel. Kurz darauf summte der Türöffner, und sie trat ein.

Ein schlaksiges Mädchen mit kurzem braunem Haar, das in alle Himmelsrichtungen abstand, steckte den Kopf zur Wohnungstür heraus, als sie die Treppe heraufkam.

»Ich warte schon auf dich. Ich wusste nicht, wann du heute Schluss hast.«

»Ich hab noch Kuchen geholt«, erklärte Lucy und hielt das Paket in die Höhe.

»Du bist meine Rettung. Der Kühlschrank ist gähnend leer. Ich dachte schon, ich muss verhungern. Tee?«, fragte Jules und ging voran in die Küche.

Lucy schüttelte den Kopf. »Keine Cola mehr da?«

»Leider nicht. Wir müssen unbedingt einkaufen.«

»Kaffee?«

»Den haben wir«, antwortete Jules. »Aber nur noch Instant.«

»Ist mir egal.« Lucy streifte ihre Schuhe von den Füßen und warf ihre Jacke über einen Stuhl, der im Flur stand. Im Heim hätte sie dafür Ärger bekommen, hier war es den anderen egal. »Hauptsache, was mit Koffein.«

»Kommt Marie auch?«, fragte Jules.

»Ich glaube nicht«, antwortete Lucy. »Chris lungerte schon vor der Bibliothek herum, als ich ging.« Sie betrat ihr Zimmer. Der Raum hatte grüne Wände, ein Bett und eine Kommode. Ein Schreibtisch aus weißem Holz stand unter dem Fenster. Lucy warf ihren Rucksack auf einen verblichenen Sessel, der ihr unangefochtenes Lieblingsmöbelstück war. An der Wand gegenüber dem Bett hatte Maries Freund Chris lange Bretter aus dunklem Holz angebracht. Das Regal beanspruchte die komplette Seite und war vollgestopft mit Büchern. Trotzdem konnte Lucy es nicht lassen, auf Flohmärkten oder in Antiquariaten weiter nach preiswerten Büchern zu stöbern und sie in ihren Besitz zu bringen. Sie hatte sich sogar gegen Jules durchgesetzt, und ein Bücherbord zierte nun eine Seite des Flures. Auch dort ließen sich neue Eroberungen nur noch mit viel gutem Willen unterbringen. Komisch eigentlich, dass ihre eigenen Bücher nie mit ihr sprachen. Die Bücher in der kleinen Dorfbibliothek damals hatten sie begrüßt. Oscar Wildes Riese hatte ihr das Lesen beigebracht, die Bücher heute im Archiv hatten sie zu dem Karton gelockt und sie gebeten, ihn zu öffnen. Hier in ihrem Zimmer herrschte jedoch Stille. Warteten die Bücher womöglich darauf, dass sie sie ansprach? Das war zu verrückt. Sie würde nicht anfangen, mit schweigenden Büchern zu sprechen. Aus dem Alter war sie raus. Es musste eine andere Erklärung für die Vorfälle geben. Möglichst eine logische.

Lucy ruckelte am Griff ihres Fensters und schob es nach oben. Sofort drang der Lärm der Großstadt ins Zimmer. Dann ging sie zurück in die Küche, gerade als Jules einen Blumenstrauß auf den Tisch stellte.

»Gibt es was zu feiern?«, fragte Lucy.

»Eigentlich nicht«, sagte Jules. »Aber da, wo ich herkomme, scheint um diese Jahreszeit noch die Sonne. Hier muss man sich irgendwie anders aufmuntern.«

Jules kam aus Amerika und hatte ihren Vater überredet, sie ein Jahr in London zum College gehen zu lassen. Ihre Mutter war Engländerin. Sie hatte den Wunsch ihrer Tochter unterstützt, weil sie wollte, dass dem Kind wenigstens ein bisschen Kultur beigebracht wurde. So hatte es Jules jedenfalls erzählt. Ihre Eltern betrieben eine riesige Rinderfarm irgendwo in Iowa. Für Jules hatten sie eine Wohnung mitten in London gekauft und ihrer Tochter erlaubt, sich nette Mitbewohnerinnen zu suchen.

Jules weißer Kater Tiger machte es sich auf dem Fensterbrett hinter Lucy gemütlich. Jules hatte es nicht übers Herz gebracht, ohne den Kater nach London zu gehen. Mittlerweile hatte das Tier sich genauso gut eingelebt wie sein Frauchen.

Lucy stellte sich zu dem Tier und begann Tiger zu streicheln. Sofort setzte ein behagliches Schnurren ein. Jules deckte währenddessen den Tisch, wobei sie sich bemühen musste, nicht ständig irgendwo anzustoßen. Sie war für die kleine Küche definitiv zu groß. Lucy beschloss ihr zu helfen, bevor wieder Geschirr zu Bruch ging, und platzierte den Kuchen auf die Teller. Dann schob sie sich auf die Küchenbank, die unter dem kleinen Fenster stand. Tiger sprang auf ihren Schoß.

Jules stellte noch zwei Tassen auf den Tisch und schaufelte das Instantpulver hinein. Der Kessel auf dem wuchtigen Gasherd begann zu pfeifen. Schwungvoll goss sie das kochende Wasser in die Tassen. Nach dem ersten Stück Kuchen begann Lucy sich zu entspannen.

»Wie war es heute?«, fragte Jules. »Macht es immer noch Spaß?« Ihre Freundin konnte sich nicht vorstellen, dass es Lucy und Marie gefiel, den ganzen Tag zwischen Büchern zu verbringen. Jules war am liebsten an der frischen Luft. Ständig joggte sie an der Themse entlang. Etwas, das Lucy nicht im Traum einfallen würde.

»Ich war mal wieder zu spät«, gestand Lucy zerknirscht. »Und Mr Barnes hat mich ins Archiv verbannt. Also nicht direkt verbannt«, ruderte sie zurück. »Ich helfe jetzt Miss Olive.«

Jules sah sie abwartend an. Offenbar kannte sie Maries Schauergeschichten noch nicht.

»Das ist im Keller«, erklärte sie. »Da wird alles aufbewahrt, was oben nicht reinpasst. Außerdem die Werke, die nicht ausgeliehen werden dürfen oder deren Benutzung nur im Lesesaal erlaubt ist. Weil sie zu wertvoll sind«, setzte sie hinzu.

»Und wie ist es da so?«, fragte Jules.

»Na ja, es ist riesig, unübersichtlich, dunkel, ein bisschen muffig, und Marie meint, dass es spukt.«

»Hat ein bisschen zu viele Bücher gelesen, die Gute, oder?«, fragte Jules verschmitzt.

Lucy zuckte mit den Schultern und rührte noch mehr Zucker in ihren Kaffee.

»Ich habe mich auch erst lustig über sie gemacht, aber nachdem ich mich ein bisschen dort unten umgesehen habe, muss ich zugeben – ein bisschen unheimlich ist es schon.«

»Kein Wunder, wenn du durch einen Keller schleichst«, erwiderte Jules mehr zu ihrem Kuchen als zu Lucy. »Wahrscheinlich Höllenkoller oder so.«

»Ich bin nicht geschlichen«, verteidigte Lucy sich. »Ich habe mich nur umgeschaut.«

Jules seufzte resigniert. »Du bist allein losgezogen. Stimmt's? Was ist dann passiert? Wird kaum weltbewegend sein, in einem Raum voller Bücher.«

»Ich hab mich nur auf die Suche nach Miss Olive gemacht«, verteidigte sich Lucy.

Jules schüttelte den Kopf. »Warum? Du hast doch gerade selbst gesagt, dass das Archiv riesig und unübersichtlich ist.«

Lucy seufzte. Jules benahm sich manchmal, als wäre sie mindestens zehn Jahre älter als sie und nicht nur eins. Sie war nicht sicher, was sie ihr erzählen sollte. »Es war nicht so schlimm, schließlich brennt überall Licht. Nicht besonders hell, aber immerhin.«

»Oh, Licht. Wie toll«, brummte Jules.

Lucy schwieg einen Moment. Sie hatte noch nie mit jemandem darüber gesprochen, dass sie die Bücher in ihrem Kopf hören konnte. Okay, einmal hatte sie es in der ersten Klasse im Unterricht erwähnt, aber alle hatten sie ausgelacht und monatelang damit aufgezogen. Danach hatte sie sich geschworen, ihr Geheimnis für sich zu behalten. Würde Jules sie für verrückt erklären? Dieses Mal war es schließlich noch viel schlimmer. Die Bücher hatten direkt mit ihr gesprochen. Sie hatten etwas von ihr gewollt.

»Das klingt jetzt vielleicht etwas abgefahren, aber die Bücher haben sich unterhalten«, formulierte sie vorsichtig.

Jules verschluckte sich an dem heißen Kaffee und begann zu husten. Lucy klopfte ihr auf den Rücken.

»Wie bitte?« Jules rang immer noch nach Luft. »Dein erster Tag im Verlies, und du hörst Stimmen?«

»Schräg, oder?« Wenigstens lachte Jules sie nicht aus. Noch nicht. Allerdings guckte sie so komisch, dass Lucy entschied, lieber doch nicht zu erzählen, was noch geschehen war.

»Das kann man so sagen. Du solltest dringend dafür sorgen, dass du wieder über Tage arbeiten kannst.«

Das würde sie nicht tun. Nicht, bis sie wusste, wohin der Text verschwunden war. Irgendwo musste er schließlich sein. Sie würde Miss Olive beweisen, dass Jane Austen sehr wohl ein Buch geschrieben hatte, das den Titel *Emma* trug.

Glücklicherweise klingelte es im selben Moment an der Haustür.

»Da kehrt wohl die verlorene Tochter zurück«, kicherte Jules und stand auf, um die Tür zu öffnen. Kurz darauf erklang ein lautes Poltern.

»Ihr müsst mich retten.«

Lucy grinste, als sie die Stimme ihres besten Freundes erkannte. Colin und sie waren als Kinder fast unzertrennlich gewesen. Genauer gesagt, seit er sie in der Grundschule vor drei Rüpeln gerettet hatte, die die Kinder aus dem Heim regelmäßig schikanierten. Die zarte Lucy schien den Jungs ein geeignetes Opfer zu sein. Als sie begonnen hatten, sie herumzuschubsen, war plötzlich der zwei Jahre ältere Colin aufgetaucht und hatte die Jungs verprügelt. Lucy hatte dem Dritten kräftig auf den Fuß getreten und ihm dann ihre Bücher über den Kopf gezogen. Seit diesem Tag hielten Colin und sie zusammen wie Pech und Schwefel. Colin studierte im dritten Semester an der Londoner Universität Architektur. Er war ein weiterer Grund gewesen, warum sie das Heim verlassen hatte. Ohne ihn war das letzte Jahr dort schrecklich langweilig gewesen.

Colin trat in die Küche und grinste Lucy an. Seine blauen Augen strahlten mit seinem zerstrubbelten Blondschopf um die Wette.

»Sie haben dich endgültig aus deiner WG geschmissen«, vermutete Lucy. »Oder wurde die wegen Unordnung geschlossen?«

»Weder noch.« Colin schob Lucy auf der schmalen Bank zur Seite und angelte nach ihrem Teller. Mit einem Bissen hatte er ihren restlichen Kuchen verschlungen. »George hat eine neue Freundin, und die wollte mich zwingen, zu putzen. Sie nervt fürchterlich. Wenn ich mich jemals in eine so unangenehme Frau verliebe, dann rette mich bitte.« Er warf Lucy einen flehenden Blick durch seine langen Wimpern zu. »Ich musste erst mal das Weite suchen. Und da fiel mir meine beste Freundin ein und ihre wundervollen Mitbewohnerinnen.«

»Und jetzt willst du bei uns unterschlüpfen?«, fragte Jules, völlig unbeeindruckt von seinem Charme. Sie lehnte immer noch im Türrahmen und funkelte Colin an.

»Ich dachte mir, ihr Mädels habt noch ein Zimmer frei, und ihr braucht bestimmt einen starken Mann im Haus«, antwortete er ernsthaft.

»Wir haben schon Chris«, erinnerte ihn Lucy und rettete ihre Kaffeetasse vor seinen gierigen Händen.

»Der zählt nicht«, erklärte Colin im Brustton der Überzeugung. »Der wohnt nicht richtig hier.«

»Aber er kann Regale bauen und Schränke reparieren. Er schleppt unsere Wasserkisten hoch und macht so allerlei andere nützliche Sachen«, widersprach Jules.

Colin grinste anzüglich. »So nützlich kann ich mich auch gern machen!«

»Vergiss das mal ganz schnell wieder.« Jules winkte ab. »Keinen Bedarf.« Endlich setzte sie sich. »Von mir aus kannst du eine Weile bleiben«, murmelte sie in ihren Kaffee. »Wenn die anderen beiden nichts dagegen haben.«

Colin beugte sich über den Tisch und gab Jules einen Kuss auf die Wange. »Du bist ein Schatz.« Damit stibitzte er auch ihren Kuchenrest und stopfte ihn sich in den Mund.

»Magst du einen Kaffee?«, fragte Jules resigniert.

»Wenn du mir einen machst.«

»Aber nur heute«, erklärte sie. »Zur Begrüßung.«

Lucy wusste es besser. Colin hatte so eine unverschämte und einnehmende Art an sich, mit der er jedes Mädchen dazu brachte, sich um ihn zu kümmern. Das funktionierte ganz zuverlässig; nur nicht bei ihr. Sie würde keinen Finger für ihn rühren.

Jetzt legte er einen Arm um sie. »Wie war es heute?«

Erschöpft kuschelte sie sich an ihn. »Ich bin jetzt im Archiv.«

»Ist das was Schlimmes?«

»Das ist im Keller«, mischte Jules sich ein.

»Es macht mir nichts aus, ehrlich«, versuchte sie die beiden zu beschwichtigen. »Zwischen den ganzen Büchern komme ich mir nicht mal einsam vor.«

»Klar, sie reden ja auch mit dir«, fiel Jules ihr ins Wort, und Colin zog seine Augenbrauen fragend nach oben.

»Neues Märchen, Prinzessin?« So nannte er sie, seit sie denken konnte. Oder besser gesagt, seit sie ihn gezwungen hatte, gegen Drachen, Stiefmütter oder doofe Prinzen zu kämpfen. Sie war sein Dornröschen, Schneewittchen und sein Aschenputtel gewesen.

»Kein Märchen. Es ist …« Sie stockte, nicht sicher, ob sie Jules und Colin von dem mysteriösen Vorkommnis erzählen sollte. Ihre Freunde sahen sie abwartend an. Colin hatte nie über sie gelacht, aber er hatte es ihr auch nie abgenommen, wenn sie von den sprechenden Büchern erzählt hatte. Für ihn waren es immer Märchen gewesen, die sie sich ausgedacht hatte.

»Ich habe einen der Kartons geöffnet, in denen die Bücher verpackt sind, und …« Sie machte eine Pause und löffelte Instantkaffee in ihre Tasse.

»Was und? Was war drin?«, fragte Jules ungeduldig. »Tote Mäuse oder so was?«

Lucy schüttelte sich bei dem Gedanken. »Die Frage ist eher, was hätte drin sein müssen.« Sie beschloss, nicht wieder von den Stimmen anzufangen.

Jules füllte ihre Tasse mit Wasser aus dem Kessel auf.

»Eigentlich sollte Jane Austens *Emma* drin sein. Stand jedenfalls auf dem Karton. Aber das Buch, das darin lag, war leer. Lauter leere Seiten. Wisst ihr, was das bedeutet?« Sie hatte sich bereits ausführlich Gedanken darüber gemacht. Miss Olive war alt, vielleicht vergaß sie schon mal das ein oder andere, aber dass der Text verschwunden war, konnte nur bedeuten, dass jemand das richtige Buch gestohlen hatte. Jemand, der ein leeres Ersatzbuch in den Karton getan hatte, in der Hoffnung, dass der Diebstahl nicht sofort auffiel. So musste es gewesen sein. Es war die einzig logische Erklärung. Dieser Sammelband war sicherlich Tausende Pfund wert, und verrückte Sammler gab es überall.

Gerade wollte sie ihre Freunde um Rat fragen, als sie Jules' verständnislosen Blick auffing. »Was soll das für ein Buch sein?«

Okay. Jules war Amerikanerin. Bestimmt kannte sie nicht jedes Buch von Jane Austen. Kein Grund zur Aufregung. »Du kennst es doch, Colin?«

Ihr Freund schüttelte den Kopf. »Nicht dass ich wüsste.«

»Na klar. Du musstest es in der Schule lesen und hast dich über den Mädchenkram furchtbar aufgeregt. Ich habe dir den Aufsatz dazu geschrieben, und du hast ein A bekommen. Erinnerst du dich nicht?«

Er zuckte mit den Schultern. »Ich kenne von Jane Austen nur *Stolz und Vorurteil* und *Gefühl und Verstand*, oder wie das heißt. Und das ist schon eine Leistung, finde ich. Das ist doch ganz großer Kitsch.«

»Du bist eben ein Mann«, verkündete Lucy verärgert. »Du verstehst nicht, was Jane Austen uns mit ihren Büchern sagen wollte.«

»Und das ist auch gut so«, verkündete er. »Sei nicht sauer, aber ich stehe nun mal eher auf Stephen King.«

Lucy sah verzweifelt zu Jules. »Das Buch war verschwunden. Ich müsste es eigentlich melden.«

»Bist du ganz sicher, dass das Buch von Jane Austen ist? Vielleicht täuschst du dich. So viel hat sie doch gar nicht geschrieben.« Sie kratzte sich nachdenklich am Kopf.

Lucy sprang auf. »Wartet kurz.« Sie lief in ihr Zimmer und kehrte kurze Zeit später mit ihrem Laptop zurück. Hoffentlich hielt ihr Akku noch. Sie hatte mal wieder vergessen, ihn am Morgen aufzuladen. Nachdem der Rechner endlich hochgefahren war, tippte Lucy im Suchfeld *Jane Austen* ein. Der kleine Kreis in der Registerkarte begann sich zu drehen.

Als die Wikipedia-Seite sich öffnete, klickte sie weiter zu deren Werken. *Verstand und Gefühl, Stolz und Vorurteil, Mansfield Park, Die Abtei von Northanger, Lady Susan,* stand unter Romanveröffentlichungen. Hektisch scrollte sie durch den Artikel, aber nirgendwo fand sie einen Hinweis auf *Emma. Jane Austen Emma,* hämmerte sie in die Tastatur. Zuletzt setzte sie noch *Film* hinzu. Sie kannte mindestens drei Verfilmungen des Werkes. *Zu diesen Suchbegriffen keine Ergebnisse gefunden. Stattdessen suchen nach: Stolz und Vorurteil,* vermeldete der Rechner. Lucy starrte auf den Bildschirm. Das war nicht möglich. Ihre letzte Hoffnung war Amazon, aber auch dort gab es kein Buch von Jane Austen mit diesem Titel.

»Und?«, fragte Jules. »Was gefunden?«

»Das kann nicht sein«, stotterte Lucy. »Ich weiß doch, wer *Emma* geschrieben hat. Ich kenne das Buch in- und auswendig.«

Colin legte ihr eine Hand auf die Schulter. »Und worum geht es darin?«

Lucy setzte an, öffnete den Mund. »Um ein Mädchen«, erklärte sie dann lahm und versuchte sich zu erinnern. Es war wie verhext. Außer dem Titel und der Gewissheit, dass das Buch von Jane Austen stammte, schien sie den Inhalt vergessen zu haben.

»War vielleicht doch nicht so gut, einen ganzen Tag im Keller zu verbringen?«, fragte Jules.

»Sieht ganz so aus«, erwiderte Lucy leise und schüttelte Colins Hand ab.

Er klappte den Rechner zu und stellte ihn auf den Stuhl neben sich. Dann zog er Lucy näher zu sich heran und gab ihr einen tröstenden Kuss auf die Schläfe. »Du bist sicher müde.«

Sosehr Lucy die Fürsorge ihres Freundes schätzte, gerade wäre es ihr lieber, er würde ihr einfach glauben.

»Ich treffe mich heute Abend noch mit Niel und George«, erklärte er, stand auf und trug das benutzte Geschirr zur Spüle. »Möchtest du vielleicht mitkommen? Ein bisschen Abwechslung würde dir guttun.«

Lucy stand auf. »Lieber nicht. Ich glaube, ich gehe heute einfach früh schlafen. Sei nicht sauer.«

»Und du, Jules?«, fragte er. »Niel steht auf dich. Wir wollen pokern. Da kannst du ihm richtig die Hosen runterziehen.«

Jules grinste zwar bei der Vorstellung, lehnte aber ab. »Ich muss noch Vokabeln für meinen Französischkurs lernen. Ein anderes Mal.«

Lucy wusste, dass Jules das nur tat, um sie nicht allein zu lassen. »Du kannst ruhig mitgehen.«

Jules griff nach dem Geschirrtuch. »Heute nicht.«

Tiger wuselte um Lucys Beine, als sie in ihr Zimmer ging. Sie stellte ein Glas Wasser auf ihren Nachtschrank und legte sich aufs Bett. Der Kater sprang zu ihr herauf und kuschelte sich an sie. Wenige Minuten später war sie eingeschlafen. Sie bekam nicht einmal mehr mit, dass Colin nach ihr sah und sie besorgt betrachtete. Er deckte Lucy zu und scheuchte Tiger aus dem Zimmer. »Lassen wir sie schlafen.«

Bücher lesen heißt wandern gehen in ferne
Welten, aus den Stuben, über die Sterne.

Jean Paul

3. KAPITEL

»Willst du da wirklich wieder hin?«, fragte Jules Lucy am nächsten Morgen. Colin war noch nicht in der Küche aufgetaucht. Wahrscheinlich schlief er noch.

»Ja, klar. Wieso? Ich wollte dieses Praktikum unbedingt, da suche ich mir doch jetzt nicht noch etwas anderes.«

»Aber der Tag gestern ist dir nicht sonderlich gut bekommen. Du hattest Halluzinationen oder so.«

»Quatsch«, lachte Lucy sie aus. »Heute werde ich einfach das tun, was Miss Olive mir sagt, und du wirst sehen, ich komme nicht wieder mit wilden Fantasien nach Hause.«

»Hoffen wir's«, murmelte Jules in ihre Teetasse.

»Was hast du vor?«, fragte Lucy, um ihre Freundin auf andere Gedanken zu bringen.

»Mein erster Kurs fängt erst um zehn an. Und dank dir bin ich mal super ausgeschlafen, und meine Vokabeln kann ich auch.«

»Das hättest du übrigens wirklich nicht tun müssen«, warf Lucy ein. »Ich brauche keinen Babysitter.«

»Ach, papperlapapp. Im Grunde bin ich dir dankbar.«

»Na gut«, lenkte Lucy ein. Trotzdem würde sie diese Dinge zukünftig lieber für sich behalten. Das Letzte, was sie wollte, waren gluckenhafte Freunde, die sie nicht aus den Augen ließen. »Dann lass uns heute Abend etwas unternehmen. Ich frage Marie, ob sie mitkommen will. Es wird Zeit, dass sie sich mal wieder um uns kümmert. Und Chris ist bestimmt froh, wenn er mal seine Ruhe hat.«

Jules grinste. »So wird's gemacht, und nun los mit dir. Sonst kommst du wieder zu spät. Und vergiss nicht, rechtzeitig auszusteigen.«

Miss Olive wartete am Informationsschalter. Sie und Marie waren in ein angeregtes Gespräch vertieft.

»Guten Morgen«, grüßte Lucy, froh, heute auf die Minute pünktlich zu sein.

»Dann wollen wir mal«, erklärte Miss Olive. Lucy winkte Marie nur kurz zu und lief hinter der älteren Dame her.

»Ich erkläre dir heute, was du tun musst, wenn eins unserer seltenen Exemplare zur Ansicht nach oben gebracht werden soll«, begann diese. »In den nächsten Tagen habe ich ein paar Arzttermine, und dann musst du das übernehmen. Wir dürfen unsere Leser nicht warten lassen.«

Am Lesesaal der Bibliothek konnte Lucy sich immer noch nicht sattsehen. Er wirkte eher wie eine Filmkulisse denn wie ein Raum, der tatsächlich täglich benutzt wurde. Unzählige kleine Tische waren hier aufgereiht, getrennt durch halbhohe Bücherregale, in denen hauptsächlich Nachschlagewerke zu finden waren. Auf allen Tischen standen altmodische kleine Lampen mit grünen Schirmen. Überhaupt war alles altmodisch, aber Lucy gefiel es genau so.

»Wenn ein Leser eines unserer seltenen Exemplare bestellt, darf er es nur hier nutzen.« Das wusste Lucy selbstverständlich längst, trotzdem hörte sie Miss Olives Ausführungen aufmerksam zu und folgte ihr zu einem kleinen Bücheraufzug, der an der Wand eingelassen war. Miss Olive schloss ihn auf und stapelte ein paar Bücher hinein, die daneben auf einem Tisch lagen. »Es kommt häufig vor, dass die Hilfskräfte der Professoren oder diese selbst eines der älteren Werke ansehen möchten. Manchmal aus eigenem Interesse, meistens aber zu wissenschaftlichen Zwecken«, erklärte die Bibliothekarin weiter. »Wenn ein Buch am Schalter angefordert wird, werden wir benachrichtigt und suchen das Gewünschte heraus. Die meisten Nutzer wissen, dass sie die Ausleihe mindestens einen Tag früher anmelden müssen. Du wirst mich heute begleiten, wenn ich die Bücher hochbringe. Jeder Leser wird genau aufgeklärt, wie er mit dem Buch zu verfahren hat. Auf keinen Fall darf ein Buch aus der Bibliothek entfernt werden. Es könnte sein, dass der ein oder andere dich dazu überreden möchte. Es ist verboten, auch wenn dir jemand noch so schöne Augen macht.« Miss Olive sah Lucy streng an und verschloss den Aufzug. Dann drückte sie auf einen Knopf, und das Ding setzte sich ratternd in Bewegung.

Ob das mit der Ausgabe von *Emma* passiert war?, überlegte Lucy. War sie deshalb verschwunden? Das erklärte allerdings nicht, warum der Titel aus den Suchmaschinen verschwunden war und niemand ihn mehr kannte. »Ich hab's verstanden.« Warum behandelten sie bloß alle wie ein Kleinkind?

»Vergiss das nicht. Viele der Bücher sind unersetzbar«, lenkte Miss Olive ein und wandte sich zum Gehen. »Wir holen uns jetzt einen schönen Kaffee, und dann machen wir unten weiter.«

Lucy folgte ihr zu dem Kaffeeautomaten, der im Flur stand. Nachdem sich beide mit einem Getränk bewaffnet hatten, stiegen sie die Treppe zum Archiv hinunter. Lucy wurde ganz mulmig zumute, als sie auf die erste Stufe trat. Was erwartete sie heute dort unten?

»Vergiss nicht, das Hygrometer zu kontrollieren.« Miss Olive wies auf einen kleinen Kasten hinter der Tür zum Archiv. »Jedes Mal, wenn du hereinkommst, prüfst du die Temperatur und die Luftfeuchtigkeit. Das ist sehr wichtig, da unsere Schätze sehr empfindlich auf Schwankungen reagieren.«

Lucy nickte ergeben.

»Wenn ich mal nicht da bin, lastet die Verantwortung für die Bücher ganz allein auf deinen Schultern.« Lucy fragte sich, ob Miss Olive das lautlose Stöhnen gehört hatte.

»Die Luftfeuchtigkeit darf nur zwischen 40 und 42 Prozent liegen, und die Temperatur muss stabil 18 Grad betragen. Ist nur einer der Werte darüber oder darunter, benachrichtigst du sofort Mr Barnes, verstanden?«

»Natürlich«, murmelte Lucy. Sie war schließlich nicht schwachsinnig.

Drei Mal begleitete Lucy Miss Olive an diesem Tag in den Lesesaal. Beim dritten Mal konnte sie den Text, den Miss Olive bei der Ausleihe vorbetete, längst mitsprechen. Direkt neben dem Büro von Miss Olive war der kleine Aufzug in die Wand eingelassen. Lucys Aufgabe war es, die gewünschten Bücher aus den Regalen zu holen, in einen Korb zu legen und mithilfe eines Wagens zu dem Lift zu bringen, der von hier aus die Bücher nach oben transportierte.

Sobald der Leser in der Bibliothek ankam, wurden Lucy und Miss Olive benachrichtigt und gingen nach oben. Miss Olive holte dann das Buch aus dem Aufzug. Sie behandelte jedes wie ein rohes Ei. Die seltenen Exemplare durften nur mit weißen Baumwollhandschuhen angefasst werden, von denen Miss Olive einen unerschöpflichen Vorrat in ihrem Büro aufzubewahren schien. Danach erfolgten die Belehrung und der Hinweis, dass das Buch spätestens kurz vor Bibliotheksschluss zurückzugeben sei. Die drei Besucher des heutigen Tages waren nach dem Vortrag von Miss Olive so eingeschüchtert, dass sie die Bücher viel früher zurückgaben.

Die folgenden Tage waren für Lucy angefüllt mit Arbeit. Miss Olive weihte sie in jedes noch so kleine Detail ihrer Tätigkeit ein. Sie lernte, wie man die Ausleihen der Bücher registrierte und wo man ein Buch in den riesigen unterirdischen Katakomben überhaupt fand. Miss Olive erklärte ihr, welche Bücher besonders wertvoll waren und wer sie anschauen durfte und so weiter und so fort.

Lucy summte der Kopf von den vielen Informationen. Die Arbeit war viel spannender als die in den oberen Etagen. Wenn sie gerade mal nichts zu tun hatte, setzte sie sich an den Computer und übertrug die Daten von den abgegriffenen Karteikarten in das Bibliothekssystem. Sie machte sich keine Illusionen. In den paar Wochen, die sie hier sein würde, würde sie nur einen Bruchteil der Bücher katalogisieren können. Vielleicht sollte sie Mr Barnes fragen, ob sie auch nach ihrem Praktikum am Nachmittag hier arbeiten durfte. Miss Olive legte vielleicht ein gutes Wort für sie ein.

An das Wispern der Bücher, das sie täglich begrüßte, wenn sie in das Archiv kam, hatte sie sich längst gewöhnt. Sie versuchte standhaft, es zu ignorieren, obwohl das nicht leicht war. Immer, wenn sie sich zwischen die Regalreihen wagte, schwoll es an und entwickelte einen unheimlichen Sog. Auch ihr Mal ließ ihr kaum noch Ruhe. Es glühte und pochte, je verzweifelter die Bücher sie riefen. Doch Lucy hatte sich vorgenommen, sich nicht noch einmal verführen zu lassen. Sie fürchtete sich vor dem, was die Bücher ihr zeigen würden. Das war feige, das wusste sie. Und ein Feigling war Lucy normalerweise nicht. Aber in diesem Fall musste sie eine Ausnahme machen. Das, was vor einigen Tagen passiert war, war einfach zu schräg gewesen. Zum Glück hatten Jules und Colin sie nicht noch mal darauf angesprochen. Vorerst versuchte sie sich einzureden, dass sie überarbeitet war und ihre Nerven ihr einen Streich spielten. So richtig konnte sie sich nicht davon überzeugen. Hinzu kam ihr schlechtes Gewissen den Büchern gegenüber – sie wünschte, diese würden verstehen, weshalb sie ihrem Drängen nicht nachgab. Allerdings konnte sie sich auch schlecht zwischen die Regale stellen und es ihnen erklären. Das wäre völlig daneben.

Lucy war spät dran. Wie so oft. Dabei bemühte sie sich wirklich. Eigentlich hätte sie rennen müssen, stattdessen verlangsamte sie ihre Schritte. Auf ein oder zwei Minuten kam es jetzt auch nicht mehr an. Abgehetzt strich sie sich ihre widerspenstigen roten Locken aus dem Gesicht. Sie konnte den Eingang der Bibliothek bereits sehen. Jetzt musste sie nur noch an dem kleinen Park vorbei, und dann war sie dort. Vielleicht hatte sie Glück. An manchen Tagen kam auch Miss Olive etwas später.

Ein junger Mann in einem schwarzen Anzug lehnte an dem gusseisernen Zaun, der die winzige Grünfläche des St. James's Square einrahmte. Ihre Blicke trafen sich. Starrte er sie an? Sie sah sich unauffällig um, aber außer ihr war niemand in der Nähe.

Sie lächelte unsicher, allerdings verzog sich seine Miene nicht ein bisschen. Peinlich. Wahrscheinlich wurde er ständig angelächelt, so gut, wie er aussah.

Sie schloss für einen Moment die Augen, denn in ihrem Kopf pochte es schmerzhaft. Colin hatte gestern Abend ein paar Freunde mitgebracht, und sie waren alle ziemlich lange aufgeblieben. Zwar trank sie keinen Alkohol, aber sie hatten Wahrheit oder Pflicht gespielt. Da sie ständig beim Lügen ertappt worden war, hatte sie zur Strafe mehr getrunken, als sie vertrug. Besser, sie nahm schnell noch eine Kopfschmerztablette. Hastig kramte sie in ihrer Tasche. Sie war sicher, vor ein paar Tagen welche gekauft zu haben. Das Buch, das sie in der U-Bahn gelesen hatte, fiel auf die Straße. Sie bückte sich, und ihr Blick huschte noch einmal zu dem jungen Mann. Reglos stand er da und beobachtete sie. Schnell ging sie weiter und überlegte, ob sie ihn vielleicht kannte.

Sie bildete sich ein, seinen Blick in ihrem Rücken noch zu spüren, als sie bereits auf dem Weg zum Kaffeeautomaten war.

Lucy warf eine Münze ein und drückte einen Knopf.

»Seit wann trinkst du deinen Kaffee schwarz?«, fragte Marie, die unvermittelt neben ihr auftauchte.

»Seit ich einen Bohrhammer in meinem Kopf habe«, erklärte Lucy und rieb sich die Schläfe, während der Automat brummend sein Werk verrichtete.

»War wohl eine lange Nacht?« Marie grinste. »Hast du schon was genommen?«

»Gerade eben.«

Mr Barnes tauchte neben ihnen auf. »Das ist eine Bibliothek und kein Café«, bemerkte er im Vorbeigehen.

Lucy nickte, griff nach ihrem Becher und eilte nach unten.

»Wir haben heute nur eine Ausleihe, und ich möchte, dass du das allein machst. Als Feuertaufe sozusagen. Traust du dir das zu?«, begrüßte Miss Olive sie und schaute dabei demonstrativ auf die Uhr. »Ich habe nachher einen Arzttermin.«

Lucy fragte sich, ob Miss Olive an irgendeiner Krankheit litt. Das war ihr dritter Arztbesuch in den paar Tagen, die sie mit ihr zusammenarbeitete. Zur Antwort nickte sie nur.

»Es ist eines der letzten Exemplare der Erstausgabe von *Alice's Adventures in Wonderland*. Wusstest du, dass der ursprüngliche Titel *Alice's Adventures Under Ground* war?«

Lucy schüttelte den Kopf. Miss Olives Wissen über Bücher schien grenzenlos zu sein. Umso erstaunlicher war es, dass sie *Emma* nicht kannte.

»Es ist eines unserer wertvollsten Stücke«, setzte Miss Olive hinzu. »Du musst sorgsam damit umgehen und der Leser auch. Schärf es ihm unbedingt ein.«

»Wer ist es?«

Miss Olive zeigte ihr die Karte. »Mr Nathan de Tremaine jr.«

»Ein schöner Name«, stelle Lucy fest. »Klingt französisch.«

»Meines Wissens ist er durch und durch Engländer. Ich kenne seinen Großvater. Er war ein angesehener Professor für Englische Literatur am King's College. Als ich dort studierte, war er eine Lehrkraft, dabei war er nur ein paar Jahre älter als ich. Seine Vorlesungen waren immer überfüllt. Leider verließ er später das College, um sich um seinen Enkelsohn zu kümmern. Irgendwas war damals mit seinem Sohn und seiner Schwiegertochter. Er bezahlt auch die Bibliotheksgebühr für den Jungen.«

Lucy wartete auf weitere Erklärungen, aber Miss Olive schwieg. Es sähe ihr allerdings auch nicht sonderlich ähnlich, Tratsch und Klatsch zu verbreiten. »Dann hole ich das Buch mal«, schlug Lucy vor, und Miss Olive nickte.

Nathan de Tremaine lehnte immer noch an dem gusseisernen Zaun gegenüber dem Eingang der London Library. Er blickte auf das schmale Portal, unfähig, an etwas anderes zu denken als an ihre Augen – graue Augen mit silbrigen Sprenkeln. Er hatte sie schon einmal gesehen. Dass ausgerechnet dieses Mädchen eben jene Augen hatte, war eigentlich unmöglich.

Er überlegte, welche Optionen er hatte. Das Buch war bereits für ihn vorbestellt. Nun war er aber nicht mehr sicher, ob er heute damit beginnen sollte. Vielleicht war es besser, wenn er zuerst mit seinem Großvater sprach. Er würde erwarten, dass Nathan ihn von diesem Problem in Kenntnis setzte.

Miss Hudson, die das Stadthaus seines Großvaters in der Queen Anne's Gate versorgte, blickte ihn verwundert an, als er das Haus betrat. Ohne ihr eine Erklärung zu geben, lief er die Treppe zu seinem Schlafzimmer hinauf.

Er zog die dunkelblauen Vorhänge vor das Fenster und warf sich angezogen auf das Bett. Die Augen des Mädchens manifestierten sich in seinem Kopf. Er versuchte sich an alles zu erinnern, was er über diese Augen wusste. Aber es war zu lange her. Die Erinnerung war nur noch sehr verschwommen. Das Klingeln des Handys riss ihn aus seinen Gedanken.

Es läutete unnachgiebig, und er wusste sofort, wer am anderen

Ende der Leitung wartete. Und er wusste auch, dass der Anrufer nicht aufgeben würde.

»Großvater?«, meldete er sich.

»Weshalb hat das so lange gedauert?«, blaffte es ohne eine Begrüßung aus der Leitung.

»Ich bin gerade auf dem Sprung in die Bibliothek«, log Nathan, ohne genau zu wissen, warum, und ließ die darauf folgende Predigt über sich ergehen. Sein Großvater hätte pünktlich um zehn in der Bibliothek gesessen. Jetzt ging es auf halb zwölf zu. Das schlechte Gewissen regte sich in Nathan.

»Du musst heute mit *Alice* beginnen«, beendete sein Großvater seine Predigt. »Enttäusche mich nicht.«

»Nein, Großvater«, antwortete Nathan automatisch.

»Gut«, sagte dieser etwas versöhnlicher und legte ohne Abschied auf.

Nathan trat zum Fenster und zog die Vorhänge beiseite. Touristen bevölkerten den Platz vor seinem Haus. Er würde heute nicht in die Bibliothek gehen, beschloss er trotzig. Es wartete noch jede Menge andere Arbeit auf ihn. Warum hatte er seinem Großvater nicht von dem Mädchen erzählt? Vielleicht täuschte er sich auch. Er hatte in den letzten Wochen zu viel gearbeitet. Eigentlich brauchte er ein paar Tage Ruhe, aber darum konnte er seinen Großvater schlecht bitten. Dieser würde ihn auslachen. Immerhin durfte er hier in London ein paar Kurse am College belegen. Mehr Zugeständnisse waren kaum zu erwarten.

Morgen. Morgen würde er noch einmal hingehen und sich überzeugen, dass sie nicht *diese* grauen Augen hatte. Er wandte sich ab und machte sich auf den Weg in sein Arbeitszimmer.

Die Lampen tauchten den Treppenaufgang des Hauses in warmes Licht. Nathan war erst vor zwei Tagen angekommen. Endlich hatte er einmal ein Haus für sich allein, wenn man von Miss Hudson absah. Er war die ewigen Pensionen und Hotels leid gewesen, in denen er die letzten zwei Jahre verbracht hatte. Das schmale, weiß getünchte Stadthaus in London war ein ganz besonderer Luxus.

Miss Hudson war nirgendwo zu sehen. Sie bewohnte zwei Räume im Souterrain des Hauses. Nathan setzte sich an den penibel aufgeräumten Schreibtisch, nahm das dicke Buch, das am Rand des Tisches lag, zur Hand und schlug es auf. Versonnen strich er über die eng beschriebenen Seiten.

Obwohl er bereits so viel Arbeit erledigt hatte, kam immer noch fast täglich ein Brief seines Großvaters. Miss Hudson bewunderte die liebevolle Zuwendung, die sie dahinter vermutete.

Nathan wusste es besser. In den Briefen stand nie ein persönliches Wort. Es waren lediglich Befehle, die er von seinem Großvater erhielt und von denen dieser erwartete, dass er sie umgehend befolgte. Widerrede war zwecklos.

Sorgfältig begann er, mit einem altmodischen Füller die Liste in dem Buch zu vervollständigen. Titel für Titel übertrug er aus dem Brief. In die linke Spalte schrieb er den Autor des Buches. Daneben setzte er den Titel und das Erscheinungsjahr. Die letzte Spalte ließ er frei. Er würde sie erst ausfüllen, wenn seine Aufgabe erledigt war. Er wartete, bis die Tinte der frischen Einträge getrocknet war. Es dauerte mehrere Stunden, bis er alle Titel aus den Briefen seines Großvaters übertragen hatte. In London gab es viel für ihn zu tun.

Als er endlich fertig war, knurrte sein Magen. Er stand auf, um in der Küche nachzusehen, was Miss Hudson vorbereitet hatte. Nach dem Essen widmete er sich den Skizzen, die noch nicht ganz perfekt waren. Er musste sich seine Zeit gut einteilen, um seine Aufgabe erledigen zu können. Sollte er seine Pflicht vernachlässigen, würde sein Großvater ihn nach Hause beordern, etwas, was er zu vermeiden versuchte.

Als der nächste Morgen heraufdämmerte, lag Nathan bereits seit zwei Stunden wach in seinem Bett. Unentwegt musste er an das Mädchen denken. Sie war ihm bis in seine Träume gefolgt.

Als das graue Licht endlich durch die Vorhänge sickerte, sah er auf seine Uhr. Er hatte seinem Großvater etwas versprochen, und dieses Mädchen würde ihn nicht aufhalten. Hastig stand er auf, wusch sich und zog sich an. Er lief ins Erdgeschoss und holte seine Unterlagen aus dem Büro, bevor er ins Speisezimmer ging, in dem Miss Hudson das Frühstück vorbereitet hatte. Hastig schlang er eine Portion Rührei hinunter und durchblätterte die *Times*, die neben seinem Teller lag. Im Hinausgehen nahm er sich noch einen Toast. Mit vollem Mund erwiderte er den Morgengruß seiner Haushälterin und eilte zur Tür hinaus. Ihr Kopfschütteln ignorierte er.

Die U-Bahn brachte ihn zur Bibliothek. Mit weit ausholenden Schritten ging er die Treppen zum Eingang des Gebäudes hinauf. Morgen würde er einen Mantel überziehen müssen, dachte er fröstelnd. Der Herbst in London war empfindlich kühl.

Zielstrebig ging er in den Lesesaal im oberen Stockwerk und reichte der Dame am Empfang seine Bestellnummer. Die Dame hinter dem Pult prüfte seine Berechtigung, bevor sie im Archiv anrief. Dann wies sie ihn an, Platz zu nehmen. Nathan setzte sich und knipste eine altmodische Tischlampe mit grünem Schirm an. Das Mobiliar des Lesesaals war seit der Eröffnung mehrmals restauriert, aber niemals erneuert worden. Nathan mochte den Geruch nach altem Holz und Politur, der der dunklen Tischplatte entströmte, die vom jahrelangen Gebrauch so blank poliert war, dass man sich fast darin spiegeln konnte.

Er schlug seine langen Beine übereinander und klopfte mit den Fingern ungeduldig auf das Holz, bis ein strenger Blick der Empfangsdame ihn an den obersten Grundsatz des Lesesaals erinnerte. Hier herrschte absolute Ruhe. Die einzigen Geräusche, die erlaubt waren, waren das Umblättern der Buchseiten und das Kratzen eines Stiftes auf Papier.

Nathans Anspannung wuchs. Weshalb dauerte das so lange? Lag es womöglich an dem Titel, den er bestellt hatte? Das Buch von Lewis Caroll war mit Sicherheit eines der wertvollsten Werke, die die Bibliothek zu bieten hatte.

In diesem Moment öffnete sich eine Tür. Ungeduldig blickte er zu dem Mädchen, das in den Saal trat und sich suchend umblickte. Sie war es. Jetzt kniff sie ihre Augen leicht zusammen. Das gab ihr ein hilfloses Aussehen, aber er würde sich davon nicht täuschen lassen.

Sie ging zu der Tür des kleinen Aufzugs und schloss sie auf. Dabei schwang ihr dichtes rotes Haar zur Seite und zeigte ihre schmale Nase und ihren geschwungenen Mund. Obwohl sie sehr jung wirkte, schien sie genau zu wissen, was sie tat. Im Aufzug stand ein Karton, aus dem sie ein Buch nahm. Es war verpackt, noch konnte er den Einband nicht erkennen. Das Mädchen ging mit dem verschnürten Paket zum Empfang und kam nach einem kurzen Wortwechsel mit ihrer Kollegin zu ihm.

An dem kurzen Aufflackern in ihrem Blick bemerkte er, dass auch sie ihn wiedererkannte. Diese grauen Augen, in denen winzige silberne Pünktchen tanzten, waren von Nahem noch faszinierender als von Weitem. Nathan erwiderte ihren Blick finster.

»Mein Name ist Lucy Guardian«, stellte sie sich vor, und Nathan fand, dass der Name perfekt zu ihr passte. »Ich bin die Aushilfe der Archivarin. Sie wollten bereits gestern kommen.« Ihre Stimme klang vorwurfsvoll. »Miss Olive war ein wenig ärgerlich.«

»Wo ist diese Miss Olive?«

»Sie hat anderweitig zu tun.«

Nathan musterte Lucy mit einem kalten, spöttischen Lächeln. »Sind sie nicht etwas zu jung für so eine verantwortungsvolle Aufgabe?«

»Das wird sich herausstellen«, erwiderte sie schlagfertig. »Aber sollten Sie zukünftig Bücher vorbestellen, bitte ich Sie, auch zu dem vereinbarten Termin zu kommen. Ansonsten werde ich das Buch nicht ausleihen«, setzte sie streng hinzu.

Nathan wollte sie zurechtweisen, überlegte es sich aber im letzten Moment anders und lächelte sie stattdessen nur an. Einen winzigen Moment brachte er sie damit aus dem Konzept.

»Wir werden das Paket gemeinsam öffnen«, begann Lucy, und Nathan wandte seinen Blick ihren Händen zu, die den Knoten der Schnur lösten, die um das Paket gewickelt war. Zarte, fein-

gliedrige Finger, stellte er fest, als sie ihm ein Paar Baumwollhand-
schuhe reichte.

»Dann prüfen wir die Unversehrtheit des Buches. Wenn Sie fertig sind, wird meine Kollegin mich rufen, und wir werden gemeinsam prüfen, dass nichts beschädigt wurde, und es wieder einpa-
cken. Haben Sie alles verstanden?«

Nathan nickte und beobachtete, wie sie das Wachspapier, das
das Buch zusätzlich schützte, auseinanderschlug. Beinahe gleichzeitig hielten sie, angesichts des Schatzes, der vor ihnen lag, den
Atem an. Nathan blickte auf und sah das verzückte Lächeln, das
sich auf ihrem Gesicht ausbreitete. Leichte Röte überzog ihre
Wangen.

»Es ist wunderschön, oder?«, stammelte sie verlegen.

»Ja, das ist es.«

»Weltweit sind von dieser Erstausgabe nur noch zweiundzwan-
zig Exemplare erhalten«, erklärte sie ihm. »Bitte seien Sie vorsichtig damit.«

Vermutlich wollte sie ihm das Buch am liebsten gar nicht geben.
Nathan lächelte sie beruhigend an. »Ich kenne mich mit alten Bü-
chen aus.« Natürlich glaubte sie ihm nicht.

Der cremefarbene Einband der Originalausgabe von *Alice* war
mit grünen Ranken verziert, an deren Enden winzige blaue Blü-
ten saßen. Der Titel prangte in altertümlichen Buchstaben auf der
Vorderseite. Jedes einzelne Blatt der Efeuranken war liebevoll gezeichnet, und die Leerräume dazwischen waren mit gelblichen
Punkten gefüllt.

Lucy konzentrierte sich wieder auf ihre Aufgabe. Vorsichtig zog
sie das Papier vollständig zur Seite und faltete es zusammen.

»Essen, Getränke oder sonstige Flüssigkeiten sind im Lesesaal nicht erlaubt. Sie haben doch nichts heimlich hereingeschmuggelt?« Sie musterte ihn streng, und seine Mundwinkel zuckten.

»Draußen steht ein Kaffee- und Getränkeautomat. Krümel können Insekten anlocken, die die Bücher zerstören oder beschädigen. Nehmen Sie das Buch immer mit beiden Händen hoch. Am besten ist es, Sie lassen es einfach liegen und blättern nur vorsichtig um.«

»Sind Sie sicher, dass ich es anschauen darf?«, fragte er amüsiert über ihren Eifer. »Ich könnte mit meinen Blicken Löcher in das Papier brennen.«

»Sehr witzig.«

Nathan zuckte mit den Schultern. Seinen Humor teilte sie offensichtlich nicht.

»Vermeiden Sie Stauchungen und Knicke im Papier. Fassen Sie das Buch immer an beiden Deckeln an und ziehen Sie es niemals am Rücken. Zur genauen Betrachtung beugen Sie sich lieber über das Objekt, anstatt es hochzuheben. Wenn Sie eine Lupe brauchen, kann die Aufsicht Ihnen eine leihen. Bücher dürfen nicht aufeinandergestapelt werden, und machen Sie bloß keine Knicke in die Seiten. Mit bemalten und bereits geschädigten Objekten müssen Sie besonders sorgsam sein. Schlagen Sie bitte jedes Buch behutsam und nur so weit auf, wie es möglich ist. Viele Bücher können aufgrund der Bindetechnik oder der gealterten Einbandmaterialien nur wenig geöffnet werden, ohne Schäden davonzutragen. Es ist nicht erlaubt, von den Werken Fotokopien anzufertigen. Haben Sie alles verstanden?«

»Wenn nicht, erzählen Sie es mir dann alles noch mal?«, fragte er amüsiert.

»Wenn Sie mich nicht ernst nehmen, dann packe ich das Buch gleich wieder ein.«

»Ist ja schon gut.« Er hob seine Hände. »Ja, ich habe alles verstanden.«

Lucy nickte nicht sonderlich überzeugt und schlug das Buch vorsichtig auf. Sie blätterte mehrere Seiten durch, bevor sie es ihm hinüberschob. Ihre Fingerspitzen berührten sich. Selbst durch die Handschuhe spürte Nathan die unnatürliche Hitze, die durch seine Finger floss. Bilder manifestierten sich in seinem Kopf. Bilder von Büchern. Leeren Büchern. Ungläubig starrten ihre grauen Augen ihn an. Sie sah genau dasselbe wie er. Der Orkan, der in seinem Inneren tobte, war für sie hoffentlich jedoch unsichtbar. Als sie neben ihm schwankte, stand er auf und griff nach ihr. Ganz kurz lehnte sie sich an ihn. Sie roch nach Frühlingsblumen, und ihr rotes Haar kribbelte an seinem Kinn. Wenn er wollte, könnte er die Sommersprossen auf ihrer Nasenspitze zählen. Die Bilder der Bücher verschwanden. Er ließ sie los und senkte den Blick auf das Buch. Beinahe zärtlich strich er über die aufgeschlagene Seite, seine Hände zitterten.

Abrupt schlug er das Buch zu. »Ich komme ein anderes Mal wieder. Ich fühle mich nicht wohl. Entschuldigen Sie mich bitte.« Mit großen Schritten verließ er den Lesesaal. Auf sie musste es wie eine Flucht wirken. Und im Grunde war es das auch. Noch nie in seinem Leben hatte er einen Menschen getroffen, der Bücher genauso fühlen konnte wie er. Und obwohl er es sich immer gewünscht hatte, machte es ihm jetzt Angst. Warum ausgerechnet sie?

*Ein Raum ohne Bücher ist wie
ein Körper ohne Seele.*

Cicero

4. KAPITEL

Verunsichert sah Lucy Nathan de Tremaine hinterher. Er sah sehr gut aus, musste sie zugeben, das war ihr schon gestern nur im Vorübergehen aufgefallen. Gleichzeitig hatte er so etwas Düsteres an sich. Sie schüttelte sich und ließ sich auf den Stuhl fallen, auf dem er vor wenigen Sekunden noch gesessen hatte. Dann runzelte sie die Stirn. Was waren das für unheimliche Bilder gewesen? Diese ganzen leeren Bücher. Das hatte sie sich nicht eingebildet. Und wovor war er fortgelaufen? Hatte er es auch gesehen? Ob sie ihn darauf ansprechen sollte? Sie beantwortete sich diese Frage gleich selbst. Auf keinen Fall. Die Gefahr, dass er sie für übergeschnappt hielt, war zu groß. Wahrscheinlich sah sie ihn sowieso nie wieder.

Sorgsam schlug sie das Buch ein und verschnürte es. Sie brachte es zum Aufzug und legte es in den Korb zurück. Dann schickte sie ihn nach unten und eilte hinaus. Die verwunderten Blicke der Aufsicht ignorierte sie.

Marie stand am Informationsschalter, war aber glücklicherweise in ein Gespräch vertieft. Lucy musste jetzt erst mal allein sein.

Als sie das Archiv betrat, begrüßten die Bücher sie lauter als je zuvor, und Lucy beschloss, ihnen zu folgen. Es hatte keinen Zweck, sie konnte sie nicht länger ignorieren. In den letzten Tagen hatte sie es versucht. Sie hatte weder den Büchern, die sie bei jeder sich bietenden Gelegenheit bestürmten, noch dem Schmerz an ihrem Handgelenk Beachtung geschenkt. Sie hatte keine Kraft mehr. Die Stimmen raubten ihr den Schlaf. Sie verfolgten sie überallhin, selbst wenn sie an Orte ging, an denen es gar keine Bücher gab.

»Ich sortiere ein paar Bücher wieder ein«, erklärte Lucy Miss Olive, die an ihrem Schreibtisch saß und in ein Buch vertieft war.

»Mach das, mein Kind, aber verlauf dich nicht.« Sie sah nicht einmal auf, als Lucy nickte.

Die Bücher lockten sie tiefer und immer tiefer hinein. Ohne nachzudenken, folgte sie den Stimmen. Die Regale waren hier hinten deutlich älter als die in der Nähe des Büros. Allerdings schienen sie auch stabiler gebaut zu sein. Die Seitenteile der Regale waren keine einfachen Holzstreben. Diese hier bestanden aus Eisen, das mit Ornamenten kunstvoll verziert war. Das Wispern füllte Lucys Kopf aus und wurde von Minute zu Minute drängender. Sie musste sich die Ohren zuhalten, aber es half nichts. Es wurde nur noch lauter und fordernder.

Vorsichtig zog sie den Pulswärmer von ihrem Handgelenk. Das Mal pulsierte. Es war rot und geschwollen. Sie hatte sich dagegen entschieden, einen Arzt aufzusuchen. Jetzt fragte sie sich, ob diese Entscheidung richtig gewesen war. Vielleicht hatte es sich tatsächlich entzündet, und diese Entzündung gaukelte ihr Halluzinationen vor. Wer wusste denn, was Bakterien in einem Körper so alles anstellen konnten? Furcht durchströmte ihren Körper.

»Alles ist gut«, flüsterten die Bücher. »Hab keine Angst. Wir sind bei dir.«

Lucy hielt sich an einem der Regale fest und wartete einen Moment. Dann atmete sie tief durch. Es gab nur einen Weg, um herauszufinden, ob sie wirklich verrückt wurde. Sie musste das leere Buch noch einmal finden. Wenn sie sich die Stimmen nicht einbildete, dann wahrscheinlich auch nicht das leere Buch.

»Also gut«, sagte sie, und die Bücher verstummten. Lucy konnte es nicht fassen, sie sprach tatsächlich mit ihnen. »Ich weiß nicht, was ihr von mir wollt. Bücher sprechen nicht mit Menschen. Also nicht so, wie ihr es tut.«

Empörtes Gemurmel setzte ein, bis eine tiefe Stimme ein »Ruhe« brummte.

»Danke schön«, sagte Lucy. »Ihr habt mich zu der leeren Ausgabe von *Emma* geführt. Jetzt kann ich sie nicht wiederfinden, und niemand erinnert sich an das Buch. Könntet ihr sie mir noch mal zeigen? Nur damit ich weiß, dass ich nicht verrückt werde?«

Lucy lauschte, aber es blieb still. Nach einer Weile schüttelte sie über sich selbst den Kopf.

»Du wirst nicht verrückt«, wisperten die Bücher im Chor. »Folge einfach unseren Stimmen.«

»Okay«, erwiderte Lucy resigniert. Sie war ziemlich sicher, dass sie lieber verrückt wäre, als flüsternden Bücherstimmen nachzulaufen.

Sie hastete den Stimmen hinterher, was schwieriger war als beim ersten Mal. Die Bücher plapperten durcheinander, führten sie in Sackgassen, und die Stimmen überschlugen sich fast in ihrem Eifer. Schweiß stand auf Lucys Stirn, als sie wieder vor einer Wand landete. Sie wischte ihn sich mit dem Handrücken ab. Ihr Atem ging hastig. »Ist es weg?«, fragte sie leise und lehnte sich gegen den kühlen Stein.

»Ruhe«, brüllte da wieder die autoritäre Stimme. Sie musste irgendwann herausfinden, zu welchem Buch diese gehörte. Bestimmt zu einem Abenteuerbuch. Vielleicht *Robinson Crusoe* oder *Gullivers Reisen*. »Ich werde dir jetzt sagen, wo du langlaufen musst. Und ihr Plappermäuler seid gefälligst still. Das Kind ist völlig außer Atem, und den braucht sie, wenn sie für uns kämpfen soll.«

»Hast du gerade kämpfen gesagt?«, hakte Lucy nach.

»Dazu kommen wir später. Jetzt gehst du erst mal zwei Reihen nach rechts und dann vier nach links.«

Lucy folgte seinen Anweisungen, und tatsächlich stand sie nur Minuten später vor den gesuchten Karton. Sie würde schwören, wenigstens vier Mal an ihm vorbeigerannt zu sein. Erleichtert, ihn gefunden zu haben, zog sie ihn heraus und öffnete ihn.

Sie war nicht wirklich überrascht über das, was sie erwartete, als sie die Seiten erneut durchblätterte. Sie waren noch brüchiger als beim ersten Mal. Und wieder schwieg das Buch. Nachdem sie den Karton zurück an seinen Platz gestellt hatte, lehnte sie sich gegen das Regal. Sie fühlte sich genauso leer wie die Seiten.

»Komm«, hörte sie die Bücher. »Wir möchten dir noch etwas zeigen.«

»Noch etwas? Ich finde, ich habe genug gesehen.« Stille folgte ihren Worten. Die Bücher waren enttäuscht von ihr. »Ist ja schon gut. Tut mir leid«, flüsterte sie. »Was ist es diesmal?«

Die Bücher führten Lucy weiter in das Innere des Archivs. Sie wusste, dass die Temperatur in allen Räumen gleich niedrig war, trotzdem erschien es ihr in diesem Bereich wesentlich kälter. Sie bekam Gänsehaut, als das Wispern endlich stoppte. Wieder wusste

Lucy sofort, welcher Karton es war, den die Bücher ihr zeigen wollten. Auch er verströmte diese unnatürliche Stille. Sie hätte nie gedacht, dass man Stille hören oder besser gesagt fühlen konnte.

Mit den Fingerspitzen fuhr sie über die Kartons, die danebenstanden. Alt waren sie alle, aus dem ersten ertönte ein Brummen. Der zweite kicherte, und der dritte schnurrte beinahe, als sie über seine Kanten glitt. »Das gefällt mir«, sagte eine Stimme, die sie an den alten Gärtner erinnerte, der im Kinderheim gearbeitet hatte. Am Nachmittag hatte er den Kindern oft Märchen erzählt und sie frisch geerntetes Obst kosten lassen. In allen Kartons rührte sich etwas, auch wenn manche sich darüber beschwerten, dass Lucy sie geweckt hatte.

Der Karton, zu dem die Bücher sie geführt hatten und zu dem Lucy nun widerwillig zurückging, war ein bisschen älter als seine Nachbarn. Beinahe zu alt, als dass darin ein wertvolles Buch aufbewahrt werden konnte. Die Muster, die ihn verzierten, waren längst verblasst. Die ehemals feste Pappe war brüchig und von tiefen Falten durchzogen. Die Beschriftung war verschwunden. Ihre Hände lagen auf der bröseligen Pappe, und was sie spürte, ließ sie zurücktaumeln. Es war nicht nur die Stille, die ihr die Luft nahm. Es war viel mehr, oder besser gesagt, viel weniger. Denn in diesem Karton war gar nichts mehr. Vielleicht ein winziger Nachhall der Worte, die er beherbergt hatte. Sie konnte es nicht richtig erklären, nicht mal begreifen. Was auch immer in dem Karton gewesen war, jetzt fühlte es sich tot an. Lucy spürte, wie eine Träne sich aus ihrem Auge löste, die sie ärgerlich fortwischte. Sie würde der Sache auf den Grund gehen, herausfinden, was vor sich ging. Bücher verschwanden nicht einfach. Sie griff nach dem Karton und zog ihn hervor. Er war leicht, deutlich leichter jedenfalls als der Karton, in dem die Ausgabe von *Emma* gelegen hatte. Vorsichtig hob sie den Deckel hoch.

Man konnte die Farbe des Einbandes nur noch erahnen. Vielleicht war er einmal dunkelbraun gewesen, vielleicht auch schwarz oder grau. Die ehemals goldenen Schriftzüge zerfielen, kaum dass Lucy den Deckel abgenommen hatte. Ein winziger Luftzug genügte, und vor Lucys Auge zerbröselte die Information. Sie verzichtete darauf, den Buchdeckel aufzuschlagen. Sie wusste, was sie dort erwartete. Nur Leere, nichts als Leere. Welches Buch mochte das gewesen sein? Es gab keine Möglichkeit für sie, das herauszufinden. Langsam schloss Lucy den Deckel wieder und schob den Karton zurück.

»Was hat das alles zu bedeuten?«, fragte sie in die Stille, bekam aber keine Antwort. »Ihr müsst mir verraten, weshalb ihr mir das alles zeigt!«

Sehr leise setzte das Flüstern wieder ein. »Das musst du allein herausfinden.«

»Ihr seid mir keine besonders große Hilfe«, beschwerte sie sich. »Warum sind dieses Buch und *Emma* leer?« Wo sind die Wörter hin?

Sie erhielt keine Antwort, während sie weiter laut nachdachte. »Die Ausgabe von *Emma* könnte jemand gestohlen und ausgetauscht haben. Allerdings weiß ich nicht, wie er das bewerkstelligt haben sollte. Wenn ich wenigstens wüsste, wann das passiert ist, könnte ich es vielleicht herausfinden. Bestimmt nicht während Miss Olives Herrschaft. Sie ist viel zu gewissenhaft.« Während Lucy den Büchern ihre Gedanken mitteilte, ging sie langsam zurück zum Büro. Weder bestätigten die Bücher ihre Vermutungen, noch insistierten sie dagegen. »Welches Buch war das gerade? Verratet ihr mir wenigstens das?« Sie blieb stehen. »Warum erinnert sich eigentlich niemand an *Emma*? Niemand, den ich gefragt habe, weiß, dass Jane Austen auch dieses Buch geschrieben hat. Das ist doch nicht normal.«

Lucy hatte das Büro erreicht, sank auf den Drehstuhl vor dem Schreibtisch und schwenkte gedankenverloren hin und her. Miss Olive hatte ihr einen Zettel geschrieben, auf dem stand, dass sie bei Mr Barnes sei. Wenigstens hatte sie so nicht gehört, dass Lucy laut vor sich hin geredet hatte.

Miss Olive, Jules und Colin hatten nie von *Emma* gehört. Im Internet war nichts über das Buch zu finden. Es schien, als hätte es nie existiert oder nur in ihrem Kopf.

Lucy schaltete den Computer aus und stand auf. Sie würde herausfinden, ob sich nicht doch noch jemand an das Buch erinnerte. Ein Buch verschwand nicht so mir nichts, dir nichts aus dem Gedächtnis der Menschen. Lucy weigerte sich, das zu akzeptieren.

»Ich bin dann weg, Marie«, rief Lucy ihrer Freundin im Hinausgehen zu, und diese winkte zum Abschied.

Ein paar Straßen weiter befand sich ein Buchladen. Lucy war schon mal dort gewesen und hatte sich mit dem Inhaber sogar unterhalten. Er war ein wandelndes Lexikon. Ihn würde sie fragen. Wenn er das Buch nicht kannte, wusste sie auch nicht weiter.

Das Glas der Eingangstür war vom Alter bereits fleckig, die goldene Inschrift aber immer noch gut lesbar. Ein Glöckchen klingelte über der Tür, als Lucy den Laden betrat. Der Raum, der sich vor ihr auftat, war schmal und wurde von den kupfernen Decken-leuchten nur mäßig erhellt. Die Regale bogen sich unter ihrer Last und waren so vollgestopft, dass Lucy schwören würde, dass kein einziges weiteres Buch hineinpassen würde. Es roch ein wenig wie im Archiv, was kein Wunder war, da hier hauptsächlich mit anti-quarischen Büchern gehandelt wurde.

»Hallo«, rief sie. »Ist jemand hier?«

»Ja, ja«, hörte Lucy eine Altmännerstimme rufen. Darauf folg-ten schlurfende Schritte. Sie kamen von oben. Lucy hob den Kopf. Der Buchhändler, der mindestens so alt war wie die Bücher, die er verkaufte, beugte sich über die Empore.

»Was kann ich für Sie tun, junge Dame?«, fragte er freundlich.

Lucy legte ihren Kopf weiter in den Nacken. »Ich suche ein ganz bestimmtes Buch.«

»Was darf es denn sein?« Etwas mühsam kämpfte er sich die Stufen hinunter. Er trug einen zerknitterten Anzug, unter dem ein blütenweißes Hemd hervorblitzte. Seine Augen sahen sie trotz der vielen Falten darum erwartungsvoll an.

»*Emma*«, erkläre Lucy. »Von Jane Austen.«

»*Emma*?« Allein die Tatsache, dass er es als Frage formulierte, machte Lucy Angst.

»Nie davon gehört«, fügte er nachdenklich hinzu. »Es gibt ein Fragment von Charlotte Brontë. Es wurde 1860 nach ihrem Tode veröffentlicht. Suchst du das vielleicht?« Er schlurfte zu einem Re-gal und fuhr mit der Fingerspitze über die Buchrücken. »Ich bin sicher, dass ich hier eins habe.«

»Nein, das meine ich nicht«, entgegnete Lucy, und ihre Stimme zitterte. »Es gibt von Jane Austen ebenfalls ein Werk, das diesen Namen trägt. Es ist viel berühmter als das Werk der Brontë-Schwester.«

Der Buchhändler gab seine Suche auf und drehte sich zu ihr um. Umständlich nahm der Mann seine Brille von der Nase und begann sie zu putzen. »Ich bin zwar alt, Kleine, aber nicht senil. Ich kenne die großen Schriftsteller und Schriftstellerinnen meines Landes und ihre Werke. Jane Austen hat niemals ein Buch mit diesem Titel geschrieben. Dafür lege ich meine Hand ins Feuer.« Jetzt schien er richtiggehend wütend zu sein.

»Gut«, lenkte Lucy ein. »Danke schön«, brachte sie über die Lippen, bevor sie auf wackligen Beinen den Laden verließ.

»So etwas will Literatur studieren«, hörte sie noch die empörten letzten Worte des Mannes. Sie hatte es ihm beim letzten Mal selbst erzählt. Peinlich. »Es geht immer mehr bergab mit dieser Jugend.«

Trotz des Praktikums versuchte Lucy, ihren Kurs Englische Literatur am College weiter zu besuchen. Miss Olive war so nett gewesen und hatte ihr erlaubt, an diesen Tagen früher zu gehen oder später zu kommen. Der Raum, in dem der Kurs stattfand, war wie erwartet völlig überfüllt. In der vorletzten Reihe erspähte sie einen leeren Platz. Der junge Mann, der dort saß, lächelte ihr entgegen. Lucy legte ihren Schreibblock und ihr Stifttäschchen auf das Pult und klappte den Stuhl herunter. Erst als sie saß, zog sie ihre Jacke aus. Unruhig rutschte sie auf ihrem Stuhl hin und her, froh darüber, dass ihr Nachbar sie nicht in ein Gespräch verwickelte. Nervös drehte sie einen ihrer Bleistifte in der Hand.

Es war gut, dass sie heute nicht mehr in die Bibliothek musste. Erst musste sie sich über einige Dinge klar werden. Dass die Bücher mit ihr sprachen, damit konnte sie leben. Sie musste es ja niemandem verraten. Dass sie verschwanden, war weitaus dramatischer. Dass niemand sich an *Emma* erinnerte, sprach gegen eine simple Diebstahltheorie. Es war nicht nur der Sammelband von Jane Austen verschwunden. Niemand erinnerte sich daran, dass der Text jemals existiert hatte. Niemand. Nur sie.

Und dann war da noch das andere Werk, zu dem die Bücher sie geführt hatten. Hier wusste sie nicht mal, welches es gewesen war. Ein Gedanke stieg in ihr hoch, so unwirklich wie beängstigend. Was, wenn es nicht die beiden einzigen Bücher waren, die verschwunden waren? Was, wenn es noch mehr gab? Viel mehr. Das Archiv war schließlich riesig.

Sollte sie heute doch noch mal ins Archiv gehen und nach weiteren verlorenen Büchern suchen? Sie musste herausfinden, ob noch andere Bücher verschwunden waren, und überlegen, wer oder was dafür verantwortlich war. Sie musste herausfinden, was mit den Büchern geschehen war. Unruhig spielte sie mit dem Reißverschluss ihres Schreibtäschchens. Dann zog sie ein Haargummi heraus und band ihre wilden Locken zusammen, ansonsten würden sie ihr beim Schreiben ständig ins Gesicht fallen.

Das Seminar hätte längst beginnen müssen. Lucy sah auf die Uhr über der Tafel. Weshalb ließ Professor Wyatt sie so lange warten? Der Lärm um sie herum schien zuzunehmen. Vor ihr kicherten zwei Mädchen. Lucy schob ihre dunkelbraun gerahmte Brille höher, die sie nur in den Kursen trug. Ansonsten vermied sie es, da sie damit aussah wie die sprichwörtliche Leseratte. Marie hatte sie für diese Erklärung ausgelacht. »Aber du bist eine Leseratte, Lucy. Mit oder ohne Brille«, waren ihre Worte gewesen.

»Trotzdem darf man wohl ein bisschen eitel sein«, hatte Lucy sich verteidigt.

Endlich trat Stille ein. Professor Wyatt stand in der Tür. Er war mit jemandem in ein Gespräch vertieft. Musste das sein? Der Professor klopfte seinem Gesprächspartner väterlich auf die Schulter und betrat endlich den Hörsaal. Der junge Mann folgte ihm. Mit unbewegter Miene suchte er nach einem freien Platz. Während er sich auf den Weg zum hinteren Ende des Raumes machte, zog er sein schwarzes Jackett aus. Die Mädchen vor ihr seufzten, und Lucy biss sich auf die Lippen, als sein Blick den ihren traf. Verwundert zog er seine Augenbrauen zusammen. Er hatte sie wiedererkannt und sie ihn auch.

Seine schmale, schlanke Gestalt steckte wie am Vormittag in einer schwarzen Anzughose und einem weißen Hemd. Zielstrebig lief er an den voll besetzten Reihen vorbei. Lucy beugte sich über ihr leeres Blatt Papier. Glücklicherweise ergriff Professor Wyatt das Wort, und das Gemurmel der Mädchen verstummte. Klar, dass ein Typ wie er ihre Aufmerksamkeit erregte. Lucy wagte einen vorsichtigen Blick hinter sich. Nathan de Tremaine lehnte am Fenster und lauschte den Worten des Professors. Dabei musterte er sie mit seinem schwarzen, durchdringenden Blick.

Zwei Stunden später las Lucy in der U-Bahn auf ihrem Handy die Nachricht, die Colin ihr geschickt hatte. »Ich koche, wenn du einkaufst. Jules ist auch zum Essen da, also sei nicht so knauserig.«

Lucy lächelte. Bei dem Gedanken an Colins leckere Nudeln lief ihr das Wasser im Munde zusammen. Die Bücher würden wohl noch einen Tag warten müssen.

Ihr Freund riss die Wohnungstür in dem Moment auf, in dem sie den Schlüssel ins Schloss schob.

»Endlich«, stöhnte er. »Ich hab Hunger wie ein Bär.«

Lucy sah ihn streng an. »Ich kann nichts dafür.« Sie drückte ihm die Einkaufstüte in die Hand, die er sofort öffnete, um hineinzulugen. »Erst kam Professor Wyatt zu spät, und dann hat er auch noch kräftig überzogen.«

»Niemand außer dir geht in der Praktikumszeit auch noch zu seinen Kursen«, erklärte Colin kopfschüttelnd.

Hinter ihr klapperte die Tür. Marie und Jules betraten kichernd den Flur. Lucy zog fragend ihre Augenbrauen hoch.

»Colin hat geschrieben, dass er heute kocht, das konnte ich mir nicht entgehen lassen. Chris ist wirklich in allem gut, nur leider kann er nicht kochen«, beantwortete Marie die unausgesprochene Frage.

»Na, zum Glück habe ich genug Spaghetti angeschleppt.« Lucy scheuchte Colin vor sich her in die Küche. »Ich wette, Chris kommt nachher auch noch. Also beeil dich.« Colins Kochkünste zogen ihre Freunde an wie das Licht die Motten.

»Wie war dein Tag?«, fragte Jules sie und schnitt dabei routiniert Pilze und Zwiebeln klein.

Lucy nahm Teller und Besteck aus dem Schrank und begann, den Tisch zu decken. »Hast du diesen Nathan de Tremaine heute früh gesehen?«, fragte sie Marie.

Ihre Freundin, die mit einem Glas Cola in der Hand am Küchenschrank lehnte, pfiff durch die Zähne. »Das Sahneschnittchen, das so schnell wieder gegangen ist? Wie hast du es geschafft, ihn direkt wieder zu vertreiben?«

»Ich habe ihn nicht vertrieben. Er ist einfach abgehauen. Allerdings war er heute auch noch in meinem Kurs«, erklärte Lucy.

»Macht er dich nervös?« Marie grinste.

»Irgendwie schon. Er sieht mich so komisch an.«

»Vielleicht hat er sich in dich verliebt?«, schlug Jules kichernd vor.

Lucy warf eine Serviette nach ihr. »Ganz sicher nicht. Eher guckt er mich an, als wäre ich ein Insekt, das er am liebsten aufspießen würde.«

Jules schüttelte den Kopf. »Ich bin ziemlich sicher, dass du übertreibst.«

Colin, der sich am Gespräch der Mädchen bisher nicht beteiligt hatte, wandte sich um und griff nach der Schüssel mit den Pilzen. »Pass bloß auf, Prinzessin«, flüsterte er Lucy viel zu laut ins Ohr.

»Wieso?«, fragte Marie interessiert.

»Weil unsere liebe Lucy kein schillernder Schmetterling ist, den man einfach aufspießt. Und sie hat keinerlei Erfahrungen mit Männern.«

Das musste er nun wirklich nicht jedem auf die Nase binden, befand Lucy.

»Genau das habe ich gebraucht«, sagte Jules, nachdem auch die letzten Spaghetti verspeist waren.

»Wer wäscht ab?«, fragte Marie.

»Ich muss noch arbeiten«, sagte Jules schnell.

»Und ich will Madame Moulin einen Brief schreiben. Es wird mal wieder Zeit«, beeilte sich Lucy zu sagen.

»Bestell ihr schöne Grüße«, bat Colin sie.

»Also?«, fragte Marie noch einmal.

»Immer der, der fragt«, lachte Colin.

»Schon verstanden«, grummelte Marie und stand auf. Sie warf Colin das Geschirrtuch zu. »Aber du hilfst mir!«

Lucy verschwand in ihr Zimmer und setzte sich an ihren Schreibtisch. Gedankenverloren knabberte sie an einem Bleistift. Sie hatte Madame Moulin viel zu berichten. Sie wusste nur nicht, wo sie anfangen sollte. Natürlich hätte sie auch anrufen können, aber Lucy liebte es, ihre Gedanken auf dem Papier zu ordnen. Nach kurzer Überlegung beschloss sie, Madame Moulin einfach der Reihe nach zu schreiben, was alles passiert war.

Nathan tigerte in seinem Arbeitszimmer auf und ab. Er würde mit seinem Großvater über das Problem reden müssen. Denn sie war ein Problem. Sie war eine Gefahr für ihn und die Einzige, die ihn aufhalten konnte. Das durfte er nicht zulassen.

In dem Moment, als sie ihm zum ersten Mal in die Augen geschaut hatte, hatte er gewusst, wer sie war. Er hatte es nur nicht wahrhaben wollen. Sie sah so unschuldig aus.

Sein Großvater hatte ihm vor langer Zeit ein Bild gezeigt. Damals musste er ungefähr zwölf Jahre alt gewesen sein. Die Frau auf dem Foto war wunderschön gewesen, aber trotz der Ebenmäßigkeit ihrer Züge und der Feinheit ihrer Haut waren das Auffallendste an ihr ihre Augen gewesen: grau mit silbernen Sprenkeln. Selbst auf dem Bild waren sie ihm lebendig vorgekommen.

»Frauen mit diesen Augen waren unsere ärgsten Feinde«, hatte sein Großvater erklärt. »Ich habe dafür gesorgt, dass keine von ihnen mehr übrig ist. Trotzdem müssen wir wachsam sein. Sollte dir eine Frau mit diesen Augen begegnen, dann musst du auf der Hut sein. Sie haben die Macht, uns daran zu hindern, unsere Pflicht zu tun.« Bei diesen Worten war Nathan ein eiskalter Schauer über den Rücken gelaufen.

Und nun war er einer Frau mit diesen Augen begegnet. Er musste seinen Großvater informieren, aber etwas in ihm sträubte sich dagegen. Was würde passieren, wenn dieser von Lucys Existenz erfuhr? Nathan hatte den Hass in seiner Stimme nicht vergessen, und nun fragte er sich, was diese Frauen seinem Großvater angetan hatten? Was das Mädchen mit den grauen Augen ihm antun konnte? Wie sollte sie ihn hindern, seine Aufgabe zu erfüllen?

Allerdings, wenn er es recht überlegte, behinderte sie ihn jetzt schon. Zwei Tage war er ihretwegen der Bibliothek ferngeblieben. Das war ihm noch nie passiert. Er schüttelte unwillig den Kopf. Sein Großvater hatte behauptet, dass es keine mehr von ihnen gab. Hatte er sich darin getäuscht, oder war die Ähnlichkeit der Augen bloßer Zufall? Sein Telefon klingelte.

»Ja?«, meldete er sich.

»Was ist mit *Alice*?«, blaffte sein Großvater ins Telefon. »Wie weit bist du mit dem Einband? Er müsste längst fertig sein.«

»Ist er auch«, log Nathan.

»Gibt es ein Problem, Junge?«

»Nein, aber dieses Buch ist etwas ganz Besonderes. Es braucht viel Zeit, jedes Detail zu kopieren.«

»Vernachlässige deine Pflichten nicht«, unterbrach sein Großvater ihn mit strenger Stimme.

»Ich gebe mir Mühe.«

»Das erwarte ich auch von dir.«

Dann ertönte ein Tuten, und Nathan legte seufzend auf. Am liebsten hätte er das Handy ganz ausgeschaltet, doch er wusste, wie wichtig es seinem Großvater war, ihn jederzeit erreichen zu können.

Er setzte sich an den Schreibtisch und holte den Skizzenblock aus einem der Fächer. Langsam blätterte er die Seiten um. Unzählige Bilder von Bucheinbänden breiteten sich vor ihm aus. Am besten gefielen ihm die mittelalterlichen Dekore mit den Blindprägungen und Vergoldungen. Es war wichtig, dass er jedes Detail genau festhielt, damit die Handwerker sie später exakt nachbilden konnten. Erst wenn der Einband fertig war, konnte er mit seiner eigentlichen Arbeit beginnen. So hatten es seine Vorgänger gemacht, und so würden es auch seine Nachfolger tun.

Am nächsten Morgen rief Nathan in der Bibliothek an, um *Alice* ein weiteres Mal zu bestellen.

»Tut mir leid«, erklärte ihm die Mitarbeiterin am anderen Ende. »Ausleihen aus dem Archiv sind heute nur am Nachmittag möglich. Unsere Archivarin ist erkrankt. Ich kann Sie aber vormerken. Wie ist Ihr Name?«

»Nathan de Tremaine«, erwiderte Nathan und bemerkte ein kurzes Zögern am anderen Ende.

»Meine Kollegin Lucy wird Ihnen dann am Nachmittag das Buch aushändigen. Seien Sie bitte pünktlich.«

Nathan seufzte. Ein weiterer Vormittag, den er untätig verstreichen ließ. Sein Großvater würde misstrauisch werden, wenn er nicht bald Resultate sah. Nathan schnappte sich seine Tasche und machte sich auf den Weg zum College.

Lucy betrat die Bibliothek, und Marie kam hinter dem Empfangstresen hervor. »Na endlich«, rief sie. »Warum schaust du eigentlich nie auf dein Handy?« Sie riss Lucy ihre Jacke förmlich aus der Hand. »Beeil dich. Er kommt bestimmt gleich. Miss Olive ist krank, du musst dich um seine Bestellung kümmern.«

»Wer?«, fragte Lucy verwirrt und checkte ihr Handy. Der Akku war leer.

»Na, er. Dieser Nathan de Tremaine. Er hat heute Morgen angerufen, um *Alice* noch mal vorzubestellen. Ich habe ihm gesagt, dass du erst am Nachmittag kommst. Warum kannst du nicht ein Mal pünktlich sein?«

»Ich bin pünktlich«, verteidigte Lucy sich. »Überpünktlich sogar. Meine Arbeitszeit beginnt erst in fünf Minuten.«

»Hallo«, erklang in diesem Moment eine Stimme hinter ihr. Sie drehte sich um. Ein rabenschwarzes Augenpaar fixierte sie.

»Bin ich zu früh?«

»Nein. Ich …«, stotterte Lucy. »Ich muss das Buch noch holen.«

Nathan nickte. »Sie wissen also schon Bescheid. Ich möchte mir *Alice* noch einmal ansehen.«

»Kein Problem. Es dauert einen kleinen Moment«, entgegnete sie und schenkte Nathan ein aufgesetztes Lächeln. Dann ging sie nicht übermäßig schnell zur Tür des Archivs.

Sie hörte noch, wie Marie ihn bat, im Lesesaal auf sie zu warten.

Fünf Minuten später stand sie an Nathans Tisch und packte das Buch aus.

Viel gab es nicht zu sagen. Sie leierte ihre Belehrung herunter, reichte ihm das Buch und zog sich dann zurück. Eigentlich hatte er nichts getan, was ihre Abneigung rechtfertigte. Sie konnte selbst nicht erklären, warum sie ihm das Buch nur so ungern überließ. In jedem Fall hatte es etwas mit den Bildern zu tun, die sie bei ihrer letzten Begegnung gesehen hatte. Heute hatten sie beide jede noch so kleine Berührung vermieden.

Marie wartete im Flur auf sie. »Für einen Bücherwurm sieht er wirklich gut aus, findest du nicht?«, versuchte Marie sie aus der Reserve zu locken.

Sie standen an der bleiverglasten Tür zum Lesesaal und lugten hinein. Von hier aus hatten sie einen ausgezeichneten Blick auf Nathan, der sich über das Buch beugte und darin blätterte.

»Ja, schon. Trotzdem finde ich ihn unheimlich. Oder hast du schon mal gesehen, dass er lächelt?«

»*Mich* hat er vorhin angelächelt«, versicherte ihr Marie. Nathan beugte sich zu seiner Tasche und kramte etwas daraus hervor.

»Was tut er da?«, fragte Lucy alarmiert.

Sie sah, wie er einen Block aufschlug und einen Bleistift in die Hand nahm.

»Er zeichnet«, erklärte Marie das Offensichtliche.

»Er zeichnet? Warum tut er das?«

»Er sieht so aus, als würde er den Einband abmalen. Das Buch ist zu, siehst du?«

»Ist das nicht verboten?«, fragte Lucy. »Weshalb tut er das?«

»Vielleicht malt er einfach gern.« Die Klingel ertönte und zeigte an, dass Marie am Empfang gebraucht wurde. »Jetzt mach nicht so ein Gesicht«, sagte sie, bevor sie sich abwandte. »Er klaut es schon nicht.«

»Ich glaub, ich geh trotzdem noch mal rein und schaue nach, ob alles in Ordnung ist.«

»Tu, was du nicht lassen kannst.« Auf dem obersten Treppenabsatz drehte sie sich noch einmal um. »Ach so, er ist übrigens erst neunzehn. Habe ich auf seinem Studentenausweis gesehen. Also genauso alt wie Chris und Colin. Obwohl er deutlich älter aussieht, wenn du mich fragst. Oder einfach nur ernster.« Damit verschwand sie.

Neunzehn? Lucy hätte ihn auf jeden Fall auf über zwanzig geschätzt. Beherzt stieß sie die Tür zum Lesesaal auf und schlängelte sich an den besetzten Tischen vorbei. Leise trat sie hinter Nathan. Er war so in seine Arbeit versunken, dass er Lucy gar nicht bemerkte. Neugierig warf sie einen Blick über seine Schulter. Eine kupferne Haarsträhne löste sich aus ihrem Zopf und strich über seine Wange.

Erschrocken sah er auf. Seine dunklen Augen glänzten fiebrig. Für Lucy wirkte es so, als ob er aus einer fremden Welt zurückkehrte. Es schien, als hätte er Mühe, sie zu erkennen.

»Entschuldigung«, stammelte sie. »Ich wollte dich nicht stören. Ich wollte nur sehen, ob alles in Ordnung ist.« Jetzt, wo sie wusste, wie jung er war, kam ihr ihre Siezerei albern vor.

»Ich mag es nicht, wenn ich während meiner Arbeit gestört werde«, knurrte Nathan. »Ich kann wohl erwarten, in Ruhe gelassen zu werden.«

»Ja, klar«, antwortete Lucy. »Es ist nur ... Du liest ja gar nicht?«

»Steht hier irgendwo, dass ich lesen muss?« Demonstrativ sah er sich um.

»Natürlich nicht. Aber was machst du denn da eigentlich?«

»Ich glaube nicht, dass dich das was angeht«, flüsterte Nathan etwas lauter als erlaubt zurück. »Und jetzt lass mich arbeiten. Viel

Zeit habe ich ja nicht. Ich wünsche, nicht noch einmal gestört zu werden.«

So ein Blödmann. Ging es noch unfreundlicher? Sie wollte nur höflich sein. Okay, und sie war neugierig, und ja, sie hatte auch Angst um das Buch. Alles gute Gründe, fand sie. Sie sah auf ihre Uhr. »Noch zwei Stunden, dann komme ich und hole das Buch.« Unfreundlich sein konnte sie auch.

Mit schnellen Schritten rannte sie ins Archiv. Was bildete der Kerl sich ein? War doch schließlich nicht sein Buch. Sie war dafür verantwortlich. Was, wenn er aus Versehen einen Strich auf den Einband machte? Am Fuß der Treppe wurden ihre Gedanken durch das Wispern der Bücher unterbrochen, das immer mehr anschwoll, während sie durch die Regalreihen stürmte. Lucy ignorierte es und lief ins Büro. Sie schlug die Tür hinter sich zu und sperrte die Bücher aus. Warum war sie so unruhig? Sie hatte Miss Olive mehrmals geholfen, Bücher in den Lesesaal zu bringen und auszuleihen. Kein Grund, heute nervöser zu sein als an den anderen Tagen. Sie sah auf die Uhr. Viertel nach vier. Nach zehn Minuten schaute sie erneut. Verging die Zeit heute denn gar nicht? Sie beschloss, sich abzulenken, und zog einen der Karteikästen, die in dem großen Schrank in dem Büro standen, heraus und widmete sich der langweiligen Tätigkeit, die Angaben auf den Karten in das Online-System der Bibliothek einzupflegen. Wütend hämmerte sie auf die Tastatur des Computers ein. Immer wieder dieselbe Maske: Titel, Autor, Erscheinungsjahr, Zustand, Aufbewahrungsort, Beschaffungsdatum. Sisyphos ließ grüßen. Lucy stellte sich vor, wie es wäre, in fünfzig Jahren immer noch hier zu sitzen. Dann allerdings mit schlohweißem langem Haar. Zum Glück war ihre Zeit in der London Libary vorerst auf acht Wochen begrenzt, und das war auch gut so. Die Arbeit stellte irgendwas mit ihr an. Normalerweise war sie ausgeglichen und ruhig.

Ihr fiel auf, dass ab und zu zwischen den vielen in den unterschiedlichsten Handschriften beschriebenen Kärtchen leere Karten steckten. Der Sinn dahinter war Lucy nicht klar. Zuerst vermutete sie ein Versehen. Der ein oder andere Archivar musste manchmal zwei Karten gegriffen haben, wenn er einen neuen Titel einpflegte. Oder jemand hatte eine leere Karte in den Kasten gesteckt, um eine bestimmte Stelle damit zu markieren, und vergessen, die Karte wieder herauszuziehen. Doch als sie nun einen Titel nach dem anderen in den Computer übertrug, kamen ihr Zweifel an dieser Theorie. Bisher hatte sie sechs oder sieben leere Karten gefunden. Sie lehnte sich zurück und starrte auf die Suchmaske des Computers. Die Buchstaben verschwammen vor ihren Augen, während sich eine Idee in ihrem Kopf manifestierte. Lucy sprang auf und suchte nach dem Karteikasten, in dem die alten Registerkarten für Jane Austen sein mussten. Es war nicht leicht, diese zu finden. Im Laufe der Jahre waren die unzähligen Kästen irgendwie durcheinandergeraten. Langsam blätterte sie die Karten durch. Vor *Die Abtei von Northanger* steckte eine vergilbte Karte mit eingerissenen Rändern. Lucy zog sie heraus und wendete sie hin und her. Wie sie befürchtet hatte, war diese leer. Das musste die Karte für *Emma* sein. Eine andere Erklärung gab es nicht.

Das Klingeln des Telefons unterbrach sie in ihren Überlegungen. Sie ging in ihr Büro zurück und nahm den Hörer ab. »Ja?«

»Du kannst dein Buch wiederhaben. Mr de Tremaine ist fertig«, teilte ihr die Lesesaalaufsicht mit.

»Ich komme«, antwortete Lucy mechanisch, legte auf und ging nach oben.

Nathan saß an seinem Tisch und sah ihr entgegen. »Alles in Ordnung?«, fragte er, als sie bei ihm ankam.

»Ja, sicher. Warum?«

»Du siehst aus, als hättest du einen Geist gesehen.«

Lucy wunderte sich über sein Mitgefühl. War ihm seine Unfreundlichkeit abhandengekommen? Tat es ihm vielleicht leid, dass er sie so angefahren hatte? Er hatte sich vorhin wahrscheinlich nur erschreckt. Sie sollte nicht nachtragend sein.

»Es ist alles in Ordnung.« Sie griff nach dem Buch. Unerwartet machte sich ihr Mal bemerkbar. Automatisch rieb sie über den Pulswärmer, der es vor seinen Augen verbarg. Nathan de Tremaines Blick folgte jeder ihrer Bewegungen.

Hastig ließ sie von ihrem Mal ab, ging um den Tisch herum und zog ihre Handschuhe aus der Hosentasche. Er stand auf und bot ihr seinen Platz an. Mit einem Nicken bedankte sie sich, setzte sich und begann, das Buch zu inspizieren. Es war genauso perfekt wie zuvor. Ihre Sorge war unbegründet gewesen.

»Beruhigt?«, fragte Nathan, und Lucy versuchte vergeblich, einen spöttischen Unterton aus seinen Worten herauszuhören.

»Ja«, erwiderte sie und schlug das Buch behutsam in das Papier ein. Sie band das Paket zusammen und erhob sich. Nathan ragte vor ihr auf, wich jedoch nicht zurück, um sie durchzulassen.

Sie roch sein Eau de Toilette. Es war ein angenehmer Duft. Beinahe herbstlich. Er war sehr gepflegt, das war ihr gleich aufgefallen. Ziemlich ungewöhnlich für einen Jungen in seinem Alter, aber es gefiel ihr.

»Ich würde es mir in ein paar Tagen gern noch einmal anschauen«, sagte er.

Alarmiert presste Lucy das Buch an sich. Seine dunklen Augen glitzerten. Eine Welle des Schmerzes raste durch ihr Handgelenk.

»Autsch!« Das Buch rutschte ihr aus dem Arm, aber Nathan fing es geistesgegenwärtig auf.

»Was ist los? Hast du Schmerzen?« Er rügte sie nicht für ihre Unachtsamkeit, sondern legte das Buch behutsam auf den Tisch. Dann nahm er ihre Hand und zog den Pulswärmer herunter.

Das durfte er nicht, dachte Lucy, war aber unfähig, ihm die Hand zu entziehen, als eine neue Welle des Schmerzes sie erfasste. Er berührte das Tattoo, ganz vorsichtig fuhr er darüber. Ihr wurde fast übel. Das kleine Buch pulsierte rot auf ihrer Haut. Blutrot. Sie blickte in sein Gesicht. Es war weiß wie eine Wand.

»Das ist nicht ansteckend«, versuchte Lucy zu erklären. »Es ist nur eine Tätowierung. Die Haut hat sich vielleicht entzündet«, fügte sie hinzu und wusste selbst, dass diese Erklärung mehr als dürftig war. Jeder Mensch mit ein bisschen Verstand sah, dass das hier keine harmlose Entzündung war. Und Nathan machte den Eindruck, als hätte er jede Menge Verstand.

»Ich muss los«, sagte er, ohne auf ihre Ausflüchte einzugehen. Er machte einen großen Bogen um sie, als er hastig den Lesesaal verließ. Ihn würde sie wohl nicht so schnell wiedersehen. Lucy ertappte sich dabei, dass sie es bedauerte. Sie traf nicht oft junge Männer, die Bücher mochten, und ihn hatte sie jetzt schon zwei Mal in die Flucht geschlagen.

Lucy warf noch einen Blick auf die Tätowierung. Das Pulsieren wurde von Sekunde zu Sekunde schwächer, und die gruselige rötliche Färbung verschwand in Windeseile. Sie hätte es ihn nicht sehen lassen dürfen. Wahrscheinlich dachte er jetzt, sie wäre ein Freak. Wer ließ sich schon so etwas Uncooles wie ein Buch auf den Puls tätowieren? Adler oder Schmetterlinge standen viel höher im Kurs. Hastig zog sie den Schutz über ihr Handgelenk. Es reichte, dass *er* es gesehen hatte, mehr Publikum brauchte sie nicht.

Sie nahm das Buch an sich, verstaute es in einem Korb und schickte es mit dem Aufzug hinunter. Unten legte sie es auf den Schreibtisch. Hier konnte das Buch warten, bis Nathan noch einmal kam. Wenn er noch mal kam. Sie glaubte nicht recht daran. Lucy packte ihre Sachen zusammen und zog ihre Jacke an. Erschöpft machte sie sich auf den Heimweg.

Lesen heißt durch fremde Hand träumen.

Fernando Pessoa

5. KAPITEL

Nathan verließ die Bibliothek im Laufschritt. Seine schlimmste Befürchtung hatte sich bewahrheitet. Gut, bereits ihre Augen hatten ihn stutzig werden lassen. Aber er hatte es nicht glauben wollen. Sein Großvater hatte ihm versichert, dass es keine mehr von ihnen gab. Und ausgerechnet dieses zierliche Mädchen sollte eine sein? Es erschien ihm unmöglich. Sie wirkte völlig harmlos, wenn man von ihrer Kratzbürstigkeit absah. Und doch hatte sie, schon als er sie das erste Mal gesehen hatte, seine Aufmerksamkeit geweckt. Von Nahem sah sie der Frau auf dem Bild beängstigend ähnlich.

Ihr Mal war der endgültige Beweis und ließ jeden Zweifel daran, wer sie war, verschwinden. Was wusste sie? Was tat sie hier in der Bibliothek? Warum hatte sie ihm das Buch überlassen? Etwas passte da ganz und gar nicht zusammen.

Jetzt musste er mit seinem Großvater über das Problem reden. Er durfte keine Zeit mehr verschwenden.

In der Queen Anne's Gate angekommen, griff er zum Telefon. Er wählte die vertraute Nummer, und wenige Sekunden später hörte er die Stimme seines Großvaters.

»Was willst du?«, fragte dieser unwirsch.

»Wir haben ein Problem«, erklärte Nathan, wissend, dass er seinen Großvater bei seinen Studien störte. Batiste de Tremaine hatte einen festen Tagesablauf. Aber darauf konnte er heute keine Rücksicht nehmen.

»Was soll das für ein Problem sein?«

Nathan schwieg einen Moment.

»Eine … eine Hüterin«, antwortete er dann langsam, und am anderen Ende der Leitung breitete sich Stille aus.

»Bist du dir ganz sicher?«

»Ja. Sie trägt das Mal.«

Sein Großvater fluchte. »Hat sie dich erkannt?«

»Ich denke nicht.«

»Du wirst morgen mit dem ersten Zug herkommen. Wir werden das Problem lösen, bevor es zu einem wird.«

»Ich habe morgen Unterricht, Großvater«, wandte Nathan ein. »Genügt es nicht, wenn ich am Wochenende komme?«

»Keine Widerrede. Ich erwarte dich morgen Mittag in meinem Büro.« Mit diesen Worten legte er auf.

Nathan sah auf den Hörer in seiner Hand. Kam es wirklich auf die zwei Tage an? Doch er war es gewohnt zu gehorchen. Er holte seinen Laptop hervor und schrieb eine Mail an das Büro des Colleges. Dann buchte er eine Fahrkarte und druckte sie aus. Der Frühzug ging um sieben. Gegen Mittag würde er zu Hause eintreffen.

Die fünfstündige Zugfahrt nutzte Nathan, um die Zeichnung des Buchdeckels von *Alice* fertigzustellen. Die Handwerker, die damit beauftragt werden würden, eine originalgetreue Nachbildung anzufertigen, mussten sich hundertprozentig auf seinen Entwurf verlassen können. Es war wichtig, dass er jedes Detail genau festhielt.

Der Einband von *Alice* war von schlichter Schönheit. Wenn der Buchbinder mit seiner Arbeit fertig war, würde ein Maler seines Großvaters den Einband entsprechend Nathans Vorlage verzieren. Oftmals waren die Hüllen der Bücher noch viel aufwendiger und prachtvoller, sodass die Hilfe von Goldschmieden oder Schnitzern notwendig war. Sein Großvater verpflichtete für diese Arbeiten nur die Besten. Gerade die mittelalterlichen Einbände verlangten hohe Sorgfalt bei der Ausarbeitung, und in früheren Zeiten war es häufig vorgekommen, dass die Vorlagen nicht exakt genug gearbeitet waren. Dann konnten sie ihre eigentliche Aufgabe nicht erfüllen, und alle Vorarbeit war umsonst. Nathan war so ein Fehler noch nie unterlaufen. Im Grunde machte ihm das Kopieren der Buchdeckel die größte Freude. Es befriedigte ihn jedes Mal aufs Neue, wenn die Kopie nicht vom Original zu unterscheiden war.

Kurz bevor der Zug sein Ziel erreichte, war Nathan mit seiner Arbeit fertig. Vorsichtig schob er die Blätter in Folien und verstaute sie in seiner Tasche.

Am Bahnhof wartete der Chauffeur seines Großvaters bereits auf ihn. »Harold, schön dich zu sehen. Wie geht es dir?«

»Sehr gut, Nathan. Danke. Wir sollten uns beeilen«, fügte er hinzu. »Dein Großvater war heute früh sehr ungnädig.«

»Ist er das nicht immer?« Nathan setzte sich in den Wagen, während Harold seinen Koffer verstaute. Eine Tätigkeit, die ihn offenbar einer Antwort enthob.

Harold brachte ihn zu dem Wohnsitz, den Nathans Vorfahren im 16. Jahrhundert erbaut hatten und der seitdem ununterbrochen von seiner Familie bewohnt wurde. Weit abgelegen an der Küste Cornwalls war er ein hervorragender Rückzugsort, wo die de Tremaines seit Jahrhunderten ungestört ihre Interessen verfolgen konnten.

Als das Auto vor dem ausladenden Portal zum Stehen kam, wandte sich Harold zu Nathan um. »Dein Großvater erwartet dich in seinem Büro«, erklärte er. »Er bat mich, dir auszurichten, dass er dich sofort sehen will. Ich werde dein Gepäck auf dein Zimmer bringen. Sofia wird sich um alles Weitere kümmern. Sie freut sich sehr, dich zu sehen.«

Der alte Chauffeur, der schon bei seinem Großvater gearbeitet hatte, bevor Nathan zu ihm gekommen war, lächelte ihm aufmunternd zu. Nathan kannte dieses Lächeln. Ohne Worte hatte Harold bereits früher versucht, ihn vor den Gesprächen mit seinem Großvater aufzumuntern. Nathan lächelte zurück und stieg aus. Das kleine Schloss war auf einem Hügel erbaut, sodass man den freien Blick bis zum Horizont genießen konnte. Kurz blickte Nathan auf das Meer hinaus und sog den vertrauten Duft nach Salz und Sand ein.

Dann lief er mit schnellen Schritten die steinerne Treppe zum Portal des Schlosses hinauf. Auf sein Klopfen hin wurde ihm von einem Mädchen, das die altmodische Kleidung eines Dienstmädchens trug, geöffnet. Nathan nickte ihr zu und eilte zu der Treppe, die zum Büro seines Großvaters führte. Im Laufe der Jahrhunderte war sie von den vielen Menschen, die sie benutzt hatten, abgetreten worden. Die Steinstufen schimmerten im Licht der Mittagssonne, das durch die bleiverglasten großen Fenster hereinfiel.

Die Wände des Aufganges waren gesäumt mit Bildern seiner Vorfahren. Missbilligend blickten sie auf ihn herab. Nathan schenkte weder ihnen noch der Einrichtung des Foyers besondere Aufmerksamkeit. Schließlich kannte er das Haus seit seiner frühen Kindheit.

Hätte ein Besucher in das von seiner Umwelt durch hohe, undurchdringliche Hecken und Zäune abgeschirmte Gelände eindringen können, hätte er kaum gewusst, was eindrucksvoller war: das riesige Haus mit seinen vier Wehrtürmen, der große gepflegte Park, der es umgab, oder die prunkvolle Inneneinrichtung, die im Laufe der Jahrhunderte von der Familie angeschafft worden war.

Vor einer der Türen, die im ersten Stock vom Flur abgingen, blieb Nathan stehen und atmete tief durch. Trotz seiner neunzehn Jahre war ihm immer noch unbehaglich zumute, wenn er diesen Raum betrat. Zwar ängstigte er sich nicht mehr wie als kleiner Junge, aber noch nie war er mit einem guten Gefühl in den Raum gegangen. Nun verstärkte sich diese Stimmung. Unwillig schüttelte er den Kopf, dann klopfte er und wartete einen Moment, bevor er eintrat. Zu seinem Erstaunen fand Nathan seinen Großvater nicht hinter dem riesigen Schreibtisch vor. Sein Blick wanderte durch den Raum, glitt über die dunklen Bücherregale und die lederne Sitzgruppe. Sir Batiste de Tremaine stand an einem der großen, von dunkelgrünen Samtvorhängen eingerahmten Fenster und sah in den Garten hinaus. Die Meerschaumpfeife, die er in der Hand hielt, verströmte den Geruch von Nathans Kindheit. Mit seiner allgegenwärtigen Vanillenote überdeckte er in diesem Raum zuverlässig selbst den Duft der alten Bücher.

Tatsächlich musste etwas seinen Großvater durcheinandergebracht haben. Nathan kannte ihn nur arbeitend hinter dem Schreibtisch. Nathans ungutes Gefühl verstärkte sich. Es musste mit dem Mädchen zu tun haben. Das war die einzige Erklärung.

Zwei schwarze Doggen hoben bei seinem Eintreten den Kopf und begannen zu knurren. Diese Tiere waren unverzichtbare Begleiter seines Großvaters und mit ihrer Größe mindestens ebenso Furcht einflößend wie ihr Herr. Ein Blick von ihm genügte, die Kreaturen zum Schweigen zu bringen.

Nathan trat ebenfalls ans Fenster. »Großvater«, begrüßte er ihn.

»Du kommst spät«, warf dieser ihm vor.

»Ich habe den ersten Zug genommen«, erwiderte Nathan und sah in den Garten hinunter. Zwei Gärtner mühten sich auf dem akkurat gemähten Rasen ab, des herbstlichen Laubes Herr zu werden. Sehr erfolgreich waren sie nicht, da der stürmische Wind, der unablässig wehte, es ihnen nicht leicht machte.

»Unfähiges Pack«, murmelte Batiste de Tremaine und begab sich auf seinen Stock gestützt zu seinem Schreibtisch. Mühsam setzte er sich. Die Hunde waren ihm gemächlich gefolgt und legten sich zu seinen Füßen nieder. Dass er selbst für diese kurze Strecke einen Stock benötigte, erschreckte Nathan. Vermutlich machte ihm seine Gicht zu schaffen. Doch der alte Mann hasste es, auf den Verfall seines Körpers angesprochen zu werden, deshalb verkniff Nathan sich jeden Kommentar dazu. Als Nathan mit vier Jahren zu ihm gekommen war, war Batiste ein staatlicher, großer Mann gewesen. Nun, mit fast siebzig Jahren, forderte das Alter seinen Tribut. Sir Batiste de Tremaine hatte sich nie geschont in seinem Bemühen, der Aufgabe, die seine Familie so lange erfüllte, gerecht zu werden, und dasselbe erwartete er von seinem Enkel.

Abwartend sah Nathan seinen Großvater an. Dieser schätzte es nicht, wenn sein Gegenüber sprach, ohne dazu aufgefordert worden zu sein.

»Nimm Platz, Junge.« Batiste de Tremaine wies auf einen Sessel, der vor dem Schreibtisch stand. »Berichte mir von ihr.«

Nathan war klar, wen er mit »ihr« meinte, doch als er in die kalten schwarzen Augen seines Großvaters sah, sträubte sich etwas in ihm, zu viel von Lucy preiszugeben. Schon während der Zugfahrt hatte er sich die Frage gestellt, ob es klug gewesen war, seinem Großvater von ihr zu erzählen. Jetzt war es für diese Überlegung allerdings zu spät. Sorgfältig wog er ab, bevor er sprach.

»Ihr Name ist Lucy. Lucy Guardian.«

Sein Großvater nickte abwesend. »Dieses Natterngezücht ist schlimmer als räudige Katzen. Ich frage mich, wie viele Leben sie noch haben«, fügte er hinzu, und Nathan lief bei seinem Tonfall ein eiskalter Schauer über den Rücken. Die Stimme des alten Mannes schien vor Hass zu glühen. Trotzdem zitterte sie ein wenig. Jemand anderem wäre es vielleicht nicht aufgefallen, aber Nathan hatte früh gelernt, jede noch so kleine Veränderung im Gemütszustand seines Großvaters zu erkennen. Wenn es nicht absolut unmöglich wäre, hätte er jetzt vermutet, genauso viel Angst wie Hass in dieser Stimme zu hören.

Bei dem Wort »Katzen« hatten die Hunde ihre Köpfe gehoben und zu knurren begonnen. Batiste de Tremaine beruhigte sie, indem er ihnen auf den Kopf klopfte.

»Weiter«, blaffte er.

»Sie arbeitet in der London Library. Sie macht dort ein Praktikum. Ansonsten ist sie am selben College wie ich.«

»Warum bist du dir so sicher, dass sie eine Hüterin ist?«

»Sie trägt das Mal«, antwortete Nathan ganz langsam und beobachtete die Reaktion seines Großvaters. Dieser hatte sich erstaunlich gut unter Kontrolle, lediglich das Mahlen seiner Wangenmuskeln verriet seine Anspannung.

»Was ist mit den Augen?«, fragte er gepresst.

Als würden diese nach der Entdeckung des Mals noch eine Rolle spielen. »Grau mit silbernen Sprenkeln. Genau dieselben Augen, wie die Frau auf dem Bild sie hatte, das du mir gezeigt hast. Und dasselbe kupferrote Haar«, antwortete Nathan trotzdem.

»Du hast es dir gemerkt«, stellte sein Großvater fest, und zum ersten Mal klang so etwas wie Anerkennung in seinen Worten mit.

Der Eindruck verschwand, als er sich zu Nathan vorbeugte und ihn fest ansah. »Sie darf dich nicht daran hindern, deine Aufgabe zu erfüllen.«

Nathan nickte. »Ich werde mich nicht aufhalten lassen.«

»Das liegt nun nicht mehr in deiner Hand. Du weißt nicht, welche Kraft eine machtvolle Hüterin haben kann.«

»Wie eine machtvolle Hüterin wirkt sie nicht gerade«, erwiderte Nathan und sah Lucy vor sich. »Sie ist gerade mal siebzehn. Ich habe mich nach ihr erkundigt.« Es war nicht sonderlich schwer gewesen, dem Mädchen am Empfang ein paar Informationen zu Lucy zu entlocken.

»Weiß sie, wer du bist?«

Erstaunt sah Nathan seinen Großvater an. »Wie sollte sie?«

»Wer immer sie dort hingeschickt hat, wird nicht so dumm gewesen sein, sie nicht vor einem de Tremaine zu warnen«, entgegnete Batiste. »Sie muss deinen Namen kennen.«

»Wenn sie weiß, wer ich bin, dann ist sie eine begnadete Schauspielerin«, erwiderte Nathan. »Ich bin mir sicher, dass ich für sie lediglich ein normaler Besucher war.«

»Darauf können wir uns nicht verlassen. Du musst herausfinden, was sie weiß. Ihre Mutter hat mir das Leben zur Hölle gemacht.« Batiste versank in brütendes Schweigen. »Ich frage mich, wie sie es geschafft haben, das Kind vor mir zu verbergen«, überlegte er dann laut.

Interessiert sah Nathan seinen Großvater an. Dieser dachte jedoch nicht daran, ihm mehr zu erzählen.

»Wie soll ich das anstellen? Soll ich ihr hinterherspionieren oder einen Detektiv auf sie ansetzen?«

»Sie ist siebzehn, sagst du?«, unterbrach ihn sein Großvater.

»Ja.«

»Verabrede dich mit ihr«, befahl er. »Flirte mit ihr. Verführe sie. Sie wird dir nicht widerstehen können. Das können sie nie. Was auch immer nötig ist, du wirst es tun. Finde heraus, woher sie kommt und was sie weiß.«

Nathan glaubte, sich verhört zu haben. »Ich habe wichtigere Dinge zu tun«, widersprach er steif.

Sein Großvater fuhr mit einer Geschwindigkeit, die Nathan dem gebrechlichen Körper nicht zugetraut hätte, nach vorn. »Du wirst mir gehorchen«, brüllte er ihn an. Speicheltröpfchen flogen durch die Luft. »Du wirst dieses Problem aus der Welt schaffen. Wenn sie ihre Macht erst erkannt hat, wird sie versuchen, dich daran zu hindern, deine Aufgabe zu erfüllen. Bete zu Gott, dass es dafür nicht längst zu spät ist.«

Nathan wich in seinem Sessel zurück und ließ den Zorn seines Großvaters über sich ergehen. Die Doggen waren aufgesprungen und bauten sich vor ihm auf. Ein Wort, und die Bestien würden ihn in Stücke reißen.

»Was immer du willst, Großvater«, lenkte er ein.

»Das erwarte ich auch«, erwiderte Batiste drohend. »Du kannst jetzt hinaufgehen und dir überlegen, wie du vorgehen möchtest. Ich erwarte dich heute Abend zum Dinner.«

Damit war Nathan entlassen. Er stand auf und verließ den Raum. Ohne sich noch einmal umzuschauen, lief er durch die langen, düsteren Flure des Schlosses. Es sollte nicht schwer sein, der Kleinen ihre Geheimnisse zu entlocken. Er würde tun, was sein Großvater erwartete, und dann weitersehen. Nathan lockerte den obersten Knopf seines Hemdes. Gern tat er es nicht, sie hatte etwas an sich, das ihn berührte. Ständig drängelte sie sich in seine Gedanken. Es wäre das Beste gewesen, seinem Großvater gar nicht von ihr zu erzählen. Er hätte einfach seine Arbeit machen und dann verschwinden sollen. Sie hätte nie etwas gemerkt. Wenn sie irgendwas wüsste, hätte sie ihn längst daran gehindert, seine Aufgabe zu erfüllen.

Als er die Tür zu seinem Zimmer öffnete, erblickte er eine ältere Frau, die an seinem Bett die Decke richtete und das Kissen aufschüttelte. Durch das offene Fenster wehte der Duft von Mönchspfeffer herein, der im Herbst auf den riesigen Beeten des Anwesens wuchs. Flankiert wurde er von zahllosen Dahlien und Astern, die jeden Tag in Form von frischen Sträußen ihren Weg ins Haus fanden. Nathan bezweifelte allerdings, dass sein Großvater dafür einen Blick hatte. Als sie das Knarren der Tür hörte, drehte die korpulente, grauhaarige Frau sich um.

»Nathan, mein Junge«, begrüßte sie ihn. »War es sehr schlimm?« Aufmerksam musterte sie sein Gesicht.

Nathan schüttelte den Kopf. »Nein, gar nicht, Sofia.«

Sie glaubte ihm nicht. Das erkannte er an dem Blick, den sie ihm zuwarf. Eilig kam sie zu ihm und legte ihm beide Hände auf seine Wangen. »Du warst viel zu lange nicht zu Hause«, warf sie ihm vor. Sie reichte ihm gerade bis zur Brust, aber als sie ihn umarmte, spürte er das Gefühl von Geborgenheit, das ihn als Kind so oft getröstet hatte. Sofia war ihm Mutter, Großmutter und Tante gewesen. Sie war die einzige Frau, die sein Großvater in seiner Nähe duldete, und sie hatte ihr Bestes getan, um ihn vor dessen Zornausbrüchen zu schützen. Dafür würde er ihr ewig dankbar sein.

»Er meint es nicht so«, verteidigte Nathan seinen Großvater, und es erschien ihm wie ein Déjà-vu aus längst vergangenen Tagen. So oft schon hatten sie ähnliche Gespräche geführt. Zwar versuchte Sofia nie, die Autorität von Batiste de Tremaine zu untergraben, aber sie ermutigte ihn, die Anweisungen seines Großvaters zu hinterfragen. Beiden war immer klar gewesen, dass diese Gespräche eine gefährliche Gratwanderung darstellten. Ein Wort von Nathan zu seinem Großvater, und Sofia und ihr Ehemann Harold hätten das Haus auf der Stelle verlassen müssen. Aber Nathan hatte schon früh gewusst, dass sein Leben ohne Sofia noch härter sein würde.

»Du verteidigst ihn immer noch«, lenkte sie ein. »Und das ehrt dich. Aber du bist jetzt erwachsen. Du musst deinen eigenen Weg finden«, wandte sie ein.

So deutlich war sie noch nie geworden. Nathan drückte seine Fingerspitzen an die Schläfen, hinter denen es zu pochen begann. »Mach dir nicht zu viele Sorgen um mich. Es ist alles in bester Ordnung.«

Sie nickte, und er wusste, dass sie ihm nicht glaubte, egal, was er vorbrachte.

»Mach dich frisch und komm in die Küche. Ich habe Kuchen gebacken.«

Nathan grinste sie an. »Apfeltarte?«

»Was sonst? Ich schlage die Sahne auf und koche Tee. Wenn du runterkommst, ist alles fertig.« Dann verließ sie den Raum, nicht ohne ihm ein letztes Mal über die Wange zu streichen.

Nathan ließ sich auf das gemachte Bett fallen und schloss die Augen. Lucys Gesicht tauchte vor ihm auf. Ihre grauen Augen, ihr Mund, ihr weiches, lockiges Haar. Er riss die Augen wieder auf und wischte sich über sein Gesicht. Er durfte nicht so an sie denken.

Hastig stand er auf und warf sein Sakko über einen Stuhl. Dann ging er in das angrenzende, sorgfältig aufgeräumte Bad und wusch sich Gesicht und Hände. Seine schwarzen Augen, die denen seines Großvaters so ähnlich waren, starrten ihm aus dem Spiegel entgegen. Was hatte es mit dem Mädchen genau auf sich? Die Angst in der Stimme seines Großvaters war überdeutlich gewesen. Eine Gefühlsregung, die er dem alten Mann nie zugetraut hätte. War Lucy eine Bedrohung für ihn? Selbstverständlich kannte Nathan die Legende der Hüterinnen. Doch sein Großvater hatte ihm all die Jahre versichert, dass es keine mehr von ihnen gab. Der Bund hatte in einem Jahrhunderte währenden Kampf seine Gegnerinnen, die sich lächerlicherweise die Hüterinnen nannten, unerbittlich verfolgt und zum Schluss vernichtet. Trotzdem war Lucy Guardian wie aus dem Nichts aufgetaucht, und das Mal kennzeichnete sie eindeutig als eine von ihnen. Seine Finger umspannten fest das Marmorwaschbecken. Er würde herausfinden, was es mit dem Mädchen auf sich hatte. Er würde sich nicht von ihr an der Nase herumführen lassen.

Der Duft des frisch gebackenen Apfelkuchens strömte ihm auf dem Weg zur Küche, die sich in einem der Seitenflügel des weitläufigen Hauses befand, entgegen. Sofia und Harold saßen bereits an dem großen, blank gescheuerten Tisch in der Mitte des Raumes und unterhielten sich. Der riesige Kamin knisterte und verbreitete eine wohlige Wärme. Als Nathan plötzlich im Raum stand, fuhren sie auseinander.

»Geheimnisse?«, fragte er lächelnd und sah mit Erstaunen, dass sich eine leichte Röte auf Sofias Wangen ausbreitete.

»Setz dich«, forderte sie ihn auf, um ihre Verlegenheit zu überspielen. Sie schenkte Nathan Tee in die tönerne blaue Tasse und rührte Zucker hinein. So machte sie es immer, obwohl er sie mehrfach darauf hingewiesen hatte, dass er alt genug war, um sich seinen Tee selbst zu süßen. Sie lachte nur und strubbelte durch sein Haar.

»Erzähl von dir, Nathan«, forderte Harold ihn auf. »Was gibt es Neues in London? Ein Mädchen vielleicht?«

Nathan winkte ab. »Ich bin viel zu beschäftigt.«

»Du solltest dir auch für etwas anderes als deine Studien Zeit nehmen«, wandte Sofia ein. »Du bist jung. Geh aus. Amüsiere dich.«

»Hat sich hier jeder gegen mich verschworen?«, lachte Nathan. »Großvater hat vorhin etwas Ähnliches gesagt. Ich soll mich mit einem Mädchen verabreden.« Allerdings hatte dieser nicht sein Wohlbefinden im Auge gehabt, aber das verschwieg Nathan. Sofia konnte es sich sowieso denken, wenn er den Blick, den sie mit ihrem Mann tauschte, richtig deutete.

»Meinte er ein spezielles Mädchen?«, fragte Sofia jetzt.

Nathan schüttelte lächelnd den Kopf und trank noch einen Schluck Tee. Darauf würde sie keine Antwort bekommen. Es gab Sachen, die er nicht mal mit ihr besprach. Lägen die Dinge anders, hätte er ihr vielleicht von Lucy erzählt. Aber das durfte er nicht. »Wie geht es dem alten Herrn eigentlich? Seine Gicht macht ihm sehr zu schaffen, oder? Er sieht krank aus«, lenkte er das Gespräch in unverfänglichere Bahnen.

»Die Medikamente helfen nicht mehr so gut wie früher«, bestätigte Sofia seine Vermutung. »Es gibt Tage, an denen er nicht einmal mithilfe des Stockes laufen kann, dann bleibt er meist im Bett. Seine Launen sind zuweilen kaum zu ertragen. Nun darf er nicht mal mehr seinen geliebten Rotwein trinken, da das seine Krankheit fördert. Aber natürlich hält er sich nicht daran.«

»Das war auch nicht zu erwarten«, warf Nathan ein. Batiste hatte schon immer selbst am besten gewusst, was gut für ihn war. Er erinnerte sich lebhaft an die Wutausbrüche seines Großvaters, wenn etwas nicht nach seinem Willen geschah. Sir Batiste de Tremaine regierte in seinem Haus wie ein Fürst. Es wunderte Nathan, dass seine Angestellten es vergleichsweise lange bei ihm aushielten. Er schrieb es der Loyalität seiner Familie gegenüber zu, und den hohen Gehältern, die sein Großvater zahlte.

Pünktlich zum Dinner fand Nathan sich im Speisezimmer ein. Große Kerzenhalter standen auf dem Tisch und unterstützten die winzigen Wandleuchten in ihrem Bemühen, die hereinsickernde

Dunkelheit zu verdrängen. Draußen prasselte der Regen gegen die Fenster, ein Geräusch, das Nathan seit Kindesbeinen vertraut war. Es regnete häufig in diesem Winkel von Cornwall. Nathan hatte oft am Fenster gestanden und den dicken Tropfen gelauscht, die vom Himmel rauschten. Sofia hatte ihm erzählt, dass er verstehen würde, was sie sagten, wenn er genau hinhören würde. Geklappt hatte das nie.

»Hast du dir überlegt, wie du vorgehen möchtest?«, fragte sein Großvater, nachdem sie eine Weile schweigend gegessen hatten. Es schmeckte vorzüglich. Sofia war eine ausgezeichnete Köchin. Etwas anderes hätte sein Großvater auch nicht geduldet.

»Mir wird schon etwas einfallen«, entgegnete Nathan ausweichend. Er nahm ein Stück von den Rosmarinkartoffeln in den Mund und kaute langsam.

»Du erinnerst dich, was ich dir über die Hüterinnen erzählt habe?« Sein Großvater würde nicht lockerlassen. Das Thema war zu dringlich, Nathan wusste das. »Vielleicht hätte ich dich besser darauf vorbereiten sollen. Ich frage mich, wo sie das Mädchen in all den Jahren versteckt haben.«

Nathan wurde hellhörig. »Was meinst du damit?«

»Ich war sicher, diese Brut endgültig vernichtet zu haben.«

Nathan legte seine Gabel zur Seite. Der Appetit war ihm vergangen.

»Dieses Miststück hat mich überlistet. Ich habe keine Ahnung, wie ihr das gelungen ist. Alles war genau geplant. Und doch …«

»Wovon redest du, Großvater?«, fragte Nathan. »Wenn du möchtest, dass ich herausfinde, was sie weiß, dann musst du mir sagen, was damals passiert ist.«

Jetzt beugte sein Großvater sich vor. Seine Augen wirkten in dem eingefallenen Gesicht wie glühende Kohlen. »Du weißt alles, was du wissen musst. Deine Vorfahren starben, um unser Vermächtnis zu schützen. Du bist ihnen verpflichtet. Du darfst nicht zulassen, dass die Hüterinnen alles zerstören, wofür wir gekämpft haben. Niemand darf sich uns in den Weg stellen.«

Der Blick seines Großvaters hielt seinen gefangen. »Du kannst dich auf mich verlassen«, murmelte Nathan die Worte, die von ihm erwartet wurden.

Batiste nickte zufrieden und läutete nach Sofia, damit sie abräumte und das Dessert servierte.

Als Batiste de Tremaine später allein in seinem Arbeitszimmer saß, kamen die Zweifel. Würde Nathan der Aufgabe gewachsen sein? Schon sein einziger Sohn, Nathans Vater, war eine Enttäuschung gewesen. Zu spät hatte er erkannt, dass die Erziehung durch die Mutter das Kind verweichlichte. Mit seinem Enkel hatte ihm das nicht passieren dürfen, das hatte er sich am Tage seiner Geburt geschworen. Das Resultat konnte sich bisher durchaus sehen lassen. Nathan erfüllte seine Aufgabe besser als jeder de Tremaine vor ihm. Batiste hatte ihn perfekt vorbereitet.

Jetzt jedoch musste Nathan beweisen, was wirklich in ihm steckte. Ob er den Familiennamen zu Recht trug. Irgendwann würde er den Bund führen und Aufgaben übernehmen müssen, von denen er bis jetzt nicht einmal etwas ahnte. Batiste fragte sich, wie Nathan die ganze Wahrheit über seine Vergangenheit aufnehmen würde. Jahrelang hatte Batiste ihn geformt und zu dem gemacht, der er heute war. Die Mühe hatte sich gelohnt. Und doch kamen in ihm immer wieder Zweifel auf, dass der junge Mann ihm entgleiten könnte. Batiste schlug mit der Faust auf den Schreibtisch. Nathan war sein Werk und würde tun, was er ihm befahl. Ansonsten würde er das Problem selbst lösen müssen, so wie er es schon einmal getan hatte.

*In Büchern liegt die Seele
aller gewesenen Zeit.*

Thomas Carlyle

6. KAPITEL

Lucy fragte sich, wo Nathan abgeblieben war. Es war jetzt mehrere Tage her, dass sie ihn gesehen hatte. Weshalb kam er nicht wieder? Er hatte ausdrücklich gesagt, dass er *Alice* noch einmal ansehen wolle. Auch auf dem Collegegelände hielt sie vergeblich nach ihm Ausschau. Ob er krank war? Das Haus, in dem er wohnte, lag in der Queen Anne's Gate. Eine ziemlich vornehme Gegend und zufällig fast auf ihrem Nachhauseweg. Es war praktisch nur ein winziger Umweg. Nachdem er drei Tage nicht aufgetaucht war, beschloss sie, an dem Haus vorbeizugehen. Und ein bisschen mehr frische Luft würde ihr nicht schaden.

Das alte Stadthaus war äußerst eindrucksvoll. Die saubere und hübsch verzierte Fassade schmiegte sich zwischen weitere ähnliche Gebäude. Ob er hier mit seinen Eltern wohnte? Warum beschäftigte er sie eigentlich so? Wenn er sie hier stehen sah, würde er noch denken, sie stalkte ihn. Lucy fasste ihren Rucksack fester. Sie musste schleunigst verschwinden. Leider konnte sie ihre Gedanken nicht so schnell abschütteln, wie sie das Haus hinter sich ließ. Er hatte sie mehr durcheinandergebracht, als sie sich eingestehen wollte. Sie ertappte sich dabei, ihm erklären zu wollen, was es mit der Tätowierung auf sich hatte. Obwohl sie es selbst nicht so genau wusste.

»Was machst du da?« Marie grinste übers ganze Gesicht.

»Ich wollte bloß …«, stammelte Lucy verlegen.

»Was?«

»Ich wollte Nathan de Tremaine anrufen und fragen, wann er noch mal kommt. Sonst würde ich das Buch wegräumen«, erwiderte sie trotzig. »Miss Olive hat mich darum gebeten.«

»Hat sie das?« Marie zog ihre sorgfältig gezupften Augenbrauen in die Höhe. »Sie müsste besser als ich wissen, dass Praktikanten im Nutzerverzeichnis nichts zu suchen haben.«

Lucy wand sich unter dem Blick ihrer Freundin. »Vielleicht hat sie auch gemeint, ich soll jemanden fragen, ob er ihn anruft.«

»Ich könnte das schon machen«, sagte Marie, »aber dann habe ich etwas gut bei dir. Du übernimmst zwei Mal meinen Toilettenputzdienst.«

Lucy verdrehte die Augen. »Du bist eine Erpresserin.«

»Ich kann es auch sein lassen, und dann siehst du ihn nie wieder«, trällerte sie.

»Irgendwann wird er schon wieder in seinen Kursen auftauchen, meinst du nicht?« Lucy stand auf und machte Marie Platz, damit diese sich setzen konnte.

»Das ist schon möglich, aber du würdest ihn doch nie ansprechen, dafür bist du viel zu schüchtern.«

»Ich bin nicht schüchtern«, verteidigte Lucy sich. »Ich plappere nur nicht ganz so viel wie du.«

Marie kicherte nur, nahm den Hörer ab und hackte seinen Namen in den Rechner. »Beweis es«, flüsterte sie und wählte die Nummer.

Lucy blieb hinter ihr stehen. Ihr Pulsschlag beschleunigte sich.

Vielleicht hatte er das College gewechselt, vielleicht war er wegge-zogen, was auch immer. Es gab hundert Möglichkeiten, warum er nicht wiedergekommen war. Das Freizeichen ertönte eine Weile, und Lucy wurde immer unruhiger.

»Nathan de Tremaine«, hörte sie dann plötzlich seine Stimme.

»Ich bin es, Marie aus der Bibliothek. Ich soll Sie von Lucy fra-gen, wann Sie *Alice* noch einmal sehen möchten. Sie hat schon auf Sie gewartet«, fügte sie hinzu.

Lucy schoss die Röte ins Gesicht. Abrupt wandte sie sich ab und stürmte davon in Richtung Archiv. Wie konnte Marie es wagen, so etwas zu ihm zu sagen? Was würde er von ihr denken? Sie würde ihm nie mehr unter die Augen treten können.

Ihr Telefon klingelte, kaum dass sie unten angekommen war.

»Er hofft, dass er es übermorgen schafft«, flötete Marie in den Hörer. »Eigentlich hätte ich drei Mal Putzen verlangen sollen.«

Nathan legte das Handy vor sich auf den Schreibtisch. Eine Weile starrte er auf das Telefon, dann vergrub er seine Hände in den Hosentaschen. Er hatte gerade in die Küche gehen wollen, um et-was zu essen, nun verharrte er in seine Gedanken versunken im Flur. Lucy hatte auf ihn gewartet, hatte das andere Mädchen ge-sagt. Vielleicht hätte er gleich nach seiner Rückkehr aus Cornwall in die Bibliothek gehen sollen, aber er musste noch warten. *Alice* war noch nicht fertig. Er ertappte sich bei dem Gedanken, dass er sie gern gesehen hätte. Vielleicht könnte er sie fragen, wie es ihrem Handgelenk ging. Sein überstürzter Aufbruch musste sie verwun-dert haben. Er fuhr sich mit den Fingern durchs Haar. Vielleicht sah er sie auch morgen im College. Er könnte sie einfach ansprechen und abwarten, wie sie reagierte. Er an ihrer Stelle wäre vermutlich sauer auf ihn.

Er ermahnte sich, nicht an Lucy, sondern an seine Arbeit zu denken. In zwei Tagen würden die Handwerker seines Großvaters den Einband von *Alice* fertig haben. Ein nervöses Kribbeln durchfuhr seinen Körper, wie jedes Mal, wenn er mit seiner eigentlichen Aufgabe begann. Lucy durfte ihn nicht aufhalten. Er musste einen Weg finden, um sie daran zu hindern. Wenn er es nicht tat, würde es sein Großvater tun. Die Vorstellung gefiel ihm ganz und gar nicht. Genauso wenig wie dass er ständig an sie denken musste.

Vielleicht würde ein Spaziergang ihm guttun. Er holte seinen Kurzmantel aus der Garderobe und verließ das Haus. Gedankenverloren lief er über die Straße zum St. James' Park, vorbei an Buckingham Palace, in Richtung Hyde Park. Der feine Nieselregen störte ihn nicht, und das Laufen beruhigte ihn. Wenn er sich bewegte, konnte er am besten nachdenken und Pläne schmieden. Sie sollte ihm weder in die Quere kommen, noch wollte er Lucy der Gnade seines Großvaters ausgeliefert wissen. Er weigerte sich, darüber nachzudenken, was dieser ihrer Mutter angetan hatte. Aber er schuldete seinem Großvater absolute Loyalität. Er hatte so viel für ihn aufgegeben, nachdem seine Eltern ihn einfach zurückgelassen hatten. Sein Großvater hatte ihn in den letzten fünfzehn Jahren immer wieder daran erinnert. Als Nathan aufsah, um sich zu orientieren, wo er war, erblickte er sie.

Lucy hatte unter dem Dach eines Imbisswagens Schutz gesucht und plauderte mit der Verkäuferin. Noch hatte sie ihn nicht gesehen. Er konnte einfach umdrehen und weggehen. Aber er blieb stehen und beobachtete sie. Ihr Lachen drang bis zu ihm.

Im selben Moment, in dem er sich durchgerungen hatte, zu verschwinden, blickte sie auf. Langsam schlenderte er zu ihr.

»Ist es nicht etwas zu kalt, um hier draußen herumzustehen?«, fragte er und betrachtete ihre geröteten Finger, die einen Kaffeebecher umklammerten. Ihn überkam das Verlangen, ihre Hände in seine zu nehmen und sie zu wärmen. Konnte sie nicht wenigstens eine gefütterte Jacke anziehen? Bestimmt war es im Archiv auch nicht sonderlich warm. Ärgerlich sah er sie an.

Lucy wich einen Schritt zurück, und Nathan wandte sich der Frau im Wagen zu. Er musste sich zusammenreißen. Weder ihre Klamotten gingen ihn etwas an, noch, ob sie sich erkältete. Er bestellte ebenfalls einen Kaffee und versuchte, seiner Gefühle Herr zu werden. Das war kein sonderlich vielversprechender Anfang. Da hatte er schon deutlich besser geflirtet.

Als er seinen Kaffee in der Hand hielt, wandte er sich ihr wieder zu und lächelte nun.

»Mittagspause?«, fragte er etwas freundlicher.

Lucy nickte verunsichert. »Eigentlich gehe ich immer zusammen mit Marie«, fühlte sie sich offenbar bemüßigt zu erklären. »Aber heute …« Sie stockte und wusste nicht weiter.

Nathan wartete geduldig. Er hatte alle Zeit der Welt, und er ahnte, weshalb die beiden heute nicht zusammen Pause machten. Maries zweideutige Bemerkung war ihm nicht entgangen.

»Ich habe vorhin mit ihr telefoniert«, half er Lucy aus ihrer Verlegenheit.

Leichte Röte stieg ihr ins Gesicht, und sie nickte.

»Ich war ein paar Tage in Cornwall«, erläuterte er weiter, »sonst hätte ich mich schon früher gemeldet.«

»Das Buch liegt mir im Weg. Und Miss Olive … ich wollte nur wissen, ob ich es wegräumen kann. Hätte ja sein können, dass Sie, äh … du es nicht mehr brauchst.«

Nathan nickte. »Ich muss noch einige Zitate rausschreiben. Ich arbeite an einem Essay über Lewis Caroll.«

Das erklärte sein Interesse wenigstens ansatzweise. Lucy war sich sicher, dass sich die meisten ihrer Mitschüler etwas aus dem Internet zusammengeschrieben hätten. »Und dafür zeichnest du den Einband ab?«, fragte sie.

Nathan nahm noch einen Schluck Kaffee und schüttelte den Kopf. »Das ist bloß ein Hobby von mir. Hast du nichts, was du gern tust?« Es erstaunte ihn, dass die Antwort ihn wirklich interessierte.

»Na ja«, überlegte Lucy laut. »Bei mir waren es immer nur die Bücher. Da war nie Platz für etwas anderes.«

»So etwas in der Art dachte ich mir schon.« Nathan löste seinen Blick von ihr und warf den leeren Kaffeebecher fort. »Ich komme dann übermorgen Nachmittag. Das passt dir doch, oder?«

»Ja klar. Gerne.«

Nathan nickte der Verkäuferin zu und eilte davon.

Lucy stieß hörbar den Atem aus. Nathan verwirrte sie. In der einen Minute war er mehr als unhöflich, und in der nächsten wickelte er sie mit seinem Charme ein. Jedenfalls war es nett von ihm, dass er sie nicht mit Maries peinlicher Bemerkung aufgezogen hatte. Die meisten Jungs hätten das an seiner Stelle getan. Und er hatte sie auch nicht auf das Mal angesprochen. Ihr Herz klopfte etwas unregelmäßig, das musste an dem starken Kaffee liegen. Sie sah ihm hinterher.

Die Frau hinter dem Tresen lächelte.

»Ein ausgesprochen hübscher Junge«, sagte sie zu Lucy, die nur nickte und sich auf den Rückweg in die Bibliothek machte.

Der Anruf seines Großvaters kam am nächsten Tag. »Wie weit bist du mit ihr?«, fragte er.

»Ich bin dran«, antwortete Nathan ausweichend.

»Das hoffe ich. Was weiß sie über dich? Kann sie uns gefährlich werden? Weißt du, woher sie kommt?«

»Ich glaube, sie weiß gar nichts. Vielleicht ist das Mal nur ein Zufall.« Im Grunde wusste er es besser, aber er brauchte mehr Zeit.

Sein Großvater lachte höhnisch auf. »Du weißt, dass es kein Zufall ist, und glauben reicht mir nicht. Du wirst so schnell wie möglich die Arbeit an *Alice* abschließen. Der Einband ist fertig. Die Buchbinder haben hervorragende Arbeit geleistet. Bringe es in unseren Besitz und finde heraus, über welche Fähigkeiten sie verfügt. Wenn du keine Ergebnisse bringst, werde ich mich selbst um das Problem kümmern.«

»Das wird nicht nötig sein. Ich habe alles im Griff.« Nathan legte auf. Seine Hände waren feucht. Was meinte sein Großvater damit, dass er sich selbst darum kümmern wollte? Er musste *Alice* retten, und dann würde er seinen Großvater bitten, ihn das Problem Lucy auf seine Art lösen zu lassen.

Geduldig wartete Nathan am nächsten Tag im Eingangsbereich der Bibliothek darauf, dass Marie das Gespräch mit einem anderen Besucher beendete. Er konnte und wollte nicht noch einen Tag warten. »Ist Lucy da?«, fragte er.

»Klar.« Sie grinste. »Du hast *Alice* aber erst für morgen bestellt.«

Er versenkte die Hände in den Taschen seiner schwarzen Anzughose. »Ich habe doch heute schon Zeit. Ist das ein Problem?«

»Geh in den Lesesaal und warte dort. Ich sage ihr Bescheid. Sie wird sich freuen.«

»Das bezweifele ich. Lucy überlässt mir das kostbare Buch nur sehr ungern. Ist sie immer so misstrauisch, oder liegt das an mir?«

Marie griff nach dem Telefon. »Ist sie nicht«, rief sie ihm hinterher. »Nur bei dir. Aber mach dir nichts draus.«

Etwas in der Art hatte er sich schon gedacht. Fragte sich nur, woran es lag. Er ertappte sich dabei zu wünschen, dass sie keine Ahnung hatte, wer er war, und dass sie es nie erfuhr.

Wie beim letzten Mal nahm Lucy das Buch aus dem Korb und brachte es Nathan.

Er stand auf, als sie auf ihn zukam. Es gefiel ihr, dass er so eine altmodische höfliche Art an sich hatte. Das machte sein aufbrausendes Temperament beinahe wett. Ihr entging nicht, dass er sie aufmerksam musterte.

»Wie geht es dir?« Er zog einen zweiten Stuhl für sie heran.

»Alles in Ordnung«, erwiderte sie und begann mit ihrer Belehrung. Aber Nathan unterbrach sie. »Du musst mir das nicht jedes Mal vorbeten.«

»Es ist aber so Vorschrift.« Sie wollte ihn nicht anders behandeln als andere Leser.

Er ließ sich nicht beirren. »Ist mit deiner Hand wieder alles in Ordnung? Warst du bei einem Arzt? Ich habe gestern vergessen, dich zu fragen.« Sein besorgter Blick suchte ihr Handgelenk.

Das Mal pulsierte sachte vor sich hin. »Es ist alles wieder gut. Wirst du zeichnen oder lesen?«

»Lesen«, antwortete er knapp. Offensichtlich hatte er kapiert, dass sie nicht an einem Gespräch interessiert war.

»Ich muss um vierzehn Uhr los zu meiner Vorlesung. Vorher hole ich das Buch«, informierte sie ihn. Miss Olive war bereits die ganze Woche krankgeschrieben. Jetzt war sie ganz allein im Archiv, aber es störte sie nicht.

»Okay.« Nathans Stimme klang weich. Lucy musterte ihn misstrauisch.

»Professor Wyatt?«, fragte er, und sie nickte.

»Wir könnten zusammen hinfahren, wenn du möchtest«, schlug er vor. »Wir haben denselben Weg.«

Lucys Verstand sagte Nein. »Ja, klar«, kam es über ihre Lippen. Im selben Augenblick wusste sie, dass es ein Fehler war, aber sie hatte keine Ahnung, wie sie ihre Einwilligung rückgängig machen sollte.

»Ich schicke es noch runter, und dann können wir los«, erklärte Lucy, als er ihr das Buch unversehrt zurückgab. Kurz darauf trat sie neben Nathan, der bei Marie auf sie wartete.

»Bereit?«, fragte er.

Lucy nickte verlegen und sah auf die Uhr. Es würde knapp werden, wenn sie rechtzeitig zu Beginn des Kurses im College sein wollten. Sie hätten früher aufbrechen müssen, aber er war so vertieft in seine Arbeit gewesen, dass sie ihn nicht hatte stören wollen, obwohl sie mindestens zehn Mal an der Tür zum Lesesaal gestanden hatte. Beim elften Mal hatte Marie sie von der Tür weg-

gescheucht und über ihre Beteuerungen, dass sie etwas im Lesesaal zu tun hatte, nur noch gelacht.

»Viel Spaß euch beiden«, rief ihre Freundin ihnen nun hinterher. Ihr Ton sprach Bände. Morgen würde Lucy ein ernstes Wörtchen mit ihr reden müssen. Nathan neben ihr schmunzelte. Böse
sah sie ihn an.

»Was ist?«, fragte er unschuldig und hielt ihr die Tür auf. Kalter
Wind schlug ihnen entgegen.

Sie konnte nicht anders, als lächelnd den Kopf zu schütteln.
Marie war einfach unmöglich.

Zum Glück behielten die grauen Wolken ihren Regen vorerst
noch für sich. Lucy hoffte, dass sie es trocken bis zum College
schafften. Wenn sie nass wurde, sah sie mit ihren Locken immer
aus wie ein begossener Pudel. Sie sollte sich angewöhnen, einen
Schirm mitzunehmen.

Stumm liefen sie zur U-Bahn. Erst als sie nebeneinander durch
das unterirdische London rasten, brach Lucy das Schweigen.

»Ist das dein einziger Kurs heute?«

»Nein. Ich habe danach noch einen Kunstkurs«, antwortete
Nathan und wandte sich ihr zu. »Und du?«

»Ich hab danach Schluss. Eigentlich müsste ich während des
Praktikums nicht zu den Kursen, aber ich möchte Professor Wyatt
nicht verpassen. Angeblich geht er bald in Rente.«

»Das stimmt«, bestätigte Nathan. »Das ist schade, seine Kurse
sind schon fast legendär. Ich kenne niemanden, der so viel über
englische Literatur weiß wie er. Abgesehen von meinem Großvater.«

Interessiert sah Lucy ihn an. Sie hatte keine eigene Familie und fand es deshalb immer spannend, wenn andere von ihren Angehörigen erzählten. Gern hätte sie ihn ein bisschen ausgefragt, aber da er nicht weitererzählte, schwieg sie lieber.

»Musst du dann noch mal zurück zur Bibliothek?«

»Nein. Marie, unsere andere Mitbewohnerin und ich wollen später noch ins Kino«, fügte sie hinzu, um das Gespräch nicht abreißen zu lassen.

»Was schaut ihr euch an?«

»Ich weiß nicht. Jules ist dran, den Film auszusuchen. Wir wechseln uns mit der Auswahl immer ab, und die anderen müssen mit rein, ob sie wollen oder nicht. Jules' Filmgeschmack ist zugegebenermaßen etwas merkwürdig.«

»Jules?«, fragte Nathan. »Deine Freundin heißt Jules?«

»Ja. Sie kommt aus Amerika«, antwortete Lucy, als ob das den Spitznamen ihrer Freundin erklären würde. Als sie seinen verständnislosen Blick sah, beeilte sie sich hinzuzufügen: »Eigentlich heißt sie Juliana. Aber natürlich darf niemand sie so nennen.«

»Natürlich nicht«, antwortete Nathan ernst. Doch Lucy entging nicht das Lächeln, das seine Mundwinkel umspielte.

»Das solltest du öfter tun«, entschlüpfte es ihr.

»Was?«, fragte Nathan verständnislos.

»Lächeln«, erklärte sie. »Es steht dir besser als dieser finstere Blick.«

Nathan musterte sie durchdringend mit seinen dunklen Augen. »Vielleicht versuche ich das mal.« Die Türen der U-Bahn öffneten sich und schlossen sich kurze Zeit später wieder.

»Ich glaube, wir haben unsere Station verpasst«, meinte er trocken, als der Zug anfuhr.

Lucy sprang auf. »Weshalb hast du nichts gesagt? Mist, verdammter! Jetzt kommen wir endgültig zu spät.«

»Wir werden es schon schaffen. Wir müssen nur ein bisschen länger zu Fuß gehen. Die frische Luft wird dir guttun. Es ist nicht gesund, dass du den ganzen Tag im Keller hockst.«

»Ich hocke nicht den ganzen Tag im Keller«, verteidigte sie sich.

»Stimmt, das ist mir aufgefallen. Du kommst ziemlich häufig in den Lesesaal, oder besser, vor den Lesesaal.« Er schlug seine Beine übereinander, und Lucy schluckte. Er hatte sie gesehen. Oh Gott, wie peinlich. Weil sie keine Ahnung hatte, was sie darauf antworten sollte, schwieg sie lieber wieder.

Als sie an der nächsten U-Bahn-Station die unzähligen Stufen hinaufliefen, sah Lucy schon vom Fuß des letzten Absatzes, dass es regnete. Sintflutartige Regenfälle rauschten auf die Straße. Sie blieb stehen und überlegte, ob es unter diesen Umständen sinnvoll war, überhaupt weiter nach oben zu steigen. Nathan zog einen winzigen Schirm aus seiner Jackentasche und spannte ihn auf.

»Darf ich?«, fragte er, und bevor Lucy antworten konnte, hatte er einen Arm um ihre Schulter gelegt und zog sie weiter. »Wir wollen doch nicht noch später kommen«, bemerkte er spöttisch. »Außerdem ist es nicht angeraten, auf den Stufen einer Londoner U-Bahn-Station stehen zu bleiben. Die Leute könnten dich versehentlich tottreten.«

Lucy war viel zu sehr damit beschäftigt, die widersprüchlichen Gefühle einzuordnen, die ihr seine Nähe bescherte, als dass ihr eine schlagfertige Erwiderung einfiel. Bestimmt hielt er sie mittlerweile für etwas unterbelichtet.

»Erste Londoner Überlebensregel«, fügte Nathan hinzu und zog sie enger an sich, als er bemerkte, dass einige Regentropfen auf ihrer Jacke landeten. »Nie stehen bleiben.«

Vermutlich sollte es sich nicht so gut anfühlen, so eng aneinandergeschmiegt mit ihm durch den Londoner Regen zu laufen, dachte Lucy.

»Was ist die zweite?«, fragte sie nach einer Weile.

»Nicht zu fremden Männern unter Regenschirme zu schlüpfen.« Nathan lächelte sie wieder verschmitzt an.

»Ich bin nicht geschlüpft.«

»Und ich bin nicht fremd«, sagte er zu seiner Verteidigung.

»Nicht?«, entgegnete Lucy schnippisch.

»Nein. Du kennst meinen Namen, meine Adresse, meine Telefonnummer. Und du weißt, dass ich gern lese. Ich würde sagen, fremd ist etwas anderes.«

»Deine Adresse und Telefonnummer kennt nur Marie«, berichtigte sie ihn.

»Wirklich?«, fragte er zweifelnd.

Lucy wich seinem Blick aus.

»Das können wir ändern«, erklärte er. »Wenn du magst. Dann kannst du mich direkt anrufen, wenn ich mal wieder ein Buch oder einen Termin vergesse.«

Das würde sie auf gar keinen Fall tun. Oder besser gesagt, nur im absoluten Notfall. Gab es eigentlich für Bibliothekare einen Ehrenkodex, sich nicht mit Lesern zu verabreden? Hoffentlich nicht.

Vor der Eingangstür des Colleges ließ Nathan Lucy los und schüttelte seinen Schirm aus.

Lucy schlang sofort ihre Arme um ihren Oberkörper.

»Kalt?«

»Geht schon«, erwiderte sie und verdrängte den Wunsch, dass er sie wieder in seine Arme nahm.

Der Raum, in dem der Kurs stattfand, war wie erwartet auch heute völlig überfüllt, sodass ihnen nur ein Fensterbrett als Sitzgelegenheit blieb. Die neidischen Blicke der anderen Mädchen folgten Lucy, als sie mit Nathan zum Ende des Raumes ging. Immerhin funktionierte der altmodische Heizkörper, der in der Fensternische angebracht war. Der Platz reichte gerade so für sie beide, wenn sie sich eng nebeneinanderquetschten. In Sekundenbruchteilen war es Lucy warm. Sie balancierte ihren Schreibblock auf den Knien und versuchte, Professor Wyatt bei seinen Ausführungen zu folgen. Nathans Nähe machte dies beinahe unmöglich. Wieder roch sie den herben Duft seines Eau de Toilette und spürte ihn mit jeder Faser ihres Körpers. Als sie sich vorbeugte, um der Enge zu entgehen und sich Notizen zu machen, verlor sie das Gleichgewicht und wäre beinahe von dem schmalen Brett gepurzelt. Nathan fasste sie um ihre Taille, zog sie zurück und ließ sie den Rest der Stunde nicht mehr los. Die Mitschrift dieser Vorlesung würde sie sich von einem Kommilitonen kopieren, beschloss sie und überließ sich den Gefühlen, die Nathans Nähe in ihr auslöste. Unangenehm war etwas anderes.

Der Raum leerte sich ziemlich schnell, kaum dass der Kurs zu Ende war. Nathan reichte Lucy ihre Jacke, die sie langsam überzog.

»Dann noch viel Spaß bei deinem Seminar. Sehen wir uns in der Bibliothek?« Sie hoffte, das klang nicht zu flehend oder so.

»Ich lasse den Kurs ausfallen«, erwiderte Nathan und zog seinen Mantel an.

»Weshalb?«, fragte Lucy überrascht.

Nathan deutete auf das Fenster. Draußen prasselte der Regen mit unverminderter Stärke. »Du hast keinen Schirm«, erwiderte er. »Ich begleite dich zum Kino. Ein echter englischer Gentleman tut so etwas«, erklärte er ernst.

Lucy verschränkte ihre Arme vor der Brust. »Du könntest mir deinen Schirm auch leihen«, sagte sie herausfordernd.

Nathan blickte ihr tief in die Augen. »Ich trenne mich nie von ihm.«

»Na gut, du Kavalier. Da ich dich wahrscheinlich nicht abschütteln kann, erlaube ich dir, mich zu begleiten.«

»Es ist mir eine Ehre«, erwiderte er, und in seinen Mundwinkeln deutete sich ein winziges Lächeln an.

Daran könnte sie sich gewöhnen, dachte Lucy. Fragte sich, warum er so nett zu ihr war. Lucy wurde nicht schlau aus ihm. Aber er gefiel ihr, gestand sie sich ein. Vermutlich mehr, als klug war.

Jules fielen beinahe die Augen aus dem Kopf, als sie und Nathan gemeinsam am Kino eintrafen. Ungeduldig trippelte sie hin und her und wedelte mit den Karten. »Marie holt das Popcorn«, erklärte sie statt einer Begrüßung.

»Jules, das ist Nathan«, stellte Lucy ihn vor. »Er war so nett, mich zu begleiten. Ich hatte keinen Schirm.«

»Nett?«, fragte Jules und musterte Nathan ungeniert.

Lucy spürte, dass sie rot wurde.

»Du musst Juliana sein.« Nathan reichte ihr seine Hand.

Jules warf Lucy einen Blick zu, der töten konnte. »Möchtest du mit ins Kino?«, fragte sie Nathan, klang dabei aber nicht im Mindesten einladend.

»Nein, keine Sorge.« Nathan grinste sie an, sodass Jules ebenfalls schmunzelte.

»Vielleicht ein anderes Mal?«, meinte sie versöhnlicher.

»Vielleicht.« Nathan wandte sich Lucy zu. »Wir sehen uns.«

»Gern«, antwortete sie und wünschte im selben Augenblick, dass er ein *Morgen* hinzufügen würde.

Doch Nathan nickte nur und wollte sich gerade abwenden, als er in der Bewegung innehielt. »Ich hab noch was vergessen«, sagte er und zauberte einen Stift aus seiner Jacke. Er griff nach Lucys Hand und schrieb ihr seine Telefonnummer auf den Handrücken. »Nur für alle Fälle«, erklärte er und verschwand zwischen den anderen Passanten.

Kopfschüttelnd sah Jules ihm hinterher. »Das ist also Nathan de Tremaine«, stellte sie fest. »Jetzt weiß ich auch, warum ihr dauernd über ihn redet. Wie kamst du denn zu der Ehre seiner Begleitung?«

»Zufällig besucht er auch den Kurs bei Professor Wyatt. Er war vorher in der Bibliothek, und dann hatten wir denselben Weg.«

»Du hast gesagt, er würde dich finster anschauen. Das war eben das genaue Gegenteil, würde ich sagen.« Jules musterte sie streng. »Du verschweigst uns doch was.«

»Vielleicht habe ich mich getäuscht, heute war er sehr nett. Aber auch nicht mehr«, behauptete Lucy und hakte sich bei Jules unter. »Was gucken wir?«

»*King's Speech*. Ich weiß, der Film ist schon uralt, aber ich liebe ihn, und sie zeigen ihn ein letztes Mal. Lass uns reingehen, sonst verpassen wir den Anfang.«

»Wo bleibt ihr denn?« Marie hielt einen riesigen Eimer Popcorn im Arm. »Der Film fängt an.«

»Nathan de Tremaine hat Lucy zum Kino begleitet«, flüsterte Jules ihr ins Ohr.

»Na, da bahnt sich doch was an«, erwiderte Marie triumphierend. »Ich habe es gleich gewusst, als er zum ersten Mal in die Bibliothek kam. Ein Bücherwurm für unsere Leseratte.« Marie und Jules lachten los. Lucy versuchte, ihre albernen Freundinnen zu ignorieren. Nathan wollte nur nett sein. Nicht mehr.

»Nathan ist schon da«, begrüßte Marie Lucy, als diese am nächsten Nachmittag aus der Mittagspause zurückkam. Lucy nickte und versuchte, ihr freudiges Lächeln zu verbergen. Marie durchschaute sie trotzdem. »Er wartet auf dich und auf *Alice*«, erklärte sie. »Ich wollte ihn nicht wegschicken, obwohl er das Buch nicht vorbestellt hat.«

»Sag ihm, ich bringe es gleich.«

Sie stürmte in den Keller. Ihre Tasche und ihre Jacke landeten achtlos auf dem Stuhl. Lucy griff nach dem Buch und zuckte gleichzeitig zurück. Ihr Mal loderte auf. Es brannte wie Feuer. Hastig riss sie den Pulswärmer vom Handgelenk. Rot glühend leuchtete ihr das Zeichen entgegen. Es puckerte und pulsierte stärker als je zuvor. Ihr Herz schlug ihr vor Angst bis zum Hals. Sie nahm ein Taschentuch, benetzte es mit Wasser aus ihrer Trinkflasche und legte es über das brennende Mal. Langsam beruhigte es sich wieder, und Lucy versuchte, nicht zu hektisch zu atmen. Sie durfte Nathan nicht länger warten lassen. Vorsichtig griff sie mit der linken Hand nach dem Buch. Der Schmerz flammte erneut auf und ließ sie schwindeln. Sie biss die Zähne zusammen und ging zum Lift.

Schweißperlen standen ihr auf der Stirn, als sie die Treppe hinaufwankte. Das brennende Mal hatte sie wieder verborgen. Heute würde sie zu einem Arzt gehen müssen.

Nathan sah ihr mit besorgtem Blick entgegen, als sie, das Buch unter ihren Arm geklemmt, zu ihm kam.

»War der Film so schlecht, oder bist du krank?«, flüsterte er und nahm ihr das Buch ab. Er griff nach einem Stuhl und beförderte Lucy darauf.

»Wieso?«, fragte sie und versuchte sich an einem Lächeln.

»Du siehst nicht gut aus«, erklärte Nathan. »Versteh mich nicht falsch. Ich mag es, wie du aussiehst.«

Jetzt vertiefte sich Lucys Lächeln, und sie senkte verlegen den Blick.

»Aber du siehst aus, als wär dir übel oder als hättest du ein Gespenst gesehen. Soll ich dich nach Hause bringen? Ich kann auch ein anderes Mal wiederkommen. Das Buch läuft schließlich nicht weg.« Eigentlich stimmte das nicht so ganz, aber ihr blasses Gesicht bereitete ihm Sorgen.

Lucy schüttelte den Kopf. »Es geht schon. Es ist nur … Es ist meine Tätowierung. Ich weiß nicht, was los ist. Sie brennt fürchterlich, und sie tut weh. Ich sollte damit zu einem Arzt gehen.«

»Vermutlich solltest du das.«

Kam es ihr nur so vor, oder rückte er etwas von ihr ab? Jedes Mal verhielt er sich so merkwürdig, wenn es um diese Tätowierung ging. Sie stand auf und hoffte, dass Nathan heute nicht zu lange brauchte. Er hielt sie nicht zurück.

Unten angekommen, fühlte Lucy sich völlig ausgelaugt. So konnte es nicht weitergehen. Sie musste sich nur ganz kurz ausruhen, dann würde sie sich krankmelden. Jemand anders musste das Buch hinunterschicken. Vielleicht hatte sie sich bei Miss Olive angesteckt. Lucy setzte sich an den Schreibtisch und legte den Kopf auf ihre Arme. Innerhalb von Minuten war sie eingeschlafen.

Sie träumte. Bücher flogen durch ihren Traum. Manche langsam, andere schneller. Sie drehten sich, trudelten oder flogen, indem sie ihre Buchdeckel auf und ab bewegten wie Vögel, die dem blauen Himmel entgegenstrebten. Immer wieder näherten sie sich ihrem Gesicht und zeigten ihr ihre Seiten. Manche waren leer. Auf anderen war die Schrift durchscheinend, und von einigen lösten sich die Buchstaben und flogen davon. Vertrautes Wispern hallte durch ihren Traum. Die Bücher flehten sie an, ihnen zu helfen. Lucy fühlte, wie sie immer kraftloser wurde. Ich kann doch nichts tun, flüsterte sie. Ich weiß doch nicht, was geschehen ist. Du musst dich erinnern, hörte sie die Bücher in ihrem Kopf. Erinnere dich.

Eine Tür schlug laut ins Schloss und riss Lucy aus ihrem Traum.

»Lucy?«, hörte sie kurz darauf Marie rufen. »Ist alles in Ordnung?«

Lucy stand auf, rieb sich über ihr Gesicht und trat aus dem Büro. Mit hastigen Schritten kam Marie auf sie zu.

»Ja, klar. Was soll sein?«

»Warum gehst du nicht an das verdammte Telefon? Ich habe es ewig klingeln lassen«, erklärte Marie vorwurfsvoll. »Da musste ich runterkommen. Nathan wollte schon selbst nach dir sehen. Ich glaube, er macht sich Sorgen. Was war denn los? Er hat gesagt, du bist krank.«

»Ist er schon fertig?«, fragte Lucy verständnislos und sah auf ihre Uhr. Drei Stunden waren vergangen, seit sie ihm das Buch gebracht hatte. Sie konnte unmöglich drei Stunden geschlafen haben.

»Lass uns hochgehen. Wenn ich dich nicht mit ans Tageslicht bringe, kommt er womöglich doch noch nach unten. Mr Barnes kriegt einen Herzkasper, wenn er ihn erwischt.«

Lucy folgte Marie auf wackligen Beinen. Direkt vor der Tür zum Archiv stand Nathan. Aufmerksam sah er sie an. »Wir haben befürchtet, dass du ohnmächtig geworden bist«, erklärte er.

»Es ist nichts, wirklich. Ich habe weiter hinten Bücher einsortiert und das Klingeln nicht gehört. Sorry«, entschuldigte Lucy sich. Selbst in ihren Ohren klang diese Ausrede fadenscheinig.

Nathan hob eine seiner schwarzen Augenbrauen. »Ich bringe dich nach Hause«, sagte er in einem Tonfall, der keine Widerrede duldete.

Lucy nickte schwach. »Wo ist das Buch? Wo ist *Alice*?« Erschrocken sah sie von Nathan zu Marie. »Habt ihr es einfach liegen lassen?«

Panik ergriff sie. Wie hatte sie das Buch vergessen können? Bevor die beiden antworten konnten, rannte sie los.

Nathans Schritte hallten in ihrem Rücken. Vor der Tür zum Lesesaal holte er sie ein und hielt sie zurück. Seine Hände lagen auf ihren Schultern. »Es ist alles in Ordnung. Ich habe es bei der Aufsicht abgegeben«, sagte er eindringlich. »Beruhige dich.«

Lucy wusste, dass sie sich aufführte wie ein Verrückte. Trotzdem riss sie die Tür auf und stürmte in den Lesesaal. Sie nahm keine Rücksicht auf die verwunderten Blicke der Besucher. Die Lesesaalaufsicht wandte sich ihr zu.

»Das Buch. Wo ist das Buch?«

Die Kollegin hielt es ihr hin, und Lucy nahm es an sich. Zügig ging sie zu einem leeren Tisch und schlug das Buch auf. Es war unversehrt.

»Du hast vergessen, Handschuhe anzuziehen«, sagte Nathan leise neben ihr. Wortlos hielt er ihr seine hin.

Sie streifte sie über und prüfte Seite für Seite.

»Was denkst du eigentlich, was ich mit dem Buch anstelle?«, fragte er. Der Ausdruck auf seinem Gesicht ließ wenig Interpretationsspielraum. Er war sauer auf sie.

Lucy schluckte unbehaglich. Sie hatte sich völlig lächerlich gemacht.

»Wollen wir gehen?«, fragte er mit mühsam unterdrücktem Zorn in der Stimme. »Oder ziehst du die Begleitung eines Buches vor?« Lucy wurde rot.

»Ich schicke es noch nach unten«, gab sie zur Antwort.

Wortlos folgte Nathan ihr, nachdem sie das Buch eingepackt und in den Aufzug gelegt hatte.

Schweigend verließen sie etwas später die Bibliothek. Lucy wusste nicht, was sie sagen sollte. Sie wagte kaum, Nathan, der neben ihr ging, anzuschauen.

»Du musst mich nicht nach Hause bringen«, sagte sie nach einer Weile zaghaft. »Es geht mir schon viel besser. Ich schaffe das allein.«

»Ich weiß, dass ich es nicht muss. Ich tue es trotzdem.«

In der U-Bahn nahm Nathan ihre Hand. Er zog den Pulswärmer von ihrem Handgelenk und betrachtete das Mal. Es hatte seine gewohnte Farbe wieder angenommen. »Entzündet es sich öfter?« Lucy schüttelte den Kopf und wollte ihm ihre Hand entziehen. »Erst, seit ich in London bin«, sagte sie. *Erst, seit ich dich kenne.* Diese Bemerkung verkniff sie sich.

Vorsichtig bedeckte er es wieder, lehnte sich zurück und sah aus dem Fenster. Ihre Hand hielt er weiter fest. Vorsichtig legte Lucy ihren Kopf auf seine Schulter und schloss die Augen.

Sie wechselten kein Wort mehr, bis sie ausstiegen. Eigentlich sollte Lucy ihm nicht erlauben, ihre Hand zu halten. So gut kannten sie sich gar nicht. Aber sie fühlte sich außerstande, ihn loszulassen.

»Hier wohne ich«, sagte sie mit belegter Stimme, als sie vor ihrer Tür angekommen waren.

Nathan sah nach oben. »Hübsches Haus.«

Lucy räusperte sich. »Möchtest du noch mit hochkommen? Einen Kaffee oder Tee trinken?«

Nathans dunkle Augen fixierten sie. »Möchtest du das denn?«

»Sonst hätte ich nicht gefragt.«

»Dann wäre ein Kaffee nicht schlecht.«

Jules steckte ihren Kopf durch die Küchentür, als die beiden eintraten.

»Besuch?«, fragte sie überflüssigerweise.

»Wir wollten noch einen Kaffee trinken«, erklärte Lucy.

»Gerade fertig«, rief ihre Freundin. Während Nathan Lucy aus ihrer Jacke half, klang aus der Küche das Klappern von Geschirr.

»Das ist Tiger«, erklärte Lucy, als der Kater aus ihrem Zimmer kam und den Neuankömmling musterte.

»Weshalb heißt er so?« Nathan durchmaß mit wenigen Schritten den Flur und kniete sich zu dem schneeweißen Tier hinunter.

»Ich wollte damals unbedingt einen kleinen Tiger«, rief Jules aus der Küche. »Ich habe bei einem Zoobesuch einen gesehen. Na ja, du kannst dir vorstellen, dass mir dieser Wunsch nicht erfüllt wurde. Dafür bekam ich ihn, und von da an hieß er Tiger.«

Der Kater begann, unter Nathans Berührung zu schnurren.

»Er mag dich«, stellte Lucy erstaunt fest.

»Verwundert dich das?«

»Eigentlich findet er Männer nicht so toll«, erklärte sie. »Maries Freund und Colin haben regelmäßig Kratzer.« Nathan stand auf und folgte Lucy in die Küche. Gemeinsam nahmen sie an dem kleinen Tisch Platz.

»Schön habt ihr es«, bemerkte Nathan. »Ihr wohnt hier zu dritt?«

»Eigentlich zu viert, wenn man Colin mitzählt. Er ist Lucys Freund. Die Wohnung hat mein Vater gekauft«, erklärte Jules weiter. Ihr entging der erstaunte Blick, den Nathan Lucy zuwarf. »Er wollte nicht, dass ich in einem Studentenwohnheim ein Zimmer miete. Ich schätze, er kann sich zu gut daran erinnern, was während seiner Studentenzeit da so los war.« Jules kicherte.

Lucy wollte sie unterbrechen und Jules Aussage richtigstellen, als es im Flur polterte. »Hallo, Mädels«, erklang Colins Stimme. Dann steckte er seinen Kopf zur Küchentür herein und schnupperte. »Gibt's Kuchen?«, fragte er. Lucy und Jules schüttelten gleichzeitig die Köpfe. Erst jetzt bemerkte er Nathan. Für einen winzigen Moment zog er seine Augenbrauen zusammen. »Hi.« Er reichte ihm die Hand. »Ich bin Colin.«

»Du wohnst auch hier?«

Colin nickte und griff nach Lucys Kaffeetasse. »Die Mädels haben mir Asyl angeboten«, verbog Colin die Tatsachen. »Dafür bekoche ich sie.«

»Ich habe eingekauft«, erklärte Jules. »Chinesisch. Du kannst gleich anfangen zu schnippeln.«

Colin verdrehte theatralisch seine Augen. »Ich bin ihr Sklave.«

»Es gibt Schlimmeres«, erwiderte Nathan. »Ich muss dann auch los.«

Am liebsten hätte Lucy ihn gebeten, noch zu bleiben. Aber Colin und Jules versuchten nicht mal, ihre Aufmerksamkeit auf irgendetwas anderes zu richten. Neugierig starrten sie Lucy und Nathan an.

»Ich bringe dich noch zur Tür«, sagte sie stattdessen. Im Flur reichte sie ihm seinen Mantel. »Danke übrigens noch fürs Bringen.«

Nathan zögerte einen Moment. »Colin ist dein Freund?«, fragte er dann leise.

»Mein bester. Wir kennen uns seit der Grundschule. Aber …« Sie wand sich unter seinem Blick. »Wir sind nicht zusammen.«

Nathan knöpfte den Mantel zu. »Gut«, sagte er und lächelte. »Hast du vielleicht Lust, am Wochenende etwas mit mir zu unternehmen?«

»Klar hat sie«, rief Jules von der Küchentür. Lucy hatte nicht mal gesehen, dass ihre Freundin dort stand. »Sie hockt sowieso viel zu viel in geschlossenen Räumen. Sie ruft dich an.«

Lucy lief knallrot an und schob Nathan nach draußen. Ihre Freunde brachten es fertig und blamierten sie noch mehr, als sie es selbst schon getan hatte. Warum Nathan nicht längst das Weite gesucht hatte, war ihr schleierhaft.

»Bist du von allen guten Geistern verlassen?«, warf Lucy Jules vor, als die Tür hinter ihm ins Schloss gefallen war. »Vielleicht wollte ich mich gar nicht mit ihm verabreden.«

»Du wolltest«, entgegnete Jules im Brustton der Überzeugung. »Glaub mir. Ich sehe es dir an und Nathan sicher auch. Colin, sag auch mal was.«

»Ich halte mich da raus. Ich finde sowieso, dass keiner gut genug für meine Prinzessin ist.« Er lächelte Lucy zu und begann, den Lauch klein zu schneiden.

»Er ist mir manchmal etwas unheimlich«, gestand Lucy.

»Das Einzige, was er ist, ist unheimlich gut aussehend«, widersprach Jules. »Den darfst du dir unter keinen Umständen entgehen lassen.«

Wer zu lesen versteht,
besitzt den Schlüssel zu großen Taten,
zu unerträumten Möglichkeiten.

Aldous Huxley

7. KAPITEL

Gemächlich schritt Batiste de Tremaine durch die Regalreihen, die mit Hunderten Büchern gefüllt waren. Am Kopf jedes Regals war ein goldenes Schild mit dem Namen des Perfecti angebracht, der diese Bücher gerettet hatte. Jede Generation seiner Familie hatte einen würdigen Nachfolger hervorgebracht, der den Schatz erweitert und geschworen hatte, ihn vor der Welt zu schützen. Nur sein Sohn war eine Enttäuschung gewesen. Mit Nathan würde ihm kein Fehler unterlaufen. In dem Regal, das seinen Namen trug, standen mit Abstand die meisten Bücher. Er hatte keine Kosten und Mühen gescheut. Nathan würde ihn übertreffen. Doch die Aufgabe, die vor ihnen lag, war unendlich. Niemals würde es ihnen gelingen, alle Worte zu retten. Doch die wichtigsten, die bedeutendsten waren bereits hier versammelt. Sie würden sie bewahren, bis die Menschen bereit waren, sie wieder zu empfangen.

Er trat zu einem Pult, auf dem ihre neueste Errungenschaft lag. Vorsichtig schlug er den wunderschön verzierten Buchdeckel auf. Trotz der Eile war dem Maler ein wahres Meisterstück gelungen. Batiste blätterte eine Seite nach der anderen um. Ganz zart schimmerte schon die Schrift auf den Seiten. Nur noch wenige Tage, dann war dieses Buch gerettet. Nathan las die Bücher schneller als jeder andere vor ihm. Wenn er ein Buch in ihren Besitz brachte, tat er das gründlicher als jeder seiner Vorgänger. Niemals ging auch nur ein Wort verloren. Sorgfältig übertrug er es in den neuen Einband, bis der alte nur noch eine leere Hülle war. Eine Hülle, die im Laufe der Zeit zu Staub zerfiel und vergessen wurde.

Was sie taten, diente einem höheren Ziel. Einem Ziel, das ein Nichteingeweihter niemals verstehen würde. Sie schützten die Bücher. Sie verbargen sie vor denen, die das Wissen und die Schönheit der Worte vernichten würden, sobald sie die Chance dazu bekamen. Sie kämpften gegen Ignoranz und Machtgier gleichermaßen. Für dieses Ziel hatten seine Vorfahren vor Jahrhunderten den Bund gegründet und diesen trotz Verfolgung und Folter nie verraten.

»Sirius, Orion«, rief Batiste seine Begleiter zu sich.

Die Hunde hoben den Kopf. »Der Bund ist in Gefahr.« Aufmerksam lauschten die Tiere den folgenden Befehlen. Dann ging Batiste zum Ende des hohen Raumes und öffnete eine kleine, schmale Tür, die verborgen hinter einem Regal lag. Die kalte Luft des Meeres drang in den Raum. Ohne ein Geräusch jagten die Hunde aus der Tür und einen steilen Weg hinauf. Er führte bis an den Strand und war in weiser Voraussicht als Fluchtweg angelegt worden. Schwarzer Rauch wehte herein, nachdem die Tiere verschwunden waren. Batiste lächelte und schloss die Tür.

Bald würde dieses Problem gelöst sein. Langsam verließ er den Raum. Die Fackeln hinter ihm erloschen wie von Zauberhand. Zurück im Haupthaus wählte er Nathans Nummer. Nach dem zweiten Klingeln nahm dieser ab. »Und? Was weiß sie?«

Sein Enkel schwieg einen Moment. »Ich weiß es noch nicht«, antwortete er dann.

»Was soll das heißen?«, brüllte Batiste in den Hörer. »Hast du nicht begriffen, worum es geht?«

»Ich brauche mehr Zeit. Wir treffen uns am Wochenende, danach kann ich mehr sagen. Du kannst dich auf mich verlassen. Aber ich muss behutsam vorgehen.«

»Das will ich hoffen«, brummte Batiste. »Sie ist die Einzige, die dir schaden kann. Vergiss das nicht. Lass dich nicht von ihr einwickeln. Ich gebe dir noch eine Woche. Hast du verstanden?«

»Ja, Großvater.«

»Gut. Du bist mit *Alice* fertig.«

»Ich habe es heute beendet, und sie hat es zugelassen. Bald wird es in unserer Obhut sein«, antwortete Nathan.

»Welches Buch steht als Nächstes an?«, fragte Batiste nun versöhnlicher.

»Oscar Wilde. *Das Bildnis des Dorian Gray.*«

Er stellte klirrend seine Teetasse ab. »Haben sie es wiedergefunden? Nach all der Zeit?«

»Offensichtlich.«

»Wie dieses Buch jahrelang verschollen sein konnte, war mir immer schleierhaft. Jetzt werden wir es endlich bekommen. Gib dir Mühe«, befahl er seinem Enkel.

»Das tue ich immer, Großvater«, antwortete Nathan steif, und diesmal war er es, der das Gespräch beendete. Batiste starrte auf den Hörer in seiner Hand. Noch hatte er im Bund das Sagen. Es wurde Zeit, Nathan daran zu erinnern.

Die kleine Kirche lag verlassen im Licht der aufgehenden Sonne. Vikar McLean ging mit gemessenem Schritt zur Kirchentür und schloss sie auf. Während er die wenigen Meter zum Altar zurücklegte, um diesen für die Morgenmesse vorzubereiten, schoben sich zwei schwarze Schatten durch die Tür.

Mit leisen Schritten folgten die beiden Männer dem Vikar.

Als dieser ein Geräusch hinter sich vernahm, drehte er sich erstaunt um. Normalerweise war er um diese Zeit allein in seiner Kirche, und er genoss die Stille heute noch genauso wie vor zwanzig Jahren.

Er betrachtete die Männer in den schwarzen Anzügen und mit kurz geschorenem Haar und ahnte, dass der Moment, vor dem er sich so lange gefürchtet hatte, gekommen war. All die Jahre hatte er überlegt, fortzugehen. Doch er hatte Lucy nicht allein lassen wollen. Ihre Eltern hatten sie in seine Obhut gegeben, und er hatte versucht, sie zu schützen. Unter dem Siegel der Verschwiegenheit hatte Lucys Mutter ihm ihr Geheimnis offenbart und ihn gebeten, es ihrer Tochter im geeigneten Moment zu erzählen. Bis heute hatte er dies nicht getan. Das war ein Fehler gewesen. Sie waren zu früh auf ihre Spur gestoßen. Vielleicht blieb ihm Zeit, diesen Fehler wiedergutzumachen.

»Guten Morgen, die Herren«, begrüßte er die Männer und versuchte, seine Stimme fest klingen zu lassen. »Was kann ich zu so früher Stunde für Sie tun?«

»Wir suchen jemanden, und wir denken, dass Sie diese Person kennen«, antwortete der eine mit freundlicher Stimme.

Vikar McLean neigte den Kopf, schwieg aber. Er würde sich nichts anmerken lassen.

»Wir suchen nach Lucy Guardian«, fuhr der andere dazwischen. »Sie ist als Waise im Kinderheim von Madame Moulin aufgewachsen. Es besteht der begründete Verdacht, dass sie die Verwandte eines unserer Klienten ist.«

Er zückte einen Ausweis und hielt ihn Vikar McLean so nah vor die Nase, dass dieser unmöglich etwas erkennen konnte.

»Ich verstehe nicht ganz, was Sie von mir wollen. Madame Moulin kann Ihnen bestimmt sagen, wo Miss Guardian sich aufhält.«

»Das wird sie auch«, bestätigte der andere. »Allerdings möchten wir sichergehen, dass es sich bei Lucy Guardian auch wirklich um die Person handelt, die wir suchen. Sie haben das Kind damals gefunden?« Der Mann hatte eine merkwürdige, abgehackte Sprechweise, fiel dem Vikar auf. Von ihm würden sie nichts erfahren.

»Das Kind lag auf den Stufen der Kirche, stand in den Unterlagen, die uns das Vormundschaftsgericht zur Verfügung gestellt hat«, fügte der andere hinzu. Der Mann trat näher an ihn heran und baute sich drohend vor ihm auf. »Haben Sie das Kind bei sich aufgenommen?«, fragte er. »Hatte es etwas dabei? Haben Sie etwas Außergewöhnliches bemerkt?«

Jetzt schüttelte der Vikar den Kopf. »Es war ein ganz normaler Morgen«, begann er die Geschichte, die ihm im Laufe der Zeit so in Fleisch und Blut übergegangen war, dass er sie beinahe selbst glaubte. »Es hatte nichts bei sich, außer den Kleidern, die es trug, und der Decke, in die es eingewickelt war. Es war niemand zu sehen. Also habe ich es mit hineingenommen. Sie können sich denken, dass ich keinerlei Erfahrungen mit Kleinkindern hatte. Deshalb rief ich Madame Moulin an, die schon damals das Kinderheim führte. Sie kam sofort und nahm das Mädchen in ihre

Obhut. Sie war es auch, die die Aussetzung der Polizei meldete. Leider ist die leibliche Mutter des Kindes nie wieder aufgetaucht. Gott möge ihr diese Tat verzeihen.« Er faltete seine Hände.

»Sie sind ganz sicher, dass das Kind nichts bei sich hatte? Irgendetwas, das auf seine Herkunft schließen ließ?«

Vikar McLean nahm seinen ganzen Mut zusammen und sah dem Fremden in die Augen. »Da bin ich ganz sicher.« Der Mann starrte ihn an, bis er den Blick abwandte. »Ich muss Sie bitten, mich jetzt zu entschuldigen. Der Gottesdienst muss vorbereitet werden.« Seine Stimme zitterte nun doch.

Die Männer drehten sich um, und ohne ein weiteres Wort verließen sie die Kirche.

Vikar McLean ließ sich in eine der Bänke fallen. Seine flatternden Hände legte er in seinen Schoß. Er musste überlegen, was zu tun war, welche Optionen er noch hatte. Ohne das Wissen, das Lucys Eltern ihm anvertraut hatten, war das Mädchen in großer Gefahr.

Die Eingangstür knarrte, und zwei der alten Damen, die regelmäßig zur Morgenandacht kamen, betraten die Kirche. Er stand auf und ging ihnen entgegen. Er würde den Gottesdienst nutzen, um sich zu beruhigen, beschloss er. Er durfte nicht überstürzt handeln.

Nach dem Gottesdienst rannte er zum Pfarrhaus. Eine Gangart, die einem Priester nicht angemessen war. Die alten Damen schüttelten ihre grauen Köpfe über sein Benehmen. Im Pfarrgarten sah er sich um. Die Männer waren nirgendwo zu sehen. Ob sie ihm geglaubt hatten?

Hastig ging er ins Haus und geradewegs in sein Arbeitszimmer. Er ignorierte den dampfenden Tee, den seine Haushälterin ihm wie jeden Morgen auf den Tisch stellte. Aus einem gut sortierten Regal nahm er mehrere Bücher. Dahinter kam ein kleiner Safe zum Vorschein. Mithilfe eines Schlüssels, den er seit nunmehr fast siebzehn Jahren um den Hals trug, öffnete er ihn. Vorsichtig hob er eine kleine Schatulle heraus. Er durfte das Geheimnis nicht länger für sich behalten. Er klappte das Kästchen auf und griff nach einem Medaillon und einem Brief. Diese beiden Dinge würden Lucys Leben auf den Kopf stellen. Er hätte es sich für das Mädchen anders gewünscht. Täglich hatte er für sie gebetet, dass Gott sich erbarmen und ihr diese Prüfung ersparen möge. Doch Gott hatte ihn nicht erhört.

Der Vikar zog einen Umschlag aus dem Schreibtischfach und schrieb die Adresse des Kinderheimes darauf. Dann verfasste er eine kurze Nachricht an Madame Moulin und steckte diese mit dem Medaillon und dem alten, zerknitterten Brief in den Umschlag.

Er ging in die Küche, wo seine Haushälterin gerade sein Frühstück vorbereitete.

»Ich möchte heute nichts essen, Greta«, sagte er zu ihr. Erstaunt sah diese ihn an.

»Sie brauchen sich nicht zu sorgen. Ich hab nur einen wichtigen Termin.«

Greta nickte und schmierte weiter seinen Toast.

»Ich muss Sie allerdings um etwas bitten. Es ist sehr wichtig. Dieser Brief muss sofort zur Post. Würden Sie das für mich tun?«

»Selbstverständlich, Herr Vikar«, antwortete Greta und wischte sich die Hände an ihrer Schürze ab. »An das Kinderheim?«, fragte sie verwundert, nachdem sie einen Blick auf die Adresse geworfen hatte. »Ich kann den Brief sofort hinbringen, wenn es so eilig ist. Es ist sogar näher als zur Post.«

»Nein. Nein, bitte tun Sie das nicht«, wehrte der Vikar ab. »Im Flur liegen noch mehr Briefe und Päckchen. Bringen Sie bitte einfach alles zur Post. So eilig ist es nicht.« Er versuchte, sich seine Nervosität nicht anmerken zu lassen.

»Gut«, erklärte Greta zögernd, obwohl ihr das Verhalten des Vikars merkwürdig vorkam.

Der Vikar nahm seine Jacke und seinen Autoschlüssel, der im Flur lag. Ohne ein weiteres Wort eilte er hinaus.

Greta kratzte sich am Kopf. Der Vikar verhielt sich heute sehr eigenartig. Ob jemand gestorben war? Wenn es so wäre, hätte sie das längst erfahren. Es musste etwas anderes sein. Sie nahm die Eier vom Herd und griff nach ihrem Korb. Sorgfältig stapelte sie die Briefe und Päckchen hinein. Dann trat sie nach draußen und verschloss die Tür. Ihr Fahrrad lehnte am Zaun. Ein Lied vor sich hin summend, befestigte sie den Korb auf dem Gepäckträger und fuhr davon. Durch den Garten schlich eine schwarze Gestalt, die die Terrassentür zum Arbeitszimmer in Sekundenschnelle aufhebelte.

Vikar McLean raste die eichengesäumte Allee entlang. Immer wieder sah er in den Rückspiegel. Er war allein auf der Straße. Inständig hoffte er, dass sein Manöver gelang und Greta den Brief zur Post schaffen konnte, ohne dass jemand sie aufhielt.

Der schwarze Wagen hinter ihm erschien wie aus dem Nichts. Der Vikar gab noch mehr Gas. Den ölig schimmernden Fleck auf der Fahrbahn übersah er. Der Wagen geriet ins Schleudern und drehte sich um seine eigene Achse. Er versuchte die Gewalt über den Wagen zurückzugewinnen, doch er gehorchte ihm nicht mehr. Verzweifelt klammerte er sich an das Lenkrad und trat auf die Bremse. Eins der Vorderräder rollte über die Straße. Der Wagen kippte zur Seite, schlitterte auf einen der alten Bäume zu und krachte mit unverminderter Geschwindigkeit dagegen. Der Kopf des Vikars wurde zurückgeschleudert, und weiße Lichter flammten in seinem Kopf auf, bevor alles um ihn herum dunkel wurde.

Madame Moulin atmete tief durch. Jeder Morgen folgte demselben Ritual. Die Kinder wurden um sieben geweckt. Um halb acht gab es Frühstück, das die Erzieher, die im Heim lebten, mit ihr und den Kindern einnahmen. Um kurz nach acht verließen die Kinder das Haus. Dann endlich kehrte Ruhe ein. Madame Moulin zog sich in ihr Büro zurück, und Martha, die Köchin und der gute Geist des Hauses, brachte ihr ihren geliebten Earl Grey. Bedächtig rührte sie Zucker und Milch hinein. Dann sah sie den Poststapel durch, der sich in den Tagen ihrer Abwesenheit angehäuft hatte.

Sie griff nach dem Brief, der zuoberst lag, und schlitzte ihn mit dem vergilbten elfenbeinernen Brieföffner, der schon ihrer Mutter gehört hatte, auf. Langsam entfaltete sie das Schreiben. Das Lächeln auf ihrem Gesicht wich einem verwunderten Ausdruck. Sie las den Brief ein zweites und ein drittes Mal. Dann griff sie nach dem Telefon und wählte die Nummer des Pfarrhauses. Sie ließ es mehrfach klingeln, doch am anderen Ende nahm niemand ab. Das war so ungewöhnlich, dass Madame Moulin beschloss, nach dem Rechten zu sehen und Vikar McLean einen Besuch abzustatten.

Sie musste ihm von Lucys Brief erzählen und ihn um Rat bitten. An dem Tag, an dem er ihr das Kind übergeben hatte, hatte er verlangt, dass sie zu ihm kam, sobald Lucy auch nur den geringsten Verdacht hegen würde, dass etwas in ihrem Leben ungewöhnlich war. Sie hatte ihm von dem Mal erzählt, als dieses sich entzündet hatte. Und er wusste, dass Lucy sich ungewöhnlich früh das Lesen beigebracht hatte. Hiervon sollte er auch erfahren.

Sie erinnerte sich an die Nacht, als er ihr Lucy gebracht hatte, als wäre es erst gestern gewesen. Es hatte gestürmt und geregnet, und Ralph hatte mit diesem winzigen Bündel vor ihrer Tür gestanden und sie angefleht, sich des Kindes anzunehmen. Er hatte ihr von Lucys Mutter erzählt und dass dieses Kind ein Geheimnis hatte, das er jedoch nicht mit ihr teilen wollte. Angeblich zu ihrem eigenen Schutz.

»Wenn der Tag kommt, an dem das Kind auch nur von seinem Schicksal ahnt, komm zu mir, und wir werden sie in das Geheimnis einweihen«, hatte er ihr aufgetragen. »Bis dahin werde ich beten, dass dieser Tag nie kommen möge. Dass sie verschont bleibt.« Er hatte dem Kind über die Wange gestrichen und es mitleidig angesehen. »Möge Gott der Herr über dich wachen, Lucy Guardian«, hatte er hinzugefügt. Sie hatte nicht weiter gefragt. Sie kannte ihn zu gut, um in ihn zu dringen. Bevor die Zeit nicht reif war, würde er ihr nichts erzählen. Seitdem hatten sie jedes Gespräch über Lucy vermieden, obwohl sie regelmäßig mit den Kindern des Hauses seinen Gottesdienst besuchte. Nun war es also so weit. Das Schicksal hatte vor Lucy nicht haltgemacht.

Madame Moulin ging in die Küche, um Anweisungen für die Vorbereitung des Mittagessens zu geben. Dann holte sie ihren dunklen Mantel und schlang sich ein Tuch um Kopf und Hals. Sorgfältig schloss sie die Tür des alten Hauses. Grüner Efeu wuchs die Mauern hinauf und umrankte die Torbögen und Simse der Fenster. Der Gärtner würde die Ranken bald zurückschneiden müssen, überlegte sie, während sie die Straße zum Pfarrhaus entlanglief. Sie sah kurz auf, als eine dunkle Limousine mit getönten Scheiben gemächlich an ihr vorbeifuhr. Da hatte sich offenbar jemand in ihr Dorf verirrt.

Vor dem Pfarrhaus blieb sie stehen und drückte auf den altmodischen Klingelknopf. Madame Moulin zog das Tuch fester um sich. Es war kalt. Der Herbst hielt jeden Tag mehr Einzug.

Greta öffnete die Tür. Aufgelöst sah sie den Gast an.

»Alles in Ordnung, Greta?«, fragte Madame Moulin. Diese schüttelte den Kopf und stammelte: »Es ist eingebrochen worden. Ich bin ganz sicher. Die Diebe haben das Arbeitszimmer des Herrn Vikar durchsucht. Ich glaube nicht, dass sie etwas mitgenommen haben. Er besitzt doch nichts von Wert. Aber was soll ich nur machen? Ich habe Frank angerufen. Er wird wissen, was zu tun ist.« Nervös knüllte die ältere Frau ein Küchentuch in den Händen. »Ob das richtig war? Oder hätte ich auf den Vikar warten sollen? Er geht nicht an sein Handy, und ich weiß nicht, wo er ist.« Hilfe suchend sah sie Madame Moulin an.

Diese nickte, nahm Greta am Arm und schob sie ins Haus. »Es war genau richtig, die Polizei zu informieren«, beruhigte sie die Haushälterin. »Wir trinken jetzt einen Tee und warten gemeinsam. Frank wird den Vorfall aufnehmen und seinen Vorgesetzten melden. Sorgen Sie sich nicht. Vikar McLean wird dankbar sein, dass alles erledigt ist, wenn er zurückkommt.«

»Meinen Sie wirklich?«, fragte Greta unsicher. »Er mag es nicht, wenn jemand in seinem Arbeitszimmer herumstöbert. Selbst ich darf nur hinein, wenn er dabei ist. Und richtig sauber machen darf ich im Grunde auch nicht. Ich bin froh, wenn ich es schaffe, die Teeränder vom Schreibtisch zu wischen. Dann schickt er mich schon wieder hinaus.« Greta füllte Wasser in einen altmodischen Teekessel und schaltete das Gas des Herdes an. Dabei redete sie vor sich hin. Ihrer Stimme war deutlich ihre Nervosität anzuhören. »Er war so merkwürdig heute früh. Hätte ich bloß auf meine Schwester gehört. Greta, hat sie gestern gesagt, morgen wird etwas Schlimmes geschehen. Meine Schwester hat für so etwas einen siebten Sinn, kann ich Ihnen sagen. Sie weiß immer, wenn etwas Schreckliches passiert. Aber ich habe natürlich nicht auf sie gehört. Was soll ich auch tun, der Vikar braucht schließlich sein Frühstück, und da kann ich nicht einfach im Bett bleiben. Oder?« Greta stellte drei Teetassen, ein Milchkännchen und Zucker auf ein Tablett und trug es zum Tisch.

»Was meinen Sie mit: Er war sehr merkwürdig heute früh?«, hakte Madame Moulin nach.

»Er wollte seine Eier nicht«, erklärte Greta in dem Moment, als der Wasserkessel zu einem schrillen Pfeifen ansetzte. Die Haushälterin griff nach einem Topflappen. Sie wartete einen Moment und goss das siedende Wasser in die Teekanne.

Als sie am Tisch Platz genommen hatte, nahm Madame Moulin das Gespräch wieder auf. »Was ist daran merkwürdig? Er wird keinen Hunger gehabt haben.«

Energisch schüttelte Greta den Kopf. »Nein, nein. Er isst seine Eier immer. In all den Jahren, die ich bei ihm bin, gab es keinen

Tag, an dem er das Haus ohne Frühstück verlassen hat. Und außerdem hat er mir immer gesagt, wo er hinfuhr. Nur heute nicht. Ich weiß nicht, wo er ist.« Gretas Stimme klang verzweifelt, und an ihrem Hals hatten sich rote Flecken gebildet.

»Immer?«, fragte Madame Moulin skeptisch. Es erschien ihr unwahrscheinlich, dass der Vikar sich jedes Mal bei seiner Haushälterin abmeldete.

»Immer«, bestätigte Greta mit einem kräftigen Nicken. Die grauen Locken, die das derbe Gesicht umkränzten, wippten zur Bestätigung heftig auf und ab.

Schweigend saßen sich die beiden Frauen gegenüber und hingen ihren Gedanken nach. Wenige Minuten später ertönte der Gong der Tür, und Greta eilte in den Flur, um Frank, dem Polizisten des Örtchens, zu öffnen. Madame Moulin griff nach der Teekanne und goss sich ein. Ein Schwall heißer, nach herben Kräutern duftender Dampf stieg auf. Im selben Moment bemächtigte sich ihrer ein ungutes Gefühl. Sie tastete nach dem Brief in ihrer Jackentasche und versicherte sich, dass er noch da war. Sie trank einen Schluck Tee und trat danach zu Greta und dem Polizisten in den Flur.

»Ich bin nach Hause gekommen, und die Terrassentür zum Arbeitszimmer stand auf«, berichtete die Haushälterin gerade.

»Wo warst du denn so früh?«, fragte Frank und sah von seinem Notizblock auf.

»Der Vikar bat mich, einige Briefe und Päckchen zur Post zu bringen«, erklärte Greta. Sie sah Madame Moulin an. »Er hat darauf bestanden, dass ich einen Umschlag, der an Sie adressiert war, auch bei der Post aufgebe. Natürlich habe ich angeboten, ihn per-

145

sönlich vorbeizubringen. Aber davon wollte er nichts wissen. Er bestand darauf, dass ich ihn aufgebe, und dabei ist doch die Post heutzutage so schrecklich teuer.« Sie schüttelte den Kopf über diese Verschwendung.

Frank sah Madame Moulin an. »Haben Sie eine Ahnung, was in dem Umschlag sein könnte?«

Sie schüttelte den Kopf. »Leider nein. Ich verstehe auch nicht, weshalb er ihn mir nicht einfach vorbeigebracht hat.«

»Ich würde mir gern das Zimmer ansehen«, erklärte Frank. »Ich schlage vor, dass Sie nach Hause gehen«, wandte er sich an Madame Moulin. »Ich komme später im Kinderheim vorbei.«

Madame Moulin stellte ihre Teetasse auf eine Kommode im Flur und verabschiedete sich. Gedankenverloren ging sie zurück. Was hatte Ralph ihr geschickt? Es konnte ganz harmlos sein. Es musste nichts mit Lucy zu tun haben. Trotzdem blieb ein ungutes Gefühl zurück. Sie beschloss zu warten, bis Ralph sich bei ihr meldete. Erst dann wollte sie Lucy antworten.

Ralphs Brief würde wohl nicht vor morgen kommen. Bis dahin hatte sie längst mit ihm gesprochen.

Wieder war der Raum überfüllt, als Lucy zu ihrem Kurs kam. Suchend fuhr ihr Blick über die Köpfe der Studenten. Sie konnte Nathan nirgends entdecken und fragte sich, ob sie wieder gehen sollte. Sie fühlte sich nicht gut und hatte sich für heute auch in der Bibliothek krankgemeldet.

»Suchst du mich?«, erklang Nathans Stimme an ihrem Ohr.

Ein Schauer lief ihr über den Nacken. Bevor sie antworten konnte, legte er eine Hand auf ihren Rücken und schob sie zu ihrem Fensterplatz. Ihre Haut wurde ganz warm unter der harmlosen Berührung.

»Den Platz wird uns dieses Jahr keiner streitig machen«, flüsterte er. »Es sei denn, es ist dir zu eng mit mir.« Ein Lächeln blitzte kurz in seinen Augen auf.

»Ich werde es überleben«, antwortete sie.

»Gut«, erwiderte Nathan und half ihr aus der Jacke.

Lucy kritzelte während der Vorlesung auf ihrem Block herum und versuchte, den Ausführungen Dr. Wyatts über die Bedeutung historischer Romane im viktorianischen Zeitalter zu folgen. Selbst als er begann, dies am Werk *Sturmhöhe* von Emily Brontë zu verdeutlichen, fiel es ihr schwer, sich zu konzentrieren. Nathans Nähe machte sie ganz konfus.

Ob er heute noch etwas vorhatte? Sie könnte ihn fragen, ob er etwas mit ihr essen gehen wolle. Eigentlich würde ihr auch ein Kaffee bei Starbucks reichen. Sie musste sowieso ständig an ihn denken, da konnte sie auch ein bisschen Zeit mit ihm verbringen. Was hatte er nur an sich, dass er sie so beschäftigte? Sie lugte zu ihm hinüber. Vermutlich war es, weil er so unverschämt gut aussah, viel zu gut roch und fast immer diese ernste Miene zur Schau trug. Gern hätte sie gewusst, woran er gerade dachte. In jedem Fall schrieb er nicht mit, sondern lauschte Mr Wyatt.

Lucy kaute auf ihrem Stift herum. Warum hatte Madame Moulin ihr noch nicht geantwortet? Sie wusste nicht, was sie tun sollte. Wenn sie nur jemanden hätte, mit dem sie reden könnte. Ernsthaft reden. Colin würde ihr zwar zuhören, aber wieder nur denken, dass sie sich die Geschichte ausgedacht hatte. Marie und Jules waren ihr zwar gute Freundinnen geworden, aber das konnte sich schnell ändern, wenn sie ihnen abstruses Zeug über verschwundene Bücher auftischte.

»Mach ihn nicht kaputt«, raunte Nathan, griff nach ihrer Hand und hielt sie einen Moment zu lange fest. »Er hat dir nichts getan.«

Sie nahm den Stift aus dem Mund und lächelte ihm kurz zu. Er wandte sich ab, und sie versank wieder in ihren Gedanken. Sie hatte noch keine Möglichkeit gehabt, nach weiteren verschwundenen Büchern zu suchen. Aber es gab sie. Die Bücher ließen sie das keinen Moment vergessen. Sie musste sich endlich trauen, so ging das nicht weiter.

»Gehen wir noch einen Kaffee trinken?«, fragte Nathan, und ihr Herz begann ein bisschen schneller zu klopfen. Er hielt ihren Rucksack, während sie in ihre Jacke schlüpfte. Zum ersten Mal, seit sie sich kannten, trug er eine Jeans, fiel ihr erst jetzt auf. Es stand ihm. Zusammen mit dem dunklen Pullover ließ ihn das viel jünger aussehen als sonst.

»Gern«, antwortete sie, froh, dass er gefragt hatte. Sie band sich ihren Schal um und lief neben ihm her. Verzweifelt überlegte sie, worüber sie sich unterhalten könnten. Als sie bei Starbucks ankamen, stand eine lange Schlange am Tresen.

»Da am Fenster sind zwei Barhocker frei. Wenn du dich hinsetzt, hole ich uns etwas zu trinken.«

»Ich nehme einen Chai Latte«, rief sie ihm hinterher und drängelte sich zu den Stühlen durch. Sie hängte ihre Jacke und den Schal über den einen Hocker und setzte sich selbst auf den zweiten. Dann sah sie aus dem Fenster, weil sie befürchtete, sonst die ganze Zeit Nathan anzustarren, der geduldig in der Schlange stand. Laub wirbelte über den Gehweg. Eigentlich mochte sie den Herbst mit seinen bunten Farben und dem nicht zu warmen und nicht zu kalten Wetter. Nur bei ständigem Regen wurde sie melancholisch und begann, sich zu den Tagen ihrer Kindheit zurückzusehnen. Wenn der Herbst die letzten Sonnenstrahlen vertrieben hatte, hatte sie am liebsten auf ihrem Bett gelegen und gelesen. Oder Madame Moulin Gesellschaft geleistet. In deren Büro war es Lucy manchmal fast vorgekommen, als hätte sie ein richtiges Zuhause. Der Kamin hatte geflackert, und Martha hatte ihnen Tee oder heiße Schokolade gebracht. Sie hatten über alles geredet, was Lucy bewegte. Meist waren es die Bücher, die sie gerade las. Mehr als einmal hatte Lucy versucht, bei diesen Gelegenheiten etwas über ihre Herkunft zu erfahren. Aber Madame Moulin hatte immer behauptete, nichts darüber zu wissen. Einmal hatte Lucy heimlich in ihrer Akte gestöbert, als Madame Moulin aus dem Zimmer gerufen worden war, um einen Streit zu schlichten. Dabei hatte sie herausgefunden, dass Vikar McLean sie ins Heim gebracht hatte. Über die genauen Umstände hatte sie ihn nie befragt. Vielleicht war es an der Zeit, genau das zu tun. Sie hatte immer das Gefühl gehabt, dass er und Madame Moulin ihr etwas Wichtiges verschwiegen.

Scheppernd stellte Nathan zwei Tassen auf den Tisch. Dann schlängelte er sich noch mal zum Tresen und kam mit einem Teller zurück, auf dem ein riesiger Blaubeermuffin thronte. Fragend zog Lucy ihre Augenbrauen nach oben.

»Die XXL-Variante gibt's nur heute. Es war der letzte. Ich dachte, wir könnten ihn teilen.«

»Meinetwegen«, sagte Lucy. Ihr Magen knurrte.

Nathan grinste und beugte sich zu ihr. »Ich könnte noch einen Donut holen, falls du nicht satt wirst.«

Ohne zu antworten, griff Lucy nach dem Muffin und zupfte das Papier ab. Dann brach sie den Kuchen in zwei Hälften und nahm sich die größere. Der Muffin war noch warm und butterweich. Schon nach dem ersten Bissen bedauerte sie, dass es keinen zweiten geben würde.

Lächelnd sah Nathan ihr zu und schob ihr wortlos seinen Anteil hinüber, ohne ihn überhaupt gekostet zu haben. »Satt?«, fragte er, als Lucy sich verlegen die Finger an einer Serviette säuberte. Er musste sie für einen Vielfraß halten.

»Hhm«, antwortete sie.

»Ich könnte noch etwas anderes holen«, bot er an.

»Nicht nötig.« Sie rührte in ihrem Tee. »Stimmt es, dass dein Großvater am King's College gelehrt hat?«, fragte sie, einem plötzlichen Impuls folgend.

Nathan setzte sich ein bisschen aufrechter hin. Es schien ihm nicht zu gefallen, dass sie ihn auf seinen Großvater ansprach. Seine Augen musterten sie wachsam.

»Entschuldige. Ich wollte nicht indiskret sein«, beeilte sie sich zu sagen. War ihm das etwa schon zu persönlich?

»Woher weißt du das?«, stellte Nathan eine Gegenfrage, ohne auf ihre Entschuldigung einzugehen.

»Miss Olive hat es mir erzählt«, erklärte sie. »Sie war früher Studentin bei deinem Großvater, und hat es sehr bedauert, als er später aufhörte zu lehren. Er soll ein außerordentlich guter Professor gewesen sein.«

»Das war er wohl. Er hat seine Stelle aufgegeben, um mich großzuziehen«, erklärte Nathan langsam und musterte sie dabei durchdringend. »Bist du bei deinen Eltern aufgewachsen?«

Lucy schüttelte den Kopf. Das hatte sie jetzt davon. »Nein«, sagte sie. »Nein, ich bin in einem Kinderheim groß geworden.«

»Sind deine Eltern tot?«, hakte Nathan nach.

Die meisten Leute trauten sich gar nicht, diese Frage zu stellen. Nathan ließ sie nicht aus den Augen. Lucy zuckte mit den Schultern. »Ich habe keine Ahnung. Ich weiß nicht, wer meine Eltern sind. Ich bin auf den Stufen einer Kirche gefunden worden.« Sie blickte aus dem Fenster. Vor dem Geschäft lief ein kleines Mädchen an der Hand ihrer Mutter vorbei. Wie oft hatte sie sich in dem Alter gewünscht, zu wissen, wer ihre Mutter war und weshalb sie sie allein gelassen hatte.

»Meine Eltern haben mich ebenfalls verlassen«, hörte sie Nathans Stimme. Nathan rührte Zucker in seinen Latte macchiato. »Offenbar wollten sie kein Kind. Sie haben mich bei meinem Großvater gelassen und sind verschwunden. Wir haben nie wieder von ihnen gehört. Keine Ahnung, ob ich ihnen tatsächlich so egal war oder ob sie irgendwann ein zu schlechtes Gewissen hatten, um mich abzuholen.« In seiner Stimme war Traurigkeit zu hören, aber vor allem Zorn.

»Das tut mir leid«, sagte Lucy und legte tröstend eine Hand auf seine. Er hatte schöne lange, schlanke Finger.

»Mir nicht«, antwortete Nathan. »Ich war glücklich bei meinem Großvater.« Jetzt klang er trotzig wie ein kleiner Junge und entzog ihr seine Hand.

Da war sie ihm wohl zu nahegekommen. Ein wenig gekränkt umfasste sie ihren warmen Kaffeebecher.

Er schien es nicht zu bemerken. »Macht dir die Arbeit im Archiv Spaß?«

Immerhin sprang er nicht auf und rannte weg. Das war schon mal ein Fortschritt. »Ja, es gefällt mir«, antwortete sie zögernd. Sie schwieg einen Moment.

»Das klingt nach einem Aber«, hakte er nach. »Fürchtest du dich dort unten?«

Lucy schüttelte den Kopf. »Eigentlich nicht.«

»Es gibt über fast jedes Archiv diese Gruselgeschichten. Ich war schon in Paris, Rom und Barcelona«, erzählte er, »und jede große Bibliothek hat mindestens ein Gespenst. Es gehört sozusagen zum guten Ton. Also, was ist es bei dir? Erzähl es mir. Ich verspreche auch, nicht zu lachen.«

Lucy überlegte, wie sie beginnen sollte. Konnte sie es wagen? So gut kannten sie sich gar nicht, aber er hatte etwas an sich, das ihr das Gefühl gab, ihm vertrauen zu können. Ihr Herz klopfte, als sie sich endlich dazu durchrang.

»Es ist kein Gespenst«, erklärte sie. »Es sind die Bücher selbst.«

»Dir machen die Bücher in dem Archiv Angst? Das hätte ich jetzt nicht erwartet.«

Lucy trank ihren letzten Schluck Tee. »Es sind nicht die Bücher, die in dem Archiv sind. Es sind eher die Bücher, die dort nicht sind.«

Fragend sah er sie an. Er lachte tatsächlich nicht. Noch nicht. »Das musst du mir erklären.«

Sie beugte sich näher zu ihm. Es brauchte niemand anders zu hören, was sie zu sagen hatte. »Das Archiv«, begann sie, »ist gigantisch, absolut atemberaubend, aber schrecklich unübersichtlich. Viele der alten Bücher werden zu ihrem Schutz in Kartons aufbewahrt. Das weißt du sicher.«

Nathan nickte und schwieg. Lucy suchte seinen Blick. Das Einzige, was sie darin las, war echtes Interesse.

»An meinem ersten Tag fand ich eine Kiste, in der nicht das drin war, was drin sein sollte.« Sie würde ihm nichts über die skurrilen Umstände des Auffindens der Kiste berichten. »Und ich frage mich die ganze Zeit, wo das Buch hin ist.« Es war heraus, wenn auch in totaler Kurzfassung. Lucy atmete tief durch.

»Ich verstehe nicht richtig. Was war denn nun in der Kiste?«, hakte Nathan nach. »War sie leer?«

»Nein, es war noch ein Buch drin. Aber das war leer. Leere Seiten, verstehst du?« Selbst bei der Erinnerung an das verloren gegangene Buch pulsierte ihr Mal. »Und in einer anderen Kiste war nur Staub. Die Bücher sind einfach fort, also jedenfalls ihr Inhalt. Weg. Und ich glaube, dass noch mehr Bücher verschwunden sind.«

»Gibt es dafür nicht eine logische Erklärung? Hast du mit Miss Olive darüber gesprochen?«

Lucy schüttelte den Kopf.

»Wer hat denn Zugang zu dem Archiv?«, fragte er weiter. Wenn er dadurch auf eine logische Erklärung kam, umso besser.

»Also, im Grunde kann jeder der Mitarbeiter da runtergehen. Nur das tut keiner, sie glauben ja, da spukt es.«

Sie sah ihm an, dass er wirklich über ihr Problem nachdachte, und sie war ihm dankbar. »Könnte es sein, dass Miss Olive die Bücher verschwinden lässt?«, schlug er vor und senkte seine Stimme.

Heftig schüttelte Lucy den Kopf. »Auf gar keinen Fall. Sie liebt die Bücher, und was sollte sie auch damit tun?«

»Keine Ahnung. Verkaufen vielleicht? Es gibt sicher Käufer, die für alte Originalausgaben viel Geld zahlen.«

Unruhig rutschte Lucy auf ihrem Stuhl herum. Das Gespräch nahm eine Wendung, die ihr nicht gefiel. Sie mochte Miss Olive sehr. Sie musste Nathan die ganze Wahrheit erzählen.

»Welche Bücher sind denn verschwunden, weißt du das?«, fragte er da schon.

»Ich bin mir nur bei dem ersten sicher. Es ist *Emma* von Jane Austen.«

Bei der Erwähnung des Titels verzog Nathan keine Miene.

»Das andere Buch konnte ich nicht identifizieren. Es löste sich vor meinen Augen praktisch in Staub auf. Ich weiß nicht, was ich tun soll.«

Nathan lehnte sich zu ihr vor. »Also, ich tippe auf Miss Olive. Du solltest mit dem Direktor reden.«

»Ja, vielleicht«, antwortete Lucy einsilbig.

»Ist da noch was anderes, das du mir erzählen möchtest?« Nathan rührte in seinem Kaffee. Er musste längst kalt sein.

Lucy wickelte sich ihren Schal um den Hals. Es wurde Zeit, dass sie sich auf den Weg machte. »Nein, sonst ist alles in Ordnung. Ich finde schon noch raus, was passiert ist.« Sie versuchte, nicht zu enttäuscht zu klingen. Was hatte sie eigentlich erwartet? Nathans Erklärung war die einzig logische.

Als sie aufstand, schob auch Nathan seinen Stuhl zurück. Sie zog ihre Jacke an, und als wäre es das Selbstverständlichste von der Welt, zupfte Nathan ihren Schal zurecht. Wie unbeabsichtigt berührten seine Fingerspitzen Lucys Wangen.

Langsam schlenderten die beiden zur U-Bahn-Station. Unruhig knabberte Lucy an ihrer Unterlippe. Sie konnte nicht erwarten, dass er ihr half, wenn sie ihm nicht die ganze Wahrheit erzählte.

»Bleibt es bei unserer Verabredung am Wochenende?«, fragte er, als sie an den Stufen der U-Bahn standen.

»Sicher«, antwortete sie.

»Schön, ich freue mich.« Er hielt sie am Arm zurück, als sie sich abwenden wollte. »Ich weiß, dass du mir nicht alles erzählt hast. Aber du sollst wissen, dass du es könntest. Du musst keine Angst haben, dass ich dich auslache oder so. Das werde ich nämlich nicht tun.« Er beugte sich vor und gab ihr zum Abschied einen Kuss auf die Wange.

Lucy sah seiner schlanken Gestalt nach. Am Fuß der Treppe drehte er sich noch einmal um und winkte ihr zu. Die Schmetterlinge flatterten noch in ihrem Bauch, als sie längst zu Hause war.

Es kommt darauf an, einem Buch im richtigen Augenblick zu begegnen.

Hans Derendinger

8. KAPITEL

Das Telefon klingelte schrill durch die Stille des Hauses. Es war spät, und normalerweise erwartete Madame Moulin um diese Zeit keine Anrufe mehr.

Rasch eilte sie die Stufen zu ihrem Büro hinunter und schloss die Tür. Sie hoffte, dass keines der Kinder aufwachte.

Am anderen Ende meldete sich Greta. Was, um Himmels willen, wollte die Haushälterin des Vikars um diese Zeit von ihr? Doch dann hörte sie Greta schluchzen, so sehr, dass sie kaum ein Wort hervorbrachte.

»Ganz ruhig, Greta. Ich verstehe nichts, wenn Sie so weinen. Was ist los? Ist etwas mit Ralph?« Noch während sie diese Fragen formulierte, wurde ihr klar, dass etwas Schlimmes passiert sein musste.

Greta atmete tief durch und putzte sich geräuschvoll die Nase. »Frank ist gerade gekommen«, erklärte sie. »Sie haben sein Auto gefunden. Er ist … er ist …« Sie begann erneut zu weinen. »Er ist tot«, brachte Greta dann heraus.

Madame Moulin fühlte, dass ihr bei diesen Worten schwindelig wurde. »Tot?«, fragte sie nach. »Wie meinen Sie das?«

»Er ist verunglückt. Er ist mit dem Auto gegen einen Baum geprallt. Der Wagen ist ausgebrannt, deshalb konnten sie ihn erst nicht identifizieren. Frank hat mir gleich Bescheid gegeben, als er es erfahren hat, damit ich nicht länger warten muss. Ich habe doch noch sein Abendbrot gerichtet und gewartet, dass er nach Hause kommt. Ich hatte schon den ganzen Tag so ein ungutes Gefühl. So lange war er sonst nie fort.« Die Worte gingen wieder in Weinen über.

»Ich komme hinüber«, sagte Madame Moulin mit Bestimmtheit in der Stimme. »Ich bringe Sie nach Hause.« Greta wohnte nicht im Pfarrhaus, und in diesem Zustand wollte Madame Moulin sie nicht allein gehen lassen.

»Das ist nicht nötig. Frank ist hier. Er wird mich begleiten. Ich wollte Ihnen nur Bescheid sagen. Sie und der Pfarrer waren doch so gut befreundet.«

»Ja, ja. Das waren wir«, erwiderte Madame Moulin, ließ den Hörer auf die Gabel fallen und sank auf den Sessel. Sie konnte es nicht fassen. Ralph war tot.

Als sie jung waren, hatten sie sich nahegestanden. Sogar mehr als das. Viele Leute im Dorf hatten erwartet, dass sie heiraten würden. Aber irgendwie war es dazu nie gekommen. Ralph hatte sich in seine Studien gestürzt und nahm sein Amt deutlich ernster als seine Vorgänger. Sie erbte das Kinderheim von ihrer Mutter, die viel zu früh gestorben war. Ralph und sie sahen sich zwar noch oft, aber die Vertrautheit der Jugend war irgendwann verflogen. Trotzdem hatte er Lucy in jener Nacht zu ihr gebracht. Und jetzt würde er sie nie wieder besuchen. Sie würde nie wieder seine Predigten anhören können. Tränen liefen ihr über die Wangen.

Mit schleppenden Schritten ging sie die Stufen zu ihren Zimmern nach oben. Morgen würde sie ins Pfarrhaus gehen und Greta bei den Vorbereitungen für die Beerdigung helfen. Das war sie Ralph schuldig.

Oben angekommen, nahm sie den Brief, den Lucy ihr geschickt hatte, aus einer Kommode. Sie faltete ihn auseinander und setzte sich auf ihr Bett. Wort für Wort las sie ihn noch einmal, obwohl sie ihn mittlerweile fast auswendig kannte.

Liebe Madame Moulin,

ich hoffe, Ihnen und den Kindern geht es gut. Ich habe Ihnen lange nicht geschrieben, denn meine Kurse und das Praktikum in der Bibliothek nehmen mich sehr in Anspruch. Mr Barnes hat mich in das Archiv versetzt. Es gefällt mir sehr gut dort, aber es ist mir etwas sehr Eigenartiges passiert. Ich weiß nicht, mit wem ich darüber sprechen soll. Sie haben meinen Geschichten immer Glauben geschenkt, und deshalb möchte ich Sie um Rat bitten.

Wo soll ich beginnen? Vielleicht erinnern Sie sich an unseren ersten Besuch in der Dorfbibliothek. Das Zeichen, das ich an meinem Handgelenk trage und von dem wir dachten, dass es eine Tätowierung wäre, hat damals zum ersten Mal pulsiert. Nun ist es wieder geschehen, und ich frage mich, ob es wirklich eine Tätowierung ist. Mein Mal, wie ich es nenne, pulsiert diesmal nicht nur schwach, sondern es brennt und verfärbt sich. Es macht mir Angst. Es scheint, als wolle es mir etwas mitteilen.

Das Folgende klingt noch merkwürdiger, doch ich bitte Sie, mir zu glauben. Die Bücher – sie sprechen mit mir. Sie haben mich mit ihrem Wispern im Archiv zu einem Buch gelockt, und sie werden meine Überraschung verstehen, als ich feststellte, dass das Buch vollkommen leer war. Ich weiß nicht, ob Sie nachvollziehen können, was ich meine. Aber das Buch, das ich in den Händen hielt, war voller Trauer. Trauer um die verlorenen Worte. Ich weiß, dass ich das Buch schon einmal gelesen habe. Es ist *EMMA* von Jane Austen. Sie haben es mir geschenkt, und nun erinnert sich niemand daran. Es ist, als hätte es nie existiert.

Die anderen Bücher wollen, dass ich ihnen helfe (ich bin wirklich nicht verrückt geworden, machen Sie sich keine Sorgen). Sie haben mir noch ein anderes Buch gezeigt, das vor meinen Augen zu Staub zerfallen ist. Ich habe keine Ahnung, von wem es ist.

Das ist alles so unfassbar, und Sie sind meine letzte Hoffnung. So viele Abende haben wir in dem Buch gelesen und über Emmas Verhalten diskutiert. Sie müssen etwas von dem Roman in Erinnerung behalten haben. Ich weiß nicht, mit wem ich sonst darüber reden soll. Ich hoffe, bald von Ihnen zu hören.

Ihre Lucy

PS: Liebe Grüße von Colin. Er wohnt mittlerweile bei uns. Ich habe noch nicht mit ihm darüber gesprochen. Also bitte rufen Sie ihn nicht an und fragen, ob ich durchgedreht bin.

Sorgfältig faltete sie den Brief wieder zusammen. Sie würde mit Lucy reden müssen, beschloss Madame Moulin. Aber zuerst würde sie abwarten, was Ralph ihr geschickt hatte.

Es regnete. Kein perfektes Wetter für eine Stadtbesichtigung, dachte Lucy, als sie sich auf den Weg machte. Sie hatte Nathan gestern Abend angerufen und sich mit ihm am Big Ben verabredet. Er wartete bereits dort, als sie angehetzt kam, und zog sie unter seinen aufgespannten Schirm.

»Puh, ich werde mir wohl angewöhnen, zu Fuß zu gehen«, stöhnte sie anstelle einer Begrüßung. »Noch eine Minute länger, und ich wäre in der U-Bahn erstickt. Es müssen ungefähr eine Million Touristen unterwegs sein.«

»Wenn du zu Fuß gehen würdest, würdest du noch später kommen.« Nathan lächelte und rückte ihre bunte Mütze zurecht. Sie mochte es, wenn er sie wie zufällig berührte.

Verstohlen sah sie zu der Uhr, die Big Ben schmückte. Eine Viertelstunde Verspätung war für sie beinahe pünktlich. Nathan folgte ihrem Blick. »Eigentlich heißt nur eine der fünf Glocken Big Ben, wusstest du das?«, fragte Lucy, während sie auf den Turm zugingen. Die Wärme, die Nathan neben ihr ausstrahlte, machte das eklige Wetter mehr als erträglich.

»Die schwerste, glaube ich.«

»Als ich herkam, dachte ich, der Name des Turmes ist Big Ben.«

»Ich schätze, das denken die meisten«, erwiderte Nathan.

Lucy war von der Erhabenheit des Turmes immer wieder aufs Neue fasziniert. »Ganz schön beeindruckend, oder? Jetzt habe ich ihn schon so oft gesehen, und trotzdem frage ich mich immer noch, wie man so etwas früher bauen konnte.«

»Vielleicht hättest du Architektur studieren sollen«, antwortete Nathan verschmitzt, woraufhin Lucy den Kopf schüttelte.

»Auf gar keinen Fall. Mit meinem Talent für Mathematik würde jedes Haus einstürzen, bevor jemand seinen Fuß hineinsetzt.«

Eine Windböe streifte sie und erinnerte sie unsanft daran, dass es Zeit war, sich eine Winterjacke zuzulegen. Die Kälte ließ sie schaudern.

Nathan legte einen Arm um sie und zog sie näher zu sich heran. »Du frierst«, erklärte er. »Wir sollten irgendwo reingehen, wo es wärmer ist.«

Geduldig reihten sie sich in die Schlange der Touristen vor Westminster Abbey ein. Lucy war nicht zum ersten Mal hier, und trotzdem wusste sie nicht, wo sie zuerst hinschauen sollte: auf die wunderschönen bleiverglasten Fenster, die riesigen Gewölbebögen, auf die Mosaike auf dem Fußboden, die Seitenschiffe oder die Wandverzierungen. Leider verirrte sich heute kein Sonnenstrahl durch die Fenster.

»Lass uns die Grabmäler anschauen«, murmelte Nathan und zog sie in einen Seitenflügel.

»Meinst du, die liegen wirklich alle noch da drin?«, fragte Lucy ihn.

Nathan fuhr mit einem Finger über die Steine. »Keine Ahnung. Viel wird nicht übrig sein.«

»Als ich klein war, wollte ich immer Prinzessin sein. Colin war mein Prinz. Die anderen Jungs haben sich manchmal lustig über ihn gemacht, aber ihm hat das nie etwas ausgemacht.«

»Steht ihr euch sehr nah?«, fragte Nathan. »Ist er auch im Heim aufgewachsen?«

»Himmel, nein. Er lebte im Dorf. Bei seinen Eltern. Allerdings kam er jede freie Minute zu uns. Er ist so etwas wie ein großer Bruder für mich.«

»Weiß er das auch?«, fragte Nathan.

»Wie meinst du das?«

»So, wie ich es sage. Er hat mich angeschaut, als wolle er mich direkt durch das Fenster aus eurer Wohnung befördern.«

Lucy lachte. »Quatsch. Denk dir nichts dabei. Das würde er nie tun. Er ist nur gern der Hahn im Korb.«

»Hoffentlich hast du recht.«

»Hast du eigentlich Geschwister?«, fragte Lucy. Nathan schüttelte den Kopf.

Lucy wartete eine Sekunde. »Hättest du gerne welche gehabt?«, versuchte sie ihn dann aus der Reserve zu locken.

»Wusstest du, dass Queen Anne und zehn ihrer Kinder hier bestattet sind? Das wäre eine große Familie gewesen. Leider gibt es kein Grabdenkmal mehr von ihr«, erklärte er, statt auf ihre Frage zu antworten.

»Insgesamt war sie sogar siebzehn Mal schwanger«, bemerkte Lucy.

»Wirklich?«

Lucy nickte. »Ich habe in der Schule mal ein Referat über sie gehalten. Bis auf eines wurden alle Kinder entweder tot geboren oder sind nicht sehr alt geworden. Und das eine wurde, glaube ich, nur zehn oder elf, bevor es starb.«

»Wie sie das wohl ausgehalten hat?«

»Angeblich hatte sie einen Mann, der sie sehr liebte. Vielleicht half das ein bisschen«, vermutete Lucy.

»Du bist eine Romantikerin«, zog Nathan sie auf. »Ich wette, du glaubst an die ganz große Liebe.«

»Du nicht?« Lucy nahm eine Kerze und zündete sie an.

»Klar, doch«, sagte er, blieb stehen und erwiderte Lucys Blick mit einer Intensität, die ihr eine Gänsehaut auf den Armen bescherte. »In Büchern«, fügte er dann hinzu und stupste ihr mit seinem Zeigefinger auf die Nasenspitze. Er lachte leise und ging weiter.

»Blöder Kerl«, flüsterte Lucy ärgerlich.

»Das habe ich gehört«, rief er gut gelaunt.

»Bitte etwas ruhiger«, bemerkte einer der Aufseher streng.

»Entschuldigen Sie«, antwortete Nathan höflich und legte Lucy einen Arm um die Schultern.

»Ab jetzt flüstern wir nur noch«, raunte er ihr ins Ohr. Seine Lippen berührten die empfindliche Haut, und Lucy kicherte.

»Ich will noch zum Poets' Corner«, erklärte sie, nachdem sie den Rundgang fast beendet hatten.

»Muss das sein?« Nathan hielt sie fest.

»Ich mag es, dass hier nicht nur gekrönte Häupter liegen, sondern auch Dichter und Romantiker«, antwortete sie spitz und machte sich los.

Er folgte ihr, wenn auch nicht sonderlich begeistert. Aufmerksam blickte sie sich um und ließ ihren Blick über die Denkmäler und Grabtafeln schweifen. Dann stutzte sie und trat an eine der Wände heran. Etwas stimmte nicht.

»Was ist los, Lucy?«, fragte er alarmiert.

Merkwürdig, dass er jede ihrer Gefühlsregungen sofort bemerkte. Lucy überlegte fieberhaft. Nathans besorgte Frage nahm sie kaum wahr. Sie wandte sich um und betrachtete die in den Boden eingelassenen Grabplatten. Es gab keinen Zweifel, die von Alfred Tennyson war verschwunden. Sie liebte die Gedichte des Dichters und war ganz sicher, dass er hier bestattet war. Als Kind war sie schon einmal mit ihrer Schulklasse hier gewesen. Vorher hatten sie sein Gedicht *Lady of Shalott* lernen müssen.

Ihr Blick wanderte ganz automatisch zu der Gedenkplatte von Jane Austen. Sie war zwar nicht in der Kirche begraben, doch trotzdem konnte hier ihrer gedacht werden. Diese Platte war noch da. Nur ihr Name war kaum noch lesbar.

»Sir«, sprach sie einen der Aufseher an. »Ich suche die Grabplatte von Tennyson.«

Der Mann runzelte die Stirn. »Wer soll das sein?«

»Sie kennen Tennyson nicht?« Lucy spürte, dass ihr Mal zu pochen begann. »Er ist ein Dichter. Er ist hier begraben.«

Der Mann zuckte mit den Schultern und wechselte einen Blick mit Nathan. »Ich habe keine Ahnung, wen Sie meinen. Ich kenne keinen Tennyson.«

»Könnte es sein, dass er umgebettet wurde?«, fragte Lucy verzweifelt.

»Hier wird niemand umgebettet, Lady.« Damit verschwand er zwischen den Touristen.

»Würdest du mir sagen, was los ist?«, fragte Nathan, zog sie zu sich herum und hielt sie sanft an den Oberarmen fest.

Lucy sah in seine schwarzen Augen. Auf seiner Stirn hatte sich eine steile Falte gebildet. Sie konnte nicht entscheiden, ob in seinem Blick Sorge oder Zorn lag.

»Es ist nichts«, sagte sie und funkelte ihn an. »Alles in Ordnung. Wahrscheinlich habe ich mich nur getäuscht.«

Nathan glaubte ihr nicht, das konnte sie deutlich sehen.

»Lass uns rausgehen, und dann sagst du mir, was dich so aufregt.« Nathan schob Lucy aus der Kirche nach draußen, wo nun die Oktobersonne die Stadt in goldenes Licht tauchte und sich in den Pfützen auf der Straße spiegelte. Der Regen hatte aufgehört.

»Was ist da gerade passiert? Hat es mit deinem Mal zu tun? Tut es weh?«

»Nein. Damit hat es nichts zu tun. Ich habe mich wahrscheinlich nur getäuscht. Es tut mir leid, wenn ich dich in Verlegenheit gebracht habe.« Nervös trippelte sie von einem Fuß auf den anderen. Am liebsten wäre sie nach Hause gegangen.

»Du hast mich nicht in Verlegenheit gebracht. Aber ich wünschte, du würdest mit mir reden«, drängte Nathan weiter.

Lucy versuchte verzweifelt zu ergründen, ob sie ihm trauen konnte. Er hielt ihrem Blick stand. Sie würde es so gern.

»Ich habe dir nicht die ganze Wahrheit gesagt«, erklärte sie dann. »Es ist aber auch zu verrückt. Das wirst du mir nie glauben.«

»Lucy.« Nathan nahm ihre Hand und führte sie etwas von der Abbey fort. »Erzähl es mir einfach. Du hast mir schon beim letzten Mal nicht die ganze Wahrheit gesagt, aber ich wünschte, du würdest mir vertrauen.«

»Also gut. Ich habe dir von den Büchern erzählt, die verschwunden sind.« Lucy zögerte nicht länger.

Nathan nickte.

»Sie sind nicht einfach nur verschwunden. Sie sind auch vergessen.«

»Was meinst du damit?«

»Erinnerst du dich, dass ich dir erzählt habe, dass der Roman *Emma* von Jane Austen verschwunden ist? Kennst du ihn?«

»Ich habe zwar nie von diesem Buch gehört, aber das muss nichts heißen.«

»Kennst du Alfred Tennyson? Kannst du ein Gedicht von ihm? Komm schon, du hast sicher eins gelernt.«

»Tennyson? Nie gehört. Wer soll das sein?«

Lucy sah ihn triumphierend an. »Siehst du, du kannst dich nicht erinnern. Niemand kennt *Emma*. Kein einziger Mensch weiß mehr, dass es dieses Buch gab. Nur ich. Ich habe es recherchiert.«

»Und was hat das mit diesem Tennyson zu tun?«

»Ich weiß ganz sicher, dass sein Grab im Poets' Corner war. Als Kind war ich einmal da, und nun ist es fort. Dem Aufseher sagte der Name nichts und dir auch nicht. Dabei ist Tennyson einer unserer Nationaldichter. Ich wette, dass ich kein einziges Gedicht mehr von ihm finde.«

»Wenn das alles stimmt, was du mir da erzählst, weshalb kannst du dich dann an dieses Buch und die Gedichte erinnern?«, fragte Nathan.

Lucy entzog ihm ihre Hände. »Ich habe keine Ahnung. Ich weiß auch nur, dass es Tennyson und *Emma* gab.«

»Vielleicht hat es doch mit dem Mal zu tun«, sagte Nathan vorsichtig.

»Möglich«, antwortete Lucy langsam. »Früher dachte ich immer, es wäre eine Tätowierung und meine Mutter wäre eine von diesen schrägen Hippiekünstlerinnen gewesen. Wer sonst sollte ein kleines Kind tätowieren? Ich war nicht einmal ein Jahr alt, als ich ins Heim kam.«

»Das erklärt nicht, weshalb es sich verändert«, wies Nathan auf das Offensichtliche hin. Er war näher an sie herangerückt, als wollte er sie beschützen.

»Da hast du recht. Es kann keine Tätowierung sein. Es ist etwas anderes«, stimmte Lucy ihm zu. »Nur was? Und was bezweckt es damit, dass es mal brennt, mal pulsiert oder sich verfärbt?«

Nathan fuhr sich mit den Händen durch sein schwarzes Haar. Er sah beinahe verzweifelt aus. Jetzt war Lucy froh, sich ihm anvertraut zu haben.

»Du hältst mich nicht für überspannt oder verrückt?«, fragte Lucy trotzdem nach. Sie musste es einfach wissen.

»Keine Spur«, antwortete Nathan, lächelte sie liebevoll an und strich ihr eine Haarsträhne aus dem Gesicht. Er konnte ihr vielleicht nicht helfen, aber mit ihm zu reden half mehr, als sie geglaubt hatte.

»Da fehlt noch ein Grabmal. Das von Chaucer«, fiel ihr in diesem Moment ein. »Er war der Erste, der im Poets' Corner begraben wurde.«

»Bist du sicher?«

Lucy wurde ganz nervös. Endlich hatte sie eine Spur. »Ich muss sofort in die Bibliothek und schauen, ob ich ein Werk von ihm finde. Große Hoffnung habe ich nicht, aber ich weiß nicht, was ich sonst tun soll.«

»Hat das nicht bis Montag Zeit?«, fragte er.

Lucy schüttelte den Kopf.

»Dann komme ich mit«, bestimmte er und nahm ihre Hand.

»Du wirst nicht mit ins Archiv dürfen«, bemerkte Lucy, aber er ließ sich von seinem Vorhaben nicht abbringen.

Lucy konnte sich nicht erinnern, wann sich zum letzten Mal etwas so richtig angefühlt hatte. Als Nathan einen Arm um sie legte, schmiegte sie sich an ihn.

Wie Madame Moulin erwartet hatte, brachte der Postbote den Brief des Vikars pünktlich am nächsten Tag. Hinter ihrem Rücken tobten die Kinder durch das Haus, wie an jedem Samstagmorgen. Sie würde sie zur Ordnung rufen und ihnen erzählen müssen, dass der Vikar gestorben war. Während der Postbote ihr den Brief überreichte, stammelte er sein Beileid.

»Danke schön, George. Ich denke, wir werden ihn alle vermissen«, wiegelte sie ab und nahm den Brief entgegen. In ihrem Büro angekommen, drehte sie ihn zwischen den Fingern hin und her, ehe sie sich entschloss, ihn zu öffnen. Noch immer konnte sie es nicht fassen, dass Ralph tot war. Die Gemeinde und das Dorf waren ohne ihn kaum vorstellbar. Nie hatte sie darüber nachgedacht, wie es sein würde, wenn er nicht mehr da war. Nun war er fort.

Es war etwas Hartes in dem Brief, das konnte sie deutlich fühlen. Sie griff nach dem Brieföffner und schlitzte ihn vorsichtig auf. Zu ihrem Erstaunen fand sie ein zweites, kleineres Kuvert darin und einen Zettel. Als sie den Umschlag umdrehte, fiel eine goldene Kette mit einem ungewöhnlichen Anhänger daran heraus. Das Metall war angelaufen, und es war offensichtlich, dass lange Zeit niemand die Kette in den Händen gehalten hatte. Vorsichtig griff sie nach dem Anhänger, der die Form eines kleinen Buches hatte. Sie drehte und wendete es in ihren Händen. Es musste ein Medaillon sein, erkannte sie an dem winzigen Verschluss auf der einen Seite. Eine Gravur und klitzekleine Edelsteine schmückten seine Oberfläche. Es sah sehr wertvoll aus und sehr alt. Sie hielt es sich näher vor die Augen, dann nahm sie ein Taschentuch zur Hand und rieb über die Gravur. Ein ungewöhnlich aussehendes Kreuz kam zum Vorschein. So eins hatte sie noch nie gesehen. Die vier Spitzen des Kreuzes waren nicht gerade, sondern endeten in drei kleinen Punkten, die mit Bögen miteinander verbunden waren. Jeder dieser Punkte war mit einem winzigen Edelstein besetzt. Behutsam öffnete sie den Verschluss des Medaillons, gespannt, was sie zu sehen bekommen würde. Es war ein Bild. Ein Bild, wie es gewöhnlich in Medaillons zu finden war. Darauf abgebildet waren ein junger Mann und eine junge Frau. Die Ähnlichkeit mit Lucy war so auffällig, dass Madame Moulin sofort wusste, Lucys Eltern vor sich zu haben. Nachdenklich betrachtete sie die lächelnden Gesichter. Sie sahen nicht aus wie Menschen, die ihr Kind im Stich ließen. Was war passiert, das sie zu diesem Schritt gezwungen hatte? Vielleicht fand sie die Antwort in dem beiliegenden Brief. Vielleicht erfuhr sie nun, nach all der Zeit, welches Geheimnis ihren Schützling umgab.

Sie griff nach dem Zettel und erkannte Ralphs regelmäßige Handschrift. Tränen stiegen in ihr auf, bevor es ihr gelang, ein weiteres Taschentuch hervorzuziehen. Sie putzte sich die Nase und las dann die wenigen, viel zu schnell niedergeschriebenen Worte.

Liebe Madeleine, die Zeit drängt. Ich befürchte, Lucy ist in großer Gefahr. Ich hoffe, der Brief erreicht dich rechtzeitig. Du musst sie warnen. Gib ihr das Medaillon und den beiliegenden Brief. Er wird alles erklären. Öffne ihn nicht. Je weniger du selbst weißt, umso besser ist es für dich. Du darfst nie und unter keinen Umständen jemandem etwas von ihrem Geheimnis preisgeben. Nicht, wenn sie dir so wichtig ist, wie ich vermute. Ich lasse dir eine Nachricht zukommen, damit wir uns treffen können. Pass auf dich und Lucy auf. Vergib mir. Dein Ralph

Wieder und wieder las sie die Zeilen. Was bedeutete *Lucy ist in großer Gefahr*? Kurz entschlossen stand sie auf. Sie musste noch mal zum Pfarrhaus. Vielleicht konnte sie in Ralphs Arbeitszimmer nachsehen. Wenn er ihr keine Auskunft mehr geben konnte, musste sie eben selbst herausfinden, was hier vor sich ging. Sie würde nicht zulassen, dass Lucy etwas geschah. Sie liebte dieses Mädchen wie eine eigene Tochter, die sie nie bekommen hatte.

Auf ihr Klingeln öffnete Greta die Tür. Es war nicht zu übersehen, dass der Haushälterin der Tod des Vikars naheging. Greta winkte sie schniefend herein. »Frank ist auch gerade da. Es sieht aus, als wäre es gar kein Unfall gewesen«, platzte es aus ihr heraus.

Madame Moulin erstarrte, noch während sie ihren Mantel auszog. »Was meinen Sie damit?« Doch Greta winkte sie nur weiter.

Frank saß in der Küche und rührte gedankenverloren in seiner Teetasse. Als Madame Moulin eintrat, hob er den Kopf.

»Was meint Greta damit, dass es kein Unfall war?«

Bedächtig rührte Frank weiter. Madame Moulin hätte ihn am liebsten geschüttelt, doch sie wusste, dass das bei dem phlegmatischen Mann nicht helfen würde.

Dankbar nahm sie eine Teetasse von Greta entgegen.

»Erst dachten wir natürlich, dass es ein Unfall war«, setzte Frank an. »Schließlich war auf der Fahrbahn ein ziemlich großer Ölfleck. Es war durchaus denkbar, dass der Wagen des Vikars dadurch ins Schleudern gekommen ist.«

Er sah Madame Moulin an, als wollte er prüfen, ob sie ihm folgen konnte. Sie nickte, und er sprach weiter.

»Dann kam es den Kollegen merkwürdig vor, dass der Vikar so schnell unterwegs war. Schließlich war er kein Raser. Sein ganzes Leben lang hat er keinen einzigen Strafzettel bekommen.«

Greta am anderen Ende des Tisches schluchzte auf. »Er war so ein feiner Mann«, jammerte sie. »Nie hat er einer Fliege etwas zuleide getan.«

Madame Moulin tätschelte tröstend ihre Hand und wandte sich wieder dem Polizisten zu. »Aber wenn er zu schnell gefahren ist, dann war es doch ein Unfall.«

»Nein, war es eben nicht. Wir müssen routinemäßig alle Unfallwagen untersuchen, und dabei ist aufgefallen, dass die Radmuttern lose waren.«

»Was heißt das? Vielleicht hat er sie nicht fest genug angezogen? Wer weiß, wie alt die Muttern waren? Der Wagen war schließlich nicht der neueste«, sagte Madame Moulin. Nicht der neueste war dabei ziemlich untertrieben. Ralph fuhr den Wagen seit Ewigkeiten. »Es ist möglich, dass Radmuttern nicht richtig fest sitzen. Deshalb sollte man sie nach einem Reifenwechsel auch später noch mal kontrollieren«, belehrte Frank sie. »Aber der Vikar hatte das Auto gerade durchchecken lassen. Ich habe in seiner Werkstatt nachgefragt. Er hatte vor zwei Wochen einen Termin, und da war alles in bester Ordnung. Es ist möglich, dass sich die Muttern an einem Rad lösen. Völlig unmöglich ist es aber, dass sie an allen vier Rädern lose sind. Da hat sich jemand dran zu schaffen gemacht. Das steht fest. Zwei der Räder haben sich während des Unfalls komplett gelöst. Wären die Radmuttern nicht gelockert worden, wäre der Unfall deutlich glimpflicher ausgegangen.«

Er schwieg und starrte auf Madame Moulins zitternde Hände.

»Aber wenn es kein Unfall war …« Sie stockte.

»Dann war es Mord«, ergänzte Frank mitleidlos. Greta schluchzte auf.

»Wer sollte so etwas tun?«, fragte Madame Moulin. »Er kann

unmöglich Feinde gehabt haben.« Noch während sie die Worte aussprach, wusste sie, womit der Tod des Vikars zusammenhing. Ihr wurde eiskalt, und ihre Hände verkrampften sich. Lucy.

Frank zuckte mit den Schultern. »Wir haben das Arbeitszimmer erst einmal versiegelt und die Spurensicherung angerufen. Vielleicht hat der Einbruch etwas damit zu tun. Aus meiner Sicht müssen die Vorfälle zusammenhängen. Ist der Brief angekommen, den der Vikar Ihnen geschickt hat?«, fragte er.

Sie nickte langsam und versuchte, sich zusammenzureißen. Er durfte nicht wissen, wie aufgewühlt sie war. Ralph hatte von ihr verlangt, dass sie mit niemandem über Lucys Geheimnis sprach. Galt das auch jetzt noch, wo er tot war? Sie wischte sich den Schweiß von der Stirn. Sie brauchte Zeit zum Nachdenken. »Es ging lediglich um die Organisation des nächsten Kirchenbasars«, hörte sie sich langsam sagen. Lügen hatte ihr noch nie gelegen. Doch die Umstände zwangen sie jetzt dazu. »Kann ich den Brief sehen?«, fragte Frank.

»Sicher. Kommen Sie einfach vorbei.«

»Das werde ich tun«, erwiderte er und stand auf. »Ich werde mich dann mal weiter umhören. Einen schönen Tag noch den Damen.«

Nachdem er die Küche verlassen hatte, schwiegen die Frauen eine Weile. Jede hing ihren Gedanken nach. Die Stille in dem kleinen Raum mit den dunklen Möbeln wurde lediglich durch Gretas Schniefen unterbrochen.

»Sie werden mir sagen müssen, was ich tun soll, um Ihnen bei Ralphs Beerdigung zu helfen«, nutzte Madame Moulin die Gelegenheit.

Wieder schniefte Greta, bevor sie einen Zettel aus der Tasche ihrer geblümten Schürze zog. »Ich habe schon mal aufgeschrieben, was alles zu tun ist«, erklärte sie dann und schnäuzte sich geräuschvoll.

Madame Moulin stand auf und setzte sich neben sie. Auf dem zerknitterten Zettel war in ungelenker Schrift der Ablauf der Beerdigung notiert.

»Der Bischof kommt persönlich, um die Grabrede zu halten?«, fragte sie erstaunt.

Greta nickte heftig. »Er hat heute früh gleich bei mir angerufen. Er war sehr betroffen. Er hat mich gebeten, alles vorzubereiten, und gefragt, ob ich mir zutraue, das Pfarrhaus in Ordnung zu halten, bis ein Nachfolger bestellt ist.« Greta brach wieder in Heulen aus. »Ich werde für keinen anderen Vikar hier im Haus arbeiten«, stieß sie hervor.

Madame Moulin griff nach ihrer Hand und nahm den Zettel an sich. Sosehr sie mit ihr fühlte, langsam verlor sie die Geduld mit der Frau. Die Angst um Lucy schnürte ihr die Kehle zu.

»Ich könnte mit den Kindern die Kirche schmücken«, sagte sie. »Was halten Sie davon? Die Kinder mochten Ralph sehr.«

»Das wäre schön. Ich schätze, dass noch mehr Leute aus dem Dorf kommen und ihre Hilfe anbieten werden. Wenn wir die Arbeit aufteilen, dann bekommt der Vikar eine wunderschöne Beerdigung.« Ihre Augen blitzten vor Eifer, obwohl noch Tränen in den Wimpern hingen. Im selben Moment klingelte es.

»Ich gehe schon«, sagte Madame Moulin, froh, der Enge der Küche zu entkommen. Als sie die Tür öffnete, standen zwei ältere Damen aus dem Dorf vor ihr. Verwundert sahen sie sie an.

»Guten Morgen, Miss Bathing, Miss Ruben. Wie geht es Ihnen?«

»Gut, gut«, stammelte die Kleinere der beiden. »Wir sind gekommen, um Greta unsere Hilfe bei der Beerdigung anzubieten.«

»Das ist nett. Ich war aus demselben Grund hier. Gehen Sie doch in die Küche. Greta kann jeden Trost und jede Hilfe gebrauchen.« Die beiden Damen drängten sich an ihr vorbei, und Madame Moulin griff nach ihrem Mantel.

»Ich muss zurück, Greta«, rief sie zum Abschied in die Küche, wo die drei Damen bereits ihre Köpfe zusammensteckten.

Madame Moulin konnte sich denken, worüber sie sprachen. Dass Ralphs Tod kein Unfall war, würde sich herumsprechen wie ein Lauffeuer. Während sie nach Hause ging, versuchte sie, die neuen Informationen zu verarbeiten. Es musste mit dem Brief zusammenhängen. Er hatte geschrieben, Lucy sei in Gefahr. Er hatte den Brief an dem Morgen verschickt, an dem er starb. Weshalb hatte er ihr den Brief nicht persönlich gebracht? Das wäre das Vernünftigste gewesen. Weshalb die Umstände mit der Post? Jetzt rannte sie fast.

Als sie das Heim erreichte, stürmte sie in ihr Büro. Der Brief für Lucy lag unter den Papieren, zwischen die sie ihn vor ihrem überstürzten Aufbruch geschoben hatte. Was sollte sie tun? Es widerstrebte ihr, Frank von dem Brief und der Warnung zu erzählen. Sie würde sich eine plausible Geschichte ausdenken müssen, wenn er kam und das Schreiben von ihr verlangte. Aber jetzt musste sie sich erst einmal überlegen, wie sie Lucy schützen konnte. Ralph hatte sie gebeten, den Brief, der für Lucy bestimmt war, nicht zu öffnen. Konnte sie diesem Wunsch unter den gegebenen Umständen nachkommen? Fahrig hielt sie das Kuvert in den Händen. Der

Umschlag war zerknittert und sah alt aus. Wie oft hatte Ralph ihn in den Händen gehabt? Sie griff nach dem Brieföffner und verharrte dann. War es richtig, den letzten Wunsch eines Toten zu ignorieren? Sie legte den Brieföffner zurück und sah auf die Uhr. Sie musste Lucy anrufen. Für Briefe war die Zeit zu knapp.

Als Nathan und Lucy die Bibliothek erreichten, packte Marie gerade ihre Sachen zusammen. Mit hochgezogenen Brauen musterte sie die beiden. »Ich schätze, dass ihr mich nicht abholen wollt«, stellte sie fest.

Lucy schüttelte den Kopf, beugte sich über den Tresen und gab ihr einen Kuss auf die Wange. »Wer hat jetzt Dienst?«

»Miss Stewart«, antwortete Marie. »Sie bringt nur ihre Jacke weg, und ich bin gleich verschwunden«, trällerte sie. »Ist Chris schon da? Er wollte mich abholen.«

»Er steht draußen«, sagte Lucy, da Maries blonder, groß gewachsener Freund vor dem Eingang nicht zu übersehen gewesen war.

»Marie.« Sie sah ihre Freundin eindringlich an. »Ich muss mit Nathan ins Archiv.«

Marie zog missbilligend ihre Augenbrauen hoch und schüttelte den Kopf. »Du weißt, dass das verboten ist. Wenn es rauskommt, kriegen wir beide mächtigen Ärger. Könnt ihr nicht an einen romantischeren Ort gehen?«

Lucy verdrehte die Augen und spürte, dass sie rot wurde. »Es wird nicht rauskommen, versprochen. Wir sind vorsichtig. Aber es ist dringend, und wenn du dich nicht gleich entscheidest, ist Miss Stewart zurück, und dann ist es zu spät.«

Noch einmal glitt Maries Blick von Lucy zu Nathan, der so dicht hinter ihr stand, als wolle er sie vor etwas beschützen. »Na gut, in Gottes Namen. Aber veranstaltet nichts Unanständiges da unten«, sagte sie und winkte die beiden durch.

»Auf keinen Fall.« Dabei blinzelte Nathan ihr so zweideutig zu, dass Marie lachen musste.

»Ich rufe dich morgen an, und dann musst du mir verraten, was ihr da unten getrieben habt«, drohte sie.

Doch die Tür zum Archiv war längst zugefallen.

Langsam folgte Nathan Lucy die steilen Stufen nach unten. Wenn Nathan von dem Archiv beeindruckt war, so ließ er es sich nicht anmerken.

»Was machen wir jetzt?«, fragte er, unten angekommen.

Ob er Angst hatte? Bei dem Gedanken musste Lucy sich ein Grinsen verkneifen. Er machte so ein finsteres Gesicht wie zu Beginn ihrer Bekanntschaft.

»Was ist?«, fragte er leise und zog seine schwarzen Augenbrauen noch enger zusammen.

»Kann es sein, dass du dich fürchtest? Du guckst so komisch.«

»Fürchten?« Er trat einen Schritt näher an Lucy heran. Seine Augen funkelten. Sie schluckte und versuchte, nach hinten auszuweichen. Leider war da nur die raue Steinwand.

Nathan stützte sich mit den Händen zu beiden Seiten ihres Kopfes ab und kam mit seinem Gesicht noch näher.

»Hier gibt es nur einen zu fürchten, und der bin ich«, schnurrte er dann beinahe. Seine Lippen kitzelten ihr Ohr, und Lucy wurde gleichzeitig heiß und kalt.

»Damit bist du bei mir an der falschen Adresse«, erwiderte sie und tauchte unter seinen Armen hindurch.

»Da bin ich nicht so sicher.«

Lucy schnaubte angesichts seines arroganten Tonfalls, aber sie musste zugeben, dass er der Wahrheit gefährlich nahe kam. Ihr ganzer Körper kribbelte. »Wir sollten uns an die Arbeit machen«, wechselte sie das Thema, das ihr viel zu intim zu werden drohte.

»Okay. Was soll ich tun?«, fragte Nathan und trat einen Schritt zurück. Das ständige Bedürfnis, sie zu berühren, irritierte ihn. Er bekam keine Antwort.

Lucy lauschte. Etwas war anders als sonst, etwas, das ihr jetzt erst auffiel. Die Bücher schwiegen. Sonst empfingen sie sie immer mit ihrem aufgeregten Wispern. Sie prüfte das Mal. Auch das war still. Ob es an Nathan lag? Schließlich war er den Büchern fremd. Hatten die Bücher vielleicht Angst vor ihm? Miss Olives Anwesenheit hingegen schien sie nicht zu stören.

»Ist alles in Ordnung?«, unterbrach Nathan ihre Gedanken.

»Ja, ja«, antwortete sie zerstreut, um dann mit entschlossenem Ton fortzufahren. »Wir sollten versuchen, herauszufinden, ob wir noch etwas von Chaucer oder Tennyson entdecken.«

»Ich hab nie von den beiden gehört«, murmelte Nathan nachdenklich. »Du musst mir sagen, was ich tun soll.«

»Chaucer hat die *Canterbury Tales* verfasst, und zwar im 14. Jahrhundert. Wenn hier keine Exemplare davon lagern, fresse ich einen Besen.«

»Ich nehme dich beim Wort«, sagte Nathan, und seine Mundwinkel zuckten.

»Lass uns in der Kartei nachschauen. Wenn wir unter Ch nichts finden, dann weiß ich ehrlich gesagt auch nicht, was wir tun sollen.« Wäre sie allein, hätte sie die Bücher um Hilfe gebeten. Das fiel ja nun aus. Trotzdem war sie froh, dass er bei ihr war. Zielstrebig führte sie ihn in das kleine Büro.

Lucy blätterte durch den Karteikasten. Viele Karten gab es nicht unter Ch. Da sie allerdings wusste, dass es bei den Karten mit der Ordnung nicht allzu weit her war, nahm sie eine nach der anderen heraus. Sie studierte den Namen, der darauf stand, und reichte sie Nathan, der sie nochmals aufmerksam begutachtete. Er murmelte die Namen leise vor sich hin. »Chambers, Chamier, Chatterton, Chapman …«

Als er nach der nächsten greifen wollte, musste er feststellen, dass Lucy innegehalten hatte. Er sah auf die Karte in ihrer Hand. Auf den ersten Blick wirkte sie leer.

»Etwas gefunden?«, fragte er und beugte sich über ihre Schulter. Das Büro war eigentlich zu winzig für sie beide. Nathan wandte sich Lucy zu und sah, dass ihre Hände auf der Tischplatte zitterten. Die Lippen hatte sie fest aufeinandergepresst. Er sah die Angst in ihren Augen und wünschte, er könnte ihr alles erklären.

Lucy reichte ihm das Kärtchen.

»Da steht nichts drauf«, stellte er fest.

»Sieh genauer hin«, forderte sie ihn auf.

Nathan hielt die Karte unter das Licht der Schreibtischlampe. Tatsächlich waren noch ganz zarte Buchstaben darauf zu sehen.

»Sie verblassen mit der Zeit. Ich schätze, in einigen Wochen ist die Schrift völlig verschwunden, wie bei *Emma*. Auf ihrer Karte war tatsächlich nichts mehr zu sehen. Erklären kann ich das leider nicht.«

»Chaucer, Geoffrey«, entzifferte er mühsam. »*Canterbury Tales.* Das ist es. Wir haben es gefunden, Lucy.« Er nahm ihre Hände in seine und lächelte sie an. »Das Buch ist nicht verschwunden.«

Er wusste es besser, trotzdem wollte er in diesem Augenblick nichts anderes, als sie trösten. Es war kein halbes Jahr her, dass er die Ursprungsfassung von Chaucer, das sogenannte *Hengwrt*-Manuskript, in der walisischen Nationalbibliothek in Aberystwyth in den Händen gehalten und ausgelesen hatte. Es war das letzte Werk des Dichters gewesen, das der Bund gerettet hatte. Nun war Chaucer vergessen.

Er wollte ihr sagen, dass er es nur zum Schutz der Bücher tat. Dass sie sich nicht sorgen sollte und dass die Schätze nicht verloren waren. Vielleicht würde sie es verstehen. Vielleicht würde sie ihn sogar in seiner Aufgabe unterstützen. Sie liebten Bücher beide gleichermaßen stark. Doch bevor er sich zu einer Entscheidung durchringen konnte, stand Lucy auf.

»Wir sollten nachsehen«, sagte sie und griff nach der Karte. Im Grunde war sie schon jetzt sicher, dass Chaucers Werk verschwunden war. Mühevoll entzifferte sie die Signatur. Wie nicht anders zu erwarten, lagerte das Buch im hinteren Bereich der Bibliothek.

Mit schnellen Schritten lief sie in das Labyrinth hinein. Zielstrebig hielt sie auf einen bestimmten Teil des Archivs zu, und Nathan folgte ihr. Ab und zu blieb sie stehen, um sich zu orientieren. Immer wieder verglich sie die Signaturen an den Regalen mit denen auf dem Plan, den sie aus dem Büro mitgenommen hatte. Sie durchquerten mehrere Räume. Nathan musste sich an den Türstürzen, die immer niedriger zu werden schienen, bücken, um sich nicht den Kopf zu stoßen. Sie schlängelten sich durch enge Gassen. Einmal kamen sie an achtlos an der Wand gestapelten Kartons vorbei, und Nathan schüttelte den Kopf. Es gab noch so viel für ihn zu tun. So viele Bücher zu retten. Das Bedürfnis, Lucy einzuweihen, wurde fast übermächtig.

Endlich hielt Lucy an. Sie waren vor einem kleinen Raum angelangt, an dessen steinernen Wänden mehrere Bücherregale standen. Lucy machte sich an der Innenseite der Wand zu schaffen.

»Mist«, murmelte sie. »Der Schalter funktioniert nicht, und ich habe vergessen, die Taschenlampe mitzunehmen.« Sie sah ihn an. »Ich fürchte, wir müssen noch einmal zurück. Es sei denn, du möchtest hier warten.«

»Ich warte«, erwiderte Nathan gleichmütig. »Oder wäre es dir lieber, wenn ich nicht von deiner Seite weiche?«

»Die paar Minuten werde ich wohl ohne dich aushalten«, gab Lucy schnippisch zurück.

»Sicher?« Nathan sah sie durchdringend an.

Lucy wandte sich ab und verschwand zwischen den Regalen. Wie machte er das bloß? Er musste sie nur mit diesen nachtschwarzen Augen ansehen, und schon schlug ihr das Herz bis zum Hals. Das tat ihr nicht gut, und schließlich hatte sie ganz andere Probleme. Sie bog um eine Ecke und war fast bei dem kleinen Büro angelangt, als das Wispern so plötzlich einsetzte, dass sie erschrak. »Da seid ihr ja«, flüsterte sie.

»Erinnere dich«, hörte sie die Bücher. Immer nur diese zwei Worte.

»Ihr seid keine große Hilfe«, warf sie ihnen auf dem Rückweg vor. »Ich habe keine Ahnung, woran ich mich erinnern soll. Ihr müsst mir schon etwas mehr verraten.«

Wieder bekam sie als Antwort nur diese beiden Worte. Das Flüstern klang heute anders als sonst. Längst nicht so fordernd. Eher ängstlich. Was hatten die Bücher nur? Ihre Angst übertrug sich auf sie. Lucy rannte schneller. Je eher sie wieder bei Nathan war, umso besser. Es wurde leiser, je näher Lucy dem kleinen Raum kam. Nathan lehnte an der Wand, hatte seine Hände in der Hosentasche vergraben und seine Schultern zusammengezogen. Sein Haar war verstrubbelt, und Lucy ertappte sie bei dem Wunsch, hineinzugreifen und es zu ordnen.

»Es ist auf Dauer ziemlich kalt hier unten«, befand er und lächelte.

»Achtzehn Grad ist nicht gerade anheimelnd. Deshalb habe ich immer zwei Pullover an«, antwortete Lucy.

»Heute wohl nicht«, erwiderte Nathan lakonisch und sah auf die blaue Bluse, die sie trug.

»Heute hatte ich auch nicht vor herzukommen.«

»Dann sollten wir versuchen, uns zu beeilen. Dein Chef wäre sicherlich verwundert, wenn er am Montag zwei Eiszapfen entdecken würde. Wenn man uns hier hinten überhaupt finden würde.« Er wischte mit dem Finger über eins der Regale. Eine dicke Staubschicht blieb daran hängen. »Ich schätze, in diesem Winkel hat sich seit Jahren niemand mehr getraut.«

»Da hast du wahrscheinlich recht«, bestätigte Lucy. Sie knipste die Taschenlampe an und tauchte den Raum in mattes Licht. Nicht viel, aber besser als gar nichts.

Sie quetschten sich in den engen Raum, und es dauerte nicht lange, bis sie den gesuchten Karton gefunden hatten. Die Gravur war noch ziemlich gut zu erkennen. Lucy schöpfte neue Hoffnung.

Vielleicht war es bei diesem Buch nicht ganz so schlimm. Vielleicht war es sogar noch da.

Nathan nahm ihn aus dem Regal und stellte ihn auf den Boden. Beide kauerten sich davor, und während Lucy die Taschenlampe hielt, hob er den Deckel an.

Ein Gedanke durchzuckte Lucy, und sie legte eine Hand auf seine, um zu verhindern, dass er den Karton öffnete.

»Warte kurz«, sagte sie. »Ich muss nachdenken.«

Nathan hielt inne und betrachtete sie aufmerksam. In ihren grauen Augen stand die Sorge um das Buch überdeutlich. Für einen Moment wünschte er, er könnte ihr die Enttäuschung ersparen. Aber dafür war es längst zu spät.

»In dem ersten Karton, den ich gefunden habe, war der Roman von Jane Austen. Beziehungsweise das, was davon übrig war. Der Name stand noch darauf. Das Buch begann allerdings schon zu zerfallen. Die Registerkarte war komplett leer, und niemand kann sich mehr an das Buch erinnern. Das zweite Buch war schon völlig zerfallen. Ich glaube nicht, dass wir jemals herausfinden können, welches es war. Hier konnten wir wenigstens noch ein bisschen auf der Registerkarte erkennen. Das Buch scheint noch nicht sehr lange verschwunden zu sein. Kannst du mir folgen?« Erwartungsvoll sah Lucy Nathan an.

»Das war nicht besonders schwer«, murrte er. »Kann ich den Karton jetzt öffnen?«

Als Lucy nickte, hob Nathan endgültig den Deckel.

Er nahm das Buch heraus, dessen Einband auf den ersten Blick unversehrt aussah. Es wirkte schmucklos, fand Lucy und nahm es Nathan aus der Hand. Der Einband war in der für das 17. Jahrhundert üblichen Hefttechnik mithilfe von Hanfschnüren gebunden. Eine Schlaufe aus Leder hielt das Buch außerdem zusammen. Umsichtig löste Lucy diesen Verschluss und schlug es auf.

Obwohl sie bis zu diesem Moment noch gehofft hatte, dass etwas von dem Werk zurückgeblieben war, war das, was sie sah, keine wirkliche Überraschung. Und doch erschrak sie, als der pulsierende Schmerz unvermittelt durch ihren Arm raste. Genauso unvermittelt kamen die Tränen. Ihr ganzer Körper wurde vom Schmerz des Buches ergriffen. Sie begann zu zittern, krümmte sich zusammen, und ihr ganzer Körper bebte unkontrolliert.

Nathan riss ihr das Buch aus der Hand und legte es zurück. Dann zog er sie von dem eiskalten Boden hoch. Sie schlang ihre Arme um seine Taille. Er hielt sie fest, bis sie sich beruhigt hatte. Mit gleichmäßigen Bewegungen strich er über ihr Haar. Er sagte kein Wort, und das brauchte er auch nicht. Sie spürte sein Herz gleichmäßig an ihrer Brust schlagen. Je stärker sie sich auf diesen Rhythmus konzentrierte, umso ruhiger wurde sie selbst.

»Geht's wieder?«, hörte sie seine Stimme irgendwann an ihrem Ohr. Sie klang rau.

Wenn sie Ja sagte, würde er sie loslassen. Im Moment war das das Letzte, was sie wollte. Trotzdem nickte sie, das Gesicht weiter an seiner Brust verborgen.

»Ich lasse dich jetzt los«, erklärte er Minuten später. Er schob Lucy von sich und strich ihr das Haar hinter die Ohren. Dann hob er ihr Kinn und zwang sie, ihn anzusehen.

Sie musste so verheult schrecklich aussehen, dachte Lucy.

»Wir werden hier verschwinden und in Ruhe darüber sprechen, okay?«, schlug er vor.

Lucy ließ zu, dass er den Karton wieder an den richtigen Platz stellte. Er löschte das Licht der Taschenlampe und nahm ihre Hand.

An der Tür blieb er zögernd stehen. »So gern ich es tun würde, aber ich befürchte, wenn du mir die Führung überlässt, werden wir uns rettungslos verlaufen.«

Seine Worte entlockten ihr ein Lächeln. Ohne ihn loszulassen, führte sie ihn zu der Treppe zurück.

Lucy öffnete die Tür, die zum offiziellen Teil der Bibliothek führte, einen Spaltbreit und sah hinaus. Es dauerte einen Moment, bis niemand mehr auf dem Flur zu sehen war.

»Wir könnten es jetzt versuchen«, flüsterte er. Seufzend öffnete Lucy die Tür und ging hinaus. Miss Stewart war nicht an ihrem Platz, sodass sie die Bibliothek ungesehen verlassen konnten.

Ein Buch ist wie ein Garten,
den man in der Tasche trägt.

Arabisches Sprichwort

9. KAPITEL

»London Library«, meldete sich die Stimme einer Frau, nachdem Madame Moulin die Nummer gewählt hatte.

»Ich würde gern Lucy Guardian sprechen. Ist sie heute im Haus?«, fragte sie und versuchte, das Zittern in ihrer Stimme zu unterdrücken.

»Es tut mir leid«, antwortete die Frau. »Miss Guardian ist samstags nie hier. Soll ich ihr einen Zettel hinlegen, dass sie Montag zurückruft?«

»Nein, vielen Dank, das ist nicht notwendig. Ich versuche, sie auf anderem Wege zu erreichen.«

»Wie Sie möchten«, sagte die Frau und legte auf.

Wo mochte Lucy nur sein? Sie musste sie unbedingt sprechen. Leider war auf ihrem Handy lediglich die Mailbox angesprungen, und Madame Moulin hatte nicht gewagt, ihr eine Nachricht zu hinterlassen. Jetzt konnte sie nur hoffen, dass Lucy irgendwann den verpassten Anruf sah und sich bei ihr meldete.

Wieder nahm sie den Brief, den Ralph ihr geschickt hatte, zur Hand und betrachtete ihn nachdenklich. Wenn Lucy bis heute Abend nicht bei ihr angerufen hatte, würde sie ihn öffnen und morgen nach London fahren, beschloss sie.

Sie verstaute den Brief in Ermangelung eines Safes in der hintersten Ecke ihres Schreibtisches. Die Kette mit dem Medaillon legte sie sich um den Hals und verbarg es unter ihrem Pullover. Sie begann zu überlegen, wie sie mit den Kindern die Kirche schmücken würde. Lilien hatte Ralph nie gemocht. Die Frühlingsblumen, die er geliebt hatte, waren um diese Jahreszeit allerdings nicht zu bekommen. Sie würde mit dem Blumenhändler sprechen müssen. Aber zuerst sollte sie den Kindern sagen, was passiert war.

Bevor sie das Büro verließ, kontrollierte sie die Fenster und schloss, ganz entgegen ihrer Art, ihre Bürotür zweimal ab. Dann ging sie in den Speisesaal, wo die Erzieher und Kinder gemeinsam das Essen einnahmen.

Mit ernstem Gesicht sah Madame Moulin von einem Kind zum anderen und wartete, bis Ruhe einkehrte. Dann begann sie zu erzählen, was passiert war.

Erst jetzt, als sie es aussprach, wurde ihr die Tragweite dessen, was geschehen war, voll bewusst. Ralph war tot. Sie schwankte leicht. Martha, die neben ihr stand, blieb dies nicht verborgen. Energisch zog die Frau, die mittlerweile schon fünfunddreißig Jahre für sie arbeitete, einen Stuhl zurück und drängte sie, sich zu setzen. Die Kindergesichter vor ihr sahen sie schweigend an. Zwei der kleinen Mädchen schluchzten. Viele der Kinder waren schon viel zu früh mit dem Tod konfrontiert worden. Obwohl sie und ihre Mitarbeiter versuchten, ihnen Mutter und Vater zu ersetzen, gab sie sich nicht der Illusion hin, dass ihnen das immer gelang.

Martha stellte eine Tasse heiße Schokolade vor ihr auf den Tisch. Madame Moulin lächelte über diese liebevolle Geste. Martha tröstete jeden, der es ihrer Meinung nach nötig hatte, mit ihrem Spezialkakao. Es war nicht irgendeine heiße Schokolade. Sie kochte sie nach einem Geheimrezept ihrer Großmutter, der es wiederum von deren Großmutter überliefert worden war. Das jedenfalls erzählte Martha den Kindern, die ihren Kummer meistens schnell vergaßen, wenn sie in der Küche saßen und den Geschichten über ihre berühmteste Vorfahrin lauschten. Martha berichtete in den blühendsten Farben davon, wie diese sich auf das Schiff der spanischen Conquistadores geschlichen hatte, um mit ihnen nach Südamerika zu reisen. Dort verliebte sie sich angeblich unsterblich in einen Aztekenprinzen, der ihr zum Zeichen seiner Liebe Kakaobohnen und das Rezept zur Herstellung des geheimnisvollen Getränkes geschenkt hatte. Seither wurde das Rezept von Tochter zu Tochter weitergegeben. Etliche Details an der Geschichte waren unklar, doch niemand im Haus zweifelte jemals grundsätzlich den Wahrheitsgehalt an. Für die Mädchen schmückte Martha die Liebesgeschichte aus, für die Jungen schilderte sie die erbitterten Kämpfe zwischen Azteken und Spaniern.

Nur zu gern hätte Madame Moulin sich jetzt mit Martha in deren Reich zurückgezogen, doch erst musste sie sich um die verstörten Kinder kümmern. Und auch danach gab es anderes zu tun.

Eine gute Stunde später konnte sie endlich in ihr Büro zurückkehren. Umständlich balancierte sie ihre Tasse mit dem mittlerweile kalten Kakao in der einen Hand, während sie mit der anderen nach dem Schlüssel in ihrer Jackentasche suchte. Hinter der Tür erklang ein Geräusch. Hastig schloss sie auf und betrat ihr Büro. Die Glastür, die zum Garten führte, stand sperrangelweit offen. Bücher waren aus dem Regal gerissen worden und lagen achtlos verstreut auf dem Boden. Die Tasse mit dem restlichen Kakao entglitt ihrer Hand und zersprang scheppernd auf dem Schachbrettmuster des Fußbodens. Madame Moulin stürmte zu ihrem Schreibtisch und blieb fassungslos stehen. Die Schubfächer waren herausgerissen und ihr Inhalt völlig zerwühlt. Die unteren Türen standen offen, und auf dem Fußboden lagen in einem großen Durcheinander Dokumente, Stifte und Ordner. Madame Moulin kniete nieder und durchwühlte die Unterlagen. Sosehr sie hoffte, den Brief wiederzufinden, wusste sie doch längst, dass er verschwunden war. Langsam stand sie auf und wandte sich der Terrassentür zu. Kalte Herbstluft wehte die Vorhänge zur Seite, als sie an die Tür trat, um sie zu schließen. Selbst in dem fahlen Licht, das draußen herrschte, war das Ungeheuer, das mitten auf dem Rasen stand, nicht zu übersehen. Eine riesige schwarze Dogge starrte sie an. Eine lange rote Zunge hing aus ihrem Maul, und sie hechelte so laut, dass Madame Moulin es trotz der Entfernung hören konnte. Dieses Monster musste einen Herrn haben, der für das hier verantwortlich war, schoss es ihr durch den Kopf. Eilig schloss sie die Tür. Wenn der Hund noch hier war, war sein Herr sicher nicht weit. Wusste er, dass er nicht alles von Ralphs Hinterlassenschaft gefunden hatte? Sie griff nach dem Medaillon, das um ihren Hals hing. Darauf würde sie besser achtgeben. Lucy musste es bekommen. Es war das Einzige, was ihr von ihren Eltern geblieben war.

Nathan und Lucy saßen am Küchentisch. Jeder hielt eine dampfende Tasse Tee in den Händen. Sie hatten auf dem ganzen Weg geschwiegen. Nathan war es, der schließlich den Anfang machte.

»Eins verstehe ich nicht. Weshalb weißt du von den Büchern, wenn alles verschwindet, was an die Dichter erinnert? Du verschweigst mir etwas, oder?«

Lucy malte mit der Fingerspitze Kreise auf die Tischdecke. »Du glaubst also mittlerweile, dass es nicht Miss Olives Werk sein kann?«

Nathan lehnte sich zurück. »Mein gesunder Menschenverstand sagt mir, dass Miss Olive oder jemand, der Zugang zum Archiv hat, die Bücher stiehlt und dafür leere Kopien in den Kisten zurücklässt. Die Registratur ist hoffnungslos veraltet. Niemand vermisst die Bücher.«

»Und weshalb verschwinden die Gräber und Tafeln? Warum kennt niemand diese Bücher und Dichter mehr?«

Nathan zuckte hilflos mit den Achseln. »Bist du dir ganz sicher?«, fragte er dann eindringlich. »Dass du dir das nicht alles bloß einbildest?« Er griff nach ihren Händen und hielt sie fest. »Ich glaube dir, Lucy.« Er versenkte seine Augen in ihren.

In ihrem Magen nistete sich eine seltsame Schwere ein. Konnte sie ihm wirklich vertrauen und ihm alles erzählen? Würde er ihr helfen?

»Du kannst mir vertrauen. Du darfst keine Geheimnisse vor mir haben. Sonst kann ich dir nicht helfen. Da ist doch noch mehr, oder?«

»Sie sagen laufend ›Erinnere dich‹. Aber woran soll ich mich denn erinnern?« Hilfe suchend sah sie ihn an.

Nathan hatte abrupt ihre Hände losgelassen und starrte sie an. »Die Bücher reden mit dir?«, fragte er tonlos.

Lucy wand sich unter seinem Blick. Das war offensichtlich zu viel gewesen, aber jetzt gab es kein Zurück mehr. »Das tun sie schon immer, irgendwie. Sie verlangen, dass ich ihnen helfe. Aber ich weiß nicht, wie.«

Das kann nicht sein, dachte Nathan. Das war selbst für eine Hüterin unmöglich. So lange hatte der Bund versucht, mit den Büchern zu kommunizieren. Jahrhundertelang hatten seine Vorfahren danach gestrebt, dieses Geheimnis zu ergründen, und jetzt kam dieses Mädchen daher und erzählte ihm einfach so, dass die Bücher mit ihr sprachen. Lucy würde dem Bund unvorstellbare Dienste leisten können. Er fuhr sich mit dem Finger unter den Kragen seines T-Shirts. Das Atmen fiel ihm schwer. Am liebsten wäre er aufgesprungen. Er musste seinem Großvater diese Neuigkeit so schnell wie möglich mitteilen. Doch wenn er jetzt ging, würde Lucy womöglich misstrauisch werden, und er wollte sie nicht allein lassen, sie wirkte völlig erschöpft. Ein Schlüssel drehte sich im Schloss, und nur Sekunden später standen Colin und Jules im Raum.

»Was macht ihr denn hier?«, fragte Colin erstaunt. »Schon genug vom Stadtbummel?« Er musterte Lucy besorgt.

»Eindeutig zu viele Touristen«, antwortete sie ausweichend. »Wir gehen ein anderes Mal. Immerhin haben wir Westminster Abbey geschafft.«

»Sag bloß, sie hat dich zum Club der toten Dichter geschleppt?«, fragte Jules Nathan.

»Ein wirklich romantischer Ort für eine erste Verabredung«, fügte Jules hinzu und goss sich eine Tasse Tee ein.

Colin setzte sich zu den beiden an den Tisch. »Alles okay?«, fragte er und ignorierte Nathans Blicke.

Lucy nickte, sah ihm aber nicht in die Augen. Das Telefon klingelte. Jules ging in den Flur und nahm ab.

»Madame Moulin«, begrüßte sie die Anruferin. »Ja. Mir geht es gut. Danke. Lucy ist da. Ich geb sie Ihnen.« Jules kam in die Küche und hielt Lucy den Hörer hin.

»Deine Ersatzmom«, flüsterte sie und verschwand aus dem Raum, nicht ohne Colin hinter sich herzuziehen, der leise protestierte.

»Madame Moulin?« Lucy klang verwundert. Dann lauschte sie der Stimme am anderen Ende der Leitung.

Nathan beobachtete sie. Lucy schien von Sekunde zu Sekunde blasser zu werden. Was zum Teufel erzählte ihr diese Frau da?

»Das glaube ich nicht«, sagte Lucy plötzlich, erhob sich und trat an das kleine Fenster, das zum Hof hinausführte. Gedankenverloren zupfte sie an den Blättern des Basilikums, der in einem blauen Topf auf dem Fensterbrett stand.

Nach einer Weile trat Nathan hinter sie und hielt ihre Hand fest. »Das Kraut hat dir nichts getan«, flüsterte er ihr in das andere Ohr.

»Aber wer sollte den Vikar ermorden?«

Nathan erstarrte und wich zurück. Lucy nickte jetzt.

»Ich verstehe. Ja, ich werde kommen, gleich morgen. Nein, ich sage niemandem, wo ich hinfahre. Ja, versprochen. Bis dann.«

»Du fährst weg?«, fragte Nathan, nachdem Lucy das Gespräch beendet hatte.

Geistesabwesend nickte sie.

»Willst du mir sagen, was sie dir erzählt hat?«

Lucy wandte sich zu ihm um. »Unser Vikar ist ermordet worden. Stell dir vor, jemand hat die Radmuttern seines Wagens gelockert. Das kann doch keine Absicht gewesen sein? Wer sollte schon Interesse daran haben, einen Geistlichen umzubringen? Ich kann mir nicht vorstellen, dass er ein dunkles Geheimnis hatte. In unserem Dorf bleibt nie etwas geheim.« Sie schüttelte ungläubig den Kopf. »Er war der Einzige, der mir hätte sagen können, wer meine Eltern waren.«

Alarmiert sah Nathan sie an. »Wie kommst du darauf?«

»Ich habe mal heimlich in meine Akte geschaut. Die meisten Kinder wussten ja, woher sie kamen. Nur ich nicht. Sie haben mich deswegen geärgert. Also wollte ich mehr erfahren. Vikar McLean hat mich auf den Stufen seiner Kirche gefunden, stand da drin. Ich habe mir oft vorgenommen, ihn darauf anzusprechen. Aber ich habe mich nie getraut. Ich wollte nicht, dass Madame Moulin erfährt, dass ich in ihren Unterlagen gewühlt habe.«

»Standet ihr euch nah?«

»Der Vikar und ich? Komisch, dass du mich das fragst. Nein. Ich habe kaum jemals ein Wort mit ihm gewechselt. Ich glaube, er mochte mich nicht. Zu den anderen Kindern war er immer viel netter als zu mir.«

»Du bist ganz blass geworden, deshalb dachte ich …«, erklärte Nathan.

»Das lag nicht daran, dass der Vikar tot ist. Es ist …« Lucy schwieg, und Nathan sah ihr an, dass sie überlegte, was sie ihm erzählen sollte.

Dann gab sie sich einen Ruck. »Er hat mir etwas hinterlassen. Merkwürdig, oder? Einen Brief und ein Medaillon. Madame Moulin glaubt, dass beides meinen Eltern gehörte.« Lucys Stimme war fast zu einem Flüstern geworden.

Nathan hatte Schwierigkeiten, sie zu verstehen.

»Nach so vielen Jahren«, flüsterte sie. »So viele Jahre hat er mich warten lassen.«

»Er wird seine Gründe gehabt haben.« Nathan strich Lucy übers Haar. Es wäre besser, wenn er gehen würde. Sein Großvater musste die Neuigkeiten erfahren. Aber er rührte sich nicht von der Stelle. Er konnte sie nicht allein lassen.

Zorn blitzte in Lucys Augen. »Was sollen das für Gründe gewesen sein?« Ihre Stimme troff vor Sarkasmus. »Welchen Grund kann es geben, der so wichtig ist, dass man ein Kind im Unklaren darüber lässt, woher es kommt? Ja, ich war glücklich bei Madame Moulin. Aber trotzdem gab es viele Momente, in denen ich hoffte, dass meine Mom und mein Dad kommen würden, um mich zu holen. Leider ist das nie geschehen. Und nun stellt sich heraus, dass ich sie hätte finden können, dass sie mir einen Brief geschrieben haben. Ein Brief, der sicher alles erklärt ...«

Nathan zog sie an sich, und sie vergrub ihr Gesicht an seiner Brust.

»Was steht in dem Brief?«, fragte er mit belegter Stimme.

»Ich weiß es nicht«, antwortete Lucy, und ihre Stimme klang dumpf. Sie weigerte sich, ihren Kopf zu heben, und murmelte nur in Nathans Pulli. »Der Brief wurde gestohlen.«

Erleichterung durchströmte Nathan, obwohl er ihr eigentlich Erschrecken vorheucheln musste. Er konnte es nicht. »Hat diese Madame Moulin ihn nicht gelesen?«

»Nein, Vikar McLean hatte ihr davon abgeraten. Er hat geschrieben, es wäre zu gefährlich.« Lucy lachte ein freudloses Lachen an seiner Brust. »Was soll an einem Brief schon gefährlich sein? Vor allem an einem, der jahrelang im Schreibtisch eines Gemeindebüros vor sich hin gammelte?«

Ein kluger Mann, dachte Nathan. »Wahrscheinlich wollte er

sich nur wichtigmachen«, beschwichtigte er sie. »Kann ich dich allein lassen?«, fragte er dann. »Ich habe noch einiges zu erledigen.«

»Wenn es sein muss.« Lucy löste sich von ihm.

Er sah die Enttäuschung deutlich in ihren Augen. Es versetzte ihm einen Stich. Sanft strich er über ihre Wange.

»Ich habe einem Mitschüler versprochen, ihm bei einem Referat zu helfen.« Demonstrativ sah er auf die Uhr. »Ich soll um halb sechs bei ihm sein. Dafür muss ich mich beeilen. Aber wenn du mich brauchst, sage ich ihm ab«, lenkte er ein.

»Ist schon gut.« Lucy winkte ab. »Colin und Jules sind ja hier.«

Nathan war nicht sicher, ob ihm das gefiel. Bisher hatte Lucy mit ihren Freunden nicht über die merkwürdigen Dinge gesprochen, die vor sich gingen. Wer wusste, wie lange das noch so blieb.

»Ich komme morgen wieder, und wir reden in Ruhe über alles, okay?«, versprach er.

»Morgen bin ich nicht da«, erwiderte Lucy. »Ich treffe mich mit Madame Moulin.«

»Du fährst nach Hause?«, fragte Nathan alarmiert. Lucy schüttelte den Kopf.

»Wohin dann?«

»Ich darf es niemandem sagen«, erklärte sie unbehaglich.

Er nickte und hob seine Hand, um sie zum Abschied noch einmal zu berühren. Doch dann ließ er sie sinken und verließ die Küche. Das Klicken des Türschlosses verriet, dass er fort war. Lucy ließ sich auf einen der Küchenstühle fallen und blinzelte die Tränen weg. Ohne Nathan fühlte sie sich einsamer als je zuvor. Wie hatte er es bloß geschafft, sich so schnell in ihr Herz zu schleichen? Sie vermisste ihn jetzt schon.

Nathan lief die Treppe hinunter und eilte zur nächsten U-Bahn-Station. Erst wenn er zu Hause war, würde er seinen Großvater anrufen. Was sie zu besprechen hatten, war nicht für neugierige Ohren bestimmt.

Batiste nahm sofort beim ersten Klingeln ab. »Ich hoffe, du hast Neuigkeiten für mich.«

Nathan ignorierte den ungehaltenen Tonfall. Erst wollte er wissen, was sein Großvater in dieser Sache unternommen hatte.

»Hast du den Brief stehlen lassen?«, fragte er.

»Oh, wie ich sehe, hat die Kleine dich informiert. Du scheinst meinem Befehl gut Folge zu leisten. Ich hoffe, es fällt dir nicht allzu schwer. Den Fotos nach zu urteilen, ist das Mädchen recht hübsch. Ganz die Mutter.« Batiste lachte böse.

»Das tut nichts zur Sache«, sagte Nathan steif. »Was steht in dem Brief?«

»Die ganze rührselige Geschichte natürlich.« Wieder ertönte das bösartige Lachen, untermalt von dem Knurren der beiden Hunde. Nathan sah seinen Großvater vor sich, wie er in seinem Arbeitszimmer stand und sich in seinem Triumph sonnte.

»Die liebenden Eltern entschuldigen sich bei ihrer Tochter. Sagen, sie hätten keine Wahl gehabt. Dass sie sie vor uns verstecken mussten. Hätte das kleine Biest den Brief in die Hände bekommen, dann hätte sie dir bei nächster Gelegenheit die Augen ausgekratzt.«

»Wie meinst du das?«

»Sie haben es selbstverständlich nicht versäumt, unsere Familie zu verunglimpfen. Behaupten, wir würden die Bücher stehlen. Diese Dummköpfe haben nichts verstanden. Das haben sie nie.« Jetzt tobte Batiste am anderen Ende.

Nathan durchflutete ein Gefühl der Erleichterung. Lucy würde nichts über seine Rolle in dem Spiel erfahren, und er würde dafür sorgen, dass das so blieb, bis er es ihr erklären konnte.

»Was ist mit dem Vikar passiert?«, unterbrach er seinen Großvater.

Sofort verstummte das Gebrüll am anderen Ende. »Was meinst du?«

»Du weißt genau, wovon ich rede. Er wurde ermordet. Gehe ich recht in der Annahme, dass du dahintersteckst?« Nathan grauste vor der Antwort. Sein Großvater war ein Mann, der seine Ziele gegen jedes Hindernis verfolgte, aber einen Mord traute er ihm dennoch nicht zu.

»Papperlapapp, das war ein Unfall«, beschwichtigte ihn Batiste, »was allerdings ein unverhofftes Glück für uns war. Ich hätte ihn sonst für sein Schweigen bezahlen müssen. Und im Übrigen ist es besser, wenn du nicht mehr weißt, als du wissen musst. Du hast deine Aufgabe und ich die meine. Meine ist es, dich und den Bund zu schützen.«

Batiste schwieg, und Nathan wusste genau, welche Antwort er erwartete.

»Ja, Großvater. Natürlich weiß ich das.«

»Gut.« Batiste klang bestens gelaunt. »Das Mädchen wird nie erfahren, woher es kommt und über welche Fähigkeiten es verfügt, dafür wirst du sorgen. Sie muss schleunigst aus der Bibliothek verschwinden. Ich frage mich, wie viel diese Madame Moulin über die ganze Sache weiß. Der Brief war ungeöffnet, sie hat ihn nicht gelesen. Aber der Pfarrer könnte vor seinem Tod mit ihr gesprochen haben. Ich muss entscheiden, was mit ihr geschieht.«

»Was soll das heißen? Noch ein Unfall?«, fragte Nathan sarkastisch.

»Unsere Aufgabe ist es, das Wissen zu schützen. Dafür muss manchmal ein hoher Preis gezahlt werden.«

Er sprach von Geld, redete Nathan sich ein. Seine Familie war unfassbar reich, und Batiste war es gewöhnt, dass die Menschen sich seinem Willen beugten. Er würde sich das Schweigen von Madame Moulin erkaufen.

»Es gibt etwas, das du wissen solltest, bevor du dein weiteres Vorgehen planst. Lucy hat die Gabe. Die Bücher sprechen mit ihr.« Es gab keinen Weg, es seinem Großvater schonend beizubringen.

Die Stille am anderen Ende der Leitung war beängstigend.

»Das kann nicht sein«, kam es nach einer Weile zurück.

»Sie hat es mir selbst gesagt. Sie behauptet, dass die Bücher schon immer mit ihr gesprochen haben.«

»Das ist ganz und gar unmöglich«, kam es von der anderen Seite der Leitung. »Du musst dich verhört haben. Seit Jahrhunderten warten wir darauf, dass einer von uns mit der Gabe gesegnet wird. Wir sind die Beschützer seines Wortes.« Batistes Stimme steigerte sich zu einem wütenden Crescendo. »Sie hat kein Recht …«

»Beruhige dich, Großvater. Es ist nicht gut, wenn du dich so aufregst.«

»Sag mir nicht, was gut für mich ist«, blaffte Batiste. »Was sagen die Bücher ihr?«

Nathan wusste, dass sein Großvater etwas Weltbewegendes erwartete. So lange schon hoffte der Bund, dass irgendwann ein Kind geboren werden würde, das die Fähigkeit besaß, mit den Büchern zu kommunizieren. Der Legende nach hatte es nur ein einziges Mal ein Kind mit diesem Talent gegeben. Damals war es ein Junge gewesen. Was lag näher, als zu hoffen, dass es wieder ein Junge sein würde? Frauen hatten im Bund nie eine große Rolle gespielt. Seinen Großvater musste es hart treffen, dass die Hüterinnen ein Kind mit dieser Gabe hervorgebracht hatten.

»Ich weiß nicht genau. Sie hat mir nur erzählt, dass die Bücher möchten, dass sie sich erinnert. Wir sind unterbrochen worden. Allerdings hat Lucy keine Ahnung, was das bedeutet«, erläuterte er vorsichtig. »Sie kann sich keinen Reim darauf machen.«

»Ich werde die Mitglieder des inneren Kreises zusammenrufen. Gemeinsam werden wir entscheiden, wie wir weiter verfahren. Ich melde mich bei dir, sobald die Zusammenkunft vorüber ist. Bis dahin hältst du dich von ihr fern, verstanden? Es ist vorerst besser so. Wir können ihre Stärke nicht einschätzen.«

»Großvater, ich denke …« Aber er hörte nur noch ein ungeduldiges Tuten.

Nathan starrte den Hörer wortlos an. Die Mitglieder des inneren Kreises wurden nur zu besonderen Anlässen zusammengerufen. Die nächste Versammlung hätte zu seiner Initiation stattfinden sollen. Seit vier Jahren lebte er nach den Regeln des Bundes. Das war die vorgeschriebene Zeit. Niemals hatte er eine Regel verletzt oder gebrochen. Es war sein Recht, bei der Zusammenkunft dabei zu sein. Batiste durfte ihm seine Aufnahme in den inneren Zirkel nicht länger vorenthalten, entschied er. Es war für den Bund an der Zeit, zu honorieren, dass er ihm sein ganzes bisheriges Leben geopfert hatte. Alles, was er wollte, war sein rechtmäßiger Platz in der Gemeinschaft.

Nathan beschloss, morgen nach Cornwall zu fahren. Er würde

an dem Zusammentreffen teilnehmen und seinen Großvater zwingen, ihn in den inneren Kreis aufzunehmen. Nur dann würde er Lucy schützen können. Er ertappte sich bei dem Gedanken, dass ihm dies wichtiger war als seine Aufnahme. Wie hatte sie es geschafft, seine Prioritäten so zu verschieben?

Lucy saß im Zug und sah aus dem Fenster. Die typisch englische Landschaft mit ihren Wiesen und Weiden zog an ihr vorbei. Sie hatte diese grünen sanften Hügel ihrer Heimat immer geliebt.

Leider dauerte die Fahrt lediglich eine Stunde. Madame Moulin hatte vorgeschlagen, dass sie sich auf der Hälfte der Strecke treffen sollten. Lucy wäre gern nach Hause gefahren. Sie sehnte sich nach den anderen Kindern und nach Marthas Schokolade. Aber Madame Moulin hatte keinen Widerspruch geduldet.

Es regnete in Strömen, als Lucy den Zug verließ und über den kleinen, verlassenen Bahnsteig rannte. Natürlich hatte sie mal wieder keinen Schirm dabei. Tropfnass blieb sie in dem heruntergekommenen Bahnhofsgebäude stehen und sah sich suchend um.

Der Fahrkartenschalter war verrammelt. Offenbar arbeitete hier seit längerer Zeit niemand mehr. Der mit Graffiti besprühte Automat, der daneben an der Wand hing, schien für die Menschen im Ort auszureichen, um ihre Reiselust zu stillen. Leider gab es nicht einmal einen winzigen Laden, in dem sie einen Schirm hätte kaufen können. Sie würde pitschnass in dem kleinen Café ankommen, das Madame Moulin für das Treffen ausgesucht hatte. Aber das ließ sich jetzt nicht mehr ändern. Tapfer machte sie sich auf den Weg.

Das Café lag nicht weit vom Bahnhof entfernt und wirkte nach der Erfahrung mit dem Bahnhofsgebäude erstaunlich einladend. Lucy trat ein, und sofort umfing sie eine wohlige Wärme.

Die junge Kellnerin musterte ihre nasse Gestalt abfällig. Lucy tat, als bemerkte sie den Blick nicht, und sah sich um. Madame Moulin saß in einer Ecke des gut besuchten Lokals und winkte ihr zu. Lucy drängelte sich zwischen den Stühlen des kleinen Cafés zu ihr durch. Die alten Damen, die in ihre Gespräche vertieft waren, ließen sich nicht stören.

Madame Moulin stand auf und umarmte sie. Dann schob sie Lucy eine Armlänge von sich und sah sie an. Sie strich ihr sanft die nassen Haare aus dem Gesicht, wie sie es schon getan hatte, als Lucy noch ein kleines Mädchen gewesen war. »Du siehst dünn aus«, stellte sie fest. »Dir fehlt Marthas gutes Essen.«

»Ich hätte besser aufpassen sollen, als sie versucht hat, mir das Kochen beizubringen«, pflichtete Lucy ihr bei.

»Colin sollte sich besser um dich kümmern«, warf Madame Moulin ein. »Ich werde ein ernstes Wörtchen mit ihm reden müssen.« Sie lächelte. »Setz dich erst mal. Wir bestellen dir etwas. Der Kuchen hier ist erstklassig. Dann reden wir.«

Lucy war zu ungeduldig, um zu warten. »Sie müssen mir genau erzählen, was passiert ist. Was hat es mit dem Brief auf sich, und wieso wurde er gestohlen? Wer sollte ein Interesse daran haben?«

Madame Moulin legte ihre Fingerspitzen aneinander und begann, Lucy noch einmal mit leiser Stimme zu berichten, was in den letzten Tagen geschehen war. Lucys Erstaunen wurde von Minute zu Minute größer. Sie sah genau, wie Madame Moulin mit den Tränen kämpfte, als sie vom Tod des Vikars erzählte. Tröstend legte sie ihre Hand auf den Arm ihrer Ersatzmutter.

»Das Medaillon konnte ich retten«, beendete Madame Moulin ihre Ausführungen, zog die Kette unter ihrem Pullover hervor und reichte sie ihr. »Ich habe es gereinigt. Vorher war es beinahe schwarz.«

Fassungslos starrte Lucy auf das kleine Buch in ihren Händen. »Es ist wunderschön.« Sie strich über den funkelnden Schatz. Auf dem Deckel war ein seltsam geformtes Kreuz zu erkennen. »Was ist das für ein Kreuz? Haben Sie so eins schon mal gesehen?«

Madame Moulin schüttelte den Kopf. »Es ist kein christliches Kreuz, glaube ich. Alle Seiten sind gleich lang. Mach es auf«, ermunterte Madame Moulin sie. »Im Inneren verbirgt sich die eigentliche Überraschung.«

Lucy öffnete das Buch an dem winzigen Verschluss und betrachtete stumm das Bild. »Denken Sie das, was ich denke?«, fragte sie nach einer Weile.

Madame Moulin nickte. »Ich bin sicher, dass dies deine Mutter und dein Vater sind.«

»Sie sehen glücklich aus«, meinte Lucy.

»Ja, das tun sie.«

»Ob es mich schon gab, als dieses Bild entstand?« Lucy spürte, wie die Tränen ungewollt in ihr aufstiegen.

»Du kannst das Bild herausnehmen. Ich musste es gestern tun, als ich das Medaillon reinigte.«

Vorsichtig zupfte Lucy es heraus.

»Dreh es um«, forderte Madame Moulin.

Winzige Buchstaben wurden auf der Rückseite sichtbar. Sie waren nur schwer zu entziffern. Lucy hielt das Bild näher an ihre Augen.

»Ich hätte die Lupe mitbringen sollen«, sagte Madame Moulin amüsiert.

Leise las Lucy vor: »Für Lucy – unser einziges Kind, dem immer unsere ganze Liebe gehören wird.« Tränen tropften in ihren Schoß. Madame Moulin reichte ihr ein Taschentuch und rettete das Bild und das Medaillon. Sie schob das Foto an seinen Platz zurück und verschloss das Schmuckstück sorgfältig.

»Das beantwortet deine wichtigste Frage, Lucy. Und wenn du meine Meinung hören willst, so etwas schreiben keine Eltern, die vorhaben, ihr Kind auszusetzen.«

»Aber sie haben es getan«, warf Lucy leise schluchzend ein.

»Sie werden einen wichtigen Grund dafür gehabt haben.«

»Weshalb haben sie mich nie zurückgeholt? Welcher Grund sollte so lange Bestand haben?«

Darüber hatte Madame Moulin lange nachgedacht, und nachdem Ralph offenbar ermordet worden war, gab es auch hierfür eine Erklärung. Sie seufzte, bevor sie sprach.

»Meiner Meinung nach kann dies nur eins bedeuten.« Sie stockte und sah in Lucys erwartungsvolles Gesicht. »Ich befürchte, dass sie nicht mehr unter uns weilen.« Sie brachte es nicht übers Herz, das Wort *tot* zu verwenden. Auch so war diese Antwort für Lucy schlimm genug. Ihre Unterlippe zitterte, und in ihren Augen schwammen wieder Tränen. »Es tut mir so leid, Lucy. Ich hätte dir so gern etwas anderes gesagt. Ich hätte dir so gern den Brief gebracht, den Ralph dir hinterlassen hat. So habe ich dich der einzigen Möglichkeit beraubt, die Wahrheit zu erfahren.«

»Kann die Polizei nicht herausfinden, wer eingebrochen ist und den Brief gestohlen hat?«, fragte Lucy kläglich.

»Ich befürchte, nein«, antwortete Madame Moulin. »Ich habe Frank sofort angerufen und ihm erzählt, was passiert ist. Er war sehr ungehalten, dass ich ihn angelogen habe. Nun ist er allerdings sicher, dass der Mörder von Ralph und der Dieb des Briefes ein und dieselbe Person sind. Leider hat niemand im Ort etwas gesehen. Ich befürchte fast, wir werden nie erfahren, wer der Täter ist. Vorausgesetzt, es passiert nicht noch etwas«, fügte sie düster hinzu. »Ich mache mir Sorgen um dich. Es wäre mir am liebsten, wenn du mit nach Hause kommst. Aber vermutlich wäre es zu gefährlich für dich. Schließlich sind beide Straftaten dort geschehen. Wenn ich nur wüsste, was das alles bedeutet.«

Lucy hörte ihr schweigend zu und hielt währenddessen das Medaillon in den Händen. Gedankenverloren strich sie darüber. Ihre Eltern hatten sie geliebt. Tief in ihrem Inneren war sie sicher gewesen, dass ihre Eltern sie nicht aus freiem Willen verlassen hatten, erkannte sie jetzt. Und wer weiß, vielleicht hatte Madame Moulin unrecht. Vielleicht lebten sie noch. Jetzt, da sie ein Bild der beiden hatte, würde sie nach ihnen suchen, bis sie wusste, was geschehen war.

Zuerst spürte sie die Hitze gar nicht, die sich an ihrem Handgelenk entwickelte. Es war anders als die Male davor. Nicht schmerzhaft, eher sanft. Sie schob den Pulswärmer zur Seite und betrachtete das Mal. Die weißen Striche auf ihrer Haut schienen zu leuchten. Dies hier war weit weg von der gruseligen roten Färbung, die es in der Bibliothek angenommen hatte. Das Licht trat in feinen Strahlen aus dem Mal hervor und fand seinen Weg zu dem Medaillon in Lucys anderer Hand. Es wickelte sich behutsam um das Schmuckstück. Lucy lächelte, ganz vertieft in den wunderschönen Anblick. Ihr schien es, als begrüßte das Mal das Geschenk ihrer Eltern.

Als das Medaillon beinahe vollständig von Licht eingehüllt war, begannen die bunten Edelsteine an den Spitzen des Kreuzes zu strahlen. Geistesgegenwärtig warf Madame Moulin eine Serviette über Lucys Arm, und das Leuchten erlosch.

Lucy erwachte wie aus einer Trance. »War das nicht wunderschön? So etwas habe ich noch nie gesehen.«

»Ich schätze, niemand hat so etwas je gesehen, Lucy.« Madame Moulins Stimme klang hektisch. Sie sah sich um, ob jemand das Schauspiel bemerkt hatte. Glücklicherweise schien es nicht so zu sein.

»Der Sache sollten wir später auf den Grund gehen«, bestimmte sie. »Du hast mir geschrieben, dass merkwürdige Dinge in der Bibliothek geschehen. Erzähl mir mehr davon.«

Und so berichtete Lucy, während sie ein riesiges Stück Pflaumenkuchen verspeiste, Madame Moulin von den seltsamen Begebenheiten, die ihr zugestoßen waren, seit sie im Archiv arbeitete.

Nachdem Lucy geendet hatte, schwiegen beide.

»Wir müssen herausfinden, was da mit dir passiert und wie das alles zusammenhängt«, sagte Madame Moulin nach einer Weile.

»Tut es das denn?«, fragte Lucy.

»Du hast dieses kleine Buch auf deinem Handgelenk. Deine Eltern hinterlassen dir ein Medaillon in Form eines Buches. Bücher sprechen mit dir oder verschwinden, und nur du kannst dich an sie erinnern. Die Bücher haben dich gesucht und gefunden.«

Lucy blickte Madame Moulin an und wusste, dass sie recht hatte. Alles hing miteinander zusammen.

»Hast du in London jemandem von der Sache erzählt?«, fragte Madame Moulin.

Lucy schüttelte den Kopf.

»Auch nicht Colin?«

Wieder Kopfschütteln. »Ich wollte, aber irgendwie gab es dafür noch nicht den richtigen Augenblick. Und Jules und Marie habe ich es nicht erzählt, weil ich nicht will, dass sie mich seltsam finden«, erklärte sie.

Madame Moulin lächelte verständnisvoll. »Du hattest noch nie zwei so gute Freundinnen wie die beiden. Aber gut. Es weiß also niemand außer uns von der ganzen Sache?«

Unbehaglich rutschte Lucy auf ihrem Stuhl hin und her.

»Raus mit der Sprache. Wem hast du davon erzählt?«

»Nathan. Nathan de Tremaine. Ich kenne ihn noch nicht sehr lange, aber ich … ich vertraue ihm. Er war gestern mit mir in der Bibliothek, um mit mir nach den *Canterbury Tales* von Chaucer zu suchen.« Dieses Detail hatte sie bei ihrem Bericht vorhin verschwiegen.

»Einer der vergessenen Dichter?«

Lucy nickte nur.

»Gut. Wenn du dir so sicher mit ihm bist …«, sagte Madame Moulin, während sich Lucys Wangen röteten. »Ich halte es für besser, wenn wir vorerst niemand anderen einweihen. Wir sollten erst wissen, woran wir sind.«

»Ich denke, Vikar Ralph schrieb, dass es für Sie zu gefährlich sei, zu viel zu wissen?«, wandte Lucy ein. »Es wäre besser, Sie halten sich da raus.« Es fiel ihr unglaublich schwer, diese Worte zu sagen. Die Kinder brauchten Madame Moulin.

»Ja, das hat er. Und vielleicht hätte ich mich an seinen Rat gehalten, wenn der Brief nicht gestohlen worden wäre. Nun möchte ich wissen, wer dafür verantwortlich ist. Du schwebst in viel größerer Gefahr als ich. Ich lasse dich damit nicht allein.«

Lucy sah die Liebe in den Augen von Madame Moulin, und Dankbarkeit durchströmte sie. Sie hatte immer versucht, ihr ihre Eltern zu ersetzen.

»Wenn jemand verhindern möchte, dass du erfährst, was in dem Brief stand, und dafür sogar den Mord an Ralph in Kauf nimmt«, fuhr diese fort, »was, denkst du, wird er tun, wenn du dieses Wissen auf anderem Wege erlangst? Du musst dich vorsehen. Versprich mir das.«

Lucy schluckte. »In was für eine Geschichte bin ich da reingeraten?«, fragte sie hilflos, ohne wirklich eine Antwort zu erwarten.

»Ich weiß nicht, mein Kind«, antwortete Madame Moulin. »Aber ich schätze, du bist da nicht hineingeraten, sondern hast schon immer dringesteckt. Als Ralph dich damals zu mir gebracht hat, habe ich gleich gespürt, dass dich ein Geheimnis umgibt, das lieber nicht gelüftet werden sollte.«

*Ich habe Ruhe gesucht überall und habe
sie am Ende gefunden in einem engen
Winkel bei einem kleinen Buche.*

Franz von Sales

10. KAPITEL

Nathan hatte sich einen Wagen gemietet, um im Morgengrauen losfahren zu können. Das Gefährt meisterte die Strecke nach Cornwall in deutlich kürzerer Zeit als der Zug.

Als er vor dem Landsitz seines Großvaters vorfuhr, stand dort bereits eine Reihe weiterer schwarzer Limousinen. Nathan hoffte, dass die Versammlung der Perfecti, der Vollkommenen, wie sich die Mitglieder des inneren Kreises des Bundes nannten, nicht bereits gestern Abend stattgefunden hatte. Dann käme er zu spät.

Er parkte seinen Wagen und beschloss, das Haus durch die Küchentür auf der Rückseite zu betreten.

Sofia stand an dem großen Keramikbecken und wusch sich die Hände. Als sie ein Geräusch an der Tür hörte, drehte sie sich um, und Nathan sah in ihr sorgenvolles Gesicht.

»Mein Junge. Was machst du hier? Mit dir haben wir nicht gerechnet.«

»Großvater hat Besuch?«, fragte Nathan zurück.

»Sie sind alle gekommen«, antwortete Sofia leise und sah auf den Boden. Die Männer, die seinen Großvater in regelmäßigen Abständen besuchten, waren Sofia noch nie geheuer gewesen. An diesen Tagen wurde allen Bediensteten im Haus freigegeben. Nur Harold und Sofia blieben. Ihnen vertraute Nathans Großvater beinahe uneingeschränkt.

»Wann sind sie angekommen?«, fragte Nathan.

»Die Letzten heute früh. Es war alles sehr kurzfristig. Dein Großvater ist diesmal besonders aufgewühlt.«

Aus gutem Grund, dachte Nathan und atmete auf. Die Versammlung hatte noch nicht stattgefunden. Alles würde gut werden. Er würde dafür sorgen, dass Lucy nichts geschah. »Ist er in seinem Büro?«

Sie trat an ihn heran und umarmte ihn. »Ich wünschte, du wärst nicht gekommen«, murmelte sie. »Ich wünschte, du würdest noch warten.« Sie wusste, was er vorhatte.

»Du weißt, dass es mein sehnlichster Wunsch ist.« Er schob Sofia von sich.

»Ja«, sagte sie, und ihr unglücklicher Tonfall ließ Nathan innehalten.

»Ich bin mir ganz sicher, Sofia. Es ist meine Bestimmung, und das weißt du«, versuchte er ihr seine Beweggründe zu erklären. Sie hatten so oft darüber diskutiert. »Es gibt nichts Wichtigeres, als das Wissen vor denen zu schützen, die es missbrauchen.«

Sofia nickte, und nicht zum ersten Mal hatte Nathan das Gefühl, dass sie ihm etwas verschwieg. »Ist er in seinem Büro?«, fragte er noch einmal.

»Ja. Harold hat ihn vor einer halben Stunde dorthin begleitet. Er wird nicht erfreut sein, dich zu sehen.«

»Ich weiß. Aber diesmal werde ich mich nicht vertrösten lassen.«

»Du hast sicher noch nicht gefrühstückt«, rief Sofia ihm nach, als er die Küche verließ. »Ich werde dir etwas vorbereiten.« Nathan nickte, ohne sich umzudrehen.

Das ungute Gefühl, das sich in ihm ausbreitete, während er die Treppen ins obere Stockwerk hinaufstieg, erinnerte ihn unsanft daran, dass er sein Vorgehen unzureichend geplant hatte. Er hätte sich auf der Fahrt stichhaltige Argumente überlegen müssen, mit denen er seinen Großvater überzeugen konnte, ihn aufzunehmen. Stattdessen hatte er beinahe die ganz Zeit an Lucy gedacht. Er hatte etwas Wichtiges übersehen. Vielleicht hätte er noch mal mit ihr sprechen müssen. Vielleicht wäre es besser gewesen, ihr zu sagen, wer er war. Er konnte ihr die Antworten geben, die sie so dringend brauchte. Aber er wusste nicht, ob sie schon so weit war, alles zu verstehen. Er war froh, dass Batiste den Brief ihrer Eltern in seinen Besitz gebracht hatte. Nicht auszudenken, wenn Lucy in diesem Schreiben seinen Namen gelesen hätte. Vorher wollte er ihr erklären, warum der Bund tat, was er tat. Dann würde sie begreifen, wie wichtig seine Aufgabe war. Aber solange er ihr nichts Genaues über den Verbleib ihrer Eltern sagen konnte, hielt er sich besser zurück.

Es sollte ihm nicht so viel daran liegen, dass Lucy ihn verstand. Aber sie schlich sich ständig ungefragt in seine Gedanken. Selbst jetzt, wo sein Ziel in greifbare Nähe rückte, konnte er nur an sie denken. Er hätte sie nicht allein lassen dürfen, genau in dem Moment, in dem sie ihn am meisten brauchte. Wie sollte sie ihm vertrauen? Er ballte seine Hände zu Fäusten.

Nathan war vor der Tür des Büros angelangt und klopfte laut gegen das Holz.

Batiste de Tremaine saß an seinem Schreibtisch und arbeitete. Als Nathan eintrat, hob er den Kopf. Die dichten weißen Augenbrauen zogen sich zusammen, und eine steile Falte erschien auf der zerfurchten Stirn.

»Was tust du hier?«, donnerte seine Stimme durch den Raum. Sirius und Orion sprangen auf und liefen auf Nathan zu. Mit hochgezogenen Lefzen knurrten sie ihn an.

»Du hast mir gesagt, dass du den inneren Kreis zusammenrufst. Ich habe das Recht, dabei zu sein. Du musst mich zu einem vollwertigen Mitglied machen«, erwiderte Nathan, ohne einen Schritt vor den Bestien zurückzuweichen.

»Vielleicht hast du recht«, antwortete Batiste. Der alte Mann ließ sich in seinen Drehstuhl zurücksinken. »Es ist an der Zeit, dass du deinen Platz einnimmst. Der Bund steht vor großen Herausforderungen. Das Mädchen bedroht uns mehr als jede Hüterin vor ihr. Du wirst dieses Problem lösen müssen.« Ein Funkeln trat in die Augen des alten Mannes, das Nathan mehr Angst machte als dessen Gebrüll. »Es ist keine leichte Bürde, und ich bin zu alt dafür.«

Nathan nickte angespannt. Genau das hatte er vor, obwohl er selbst Lucy nicht als Problem bezeichnen würde. Wenn sie alles wüsste, dann würde sie sich dem Bund anschließen, da war er sicher.

»Aber ich warne dich, ich dulde nicht, dass du meine Entscheidungen und Anweisungen infrage stellst. Hast du verstanden?« Batiste ließ ihn nicht einen Moment aus den Augen.

»Ja, Großvater.« Nathan wandte den Blick nicht ab. Er konnte es kaum glauben. Noch heute würde er in den Rang des Perfectus aufsteigen. Ein Privileg, das nur wenigen Mitgliedern des Bundes zuteilwurde. Das war alles, was er immer gewollt und was sein Großvater ihm bisher verwehrt hatte. Und doch hatte sein Triumph einen faden Beigeschmack.

»Gut. Geh in dein Zimmer und bereite dich auf die Zeremonie vor. Du kennst die Regeln.«

Ohne ein weiteres Wort wandte Nathan sich ab und ging hinaus zu seinem Wagen. Er holte den kleinen Koffer heraus, den er für die Fahrt gepackt hatte, und machte sich dann auf den Weg zu Sofia. Verführerischer Kaffeeduft drang in seine Nase. Tatsächlich hatte Sofia den alten Holztisch in der Küche für ihn gedeckt, als würde sie mindestens zehn Gäste erwarten.

»Er hat nachgegeben«, beantwortete er Sofias unausgesprochene Frage. Eigentlich müsste er überglücklich sein. Dass das Gefühl sich nicht einstellte, verwirrte ihn.

»Ich habe so gehofft, dass er es nicht tut.« Sofia setzte sich auf die Küchenbank. Nathan kniete vor ihr nieder.

»Weshalb? Weshalb willst du nicht, dass ich einer von ihnen werde? Du verschweigst mir etwas.«

Sofia verstrubbelte sein schwarzes Haar, wie sie es schon getan hatte, als er ein kleines Kind gewesen war. Damals hatte sie dabei gelacht, nun blieben ihre Augen traurig. »Es ist nicht recht, was ihr tut«, flüsterte sie, und Nathan erstarrte unter ihrer Hand.

»Ich werde so tun, als ob ich das nicht gehört hätte.« Abrupt stand er auf und verließ mit dem Koffer in der Hand die Küche.

Die Vorbereitung seiner Initiation erforderte, dass er fastete und sich in sein Innerstes zurückzog. Er weigerte sich, Sofias Bemerkung zu hinterfragen. Dass sie überhaupt gewagt hatte, so etwas auszusprechen, war ungeheuerlich. Der unerklärliche Zorn, der ihn sein Leben lang begleitet hatte und der ihm in den letzten Wochen beinahe abhandengekommen war, stieg wieder in ihm auf. Er war nicht sicher, ob es an diesem Ort lag oder an Sofias Bemerkung. Er wusste nur, dass er ihn in Lucy Nähe beinahe nie empfand.

Er warf seinen Koffer auf das Bett und trat ans Fenster. Seine Finger umklammerten den weißen Sims. Er atmete mehrmals tief durch. Er war auserwählt, den Schatz zu bewahren und zu vergrößern. Seine Vorfahren waren dafür ins Feuer gegangen. Seit Jahrhunderten beschützten die Männer des Bundes das Wissen der Menschheit, damit dieses nicht vom Bösen missbraucht werden konnte. Was bitte schön sollte falsch daran sein? Weshalb sagte sie ihm das gerade heute? Am Tag seines Triumphes. Sie war die einzige Frau, der er vertraute, von der er dachte, dass sie seine Berufung verstand. Wie konnte sie behaupten, dass es nicht recht war, was er tat? Er musste mit seinem Großvater darüber sprechen. Aber nicht sofort, zuerst würde er seinen Aufnahmeritus vollziehen. Dann würde er weitersehen.

Es klopfte, und Harold trat ein. Ohne ein Wort legte er einen schwarzen Anzug und ein schwarzes Hemd auf das Bett. Er wusste, dass Nathan den Rest des Tages schweigend verbringen musste. Die Regeln für die Einweihung waren eindeutig und mussten strengstens befolgt werden.

Nathan duschte und zog sich an, ehe er zurück zum Büro seines Großvaters ging. Batiste erwartete ihn bereits. Sein Großvater ging voran und brachte ihn zu der kleinen Kapelle, die am Rande des Parks verborgen zwischen den Bäumen lag. Das kleine Gotteshaus war noch älter als das Schloss. Batiste zog einen verschnörkelten schmiedeeisernen Schlüssel aus der Jackentasche. Geräuschlos öffnete sich die alte Tür und gab den Blick ins Innere frei. Holzbänke standen zur rechten und linken Seite des Altars. Kerzen brannten darauf, die das Kreuz erhellten, das darüber an der Wand hing.

Batiste fiel es nicht leicht, diesen Weg zurückzulegen. Aber jetzt beschleunigten sich seine Schritte. Zielsicher ging er zu dem schmucklosen Altar. Eine schmale, gewundene Treppe führte in die Familienkrypta. Seit die de Tremaines das Schloss bewohnten, wurden sie hier unten zur letzten Ruhe gebettet und beschützten den Schatz auch noch nach ihrem Tod, so viel wusste Nathan. Aber er war nie zuvor hier gewesen. Sein Großvater hatte es verboten. Dieser Ort war nur den Mitgliedern des inneren Kreises vorbehalten. Endlich würde er erfahren, wer dazugehörte. Endlich würde er die Bücher sehen, die vor den Uneingeweihten verborgen wurden. Bücher, die seit ewigen Zeit dem Bund gehörten. Lucys Gesicht schob sich vor sein inneres Auge. Er durfte jetzt nicht an sie denken, aber er wünschte, sie wäre hier und könnte die Bücher mit ihm zusammen bewundern.

Batiste griff an die Seite eines uralten Sarges. Ein verborgener Mechanismus setzte sich in Gang, und das steinerne Ungetüm schob sich zur Seite. Dahinter kam erneut eine Treppe zum Vorschein, deren kunstvoll verziertes Geländer aus Gusseisen sich spiralförmig nach unten wand.

Die unterirdischen Hallen, in denen der Schatz gehütet wurde, waren von Generation zu Generation tiefer in die Felsen der Küste geschlagen worden. Vorsichtig tasteten sie sich hinunter. Die rohen Felswände, die den Gang säumten, waren verwittert, aber sie schützten das Geheimnis zuverlässig. Am Fuß der Treppe befand sich eine weitere verschlossene Tür aus massivem Holz. Nathan hielt die Luft an, als sie den Saal betraten. Batiste schnippte mit den Fingern, und unzählige Fackeln flammten auf. Sie steckten in Haltern an den Wänden des riesigen Raumes und ließen ihn in warmem Licht erstrahlen.

Endlich erblickte Nathan den Ort, den er sich in seinen Träumen Hunderte Male vorgestellt hatte. Die Wirklichkeit war eindrucksvoller, als seine Fantasie es je hätte sein können.

Der Anblick der vielen Bücher überwältigte ihn. Sie lagen in den Regalen und boten dem Betrachter ihre wundervollen Einbände dar. Kleine Tische standen zwischen den Reihen und luden zum Lesen ein. Ein Vergnügen, das nur den Perfecti vorbehalten war. Nur sie durften die verborgenen Worte lesen. Irgendwann würde er das auch tun, aber vorerst musste er noch viele weitere Bücher retten. Das schlechte Gewissen, das sich in den letzten Tagen versucht hatte, in ihm einzunisten, verschwand. Es war richtig, was sie taten. Lucy würde es verstehen, wenn er ihr diesen Raum zeigen dürfte. Die Bücher waren nicht verschwunden und nicht vergessen. Sie waren hier – bei ihm –, und gemeinsam könnten sie sie beschützen.

Batiste führte ihn in die Mitte des Raumes. Dort lag auf einem Pult das kostbarste Buch, das der Bund besaß. Es war das Evangelium des Johannes. Das Buch, das die Legende des Bundes begründete. Dieses Exemplar hier hatten seine Vorfahren vor über siebenhundert Jahren aus der Burg Montségur gerettet. Bevor die sechstausendköpfige Armee des Papstes die Burg stürmte, gelang es vier

Katharern, zu fliehen. Sie retteten das Buch und zwei Kinder. Das war der legendäre Schatz der Katharer gewesen. Kein Gold, Silber oder Schmuck – nur ein Buch und zwei Leben. Das war nur eine Lüge des Papstes, um die Jagd auf seine Vorfahren zu legitimieren. Er wusste es besser. Während alles und jeder verbrannte, der auf der Burg Zuflucht gesucht hatten, überdauerte das Buch die Zeit und lag nun vor ihm.

Sein Großvater schlug das Evangelium auf, und Nathan erblickte zum ersten Mal die Worte, die den Kindern des Bundes ihren Auftrag verkündeten. Batiste hatte ihn in der Sprache seiner Vorväter unterrichtet, und so fiel es Nathan nicht schwer, die okzitanischen Worte zu lesen: »Im Anfang war das Wort, und das Wort war bei Gott, und das Wort war Gott. Im Anfang war es bei Gott. Alles ist durch das Wort geworden, und ohne das Wort wurde nichts, was geworden ist.«

Dieser Prolog des Evangeliums bestimmte die Aufgabe des Bundes, denn die Worte mussten geschützt werden vor Missbrauch, Dummheit und Ignoranz. Ehrfurcht erfüllte ihn.

Nathan kniete sich auf die kleine Holzbank, die vor dem Pult mit dem Buch stand. In dieser Haltung würde er verharren, bis sich alle Perfecti versammelten, um seine Weihe zu vollziehen.

Batiste verließ ohne ein weiteres Wort die Bibliothek. Das Licht erlosch, und Nathan blieb in vollständiger Dunkelheit zurück. Er versuchte, sich in sein Innerstes zurückzuziehen. Jahrelang hatte er dies üben müssen. Bereits mit sechs Jahren hatte sein Großvater ihm befohlen, stundenlang in Dunkelheit und Kälte zu knien. Dafür hatte er Harold eine winzige Kammer einrichten lassen, in die kein einziger Lichtstrahl und keine Wärme drangen.

Nathan spürte die Kälte nicht. Er spürte weder seine schmerzenden Knie noch das Brennen in seinem Rücken. Das Einzige, das seine Konzentration störte, war Lucy, die sich ungewollt in seinen Kopf stahl und sich weigerte, zu verschwinden. Lucy, wie sie ihm ihr Mal zeigte. Lucy, wie er ihr eine widerspenstige Haarsträhne aus dem Gesicht strich. Lucy, die vor Verzweiflung über ein verlorenes Buch weinte und Trost in seinen Armen suchte. Nathan unterdrückte ein Stöhnen. Er durfte nicht an sie denken. Diese stumme Vorbereitung diente dem Ritual. Sein Kopf musste frei sein. Er durfte der Versuchung nicht nachgeben. War sie seine Prüfung? Vielleicht war Lucy nicht so unwissend, wie sie tat? Vielleicht wusste sie mehr, als sie preisgab? Auch sie war ein Kind des Bundes. Irregeleitet, wenn man so wollte. Er musste ihr von ihrer Bestimmung erzählen. Ihr den richtigen Weg aufzeigen.

Nathan versuchte, die Gedanken an sie abzuschütteln und den Hass in seinem Herzen heraufzubeschwören, den Batiste ihn gelehrt hatte. Der Hass auf das Böse in der Welt und der Hass auf die, die das Wort verachteten. Jahrelang hatte es gut funktioniert. Ausgerechnet jetzt wollte es ihm nicht gelingen. Sofias Worte hallten in seinem Kopf. *Es ist nicht recht. Es ist nicht recht. Es ist nicht recht.* Mit jedem Mal wurden sie lauter. Musste er diese Folter in seinem Kopf überstehen, um ein Vollkommener zu werden?

Er würde sich nicht ablenken lassen. War er erst einmal vollwertiges Mitglied des Bundes, warteten andere Entbehrungen auf ihn. Tierische Nahrung würde ihm verboten sein. Er würde Tag und Nacht darauf verwenden müssen, seinen Geist rein zu halten und sein Wissen zu erweitern. Keine Lüge durfte seine Lippen verlassen, da seine Taufe dann hinfällig wäre. Die Regeln waren streng. Das bedeutete, dass er sich Lucy offenbaren musste. Wieder wanderten seine Gedanken zu ihr, und die Vorstellung, dass sie sich von ihm abwenden könnte, fuhr wie ein Schwert durch seinen Körper. Er musste sie überzeugen. Er würde sie der falschen Seite entreißen. Aber würde sie sich von ihm retten lassen? Würde sie ihre Fähigkeit in den Dienst des Bundes stellen? Würde er derjenige sein, der beide Linien wiedervereinigte? Wie viele Bücher könnten sie gemeinsam retten? Die Idee manifestierte sich immer deutlicher in seinem Kopf. Sobald er zurück in London war, würde er ihr die Wahrheit sagen. Er konnte das nicht seinem Großvater überlassen. Das musste er allein tun, und je mehr er darüber nachdachte, umso sicherer war er, dass es ihm gelingen würde, Lucy von der Richtigkeit seines Tuns zu überzeugen.

Es musste spät in der Nacht sein, als sich die Tür hinter seinem Rücken öffnete. Sein Großvater und die anderen Perfecti betraten den Raum. Niemand sagte ein Wort. Einer der Männer berührte ihn am Arm und bedeutete ihm, sich aufzurichten. Nathan tat, wie ihm geheißen, und stellte sich in die Mitte des Kreises, der sich um ihn schloss. Sein Großvater nahm als Ältester der Gemeinde das Johannesevangelium vom Pult und kam zu ihm. Nathan kniete wieder nieder. Seine Beine waren mittlerweile taub. Sein Großvater legte ihm das Buch auf den Kopf und sprach mit fester Stimme die Worte des uralten Rituals. Vieles, was der Bund tat, hatte sich im Laufe der Jahrhunderte verändert, doch diese Worte waren dieselben geblieben.

»So fragen wir dich, Nathan de Tremaine: Hast du deine Sünden Gott gebeichtet?«

»Ich habe gesündigt, und ich habe gebeichtet«, antwortete Nathan.

»Hat Gott dir deine Sünden vergeben?«, lautete die nächste Frage.

»Gott hat mir vergeben«, antwortete er.

»Bist du bereit, die Prüfungen, die Gott dir auferlegen wird, zu bestehen?«

»Ich bin bereit.«

»Bist du bereit, zu leben, wie Gott es von einem Getrösteten verlangt – in Demut, Enthaltsamkeit und im Streben nach Wissen?«

»Ich bin bereit.«

»Bist du bereit, das Wort mit deinem Leben zu schützen?«

»Ich bin bereit.«

»Bist du bereit, dem Bund ewige Treue zu schwören und diesen niemals zu verraten?«

»Ich bin bereit«, erwiderte Nathan mit fester Stimme. »Möge Gottes Sohn an meiner Seite sein.«

»Dann weihen wir dich zum Perfectus und nehmen dich auf in den inneren Kreis des Bundes. Gehe den rechten Weg, und deine Seele wird getröstet und gereinigt sein, wenn du vor unseren Schöpfer trittst. Er wird deine Seele mit dem Heiligen Geist verbinden. Damit wirst du diese Welt und alles Böse hinter dir lassen. Möge der göttliche Funke in dir stark genug sein und Satans Versuchungen widerstehen.«

Batiste nahm das Buch von Nathans Kopf und legte es zurück.

Nacheinander traten die anwesenden Perfecti an ihn heran und legten ihre Hand auf seinen Scheitel.

So nahmen sie ihn in ihre Mitte auf. Nathan erhob sich, und gemeinsam beteten sie das Vaterunser. Die tiefen Stimmen der Männer hallten durch den unterirdischen Saal, in dem eine Flamme nach der anderen erlosch. Als die Zeremonie beendet war, flackerten lediglich an dem Pult, auf dem das Evangelium lag, zu beiden Seiten zwei Kerzen.

»Sei dir bewusst, dass jede Sünde, die du von nun an begehst, auf unsere Gemeinschaft zurückfällt. Unsere Seelen sind miteinander verbunden. Solltest du sündigen, werden auch unsere Seelen nicht befreit werden und weiter durch die leidgeprüfte Welt wandern müssen.« Mit dieser Ermahnung schloss Batiste die Zeremonie endgültig ab und sah seinen Enkel streng an.

»Mein ganzes Streben wird sein, dem Bund zu dienen. Keine Sünde soll meine Ehre beflecken.«

Befriedigt nickte Batiste und ging zum Ausgang des Saales. Die anderen Perfecti folgten ihm. Nathan schloss als jüngstes Mitglied die Prozession.

Sofia hatte im großen Saal ein Nachtmahl vorbereitet. Die versammelten Männer setzten sich und begannen sich zu bedienen. Entsprechend den Vorschriften handelte es sich ausnahmslos um vegetarische Speisen. Nathan saß neben seinem Großvater am Kopf der Tafel und hing seinen Gedanken nach. So lange hatte er auf diesen Moment gewartet. Er hatte angenommen, dass er sich nach der Zeremonie anders fühlen und etwas Neues in ihm entstehen würde. Er war schließlich der Eine, der das Wort schützte und bewahrte. Nun saß er zwischen den anderen Perfecti und fühlte … nichts? Nichts hatte sich verändert. Er betrachtete die Männer, die am Tisch saßen. Genau wie er waren sie schwarz gekleidet. Jeder von ihnen trug eine schwere Kette mit dem Kreuz der Katharer um den Hals. Er würde dieses Schmuckstück von seinem Großvater erben, wenn dieser starb.

Sein Großvater tupfte sich mit einer Serviette die Mundwinkel sauber, und sofort stand Harold hinter ihm und nahm seinen Teller vom Tisch. Scheinbar unbeabsichtigt legte er beim Abräumen kurz eine Hand auf Nathans Schulter. Die kurze Berührung war seltsam tröstlich und fühlte sich als Einziges in dieser Nacht echt an.

Batiste klopfte mit einem kleinen Löffel gegen sein Glas, und die Gespräche verstummten. Alle Anwesenden wandten ihm aufmerksam die Köpfe zu. Das Essen war beendet.

Batiste stand auf. Es bereitete ihm Mühe, das konnte niemandem im Raum verborgen bleiben.

»Mein Enkel wurde heute Nacht in unseren Kreis aufgenommen«, begann er seine Rede. »Jahrelang habe ich auf diesen Moment hingearbeitet, und es erfüllt mich mit Stolz, dass nun der Zeitpunkt gekommen ist, an dem Nathan seine ganze Kraft dem Bund zur Verfügung stellen wird. Jeder hier im Raum weiß, dass er mir im Amte des Bischofs nachfolgen wird. Sie werden seine engsten Verbündeten in unserem Kampf sein. Bevor Nathan seine erste Aufgabe übertragen bekommt, bitte ich jeden von Ihnen, sich ihm vorzustellen.«

Die Angesprochenen blickten zu Nathan. Einige Gesichter kannte er, auch wenn niemand von ihnen direkt im Rampenlicht stand. Die Anhänger und Verfechter des reinen Glaubens hatten immer zum Adel des Landes gehört. Die Vorfahren der meisten Versammelten stammten, wie seine, aus Okzitanien und waren rechtzeitig vor der Verfolgung durch die Katholiken geflohen.

Nachdem die Vorstellung beendet war, berichtete Batiste den Männern von Lucy. Alle, die hier saßen, hatten angenommen, dass es keine Hüterinnen mehr gab. Nun erzählte Batiste in kurzen, abgehackten Sätzen davon, wie Nathan Lucy entdeckt und was er über ihre Herkunft herausgefunden hatte.

»Nathan, würdest du bitte den Brief vorlesen«, sagte er dann und reichte ihm ein zerknittertes Blatt Papier. Nathan stand auf.

Geliebte Lucy,

wir haben nicht viel Zeit. Batiste de Tremaine hat uns gefunden. Wir haben so sehr gehofft, dass es uns vergönnt sein würde, länger mit Dir zusammen zu sein. Aber das Schicksal hat es nicht gut mit uns gemeint. Wir haben schon vor Deiner Geburt alles Nötige mit Vikar Ralph besprochen. Du kannst ihm vertrauen, und wir hoffen, dass er Dich eines Tages in das Geheimnis Deiner Herkunft einweihen wird.

Du bist etwas Besonderes, und das ist Fluch und Segen zugleich. Wie alle Frauen unserer Familie ist es Deine Bestimmung, den Männern des Bundes die Stirn zu bieten. Sie stehlen den Menschen das Wissen. Das darfst Du nicht hinnehmen …

Ein empörtes Raunen der Perfecti war die Antwort auf diese Anschuldigung. Nathan verstummte. Doch Batiste bedeutete ihm, weiterzulesen.

Vikar Ralph wird Dich verstecken. Selbst wir wissen nicht, wohin er Dich bringen wird. Wir denken, dass es so das Beste ist.

Sie werden nie vermuten, dass wir einen Mann der Kirche um Hilfe gebeten haben. Wenn wir es schaffen, den Perfecti zu entkommen, werden wir Dich zurückholen. Keine Sekunde länger als unbedingt nötig werden wir Dich allein lassen. Doch wenn wir es nicht schaffen, dann soll dieser Brief unser letzter Gruß an Dich sein. Wir lieben Dich so sehr ...

Nathan stockte, denn die Tinte war an dieser Stelle verwischt. Wer immer diesen Brief geschrieben hatte, und Nathan tippte darauf, dass es Lucys Mutter gewesen war, hatte dabei geweint. Nathan räusperte sich und las weiter.

Und Du wirst jede Sekunde, die wir nicht bei Dir sein können, in unseren Herzen wohnen. Sollte es uns nicht vergönnt sein, zurückzukommen und Dich zu unterweisen, dann vertraue auf die Bücher und das Medaillon. Die Bücher werden Dich finden und Dich leiten. Vertraue ihnen, so wie sie Dir vertrauen. Sie brauchen Dich. Nur Du kannst sie vor der Habgier des Bundes schützen. Die Männer sind vom Wege abgekommen. Was sie tun, ist falsch.

Denke immer daran: Das Wort, das Wissen und die Weisheit der Bücher dürfen nicht länger verborgen werden. An Worten sollen die Seelen der Menschen emporwachsen, Worte sollen die Waffen der Zukunft sein.

Wir küssen und umarmen Dich und hoffen, dass die Zukunft, die vor Dir liegt, friedlicher sein wird als unsere Gegenwart.

Möge Gott Dich schützen und leiten.

Deine Dich liebenden Eltern

Nathan hielt den Brief viel zu fest. Die Worte, die Lucys Eltern vor so langer Zeit geschrieben hatten, berührten ihn mehr, als er zulassen durfte. Er sah auf und blickte in fassungslose und empörte Gesichter. Hastig legte er das Blatt Papier auf den Tisch zurück.

»Es war an der Zeit, Sie davon in Kenntnis zu setzen. Nathan ist es gelungen, das Vertrauen des Mädchens zu erringen«, riss Batiste die Führung des Gespräches wieder an sich.

Einige der Anwesenden schmunzelten bei dieser Wortwahl, doch ein Blick von Batiste rief sie zur Ordnung.

»Wir haben damals gemeinsam beschlossen, dass diese letzte Hüterin mitsamt dem Kind vernichtet werden muss. Ich habe keine Ahnung, wie es ihr trotzdem gelungen ist, das Mädchen fortzuschaffen.«

Wieder setzte aufgeregtes Gemurmel ein. Für die Worte seines Großvaters gab es nur eine Erklärung. Er hatte Lucys Eltern umbringen lassen. Das konnte er Lucy nicht sagen. Das durfte sie nie erfahren.

»So überraschend es für uns alle ist, dass noch eine Hüterin existiert, umso erstaunlicher ist das, was Nathan nun noch herausgefunden hat.«

Er sah ihn an. Nathan räusperte sich und sagte dann zögernd: »Die Bücher sprechen mit ihr.« Es fühlte sich an, als verriete er Lucy an eine blutgierige Meute. Aber es war zu spät, die Worte zurückzunehmen.

Es dauerte einen Moment, bis die Männer den Sinn des eben Gesagten vollständig begriffen. Der Sturm aus Erstaunen und Entrüstung, der losbrach, war deutlich stärker als der, den der Brief verursacht hatte.

Als die Aufregung sich gelegt hatte, forderte Batiste ihn auf, weiterzusprechen.

»Sie ist sich nicht darüber im Klaren, was das bedeutet. Sie weiß nichts über ihre Fähigkeiten. Bisher sind es nur wenige Worte, mit denen die Bücher sich ihr offenbaren. Lucy weiß nicht, was die Bücher von ihr wollen, und ich glaube nicht, dass sie es jemals allein herausfindet.«

Dass ihm Lucys Name so selbstverständlich über die Lippen kam, ließ einige der Männer am Tisch aufschauen. Nathan entging das nicht, und Batiste unterbrach ihn.

»Und trotzdem hindert sie Nathan bereits an der Ausübung seiner Aufgabe.«

Nathans Kopf ruckte herum. Er musste sich verhört haben. Aber Batiste hatte sich diese Offenbarung genau für diesen Moment aufgehoben, erkannte er.

»*Alice* ist nicht vollständig in unseren Besitz gelangt. Offenbar genügt allein die Anwesenheit des Mädchens in der Bibliothek, um Nathan davon abzuhalten, seine Aufgabe zu erfüllen. Sie muss nicht einmal wissen, welche Fähigkeiten sie besitzt. Sie sind stark, stärker vermutlich als die ihrer Mutter.«

»Was ist passiert?«, fragte Nathan gepresst.

»Schau dir das Buch an. So, wie es ist, ist es wertlos. Es erscheint nicht vollständig.«

»Vielleicht ist dem Buchbinder bei dem Einband ein Fehler unterlaufen.«

»Der Einband ist perfekt«, erklärte Batiste und musterte ihn mit zusammengekniffenen Augen.

»Und du behauptest, dass sie nicht weiß, welche Macht sie hat?«, fragte ein groß gewachsener, grauhaariger Mann vom anderen Ende der Tafel. Sein Name war de Castlenau, erinnerte Nathan sich.

»Sie weiß es nicht«, antwortete Nathan bestimmt, aber immer noch bestürzt. Sie war weder besonders gut darin, ihre Gefühle zu verbergen, noch eine gute Lügnerin. Er konnte sich nicht so in ihr getäuscht haben. Aber was, wenn doch?

»Und trotzdem besitzt sie die Kraft, dich aufzuhalten. Was passiert, wenn sie erfährt, wer sie ist? Was, wenn sie beginnt, den Büchern die richtigen Fragen zu stellen?«, fragte de Castlenau weiter.

»Wenn sie wirklich mit den Büchern spricht, dann ist das die größte Bedrohung, vor der der Bund je stand«, keifte ein dürrer Mann mit verkniffenem Mund dazwischen. »Solange diese Weiber nur versuchten, uns daran zu hindern, die Bücher zu schützen, war es schon schlimm genug. Doch wenn ihnen jetzt auch noch daran gelegen ist, sie gegen uns aufzubringen, wird unsere Aufgabe unmöglich. Der Bund würde zerfallen. Sie muss vernichtet werden«, fügte er hinzu. Er richtete sich auf und strahlte trotz seiner geringen Körpergröße erstaunlich viel Autorität aus.

Niemand widersprach dem Mann, der die Bedenken aller hier Versammelten auf den Punkt brachte. Nathan wurde eiskalt. Seine Finger umfassten den Teelöffel fester. Das würde er nicht zulassen dürfen, wurde ihm klar. Es musste einen anderen Weg geben.

Batiste riss das Wort wieder an sich. Seine Augen hatten sich noch mehr verdunkelt. »Nathan wird das Problem lösen, FitzAlan. Er weiß, was er dem Bund schuldig ist. Allerdings schlage ich eine andere Taktik vor.«

Fast war Nathan seinem Großvater dankbar. Er betrachtete

den Mann interessiert. Die de Tremaines waren ein Zweig der FitzAlans, eines der ältesten Adelsgeschlechter Großbritanniens. Diese Familie hatte ebenfalls bretonische Wurzeln. Die Überlebenden von Montségur hatten die geretteten Kinder auf der Burg der FitzAlans in Sicherheit gebracht. Das Verhältnis zwischen den Familien war jedoch nie besonders herzlich gewesen.

»Wir sollten das Mädchen für unsere Zwecke nutzen«, erklärte FitzAlan gereizt. »Sie weiß nicht, wer sie ist und woher sie kommt. Niemand hat sie gelehrt, eine Hüterin zu sein. Wir können ihr alles bieten, was sie bisher vermisst hat. Wir holen sie heim, auf den Platz, auf den sie gehört. Wir werden den Fehler der Vergangenheit ungeschehen machen.«

Batiste ließ einen harten, forschenden Blick über die Gesichter der Männer gleiten.

»Und ich fordere das Mädchen für mich!« Nathans Kopf schnellte herum.

Ein Mann mit weißblondem Haar war aufgestanden. »Es ist das Vorrecht meiner Familie. Jeder hier weiß das. Meine Familie wäre damals an der Reihe gewesen, die weibliche Linie fortzuführen.«

Die anderen am Tisch nickten zustimmend.

»Das Kind, das sie austragen wird, muss mein Spross sein.«

Nathan betrachtete den hervorstehenden Bauch des Mannes, den auch der dunkle, gut geschnittene Anzug nicht verbergen konnte. Verfärbte Zähne und gelbe Fingernägel zeugten außerdem von einem Laster, das den Perfecti nicht verboten war – das Rauchen. Bei der Vorstellung, dass diese Hände sich auf Lucys Körper legen würden, wurde ihm beinahe übel. Aber es würde sein Recht sein. Ein Recht, das er ihm nicht absprechen konnte.

Ursprünglich hatten die Perfecti enthaltsam gelebt. Das war eine der Regeln ihres Glaubens gewesen. Doch nach der Vernichtung der Katharer blieb den Perfecti nichts anderes übrig, als Nachkommen zu zeugen. Sonst wäre der Bund irgendwann ausgestorben. Nathan wünschte beinahe, diese Regel hätte sich nicht geändert. Aber seine Miene blieb unbewegt. Er war sich der Aufmerksamkeit, die ihm zuteilwurde, bewusst. Er traute seinem Großvater sogar zu, diese kleine Szene inszeniert zu haben, um ihn zu prüfen. Aber wenn Nathan etwas gelernt hatte, dann war es, seine Gefühle zu verbergen.

»Darüber werden wir reden, wenn das Mädchen sich uns angeschlossen hat, Beaufort. Wir sollten behutsam vorgehen. Erst muss sie erfahren, wo ihr Platz ist.« Sein Großvater wandte sich jetzt direkt an Nathan. »Du wirst zurückfahren und mit dem Mädchen sprechen. Dir vertraut sie. Berichte ihr von uns und von ihrer Herkunft. Das Kind muss nicht wissen, dass ihre Vorfahren Verräterinnen waren. So wird es am besten für alle Beteiligten sein.«

Nathan nickte. Es klang nach einem guten Plan. Lucy brauchte nicht zu erfahren, dass ihre Familien seit Jahrhunderten verfeindet waren. Ihm fiel eine Zentnerlast von seinen Schultern. Wenn sie sich ihnen anschloss, würde keiner der Anwesenden mehr diese dumme Forderung nach ihrer Vernichtung stellen.

Er lächelte, als er seinem Großvater antwortete. »Ich werde sie einweihen und sie überzeugen, wie wichtig unsere Aufgabe ist.«

»Gut. Ich schlage vor, dass wir uns nun zurückziehen.«

Nathan warf einen Blick zu den großen Fenstern. Die Morgendämmerung zog herauf. In wenigen Stunden würde es hell sein. Harold trat neben Batistes Stuhl und half ihm aufzustehen. Unbemerkt von den anderen faltete Nathan den Brief und ließ ihn in seine Tasche gleiten.

Ein Buch greift immer dem Leben vor.
Es ahmt das Leben nicht nach,
sondern formt es nach seiner Absicht.

Frei nach Oscar Wilde

11. KAPITEL

Lucy wartete. Weshalb rief Nathan nicht an? Weshalb erreichte sie ihn nicht? Heute war Dienstag. Seit Samstag hatten sie sich weder gesehen noch miteinander telefoniert. Mehrmals hatte sie ihm auf seine Mailbox gesprochen, doch er hatte sich nicht zurückgemeldet. Ob ihm etwas zugestoßen war? Oder war sie womöglich zu aufdringlich? Sie waren schließlich nur Freunde. Er musste sich nicht täglich bei ihr melden. Aber sie vermisste ihn. Mehr, als sie für möglich gehalten hätte. Selbst Marie ging sie mit ihren beinahe stündlichen Nachfragen auf die Nerven. Zum Glück nahm die es mit Humor.

Vielleicht sollte sie zu seinem Haus fahren und dort nach ihm fragen. Allerdings gab es sicher einen Grund, weshalb er sich nicht meldete. Vielleicht war ihm sein letztes Abenteuer mit ihr zu eigenartig gewesen. Sein überstürzter Aufbruch war ihr gleich komisch vorgekommen. Sie hätte ihm nicht erzählen sollen, dass die Bücher mit ihr sprachen. Nach der Arbeit würde sie in seinem Haus nachfragen, nahm sie sich trotzig vor und packte das Buch, das sie gerade begutachtet hatte, vorsichtig ein. Dann trug sie es zurück an seinen Platz im Regal. Er konnte sie nicht so einfach ignorieren.

»Erinnere dich, Lucy«, wisperten die Bücher nachdrücklich wie schon den ganzen Morgen und den Tag zuvor.

»Ich versuche es ja.« Sie hatte es sich angewöhnt, zu antworten, das war leichter, als die Bücher nicht zu beachten. Sie ging tiefer in das Gewölbe hinein. Das Medaillon begann auf ihrer Haut zu atmen. Anders waren die gleichmäßigen Töne nicht zu beschreiben. Alarmglocken läuteten in ihrem Kopf. All diese Merkwürdigkeiten, die ihr geschahen, seit sie in London lebte, hatten miteinander zu tun. Das Medaillon war nur ein weiteres Puzzleteil. Sie zog es hervor und legte es auf ihre flache Hand. Sofort schwoll das Wispern an. »Es ist von meinen Eltern«, erklärte sie mit zittriger Stimme. »Es ist ziemlich alt, deshalb glaube ich, dass es meiner Familie schon viel länger gehört. Es ist sogar ein Bild darin. Es zeigt meine Mutter und meinen Vater. Das ist alles, was mir von ihnen geblieben ist. Es gab noch einen Brief, aber der ist verschwunden. Er wurde gestohlen. Irgendjemand will nicht, dass ich herausfinde, wer ich bin.« Lucys Stimme klang resigniert. »Und wenn ich nicht einmal das herausfinden kann, wie soll ich mich dann an die Dinge erinnern, die ihr von mir verlangt?«

»Öffne es«, wisperten die Bücher aufgeregt.

Lucy spielte mit dem Gedanken, es nicht zu tun. Wer wusste schon, was als Nächstes mit ihr geschah. Aber in ihrem Magen machte sich längst ein aufgeregtes Kribbeln breit. Ganz langsam öffnete sie das Medaillon, und augenblicklich entströmte ihrem Mal wieder dieses silberne Licht. Sie zog den Pulswärmer fort, und ein Strahlen erfüllte den Raum. Es wickelte sich, wie schon in dem Café, um das Medaillon. Lucy kniff die Augen zusammen, weil die Helligkeit sie blendete.

Aber die Bücher ließen nicht locker. »Sieh es dir an«, forderten sie. Langsam öffnete Lucy die Lider und blickte in das Licht hinein. Bilder manifestierten sich darin. Schreckliche Bilder. Voller Entsetzen starrte sie in das Licht, unfähig, den Blick abzuwenden.

Sie sah Männer, die ihre Frauen und Kinder in den Armen hielten, während sie zu großen lodernden Feuern getrieben wurden. Auf diesen Scheiterhaufen waren bereits die Überreste von Menschen zu erkennen. Aber ohne Gnade stieß man immer mehr von ihnen hinein. Lucy kniff die Augen zusammen, so sehr grauste es sie.

»Du musst hineinsehen. Du musst es verstehen«, verlangten die Bücher.

Lucy sah vier Männer, die Bündel in den Armen trugen. Zwei der Päckchen bewegten sich. Es mussten Neugeborene sein, so klein waren sie. Eines der Kinder schrie herzzerreißend. Dann waren da Männer und Frauen, versammelt in einem Raum voller Bücher. Der Raum war in rohen Stein geschlagen. Die Frauen weinten, und die Männer standen mit versteinerten Gesichtern da. »Wir müssen den Berg verschließen«, sagte einer von ihnen. »Nur so können wir den Schatz verbergen.« Derselbe Mann nahm ein Buch von einem schlichten Holzpult und schlug es in ein Tuch aus Leinen. »Du wirst das Evangelium bewahren«, befahl er dem Mann, dem er das Päckchen anvertraute. »Schwöre es.« Der Angesprochene fiel auf die Knie. »Ich, Amiel Aicard, schwöre es bei meiner unsterblichen Seele.« Lucy sah einen Berg, auf dessen Gipfel eine Burg thronte. An seinem Fuß lagerte eine riesige Armee von Kreuzrittern. Über den Zelten flatterte die mittelalterliche Flagge des Vatikans: ein weißes Kreuz auf rotem Untergrund.

Das Bild verschwamm, und dann sah Lucy ein kleines Mädchen. Es war vielleicht fünf Jahre alt. Eine Frau saß neben ihm auf einer steinernen Bank. Sie mussten sich in einem Garten befinden, denn Lucy erkannte deutlich die Rosenbüsche, die dort wuchsen. Beide weinten. »Wir können nicht fortgehen, Philippa«, sagte die Frau. »Du bist Philippa Plantagenet, die zukünftige 5. Countess of Ulster, und du bist deinem Vater verpflichtet. Du wirst tun müssen, was er dir befiehlt.«

»Es ist nicht richtig, was der Bund tut«, erwiderte das Kind störrisch.

»Sie würden uns finden, egal, wohin wir fliehen. Hörst du? Verstehst du, was ich sage? Du wirst deine Aufgabe erfüllen wie deine leibliche Mutter vor dir. Du wirst den Bund nicht infrage stellen.«

»Ja, Mama.« Das Mädchen zog den Ärmel seines Kleides nach oben. Lucy hielt den Atem an. Dasselbe Mal, das ihr Handgelenk zierte, prangte auch auf dem des Mädchens. Das Kind sah auf. Es blickte Lucy direkt an – aus Augen, die den ihren zum Verwechseln ähnlich waren. Es war unmöglich, aber dieses Kind, das der Kleidung nach zu urteilen vor langer Zeit gelebt hatte, sprach zu ihr. »Das Wort, das Wissen und die Weisheit der Bücher dürfen nicht länger verborgen werden. An Worten sollen die Seelen der Menschen emporwachsen, Worte sollen die Waffen der Zukunft sein. Nur so wird die Welt sich ändern können.«

Die Frau verschloss dem Kind mit ihrer Hand den Mund. »Schweig«, zischte sie.

Aber die Worte hatten sich bereits in Lucys Kopf gebrannt. Sie nickte dem Kind zu, und ein Lächeln breitete sich auf dessen Gesicht aus. »Du weißt nicht, wovon du sprichst«, hörte Lucy die

Stimme der Frau, bevor sich das Licht in das Medaillon und in ihr Mal zurückzog. Lucy sackte auf dem kalten Boden des Archivs zusammen. Die Bücher um sie herum schwiegen.

»Dieses Mädchen war eine meiner Vorfahrinnen, oder?« Sie kannte die Antwort längst.

»Ja«, murmelten die Bücher. »Sie war die Erste in einer langen Reihe von Hüterinnen.«

Das Telefon schrillte durch den unterirdischen Raum. Lucy zuckte zusammen. Dann stand sie auf und hastete ins Büro.

»Ja?«, meldete sie sich atemlos.

»Nathan ist hier. Er würde gern dich und *Dorian Gray* sehen. Dich zuerst, schätze ich.« Maries Lachen schallte durch den Hörer, bevor sie auflegte.

Er war da. Endlich. Lucys Herz flatterte vor Aufregung. Die eben gesehenen Bilder wirbelten noch durch ihren Kopf. Was war das gewesen? Welche Zeit? Und wer waren die Menschen, die dort verbrannt wurden? Wer war das kleine Mädchen, das über die Grenzen der Zeit hinweg mit ihr gesprochen hatte? Sie versuchte, sich zu beruhigen, und legte eine Hand auf ihr Herz.

Sie würde Nathan nichts davon erzählen, weder von dem Medaillon noch von den Bildern. Der Gedanke gefiel ihr nicht. Sie wollte keine Geheimnisse vor ihm haben. Aber sie hatte ihn genug erschreckt. Ab jetzt würde sie versuchen, sich völlig normal zu benehmen. Wer war diese Philippa Irgendwas? Sie würde den Namen googeln müssen. Vielleicht fand sie etwas über das Mädchen heraus.

Lucy griff nach dem Karton, in den sie das wiedergefundene Exemplar von *Das Bildnis des Dorian Gray* verpackt hatte, und schickte ihn mit dem Aufzug nach oben. Dann rannte sie zur Treppe und lief diese, immer mehrere Stufen auf einmal nehmend, hinauf. Nathan wartete am Infoschalter auf sie. Sie hatten sich nur drei Tage nicht gesehen, doch Lucy schien er noch anziehender als zuvor. Er war ganz in Schwarz gekleidet, und es stand ihm.

»Hey du.« Er zog sie kurz an sich. Marie bekam vor Verwunderung runde Augen. »Wann hast du Schluss?«

»Noch drei Stunden«, antwortete Lucy.

»Okay. Dann habe ich genug Zeit für Oscar Wilde. Gehen wir danach etwas essen?«, fragte er leise.

»Gern.« Gemeinsam betraten sie den Lesesaal.

Es wunderte Lucy nicht, dass Nathan nach der Kurzfassung der Belehrung seine Stifte und seinen Skizzenblock hervorholte. Sie beobachtete ihn eine Weile, wie er mit geschickten Fingern begann, den Einband zu kopieren. Lange würde er nicht dafür brauchen. Wie 1891 nicht anders üblich, war der Einband recht schmucklos gestaltet. Zu dieser Zeit wurde mehr Wert auf den Inhalt gelegt. Lucy fragte sich, weshalb Nathan sich die Mühe machte. In diesem Moment hielt er inne und sah zu ihr auf.

»Keine Arbeit heute?«, fragte er sanft.

»Ich störe dich«, stellte Lucy fest.

»So würde ich das nicht sagen, aber ich bin dabei ganz gern allein.«

»Okay. Hab verstanden. Bis später.«

Er griff nach ihrer Hand, als sie sich abwandte. »Nicht böse sein.« Bei dem Blick, den er Lucy schenkte, konnte sie nicht anders, als zu nicken.

Er zögerte kurz, sein Daumen strich über ihre Hand. »Ich habe etwas vergessen. Könntest du mir *Alice* noch einmal schicken? Du musst auch nicht mit hochkommen. Sicher kann deine Kollegin es mir aus dem Aufzug holen.«

Es war gegen die Vorschrift, aber wem, wenn nicht ihm konnte sie vertrauen. Er war wiedergekommen, obwohl sie ihm so abstruse Dinge offenbart hatte. »Ja klar, ich sage ihr Bescheid«, antwortete sie.

Nathan sah ihr nach, bis sie verschwunden war. Es war ein Risiko. Wenn Lucy einen Blick in das Buch warf, würde sie Bescheid wissen, bevor er mit ihr gesprochen hatte.

Als die Tür zuschlug, riss Nathan das benutzte Blatt aus seinem Skizzenblock und begann von Neuem. Diesmal würde er keinen Fehler machen. Er hatte sich *Alice* angesehen, bevor er abgereist war. Es war ein Desaster. Er konnte es sich nicht erklären. Aber das Buch, das in der Bibliothek des Bundes lagerte und optisch dem Original glich wie ein Ei dem anderen, schien den Text nicht festhalten zu können. Schlug man es auf, verschwamm die Schrift wie auf der Oberfläche eines stürmischen Meeres. Sie verschwand, tauchte wieder auf und verschwand wieder. Nathan meinte, einen körperlichen Schmerz des Buches zu fühlen, während er es in den Händen gehalten hatte. Diese Empfindung hatte ihn verstört. Das hatte er nicht gewollt. Wenn er das Buch hätte verstehen können, dann hätte er es schreien hören. Er musste diesen Fehler beheben. Mit zusammengepressten Lippen beugte er sich über das schneeweiße Blatt Papier.

Lucy hätte vor Glück am liebsten ein Liedchen gesungen, wenn sie nicht so unmusikalisch gewesen wäre. Sie holte den Karton, der

Alice enthielt, aus dem Regal und schickte ihn nach oben. Wenn Miss Olive morgen früh kam, wäre das Buch längst wieder unten. Wenn sie kam. Sie war immer noch krankgeschrieben. Lucy griff nach den Büchern, die auf ihrem Bürotisch lagen, und brachte jedes an seinen rechtmäßigen Platz zurück.

Sie würde die Zeit nutzen, um aufzuräumen. In dem kleinen Büro konnte man kaum irgendwo hintreten, ohne über ein Buch zu stolpern. Während Lucy Bücherstapel um Bücherstapel durch die Regalreihen schleppte, ihre Papiere sortierte und die Karteikarten ordentlich in den Schrank zurückschob, wisperten die Bücher aufgeregt vor sich hin. Die Tätigkeit lenkte sie von den grauenhaften Bildern ab. Aber sie wusste, dass sie später darüber nachdenken musste.

»Ich verstehe euch nicht«, rief sie. »Ihr müsst deutlicher mit mir reden.«

»Philippa. Such Philippa.«

Lucy blieb stehen. »Sie ist längst tot, oder? Ich meine, sie hatte ziemlich altmodische Kleider an. 14. Jahrhundert oder so? Ich kann sie nicht suchen.«

Die Bücher schwiegen, und Lucy setzte den Stapel, den sie im Arm hielt, ab. Dann begann sie, die Bände einzuräumen. »Was ist?«, fragte sie. »Hat es euch die Sprache verschlagen? Wusstet ihr das nicht? Ich könnte sie googeln«, schlug sie vor. »Vielleicht finde ich etwas. Aber ich kann mich nicht mehr an den Nachnamen erinnern.«

»Such Philippa«, war die viel zu leise Antwort.

»Ihr seid nicht sehr hilfreich.« Trotzdem ging sie in das kleine Büro zurück und startete die Internetverbindung des altersschwachen Computers. Nach gefühlten drei Minuten öffnete sich endlich die Seite der Suchmaschine auf dem Bildschirm.

»Philippa Guardian«, tippte Lucy auf gut Glück ein.

Keines der angezeigten Ergebnisse schien irgendwie zu passen. Lucy überlegte. Sie versuchte, sich zu erinnern, was sie gesehen hatte. Irgendetwas musste zu finden sein. Diese riesige Schlacht, wo hatte sie stattgefunden? Sie brauchte einen Anhaltspunkt. Was genau hatte sie gehört? Wie war der Nachname des Mädchens gewesen? Philippa hatte mit ihrer Mutter gestritten. Sie wollte fortgehen, wegen eines Bundes. Ob das Medaillon ihr die Bilder noch einmal zeigen würde? Einen Versuch war es wert. Sie beschloss, tiefer in das Archiv hineinzugehen. Sie wollte nicht überrascht werden. Man konnte ja nie wissen. Sie zog das Medaillon unter ihrem Pullover hervor und legte das Mal frei. Es pulsierte bereits aufgeregt. Dann öffnete sie das Medaillon. Wieder strömte das Licht aus ihrem Mal und wickelte sich in glitzernden Fäden um das Schmuckstück. Das helle Licht, das diesem daraufhin entströmte, erschreckte Lucy nicht mehr.

Es dauerte einen Moment, bevor sich die Bilder manifestierten. Auf den ersten Blick konnte sie erkennen, dass es nicht dieselben waren.

Diesmal sah sie eine junge Frau. Sie mochte vielleicht Mitte zwanzig sein. Wieder trug sie ein mittelalterliches Gewand und einen dicken Mantel. Sie saß auf einem Bett, das von einem hohen Baldachin überspannt wurde. Unruhig knetete sie ihre Finger, während sie offenbar auf etwas wartete. Ein Feuer knisterte laut in dem übergroßen Kamin. Plötzlich knarrte eine Tür, und die Frau sah auf. Lucy erkannte die Augen sofort wieder. Ihre Augen. Das musste Philippa sein. Ihr Ausdruck entspannte sich, als sie sah, wer eingetreten war. Es war ein älterer Mann, der sie traurig ansah. »Ihr seid fest entschlossen, Herrin?«, fragte er.

»Du weißt, dass ich keine Wahl habe«, antwortete sie. »Solange Edmund lebte, hätte ich es nicht übers Herz gebracht, ihn zu verlassen. Aber da er nun tot ist, muss ich mich auf meine Aufgabe besinnen.« Sie griff nach einem kleinen Bündel, das neben ihr auf dem Bett lag. Behutsam strich sie das Tuch beiseite. Ein winziges Gesicht kam darunter zum Vorschein. Das Kind schlug seine Augen auf. Auch sie waren grau mit silbernen Sprenkeln. »Meine anderen Kinder haben sie mir genommen. Sie werden meine Söhne zu treuen Anhängern des Bundes machen. Und das werden sie auch mit ihr tun, wenn ich sie nicht fortbringe.« Sie strich dem Kind über die Wange. Tränen tropften auf das kleine Gesicht. »Ich habe mir so gewünscht, dass Edmund seine kleine Tochter noch sieht. Der Bund würde sie benutzen, um den Menschen das Wissen zu rauben, so wie sie mich benutzt haben. Sie sind gierig geworden und haben jedes Maß verloren. Ich muss etwas dagegen unternehmen. Das ist nicht mehr unsere Bestimmung. Ich werde nicht zulassen, dass sie von meinem Kind verlangen, was sie von mir verlangt haben. Ich werde sie vor ihnen verstecken. Du weißt, was zu tun ist. Du musst sie davon überzeugen, dass ich und das Kind bei der Geburt verstorben sind.«

Der alte Mann seufzte. »Wenn das Euer Wunsch ist, Countess. Ich habe Euch seit Eurer Geburt gedient. Es fällt mir schwer, Euch allein ziehen zu lassen, aber ich glaube, Ihr habt recht. Ich werde versuchen, die Perfecti von Eurem Tod zu überzeugen. Aber ich weiß nicht, ob sie mir glauben werden.«

Philippa griff nach der Hand des Alten. »Ich brauche nur ein paar Tage Vorsprung. Ich habe für alles gesorgt. Es wird uns an nichts fehlen, glaub mir.«

Ein neues Bild entstand. Es war finstere Nacht. Der alte Mann hielt ein Pferd am Zügel und führte es über einen Burghof. Philippa folgte ihm, das Kind fest an sich gedrückt. Überall lag Schnee, und unter den Hufen und Stiefeln knirschte es eisig.

»Der Proviant ist in den Satteltaschen. Ich denke, er reicht mehrere Tage«, erklärte der Mann flüsternd. Sie blieben stehen und sahen zu den düsteren Zinnen der Burg hinauf.

»Auf dieser Burg habe ich die glücklichsten Jahre meines Lebens verbracht«, sagte sie mehr zu sich selbst als zu ihrem Diener. »Als ich Edmund hierher folgte, hätte ich nicht gedacht, dass wir uns eines Tages so sehr lieben würden. Ohne ihn hätte ich den richtigen Weg nie erkannt. Weißt du, was er kurz vor seinem Tode zu mir gesagt hat?« Ihr Blick lag wieder auf dem Kind in ihren Armen. »Du musst eine Hüterin werden, Philippa Plantagenet. Du musst das Wort für die Menschen bewahren und nicht für den Bund. Gott hat euch nicht mit dieser Gabe gesegnet, damit Weisheit und Wissen einigen wenigen vorbehalten sind. Der Bund heute ist nicht besser als die Männer, die unsere Vorfahren einst verfolgt haben.«

Der alte Mann nickte. »Möge Gott Euren Weg beschützen.«

»Das wird er«, erwiderte Philippa mit fester Stimme, »ich bin ganz sicher.«

Sie schwang sich in den Sattel, und der Alte reichte ihr das Kind.

Ohne noch einen Blick zurück zu werfen, ritt sie durch ein schmales Tor, das der Mann für sie öffnete. Sie sah seine Tränen nicht, während er seiner Herrin hinterherblickte und stumm das Vaterunser murmelte. Erst als sie den Waldrand fast erreicht hatte, zügelte sie das Pferd und sah zurück. »Ich hoffe, dass du recht hast, Edmund«, murmelte sie. »Möge Gott mich lenken und mir den richtigen Weg weisen. Und so er will, werde ich zur Hüterin werden und unser Kind und unsere Kindeskinder nach mir.« Sie zog an den Zügeln und verschwand in der Dunkelheit des Waldes.

Das Licht erlosch, und Lucy kehrte zurück in die Gegenwart. Gebannt von dem, was sie gesehen hatte, blieb sie einen Moment an das Regal gelehnt stehen.

Zurück im Büro setzte sie sich auf den Stuhl und starrte gedankenversunken auf den Bildschirm, ehe sie zu tippen begann.

Sie musste ein paar unterschiedliche Schreibweisen versuchen, bevor sie fündig wurde. *Philippa Plantagenet* brachte endlich ein zufriedenstellendes Resultat.

Die Plantagenets waren eine der bedeutendsten Dynastien Englands im Hochmittelalter gewesen. Obwohl sie französische Wurzeln hatten, hatten sie über mehrere Jahrhunderte die Könige Englands gestellt. *Philippa Plantagenet, 5. Countess of Ulster, geboren am 16. August 1355; gestorben am 5. Januar 1382. Einzige Tochter von Lionel of Antwerp, 1. Duke of Clarence. Sie war verheiratet mit Edmund Mortimer, 3. Earl of March.*

Lucy klickte auf Edmund Mortimer:

Edmund Mortimer, 3. Earl of March und Earl of Ulster, geboren am 1. Februar 1352, gestorben am 27. Dezember 1381 in Cork.

Edmund war im Dezember 1381 gestorben. In Philippas Eintrag stand, dass ihr Todestag der 5. Januar 1382 war. War es ihr wirklich gelungen, ihre Verfolger zu täuschen? Fest stand, dass Phi-

240

lippa eine ihrer Vorfahrinnen war. Die Augen und das Mal bestätigten das eindeutig. Was war mit ihr geschehen, nachdem sie die Burg verlassen hatte? Wohin ging eine Frau im 14. Jahrhundert? Ihre Mutter hatte ihr sicher nicht geholfen. Sie war nicht sonderlich nett zu dem Kind gewesen. Allerdings war diese Frau auch nicht Philippas leibliche Mutter gewesen. War ihre echte Mutter gestorben, oder hatte dieser ominöse Bund Philippa ihren Eltern fortgenommen, so wie ihr selbst später ihre Söhne? So unüblich war es früher nicht gewesen, Kinder in andere Familien zu geben und sie dort aufwachsen zu lassen.

In Lucys Kopf türmten sich immer mehr Fragen. Was hatte Philippa auf sich genommen, um den Weg zu gehen, den sie für richtig hielt? Sie war so jung gewesen bei Edmunds Tod. Offenbar hatten die beiden sich geliebt.

Nathan! Sie sah auf die Uhr. Es war kurz vor vier. Die Zeit musste gerast sein. Ihr Kopf dröhnte. Schnell kramte sie ihre Sachen zusammen. Das Aufräumen musste warten. Sie machte sich auf den Weg nach oben, um die Bücher von Nathan in Empfang zu nehmen.

Er hatte seine Malutensilien bereits verstaut, als sie zu ihm trat. Jetzt las er in einem Buch. Da der Roman von Oscar Wilde neben ihm lag, musste es *Alice* sein. Sie trat zu ihm und tippte ihn an. Er schrak hoch und schlug das Buch zu. Irritiert sah sie in seine fiebrig glänzenden Augen.

Es schien, als müsste er kurz überlegen, wer vor ihm stand. Dann breitete sich ein Lächeln auf seinem Gesicht aus, und die Wärme kehrte in seine Augen zurück.

»Die drei Stunden sind um«, flüsterte Lucy.

»Dann sollten wir von hier verschwinden«, antwortete Nathan ebenso leise und griff nach dem Papier, in das *Alice* gewöhnlich eingeschlagen war. Lucy nahm das Buch von Oscar Wilde. Sie verpackten die Bücher und schickten sie nach unten.

»Ich habe meine Sachen schon hier«, erklärte Lucy. »Wir können gleich los.«

»Da kann es wohl jemand gar nicht erwarten«, neckte er sie.

»Ich bin hungrig«, verteidigte Lucy sich und spürte, wie sie ruhig wurde.

Kaum hatten sie den schmalen Eingang der Bibliothek hinter sich gelassen, legte Nathan einen Arm um ihre Schultern und zog sie an sich. Es fühlte sich gut an.

»Wo gehen wir hin?«

»Wie wäre es mit Pizza oder Nudeln?«, schlug er vor.

»Ist mir recht«, sagte sie und ließ sich von Nathan zu einem nahe gelegenen Italiener lotsen.

Der Kellner kam, kaum dass sie saßen. Sie bestellte Wasser und Pizza.

»Wie war dein Treffen mit Madame Moulin?« Nathan beugte sich zu ihr. »Was genau ist mit dem Vikar passiert?«

»Wo warst du in den letzten Tagen?«, stellte Lucy eine Gegenfrage. »Ich habe versucht, dich zu erreichen.« Sie konnte nicht verhindern, dass ihre Worte vorwurfsvoll klangen.

»Ich habe meinen Großvater besucht und mein Handy vergessen«, sagte Nathan bedauernd. »Ich bin erst gestern Nacht zurückgekommen. Erzählst du mir jetzt von eurem Treffen?«

Lucy nickte und überlegte, wo sie anfangen sollte. Ob es überhaupt klug war, ihm alles zu erzählen.

242

»Sie hat mir ein Medaillon meiner Eltern gegeben«, begann sie. »Der Brief ist gestohlen worden, vermutlich von denselben Leuten, die den Vikar auf dem Gewissen haben. Aber in dem Medaillon war ein Foto.« Sie zog das Schmuckstück hervor und öffnete es. Dann zeigte sie Nathan das Foto ihrer Eltern. »Es hat eine Widmung. Sie haben sie für mich geschrieben. Sie haben mich geliebt«, fügte sie immer noch ungläubig hinzu.

»Es ist wunderschön gearbeitet.«

»Du kannst es ruhig nehmen«, forderte Lucy ihn auf. Doch zu Lucys Verwunderung machte Nathan keine Anstalten, es zu berühren. Eher im Gegenteil. Er lehnte sich in seinem Stuhl zurück. Lichtfäden krabbelten unter dem Bund ihres Pullovers hervor. Schnell klappte sie das Medaillon wieder zu. War er böse, dass sie etwas über ihre Eltern wusste und er weiter im Dunkeln tappte?

Ihre Finger glitten über das Kreuz, das das kleine Buch auf der Vorderseite zierte. »Ein merkwürdiges Kreuz, findest du nicht?«, sagte sie leise. »So etwas habe ich noch nie gesehen.«

»Es ist ein okzitanisches Kreuz«, sagte Nathan leise.

Erstaunt sah sie auf. »Du kennst es?«

Er nickte. »Es ist das Kreuz der Katharer. Hast du nie von ihnen gehört?«

Verwirrt schüttelte Lucy den Kopf und hielt kurz darauf inne. »Doch, warte. Es war eine christliche Sekte. Sie wurden von der Kirche verfolgt und vernichtet, oder?«

Nathan nickte. »Ihre letzte Zuflucht fanden sie auf Montségur, einer Burg in Frankreich. Doch der Papst ließ sie auch dort verfolgen und vernichtete sie in einer einzigen Nacht. Er ließ jeden, der dem Glauben der Katharer nicht abschwor, verbrennen.«

»Männer, Frauen und Kinder«, flüsterte Lucy, der in diesem Moment klar wurde, welche Bilder ihr das Medaillon gezeigt hatte. Die Scheiterhaufen, das päpstliche Heer – es gab keinen Zweifel. »Ich habe es gesehen«, sagte sie leise, und Nathan runzelte die Stirn.

»Wie meinst du das?«

»Das Medaillon hat es mir gezeigt. Es ist wieder so etwas Unerklärliches.« Sie lachte verlegen auf. »Es verbindet sich mit meinem Mal und zeigt mir Bilder. Es ist alles furchtbar lange her, aber ich glaube, ich habe diese Schlacht gesehen – und ein Mädchen. Ihr Name war Philippa.«

»Siehst du nur Bilder?«, fragte Nathan tonlos.

»Nein. Ich höre auch, was sie sagen.« Lucy griff nach seiner Hand. »Alles in Ordnung? Du bist ganz weiß.«

Er zog seine Hand zurück. »Es ist nichts. Mach dir keine Gedanken.«

»Ich verstehe, wenn du das alles etwas schräg findest«, antwortete Lucy. »Du musst sagen, wenn wir nicht mehr darüber reden sollen. Ich will dich in nichts reinziehen. Madame Moulin sagt, es ist gefährlich. Vikar Ralph wurde deswegen ermordet, und im Heim wurde eingebrochen. Vielleicht ist es besser, wenn wir uns eine Weile nicht sehen.«

Erst während Lucy es aussprach, wurde ihr klar, dass sie Nathan in etwas verwickelt hatte, das ihn in Gefahr brachte. Der Gedanke, dass er sich von ihr zurückziehen könnte, tat weh, doch sie wollte ihn nicht ganz verlieren. Vielleicht konnten sie sich wiedersehen, wenn es vorbei war, wenn sie herausgefunden hatte, was das alles bedeutete. Aber was, wenn es nie vorbei war? Wenn diese Sache zukünftig ihr Leben bestimmen würde? Sie würde sich nicht noch einmal trauen, jemandem dieses Geheimnis zu verraten. Sie wäre wieder ganz allein damit.

Nathans Stimme unterbrach ihre Gedanken. »Lass uns gehen, Lucy.«

»Aber wir haben nicht einmal …«

Doch sein Blick duldete keinen Widerspruch. Sie stand auf und folgte ihm.

Lucy verbarg ihr Gesicht im Kragen ihrer Jacke. Dem schneiden-den Wind, der über die Straße fegte, entging sie damit nicht, aber wenigstens konnte Nathan den Kummer in ihren Augen nicht se-hen. Das war es dann wohl. Trotz machte sich in ihr breit. Hatte er nicht versprochen, ihr zu helfen? Hatte er nicht gesagt, sie könne ihm vertrauen? Aber das war wohl zu viel verlangt. Vermutlich hatte er andere, harmlose Dinge gemeint.

Sie durfte ihm nicht böse sein, ermahnte sie sich. Ein junger Mann, noch dazu einer, der so aussah wie er, sollte auf Partys ge-hen und sich mit Mädchen vergnügen. Ganz sicher sollte er nicht in so eine abstruse Geschichte verstrickt werden, die schon jeman-dem das Leben gekostet hatte. Lucy war froh, dass sie Colin, Marie und Jules nichts erzählt hatte. Mehrmals war sie kurz davor gewe-sen. Er würde sie jetzt nach Hause bringen und sich von ihr verab-schieden. Sie würde es ihm nicht nachtragen. Das wäre unfair. Er hatte ihr geduldig zugehört und sie nicht ausgelacht, mehr sollte sie nicht verlangen. Es war nicht seine Schuld, dass sie ihn mitt-lerweile mehr mochte als er sie.

Lucy wusste nicht, wann Nathan nach ihrer Hand gegriffen

hatte. War es gewesen, bevor sie in die U-Bahn gestiegen waren oder danach? Erstaunt erkannte sie, dass sie mittlerweile vor ihrem Haus angelangt waren.

»Du warst so in Gedanken versunken, dass ich dich lieber festgehalten habe«, erklärte Nathan, der offenbar Lucys Blick auf ihre ineinander verschränkten Hände bemerkt hatte. »Ich wollte nicht, dass du verloren gehst.«

»Dann kannst du mich jetzt loslassen«, sagte Lucy und sah zum Haus hinauf. »Wir sind da.«

Nathan trat näher an sie heran. Dunkelheit hüllte die Stadt ein, und nur wenige Laternen spendeten in der schmalen Straße Licht. Nathans Blick war ernst. Sie spürte seinen Herzschlag. Zum ersten Mal fielen ihr die Linien auf, die von seinen Nasenflügeln zu seinen Mundwinkeln verliefen. Er sorgt sich um etwas, dachte sie, hob ihre Hand und strich ihm über die Wange.

»Darf ich dich küssen?«, fragte er unvermittelt.

»Du fragst?« Lucy biss sich auf ihre Unterlippe.

»Sieht ganz so aus.« Allerdings wartete er ihre Antwort nicht ab. Seine Lippen berührten Lucys. Zart wie Schmetterlingsflügel schmiegten sie sich auf ihre. Es reichte aus, um Lucy aus dem Gleichgewicht zu bringen. Alles in ihr begann zu zittern. Sie legte ihre Arme um seine Taille, um sich festzuhalten. Der Druck seiner Lippen wurde stärker, fordernder. Lucy öffnete ihren Mund, und seine Zunge glitt hinein. Ein viel zu intensives Gefühl breitete sich in ihrem gesamten Körper aus. Nathan griff mit einer Hand in ihren Nacken und zog sie enger zu sich heran. Lucys Hände glitten unter seinen Mantel und über seinen Rücken. Sie spürte seine Muskeln unter dem dünnen Hemd, seine heiße Haut.

War das seine Art, Abschied zu nehmen? Der Kuss fühlte sich unglücklich an und verzweifelt.

Das Zeichen auf ihrem Handgelenk fing mit so einer Intensität an zu brennen, dass ihr schwindelig wurde. Sie brauchte Luft. Ohne es zu wollen, entzog sie sich Nathans Umarmung. Verwirrt und heftig atmend sah er sie an.

»Entschuldige«, flüsterte er. »Das war vielleicht etwas zu …« Er suchte nach dem richtigen Wort. Er wirkte benommen. Lucy befürchtete, dass sie ihn mit einem ganz ähnlichen Ausdruck ansah.

Sie streckte ihre Hand nach ihm aus, wollte sie auf seine Brust legen, ihn wieder an sich ziehen. Das Zeichen pulsierte heftiger. Licht drang unter ihrem Ärmel hervor. Licht drang aus dem Medaillon, das auf ihrer Brust ruhte. Und dann kroch ein Licht unter dem Ärmel von Nathans Mantel hervor. Es war nicht so klar und warm wie das von Lucy, sondern hatte eher die Farbe von eisblauem Wasser. In heftigen Wirbeln erhob es sich und suchte seinen Weg zu Lucys Handgelenk. Alle drei Lichter verwoben sich wie in einem Tanz miteinander. Lucy konnte ihren Blick nicht von dem Schauspiel wenden. Es war wunderschön. Fragend sah sie Nathan an, dessen Augen sich vor Entsetzen geweitet hatten.

»Was bedeutet das?«, fragte sie atemlos.

Nathan antwortete nicht. Er zog Lucy ein letztes Mal an sich, presste seine Lippen auf ihre Stirn, dann löste er sich von ihr und lief einfach davon.

Lucy blickte auf das Licht, das sich zurückzog. »Nathan!«, schrie sie ihm hinterher. »Nathan?« Er drehte sich nicht mal zu ihr um. Seine Gestalt verschmolz mit der Dunkelheit.

Wie betäubt blieb Lucy stehen. Sie ignorierte den kalten Wind und den Nieselregen, der einsetzte. Was war da gerade geschehen? Woher war Nathans Licht gekommen? Die einzige Erklärung, die sie dafür hatte, konnte nicht stimmen. Er hätte ihr doch gesagt, wenn er ebenfalls dieses Mal trug, oder? Lucy wirbelte herum und rannte ihm nach. Sie würde ihm hinterherlaufen, auch wenn es ewig dauerte.

Selbst um diese Zeit waren noch viele Menschen auf den Straßen unterwegs. Sie verlor seine hochgewachsene Gestalt zu schnell aus den Augen. Sie blieb stehen, um Luft zu holen und sich nach Nathan umzusehen. Er konnte sich nicht ewig vor ihr verstecken. Er würde mit ihr reden müssen. Sie hatte ihm so viel anvertraut. Aber was wusste sie eigentlich von ihm?

Sie beschloss, zu seinem Haus zu gehen. Irgendwann musste er dort auftauchen. Sie würde auf ihn warten.

Vor dem dreistöckigen weißen Haus zögerte sie. Bis auf eine kleine Lampe im Fenster neben der Haustür brannte kein Licht. Bevor sie es sich anders überlegen konnte, drückte sie auf die Klingel. Es dauerte eine Weile, bis sich hinter der Tür etwas regte. Dann stand Lucy einer kräftigen älteren Dame gegenüber. Sie musterte Lucy von Kopf bis Fuß.

»Ich möchte zu Nathan de Tremaine«, stammelte Lucy.

»Mr de Tremaine ist ausgegangen und noch nicht zurück«, informierte sie Lucy und schlug ihr die Tür vor der Nase zu.

Unschlüssig blieb sie auf dem Absatz stehen. Was sollte sie jetzt tun? Hier warten? Es war kalt. Ziemlich kalt sogar. Aber wenigstens regnete es nicht. Lucy ließ sich erschöpft auf eine der Treppenstufen sinken. Irgendwann würde Nathan nach Hause kommen, und dann würde sie hier sein.

Sie strich mit ihren Fingerspitzen über ihre Lippen. Fast meinte sie, ihn noch zu schmecken. Es war ein herber Geschmack, der sie an ganz besondere Bücher erinnerte. Sie verströmten diesen einzigartigen Geruch nach Wald, Leder und längst vergangener Zeit. Diese Bücher liebte sie am meisten. Bevor sie ihre Worte las, roch sie an den Seiten. Bei dem Gedanken musste sie lächeln.

Nathan blieb wie angewurzelt am Fuß der Treppe stehen, die zu seiner Eingangstür führte. Warum saß sie hier draußen in der Kälte? Warum war sie nicht einfach nach Hause gegangen? Er war nach dem Desaster stundenlang durch London geirrt. Mittlerweile war es stockfinstere Nacht. Er ärgerte sich über sich selbst. Vorhin wäre der geeignete Moment gewesen, ihr alles zu sagen. Ihr klarzumachen, wer er war. Wer sie war. Doch das Verschmelzen der Lichter hatte ihn völlig durcheinandergebracht. Er hatte sie nur einmal küssen wollen. Obwohl er wusste, dass er kein Recht dazu hatte. Aber er musste wissen, wie sie schmeckte, wie sich ihre Lippen auf seinen anfühlten. Und dann hatte es ihn überwältigt. Er hatte sich hinreißen lassen. Das hätte nicht geschehen dürfen. Sie würde ihm nie gehören. Er war zu weit gegangen, und sein Mal hatte ihn verraten. Woher waren diese Lichtfäden gekommen? Das hatte er vorher noch nie erlebt. Ob Lucy in diesem Moment auch diese Sehnsucht gespürt hatte? Er fuhr sich mit den Händen durchs Haar. Sie musste eingeschlafen sein, denn sie rührte sich nicht einmal, als er sich zu ihr beugte. Sie wirkte schutzlos wie ein aus dem Nest gefallener Vogel. Hätte sie ihm auch vertraut, wenn sie gewusst hätte, dass er das gleiche Mal trug wie sie? Er hätte sich ihr viel früher offenbaren müssen. Er sollte sie nach Hause schicken. Er brauchte noch Zeit, um ihr alles zu sagen. Um ihr zu erklären, dass sein Weg der richtige war. Er hatte die passenden Worte noch nicht gefunden. Vieles war ihm selbst noch nicht klar. Was genau war ihren Eltern zugestoßen? Weshalb hatte sein Großvater diesen Vikar umbringen lassen? Das alles durfte sie nicht wissen. Er konnte ihr nur von seiner Aufgabe erzählen, das würde sie verstehen.

Sie zitterte. Er sah es deutlich. Weshalb hatte sie immer noch diese viel zu dünne Jacke an? Konnte sie sich nicht einmal warm genug anziehen? Nathan fluchte. Wie konnte jemand so starrköpfig sein? Sie würde sich den Tod holen. Er zog seinen Mantel aus und legte ihn um ihre Schultern, dann kniete er neben ihr nieder. Ihre Augen waren geschlossen und ihre Lippen blau angelaufen.

»Lucy«, flüsterte er. »Lucy, du musst aufstehen. Du kannst nicht die ganze Nacht hier sitzen.«

Sie reagierte mit einem Blinzeln. Nathan zog sie hoch und nahm sie auf seine Arme. Ihr Körper war eiskalt. Vorsichtig trug er sie die Stufen hinauf. Sein Zorn war verflogen. In seinem Zimmer angekommen, legte er sie auf sein Bett und zog ihr Jacke und Schuhe aus. Sie reagierte kaum. Stirnrunzelnd stand er vor ihr. Er öffnete ihre Jeans und streifte sie von den Beinen. Danach wickelte er sie in seine Decke. Er war nicht sicher, ob das reichen würde, um sie aufzutauen. Sie zitterte immer noch. Kurz entschlossen löschte er das Licht und legte sich neben sie. Er zog Lucy eng an sich und hielt sie fest. Es kam ihm vor wie eine Ewigkeit, bis sie aufhörte zu beben. Irgendwann entspannte sie sich und drehte sich zu ihm, sodass ihr Gesicht auf seiner Brust ruhte. Sie wachte nicht auf. Nathan strich ihr eine rote Locke aus dem Gesicht und sah, dass sie lächelte. Ob sie träumte? Nathan schlang beide Arme um ihren Körper und schloss die Augen. Nur diese eine Nacht, schwor er sich.

*Wie wenig du gelesen hast, wie wenig
du kennst – aber vom Zufall des
Gelesenen hängt es ab, was du bist.*

Elias Canetti

12. KAPITEL

Lucy öffnete die Augen. Wo war sie? Sie erinnerte sich nur noch an die eisigen Stufen vor Nathans Haus. Jetzt lag sie weich und warm in einem Bett. Was war passiert? Dann registrierte sie, worauf sie lag. Es war eine Brust und noch dazu eine männliche. Sie musste nicht nach oben schauen, um zu wissen, zu welchem Mann sie gehörte. Sie erkannte den Geruch, den seine Haut verströmte. Wie war sie hierhergekommen?

Nathan schlief noch. Seine Arme waren so fest um sie geschlungen, dass sie sich kaum bewegen konnte. Trotzdem konnte sie der Versuchung nicht widerstehen und strich behutsam über seine samtweiche Haut. Immer weiter wanderte ihre Hand über seinen flachen Bauch, seine athletische Brust, seinen Arm. Ob er sie noch mal küssen würde? In diesem Moment bewegte sich Nathan. Er griff nach ihren neugierigen Fingern und hielt sie fest. Ertappt wandte Lucy ihm ihr Gesicht zu.

»Ich wollte dich nur wärmen«, stellte Nathan klar. »Du warst ein Eisblock, und ich wusste nicht, wie ich dich sonst auftauen sollte.« Seine Arme hielten sie weiter fest umschlungen.

»Das wäre nicht passiert, wenn du nicht weggelaufen wärst.« Nathan zog sie höher. Sein Mund war jetzt direkt vor ihren Augen. Sein Atem strich über ihre Wange. Sie wusste, dass sie mit ihm reden sollte, dass sie ihn fragen musste, woher sein Licht gestern Abend gekommen war. Sie musste herausfinden, was er wusste. Aber in diesem Moment sah sie nur seine Lippen. Sie beugte sich vor und verschloss Nathans Mund mit einem Kuss. Es schien, als hätte er nur darauf gewartet. Seine Hand legte sich auf ihren Rücken. Lucys Körper reagierte, ohne zu zögern. Sie schmiegte sich an ihn, spürte seine Muskeln und grub ihre Hände in sein dichtes Haar. Nathan drehte sich, sodass sie unter ihm zum Liegen kam. Jeder klare Gedanke löste sich auf. Seine Hände glitten unter ihr Shirt. Lucy bog sich ihm entgegen und seufzte, woraufhin Nathans Hände auf Erkundungstour gingen und überall gleichzeitig zu sein schienen. Seine Lippen wanderten über ihre Mundwinkel zu ihrem Hals. Die kurzen Stoppeln seines Eintagebartes kratzten auf ihrer Haut. Lucy wusste, dass sie damit aufhören mussten, aber es fühlte sich zu gut an. Ihr Herzschlag beschleunigte sich, als sie das Funkeln in seinen Augen sah.

Ein Telefon schrillte einmal, zweimal, dreimal. Erst dann schien Nathan zu sich zu kommen. Behutsam löste er sich von ihr. Dann setzte er sich auf und griff nach dem Telefon.

»Großvater?«, meldete er sich.

Lucy zog sich die Decke über den Kopf. Was war das gerade gewesen? Etwas Vergleichbares hatte sie noch nie erlebt. Dabei hatte es nur ein Kuss werden sollen. Doch es war viel mehr gewesen. Ein Verschmelzen, ein Versprechen – es war, als hätte sie etwas gefunden, nach dem sie, ohne es zu wissen, schon lange gesucht hatte. Ob Nathan es auch gespürt hatte? Sie lauschte seinen Worten, und es kostete sie schier unmenschliche Kräfte, ihn nicht zu berühren.

»Ja, Großvater, ich bin fast so weit. Ja, Großvater. Sie wird es verstehen. Ja, ich bin sicher. Nein, du musst dich nicht einmischen. Lass mich sie überzeugen.«

Sie? Wen meinte er damit? Nathan beendete das Gespräch, starrte aber weiter auf das dunkle Display. Lucy lugte unter der Decke hervor und überlegte, ob ihr ihr leidenschaftlicher Ausbruch peinlich sein musste.

»Es hat sich richtig angefühlt«, sagte Nathan und drehte sich zu ihr um. Sie sah, dass er seine Hände zu Fäusten ballte, wie um dem Impuls, sie wieder in seine Arme zu ziehen, zu widerstehen.

Lucy nickte und hoffte, dass er wieder zu ihr unter die Decke kam. Sie hätte ihm nichts entgegenzusetzen.

Doch Nathan griff nach ihrer rechten Hand. Dann drehte er sein linkes Handgelenk herum, und Lucy stockte der Atem. Sie sah das genaue Abbild ihres Mals. Nur war seines nicht mit weißen Linien gezeichnet, sondern mit schwarzen. Als Nathan sanft die Umrisse des Zeichens nachfuhr, begannen die Male zu glühen. Zarte Leuchtfäden erhoben sich und verwoben sich miteinander. Ganz fein schwebten sie über ihren Handgelenken.

»Du bist mir eine Erklärung schuldig«, sagte Lucy und unterbrach damit das Spiel des Lichts. Langsam zog es sich zurück und hinterließ einen traurigen Nachhall in ihr.

»Ich weiß«, sagte Nathan. »Wir sollten reden. Aber wir sollten dieses Gespräch bekleidet führen.« Er lächelte. »Ich glaube, das wäre sicherer.«

Lucy schluckte, als ihr bewusst wurde, dass sie nur in Slip und T-Shirt neben ihm lag und dass er wusste, wie es um sie stand. Er hingegen schien ganz gefasst zu sein.

Nathan griff nach seinen Klamotten und verschwand hinter einer Tür, die vermutlich ins Bad führte. Lucy rappelte sich auf und angelte nach ihrer Jeans. Sie hatte sich ihm an den Hals geworfen. Was hatte sie sich bloß dabei gedacht? Bei der ersten Gelegenheit hatte sie ihn betatscht. Dabei gab es wirklich wichtigere Dinge zu klären. Er verschwieg ihr etwas, und das seit Beginn ihrer Bekanntschaft.

An der Tür klopfte es, und Lucy, die nicht wusste, was sie sonst tun sollte, stand auf und öffnete. Die dicke Frau, die ihr gestern so unhöflich die Tür vor der Nase zugeschlagen hatte, stand mit einem Tablett und offenem Mund vor der Tür.

»Soll ich Ihnen das abnehmen?«, fragte Lucy. Die Frau nickte. In diesem Moment kam Nathan aus dem Bad, und die Frau fand ihre Stimme wieder.

»Mr de Tremaine, Sie sollten wissen, dass Ihr Großvater keine Unzucht in seinem Haus duldet.«

»Das war keine Unzucht, sondern eine lebensrettende Maßnahme. Die junge Frau wäre erfroren, wenn ich sie nicht hereingeholt hätte«, erklärte Nathan schroff. »Und nun seien Sie so nett und bringen noch eine Tasse. Und dann möchte ich, dass Sie das Frühstück hochbringen. Wir werden hier essen.« Damit schloss er die Tür und nahm Lucy das Tablett ab. Er trug es zu einem kleinen Tischchen und goss Lucy eine Tasse Tee ein.

Sie setzte sich auf das Bett, und Nathan zog sich einen Sessel heran, um dicht vor ihr sitzen zu können. Lucy nippte an ihrem Tee. »Magst du einen Keks?« Sie nickte, denn ihr Magen machte vor Hunger bereits bedenkliche Geräusche. Wieder klopfte es, und Miss Hudson brachte ein weiteres Tablett.

»Toast, Ei, Bacon und Marmelade«, erklärte sie Nathan in beleidigtem Tonfall.

Nathan nickte und schloss ohne eine Erwiderung die Tür. »Magst du einen Toast?«, fragte er.

Lucy nickte. »Nur mit Butter, bitte.«

Nathan schmierte ihren Toast und stellte den Teller mit dem Rührei zwischen ihnen ab, sodass sie beide davon essen konnten. »Du kannst den Bacon haben«, forderte Nathan sie auf. »Sie hat ihn für dich gemacht. Ich esse kein Fleisch«, beantwortete er ihre stumme Frage.

»Noch einen Toast?«, fragte Nathan, nachdem sie das Ei aufgegessen hatten.

»Gern«, sagte sie und betrachtete seine Hände, während er die Butter auf das Brot strich. Verlegen biss sie sich auf die Unterlippe. Diese Hände hatten gerade eben brennende Streifen auf ihrer Haut hinterlassen. Sie wusste nicht, was sie sagen sollte. Obwohl sie jetzt angezogen waren, schien die Luft im Zimmer immer noch zu knistern. Verzweifelt versuchte sie, an etwas anderes als an seine Lippen zu denken.

»Satt?«, fragte Nathan, nachdem sie auch den zweiten Toast gegessen hatte. Lucy nickte und sammelte die Krümel von ihrer Jeans.

»Möchtest du ins Bad?«, fragte er schließlich, als sie immer noch nichts sagte.

Sie überlegte einen Moment, bevor sie aufstand. »Hast du eine Zahnbürste?«, fragte sie verlegen.

»In dem Schrank über dem Waschbecken sind frische«, antwortete er.

Lucy ging ins Bad und spritzte sich kaltes Wasser ins Gesicht. Sie starrte in den Spiegel. Da traf sie auf einen Mann, der dasselbe Mal trug wie sie. Jemand, der ihr höchstwahrscheinlich erklären konnte, woher sie kam und weshalb sie so merkwürdige Dinge sah und hörte. Und das Einzige, woran sie denken konnte, waren seine Finger auf ihrem Körper und seine Lippen auf ihren. Und dass es sich gut anfühlte, auf seinem Bett zu sitzen, es vollzukrümeln und dabei zu schweigen.

Nathan stand am Fenster und sah auf die Straße hinunter. Wieder trug er einen schwarzen Anzug und ein schwarzes Hemd. Mit dem weißen hatte er Lucy besser gefallen. Jetzt wirkte er noch düsterer. Doch sie konnte ihn schlecht bitten, sein Hemd zu wechseln. Vielleicht war jemand aus seiner Familie gestorben.

Lucy ließ ihren Blick durch das Zimmer gleiten. Es war schlicht, aber luxuriös eingerichtet. Nathans Großvater schien ein reicher Mann zu sein. Sicher hatte er nie auf etwas verzichten müssen.

»Lass uns rausgehen«, unterbrach Nathan ihre Gedanken. »Was ich dir zu sagen habe, lässt sich draußen leichter erzählen.«

Nathan sah Lucy nicht an. Wenn er das tat, dann würde sie sehen, wie schwer es ihm fiel, sie nicht wieder an sich zu ziehen. Draußen würde er sich besser beherrschen können. Er hätte sie nicht anrühren dürfen. Sie stand ihm nicht zu. Das musste aufhören. Nathan musterte Lucy, die in ihre Schuhe und ihre Jacke schlüpfte. »Du musst dir eine dickere Jacke kaufen. Für das Londoner Wetter ist die definitiv zu dünn.« Er holte einen blauen Schal aus einer Kommode, die neben der Tür stand, und wickelte ihn Lucy um den Hals. Zärtlich berührten seine Fingerspitzen dabei ihre Wangen, und Lucy wünschte, er würde sie noch mal küssen, bevor sie rausgingen. Seit dem Aufstehen war er so distanziert. Bestimmt bereute er, was zwischen ihnen geschehen war. Lucy biss sich auf die Lippen und senkte den Blick.

»Besser«, befand Nathan und öffnete die Tür.

Hintereinander liefen sie die Treppe hinunter und traten vor die Tür. Heute Morgen war es windstiller als am Abend zuvor. Der Himmel war wolkenlos, aber trotzdem war es empfindlich kalt. Lucy vergrub ihr Gesicht in dem Schal.

Nathan steuerte zielstrebig auf den St. James' Park zu, und eine Weile liefen sie schweigend nebeneinanderher.

Der Park war verlassen, wenn man von den wenigen Joggern und den schwarzen Krähen absah, die ihnen Gesellschaft leisteten. Vorwitzige Eichhörnchen, die zu Hunderten den Park bevölkerten, flitzten vor ihnen über die Wege. Immer wieder stellte sich eins vor ihnen auf, um zu betteln. Lucy bedauerte, dass sie nicht daran gedacht hatte, etwas Toast mitzunehmen. Wenn sie sonst den Weg durch den Park zur Arbeit nahm, hatte sie meistens etwas dabei.

»Ich bin dir eine Erklärung schuldig«, begann Nathan. »Eigentlich hätte ich längst mit dir sprechen müssen. Es tut mir leid, aber ich wusste nicht, wie du diese Sache aufnehmen würdest.« Er machte eine Pause. »Wir tragen das Mal, weil wir beide Kinder des Bundes sind. Jede Generation bringt ein Mädchen und einen Jungen hervor. Unsere Aufgabe ist es, das Wissen der Bücher zu bewahren und zu verhindern, dass es missbraucht wird. So war es immer, und so wird es immer sein.«

Lucy sah ihn irritiert an. Sie verstand kein Wort.

»Du weißt wirklich gar nichts über deine Mutter, oder?« Nathans Blick fixierte sie.

»Das habe ich dir doch gesagt. Denkst du, ich habe gelogen?«

Er schüttelte den Kopf. »Nein. Natürlich nicht. Es ist nur so unglaublich.«

»Was soll ich wohl sagen?«, fragte Lucy trocken. »Du scheinst über diese Sache ja bestens Bescheid zu wissen, während ich befürchtet habe, verrückt zu werden. Reden die Bücher mit dir auch?«

Nathan beantwortete diese Frage nicht. »Am besten beginne ich ganz am Anfang«, sagte er stattdessen. »Die Ursprünge unserer Gabe liegen weit zurück. Über zweitausend Jahre ist es her, seit die ersten Kinder mit dem Mal geboren wurden. Ich habe dir von den Katharern erzählt. Sie waren eine christliche Glaubensgemeinschaft in Okzitanien. Heute gehört dieses Gebiet zu Frankreich. Der Papst ließ sie unter fadenscheinigen Begründungen verfolgen und vernichten. Die wenigen Überlebenden flohen nach England und gründeten den Bund. In diesem sind heute die Familien vereinigt, die der Verfolgung entgangen sind. Die Katharer waren Christen wie die Katholiken, und trotzdem trennten sie wesentliche Anschauungen des Glaubens.«

»Und welche sollen das sein?«, fragte Lucy, die mit Religion bisher nicht sonderlich viel am Hut gehabt hatte, wenn man von den Gottesdiensten bei Vikar McLean absah.

»Die Katharer waren der Überzeugung, dass Luzifer die Welt der Menschen geschaffen hat. Anders war es für sie nicht zu erklären, dass es so viel Böses in der Welt gibt – all diese Krankheiten, Kriege, Hass, Habgier, Verrat und Missgunst. Kein gütiger Gott würde seiner Schöpfung das zumuten.«

»Das ist schon ein bisschen schräg, oder? Warum sollte Luzifer das getan haben?«

»Das tut jetzt nichts zur Sache. Ich kann es dir aber gern ein anderes Mal erklären.«

Lucy seufzte. »Glaubst du daran?«, wollte sie noch wissen. »Trägst du deswegen so oft Schwarz? Wegen dem Teufel und so?«

Nathans Lippen verzogen sich zu einem trägen Lächeln. »Vielleicht.«

Jetzt musste Lucy kichern. »Erzähl weiter.«

»Die Katharer folgen der Theorie des Dualismus. Sie glauben, dass die Welt in Gut und Böse zu unterteilen ist. In Schwarz und Weiß. Es gibt immer und überall beide Seiten der Medaille, verstehst du?«

Lucy nickte bloß.

»Trotz der Verfolgung hat der Bund immer an seinem Glauben festgehalten. Wir führen unsere Bestimmung auf das Evangelium des Johannes zurück. Der Legende nach bat Christus Johannes, seinen Lieblingsjünger, sein Vermächtnis niederzuschreiben. Unser Auftrag ist in diesem Buch verankert. Wir sind dazu bestimmt, das Wort zu schützen. Die Kinder, die in jeder Generation geboren werden, müssen diese Aufgabe erfüllen. Wir besitzen die Fähigkeit, besondere Bücher auszulesen und in Obhut zu nehmen.«

»Auslesen und in Obhut nehmen?« Lucy war stehen geblieben.

Nathan atmete tief durch. Bislang schien Lucy seine Ausführungen gut aufzunehmen, aber jetzt kam der heikle Teil der Enthüllung. Obwohl weit und breit niemand zu sehen war, senkte Nathan seine Stimme. »Seit fast vier Jahren reise ich durch die Welt, auf der Suche nach den Büchern, die es verdienen, geschützt zu werden. Jeder meiner Vorfahren hat dies getan.«

Nathan versuchte, ihre Reaktion auf das eben Gesagte einzuschätzen. Er wünschte nichts mehr, als dass sie ihn verstand. Eindringlich sprach er weiter. »Den Menschen ist das Wissen und die Weisheit der Bücher viel zu oft vorenthalten worden. Wissen, das von den Mächtigen dieser Welt missbraucht wurde. Wir müssen das verhindern. Wir können unmöglich alle Bücher retten, aber die besonderen nehmen wir in unsere Obhut. Wissen ist Macht, und nur wenige Menschen verstehen, mit dieser Macht umzugehen. Es gab Jahrhunderte, in denen die Kirche jedes Buch, das ihren Lehren widersprach oder das ihnen nicht genehm war, in die Archive des Vatikans verbannte. Bücher wurden vernichtet und gingen unwiederbringlich verloren.« Es folgte eine kurze Pause. »Ganze Bibliotheken wurden verbrannt, weil sich Menschen dazu aufschwangen, über das Wort zu richten. Die Bibliothek von Alexander dem Großen, die riesige Bibliothek von Lissabon. So viele Worte, einfach verloren.«

Lucy schlang ihre Arme um sich und starrte auf ihre Füße. »Was hat das alles mit mir zu tun?«

»Das weißt du doch längst.« Er trat näher zu ihr, legte seine Hände auf ihre Oberarme und zwang sie, ihn anzusehen. »Du bist ein Kind des Bundes. Du bist die Frau, die in dieser Generation geboren wurde. Die Bücher haben dich gefunden.« Nathans Stimme klang eindringlich. »Es ist deine Aufgabe, die Bücher zu schützen. Vor über sechshundert Jahren sind die Kinder des Bundes getrennt worden, doch das war nicht recht.« Er schwieg und dachte kurz nach. »Philippa Plantagenet wurde von der Kirche entführt und in einem katholischen Kloster gefangen gehalten, genau wie ihr Kind. Die Kirche hat die Frauen gezwungen, gegen den Bund zu arbeiten. Nur den Männern ist es zu verdanken, dass wir heute noch unserer

Aufgabe nachkommen. Du, Lucy, kannst wiedergutmachen, was die Frauen angerichtet haben. Du kannst dafür sorgen, dass wir unsere Stärke zurückerlangen. Wir zusammen könnten viel mehr Bücher vor der Ignoranz der Welt retten, als ich es allein vermag. Hilf mir, und die Bücher werden es dir danken.«

Nathan nahm ihr Gesicht zwischen seine warmen Hände. Ihre Haut prickelte unter seinen heißen Fingern. »Heute ist das, was wir tun, wichtiger denn je. Ich schütze die Bücher und verberge sie, damit ihre Worte nicht verloren gehen. Es gibt so viele besondere Bücher. Ihre Worte vermögen es, die Menschen zu beflügeln, wenn die Zeit reif dafür ist. Früher schützten wir die Bücher vor der Kirche und den Königen. Heute schützen wir die Bücher vor den Menschen selbst. Nur noch wenige erkennen den Zauber, der von Büchern ausgeht. Nur noch wenige Menschen wissen um ihren Wert. Wenn wir diese einzigartigen Werke nicht schützen, werden sie vergessen. Das gedruckte Wort hat seinen Wert verloren. Aber es wird der Tag kommen, an dem die Menschen erfahren müssen, was dieses Wissen bedeutet, und dann werden wir es zurückgeben.«

Lucy wollte etwas erwidern. Doch Nathan ließ sie nicht zu Wort kommen.

»Es sind Menschen verbrannt worden, um dieses Vermächtnis zu schützen. Jahrhundertelang suchten die Kirche, Könige oder Schatzjäger nach dem legendären Schatz der Katharer. Niemand hat verraten, dass zwei Kinder der wirkliche Schatz waren. Und wir beide, Lucy, wir sind die Nachfahren dieser Menschen. Wir sind es ihnen schuldig, die Aufgabe fortzuführen. Sie haben ihr Leben dafür gegeben. Verstehst du?«

Der Griff seiner Hände wurde schmerzhaft. Lucy sah in sein Gesicht, das vor Leidenschaft glühte, und ja, sie verstand ihn. Verstand, dass er sich einer Aufgabe mit einer Hingabe widmen konnte, zu der nur wenige Menschen fähig waren. Trotzdem nagten in ihrem Hinterkopf Zweifel. Etwas von dem, was er sagte, war falsch. Sie musste in Ruhe darüber nachdenken.

»Wieso hast du es mir nicht gleich erzählt? Du wusstest, wie viel Angst mir das alles macht. Und du warst der Einzige, der mir hätte sagen können, was mit mir passiert. Weshalb ich die Bücher höre, weshalb ich ihren Schmerz fühle. Du hast es nicht getan.« Ihre Worte klangen anklagend. Sie hatte so viel gegrübelt, hatte gezweifelt, und er hätte ihr an dem Tag, an dem sie ihm ihr Mal offenbart hatte, alles erklären können.

»Ich hatte Angst, dass du es nicht verstehen würdest«, sagte er und zog sie zu sich heran. »Ich bin für diese Aufgabe erzogen worden. Mein Großvater hat mich gelehrt, dem Bund zu dienen.« Nathan schwieg. »Ich wusste nicht, ob du mich verstehst.«

Philippas Bild stieg vor Lucys innerem Auge auf. Philippa, die schon als kleines Mädchen behauptet hatte, dass es falsch war, was die Männer taten. Philippa, die ihr Kind vor diesen Männern in Sicherheit brachte. Ihre Sätze klangen in Lucy nach: »Das Wort, das Wissen und die Weisheit der Bücher dürfen nicht länger verborgen werden. An Worten sollen die Seelen der Menschen emporwachsen, Worte sollen die Waffen der Zukunft sein.«

»Ich bin nicht sicher, ob du recht mit dem hast, was du sagst«, antwortete sie und griff nach dem Medaillon, das an ihrer Brust hing. Es fühlte sich warm an und irgendwie lebendig. Es spendete ihr Trost und gab ihr Kraft. »Du musst mir mehr erzählen.«

Nathan lächelte sie liebevoll an, doch die Worte, die er aussprach, klangen in Lucys Ohren wie eine Drohung. »Wir haben nicht viel Zeit. Wenn du mir nicht freiwillig hilfst, wird mein Großvater sich deiner annehmen.«

Schweigend gingen sie weiter. Nathan griff wie selbstverständlich nach ihrer Hand. Ihr Mal spann feine Lichtfäden, um sich mit Nathans zu verbinden. Er hatte recht, es fühlte sich richtig an, es fühlte sich an, als ob die Male zusammengehörten. Aber was bedeutete das für sie? Gehörte sie deshalb zu Nathan? Hätte sie sich diese Frage gestern oder heute früh gestellt, hätte sie vermutlich mit Ja geantwortet. Er hatte sich in ihr Herz geschlichen, und doch konnte sie nicht richtig finden, was er ihr gerade erzählt hatte. Was enthielt der Bund den Menschen vor? Sie wusste von Jane Austen, Tennyson und Chaucer. Doch es waren viel mehr leere Karten in den Kästen gewesen. Waren das alles Bücher, die der Bund … – wie sollte sie es nennen – gestohlen hatte? Nathan hatte gesagt, dass der Bund das Wissen schützte. Weshalb war Philippa dann fortgegangen? Vielleicht war es früher richtig gewesen, diese Bücher zu verstecken. Aber heute?

Er führte Lucy zu einem Café am Rande des Parks. Als er ihr die Tür öffnete und die Wärme und der Duft von Tee und Kuchen sie umfing, blickte sie auf.

»Ich glaube, es ist besser, wenn wir hier miteinander reden«, sagte er. »Dann wirst du nicht wieder zum Eisblock.«

»Du hast mich gründlich aufgetaut«, entschlüpfte es Lucy.

Nathans Lächeln gefror bei ihren Worten, und er schob sie beinahe grob zu einem Tisch. »Wir sollten das lieber vergessen«, sagte er eindringlich.

Lucy wurde bei seinen Worten kälter, als es draußen gewesen war. »Warum?«

»Es hat nichts mit dir zu tun«, sagte er besänftigend. »Das musst du mir glauben. Wenn ich könnte, wie ich wollte …« Seine Fingerspitzen klopften nervös auf die Tischplatte.

Lucy hielt sie fest. »Was meinst du damit?«

Ihr Gespräch wurde unterbrochen, als die Bedienung kam, um ihre Bestellung aufzunehmen.

»Als ich letztes Wochenende bei meinem Großvater war, wurde ich in den inneren Kreis des Bundes aufgenommen. Ich habe mich jahrelang darauf vorbereitet«, erklärte Nathan danach. »Doch ich muss mich nun an bestimmte Regeln halten.«

»Und die sind?«

»Es gibt einige, aber nur eine betrifft uns beide.« Er zögerte kurz. »Der Bund wird zu gegebener Zeit eine Frau wählen, mit der ich mich vermählen muss und die meinen Nachfolger zur Welt bringen wird. Ich möchte dir keine falschen Hoffnungen machen.«

Lucy schüttelte fassungslos den Kopf. »Das ist eine gruselige und mittelalterliche Regel«, sagte sie langsam. In welchem Jahrhundert lebten diese Leute? »Und das lässt du dir gefallen?« Im selben Moment ärgerte sie sich über sich selbst. Ihre Stimme hatte irgendwie flehend geklungen.

Nathan zuckte mit den Achseln. »Bisher war diese Regel kein Problem für mich.« Der Kellner brachte den bestellten Tee.

Er wollte sie nicht. Das hatte sie schon heute früh bemerkt. Oder besser, er wollte sie vielleicht, durfte aber nicht. Lucy war nicht sicher, was sie schlimmer fand. »Nathan«, begann sie ihre Überlegungen laut zu sortieren, »ich habe Philippa gesehen. Das

Medaillon hat sie mir gezeigt. Sie hat sich vom Bund losgesagt, und was sie tat, erschien mir berechtigt. Es war ihre eigene Entscheidung. Ich weiß nicht, was man dir erzählt hat. Aber die Kirche hatte nichts damit zu tun. Erst jetzt verstehe ich, was sie mir sagen wollte. Sie fand es falsch, die Bücher zu verbergen. Sie ist geflohen und hat ihre Tochter mitgenommen. Das Kind, das das Mal trug. Ihre anderen Kinder hatte der Bund ihr genommen. Ich frage mich, ob sie das auch mit uns gemacht haben. Wir kennen beide unsere leiblichen Eltern nicht.«

»Meine leiblichen Eltern haben mich bei meinem Großvater zurückgelassen. Mein Vater wäre der Erbe gewesen, doch er war der Aufgabe nicht gewachsen«, antwortete Nathan steif.

Lucy beschloss, auf diesen Punkt vorerst nicht näher einzugehen. Vielleicht konnten sie später noch mal darüber reden. »Wie funktioniert dieses Auslesen? Woher kommt diese Fähigkeit, ein Buch ganz und gar verschwinden zu lassen? Kann ich das auch?«, fragte sie stattdessen. Im selben Moment, in dem sie die Frage stellte, wusste sie, dass sie dies nie tun könnte. Sie hatte den Schmerz der Bücher gespürt.

»Wir besitzen diese Fähigkeit von Geburt an, doch sie muss geschult werden. Ein Buch wird mit der Kraft der Gedanken in Obhut genommen. Es darf kein einziges Wort zurückbleiben. Als du klein warst, ist dir da nie etwas Seltsames mit Büchern passiert? Waren sie nicht eines Tages in deinem Kopf?«.

»Genauso war es«, antwortete Lucy verwundert. »Die Worte – sie waren eines Tages einfach da. Es hat ewig gedauert, bis ich begriffen habe, dass das nicht normal war. Aber da hatte ich mich längst daran gewöhnt.«

»Das ist der Moment, ab dem die Kinder des Bundes das Auslesen lernen. Erst ab diesem Zeitpunkt funktioniert es. Man behält diese Fähigkeit auch nicht ein Leben lang, sondern verliert sie ungefähr mit dem sechzigsten Lebensjahr. Dich hat bisher niemand darin unterwiesen, aber ich bin sicher, mein Großvater könnte dir das Auslesen beibringen.« Er beugte sich näher zu ihr.

Lucy schrak zurück und schüttelte automatisch den Kopf. »Ich will das nicht, Nathan. Ich kann den Schmerz der Bücher fühlen. Sie trauern um ihre verlorenen Worte. Du musst das doch auch merken!«

Verständnislos sah Nathan sie an. »Die Worte sind nicht verloren, Lucy. Wir bewahren sie. Irgendwann, wenn die Menschen Bücher wieder zu schätzen wissen, werden wir sie zurückgeben.«

»Ihr könnt nicht über die Bücher bestimmen. Das ist nicht richtig«, zischte sie. »Wie lange wird niemand *Emma* lesen können? War das dein Werk?«

Nathan beantwortete ihre Frage nicht. »Doch, das können wir, und das müssen wir sogar. So ist es uns vorherbestimmt. Du musst zum Bund zurückkehren.« Sein Ton klang fordernder, als er ursprünglich beabsichtigt hatte. Begriff sie denn nicht, wie wichtig ihre Aufgabe war? Warum war sie so starrköpfig?

Lucy versuchte, sich zu beruhigen. »Was passiert mit den Büchern, nachdem sie verschwunden sind?«

Nathan überlegte, wie viel er ihr jetzt schon erzählen durfte. Er musste sie unbedingt überzeugen, dass sein Weg der richtige war.

»Die geretteten Bücher werden in einer geschützten Bibliothek aufbewahrt. Der Zutritt ist nur den Perfecti, den Vollkommenen, gestattet. Aber ich werde sie dir zeigen, wenn die Zeit reif ist. Wenn du dich uns anschließt und den Regeln folgst, wirst du die Bücher sehen dürfen.«

»Und wenn nicht?«, fragte Lucy wie aus der Pistole geschossen und verfluchte sich im selben Moment für diese Frage.

Nathan schwieg.

»Was, wenn nicht?« Sie konnte die Worte nicht rückgängig machen, also wollte sie die Antwort auch wissen.

»Ich weiß es nicht, Lucy. Ich weiß nicht, was dann geschieht«, antwortete Nathan wahrheitsgemäß.

Angst beschlich Lucy bei seinen Worten. Ihre nächste Frage überlegte sie sich etwas genauer.

»Du hast *Alice* gelesen, und nun arbeitest du an *Dorian Gray*. Bedeutet das, dass beide Bücher verschwunden sind?«

Nathan nickte. »*Alice* ist gerade dabei, vergessen zu werden. Bei Oscar Wilde bin ich noch nicht so weit. Es ist eine aufwendige Prozedur, die Bücher in Obhut zu nehmen. Deshalb müssen wir genau überlegen, für welche Werke wir uns entscheiden.«

Ihr wurde heiß und kalt zugleich. Sie hatte das zugelassen. Sie musste *Alice* zurückholen, sonst würde sie sich das nie verzeihen. »Okay, und wie genau funktioniert das? Zeichnest du deshalb die Einbände?«

»Ja. Ich muss die älteste Ausgabe des Buches finden, die existiert. Es braucht nicht immer das Original sein. Oft gibt es dieses nämlich nicht mehr. Heute ist es mithilfe des Internets viel einfacher, die Bücher, die wir suchen, aufzustöbern. Früher reisten die Kinder des Bundes ihr halbes Leben lang durch Europa, um ihre Aufgabe zu erfüllen. Egal, ob Krieg oder Frieden herrschte. Oft war es nicht möglich, die gesuchten Bücher zu finden. Meistens hatte die Kirche sie schon vernichtet. Es war ein Wettlauf gegen die Zeit. Wie viele Bücher geschützt werden konnten, war von Generation zu Generation unterschiedlich. Es kam ganz auf die Umstände an. Mein Großvater sammelte mehr Bücher als jeder Mann vor ihm. Doch ich werde ihn noch übertreffen.« Lucy spürte die Leidenschaft in seinen Worten, während er über seine Aufgabe sprach, und es machte ihr Angst.

»Und wenn du ein Buch gefunden hast, was dann?«

»Dann muss der Einband kopiert und ein mit dem Original identisches leeres Buch geschaffen werden. Ein Buch, das die Worte aufnehmen kann. Ein Schutzbuch, wenn man so will, eine Heimstatt für die Worte.«

»Und wenn das Schutzbuch fertig ist, liest du den Text aus?«

Nathan nickte. »Ich versenke mich in den Text, nehme die Wörter in mich auf, und mein Mal verwebt sich mit ihnen. Es zeigt ihnen den Weg. Besser kann ich es nicht erklären. Es ist wie eine Trance, in die ich mich begebe. Ich öffne meinen Geist. Er wird zu einer Art Portal, das die Worte in sein neues Heim überführt. Danach dauert es eine Weile, bis das Buch endgültig verschwindet. Es löst sich nicht sofort von dieser Welt.«

»Hast du nie ein schlechtes Gewissen? Spürst du ihren Schmerz nicht?«

Wäre Nathan aufmerksamer gewesen, dann wäre er bei Lucys Tonfall stutzig geworden. »Bücher haben keine Gefühle, Lucy.« Das war der Moment, in dem Lucy sicher war, dass er nicht wusste, was er tat. Sie musste zugeben, dass etwas an seinen Worten eine zwingende Logik besaß. Trotzdem konnte es nicht richtig sein. Die Worte, die Bücher, sie gehörten den Menschen, allen Menschen. Sie durften nicht gestohlen werden. Für sie war und blieb es Diebstahl. Möglich, dass es Wissen gab, das früher verboten worden war. Vielleicht hatte diese Art, Bücher zu schützen, einmal seine Berechtigung besessen. Aber heute? Menschen lasen, Menschen lernten, und das Wissen der Bücher gehörte nicht einigen wenigen. Wenn sie ihm das nur begreiflich machen könnte! Sein Großvater hatte ganze Arbeit geleistet.

»Ich glaube nicht, dass das richtig ist«, sagte sie vorsichtig.

Er schob seine Teetasse beiseite. »Es ist unsere Aufgabe, Lucy. Und ich möchte, dass du mir hilfst, sie auszuführen. Die Menschen wissen großartige Bücher, großartige Worte und Gedanken kaum mehr zu schätzen. Vielleicht müssen wir die Bücher heute nicht mehr vor der Kirche und den Mächtigen dieser Welt schützen, aber vor den Unwissenden, den Ignoranten und vor der Dummheit.«

Lucy lehnte sich ihm entgegen. Die Vertrautheit zwischen ihnen hatte sich in Luft aufgelöst. »Du kannst nicht darüber bestimmen«, zischte sie. »Niemand kann das. Die Menschen werden sich das Wissen aneignen, für das sie bereit sind. Und wenn Wissen und Gedanken mit der Zeit verloren gehen, dann geschieht das eben. Irgendwann wird jeder gute Gedanke neu gedacht werden, Wissen sich durchsetzen. Es vor den Menschen zu verbergen und wegzuschließen, ist nicht richtig.«

Nathans Augen verdunkelten sich vor Zorn. Lucy fragte sich, ob sie Angst vor ihm haben musste. Ohne ein weiteres Wort stand sie auf und zog ihre Jacke vom Stuhl. Sie schlüpfte hinein und wartete auf ein einlenkendes Wort von ihm. Es kam nicht. »Ich werde jetzt gehen, Nathan«, sagte sie.

Er nickte, ohne sie dabei anzusehen. Seine Hände lagen zu Fäusten geballt auf dem Tisch.

»Lass uns morgen noch einmal darüber reden«, versuchte Lucy einzulenken. Eigentlich sollte sie ihn zum Teufel schicken. Aber das konnte sie nicht. Obwohl es definitiv das Klügste wäre. Eigentlich sollte sie zur Polizei gehen und ihn anzeigen. Nur würden die Beamten sie vermutlich auslachen.

Als Nathan nichts sagte, wandte sie sich ab. So schnell sie konnte, verließ sie das Café und lief durch den Park. Sie hoffte, dass Nathan ihr nicht folgen würde. Sie brauchte Zeit für sich. Erst als das Café längst außer Sichtweite war, fiel ihr auf, dass sie seinen Schal noch trug.

Erst wenn man mit Büchern in Berührung kommt, entdeckt man, dass man Flügel hat.

Helen Hayes

13. KAPITEL

Nathan blieb allein in dem Café zurück. Er ärgerte sich über sich selbst und über Lucy. Weshalb begriff sie denn nicht? Was war so schwer zu verstehen an der Aufgabe, die sie beide zu erfüllen hatten? War er die Sache falsch angegangen? Sein Großvater hatte ihn gewarnt, ihm gesagt, dass die Hüterinnen störrische Weiber seien. Nathan hatte ihm nicht geglaubt. Er war überzeugt gewesen, dass er es schaffen würde, dass Lucy ihm Glauben schenken, dass sie ihm vertrauen und folgen würde. Jetzt war sie fort. Wenn sein Großvater davon erfuhr, würde er ihn auslachen.

Der Stuhl ihm gegenüber wurde zurückgeschoben. Mit zusammengezogenen Brauen sah Nathan auf. War Lucy zurückgekommen? Hatte sie eingesehen, dass sie einen Fehler gemacht hatte? Doch es war ein Mann, der ihm gegenüber Platz nahm. Er schob Lucys benutzte Teetasse zur Seite und lächelte ihn kalt an.

»Ich dachte«, sagte er, »ich sehe mir meine kleine Braut einmal an. Sie scheint mir eine richtige Kratzbürste zu sein, oder täusche ich mich?«

Nathan schoss das Blut in die Schläfen. »Noch ist sie nicht Ihre Braut, Beaufort.« Er sprang auf und riss so heftig an seiner Jacke, dass der Stuhl kippte. Dann verließ er fluchtartig das Lokal. Er war nicht schnell genug.

»Aber sie wird es sein«, rief der Mann ihm hinterher und lachte meckernd.

Nathan wusste, dass es ein Fehler gewesen war, kaum dass er aufgesprungen war. Er hätte sich seine Gefühle für Lucy nicht anmerken lassen dürfen. Beaufort würde zu seinem Großvater gehen und ihn mit diesem Wissen demütigen. Seit Ewigkeiten versuchte die Familie Beaufort, in den Rang des Bischofs aufzusteigen und die Geschicke des Bundes zu lenken. Bisher war ihnen das nicht gelungen. Doch nun, da eine Hüterin aufgetaucht war, rückte dieses Ziel in den Bereich des Möglichen. Beauforts Familie stand das Recht zu, die weibliche Linie fortzuführen. Aber Nathan konnte sich nicht vorstellen, dass Lucy sich dafür freiwillig hergeben würde. Obwohl er eben noch wütend auf sie gewesen war, hatte er nun Angst um sie. Ihm war klar, dass er sie nicht für sich haben konnte. Die gesegneten Kinder durften sich nicht vereinigen. Er wusste nicht, wer diese Regel aufgestellt hatte. Und warum. Vielleicht sollte die Macht im inneren Kreis ausgewogen bleiben. Vielleicht fürchtete der Bund die übergroße Macht eines Kindes, das die Fähigkeiten zweier Kinder in sich vereinigte. Nathan hatte nie gefragt, da er überzeugt gewesen war, dass die Hüterinnen vernichtet worden waren. Vernichtet? War das das Schicksal, das Lucy bevorstand, wenn sie sich nicht beugte? Es musste ihm gelingen, sie von der Richtigkeit seines Tuns zu überzeugen, dann würde er weitersehen. Bis dahin musste er sie vor seinem Großvater und vor Beaufort beschützen. Sie würden ihr nichts antun, solange er es verhindern konnte.

Erschöpft ließ Lucy sich auf ihr Bett fallen. Sie kuschelte sich unter ihre Decke und versuchte einzuschlafen. Es war ein sinnloses Unterfangen, also begann sie, ihre Gedanken zu ordnen und ihre Gefühle. Besonders ihre Gefühle. Sie vermisste ihn jetzt schon. Sein seltenes Lächeln, seine liebevollen winzigen Gesten, wenn er ihr eine Tür aufhielt oder ihr die Jacke abnahm. Seine Berührungen. Sie dachte an heute Morgen, als sie in seinem Bett aufgewacht war. Wenn der Anruf seines Großvaters sie nicht unterbrochen hätte …

Sein Großvater. Er hatte ihn großgezogen und ihm alles beigebracht, was Nathan über den Bund wusste. Wenn das Medaillon ihr nicht die Bilder von Philippa gezeigt hätte, hätte sie Nathan vermutlich zugestimmt, dass die Bücher es verdienten, gerettet zu werden. Aber nun kannte sie auch die andere Seite, kannte die Ansicht der Hüterin. Was sollte eigentlich deren Aufgabe sein? Nathan hatte gesagt, dass sie ihm helfen sollte. Auch sie hätte die Kraft, den Büchern ihre Worte zu nehmen. Sie sollte sich von seinem Großvater darin unterrichten lassen. Ihr gruselte schon bei dem Gedanken. Die Bücher litten furchtbare Schmerzen. Weshalb konnte er das nicht fühlen? Hatte der Bund schon jemals ein Buch zurückgegeben? Sie würde ihn das beim nächsten Mal fragen. Wenn es ein nächstes Mal überhaupt gab. Wie sollte das vonstattengehen? Wenn die Originale der Bücher verschwanden, die Nathan oder seine Vorgänger ausgelesen hatten, was passierte dann mit den Kopien, die auf der ganzen Welt verstreut waren? Sie konnte nicht glauben, dass in allen Bücherregalen der Welt leere Exemplare davon standen. Offensichtlich lösten diese sich in Luft auf, wie das Grabmal von Chaucer. Eine andere Erklärung gab es nicht. Das war Zauberei oder Magie oder was auch immer. Lucy rieb sich über ihre fröstelnden Arme. Die Kälte kroch tief in ihr Innerstes.

Sie musste die Bücher selbst fragen. Sie würde noch einmal in das Medaillon schauen. Lucy nahm einen dicken Pullover aus ihrem Schrank und band sich Nathans Schal wieder um. Dann schlüpfte sie in Schuhe und Jacke und wollte sich gerade auf den Weg zur Bibliothek machen, als ihr im Flur Colin über den Weg lief. »Magst du einen Tee?«

Lucy schüttelte den Kopf.

»Alles in Ordnung mit dir?«, fragte er unbeirrt weiter.

»Was soll sein?«, fuhr sie ihn an und bereute es sofort.

Colin hob zur Verteidigung seine Hände. »Hey, Prinzessin. Ich bin's«, erinnerte er sie und zog sie trotz ihres Widerstandes in seine Arme. »Willst du mir nicht sagen, was los ist?«

Lucy schüttelte den Kopf, der an seiner Brust lag. Es fühlte sich gut an, so von ihm gehalten zu werden. Sie könnte ihm die ganze Geschichte erzählen. Aber dann brachte sie ihn bloß in Gefahr. Der Vikar war schon tot. Sie durfte Colin da nicht mit reinziehen. »Vielleicht ein anderes Mal. Ich muss jetzt wirklich gehen.«

»Okay. Ich bin da.«

»Ich weiß.« Lucy machte sich los.

»Übrigens«, Colin stand noch in der Wohnungstür, Lucy drehte sich auf halber Treppe um, »ist der Schal, von wem ich denke?«

Lucy nickte widerstrebend. »Aber es bedeutet nicht, was du denkst. Da läuft nichts zwischen uns.«

Colin nickte. »Pass einfach ein bisschen auf. Ich will nicht, dass er dir das Herz bricht. Du kennst ihn erst seit ein paar Tagen, und schon hast du schlechte Laune.«

Lucy lächelte und drehte sich um. Sie lief die Treppe hinunter und dann zur U-Bahn-Station.

Es dauerte eine Weile, bis sie die schwarze Limousine bemerkte, die langsam hinter ihr die Straße entlangfuhr. Durch die getönten Scheiben konnte sie nicht sehen, wer sich im Wageninneren befand. Mehrmals blickte Lucy sich nach dem Auto um, doch es machte keine Anstalten, schneller zu fahren. Sie war erleichtert, als sie ihre U-Bahn-Station erreichte und zu den Gleisen hinuntereilte. Hierher konnte der Wagen ihr nicht folgen. Jetzt litt sie schon an Verfolgungswahn. Vermutlich war dem Fahrer der Sprit ausgegangen, oder das Auto hatte einen anderen Schaden.

»Was machst du denn hier?«, fragte Marie verwundert, als sie die Bibliothek betrat. »Du hast doch heute frei. Und überhaupt: Du hast heute nicht zu Hause geschlafen. Wo warst du?« Sie beugte sich über den Tresen. »Du weißt doch: keine Geheimnisse.«

»Ich war bei Nathan«, antwortete sie wahrheitsgemäß. »Aber wir haben uns gestritten, und mir fiel ein, dass ich noch zu tun habe«, fügte sie hinzu.

»Wie, ihr habt euch gestritten?«, fragte Marie verständnislos.

»Gestritten eben«, sagte Lucy.

»Ihr verbringt eure erste Nacht miteinander, und danach streitet ihr? Kann ja nicht so besonders gewesen sein«, stellte sie trocken fest.

Lucy spürte, dass sie rot wurde. »Wir haben nicht … du weißt schon.«

»Nicht?« Marie bekam große Augen. »Was habt ihr dann gemacht? Lass mich raten. Gelesen? Briefmarken sortiert? Lucy, das ist nicht zu fassen. Der Kerl sieht aus wie ein Gott, und du verpasst die erste Gelegenheit, über ihn herzufallen?«

»Redet ihr von mir?«, ertönte eine dunkle Stimme neben den beiden. Die Mädchen fuhren herum. Chris hatte sich neben Lucy aufgebaut und grinste nun von einem Ohr zum anderen. »Ich hab was von einem Gott gehört«, erklärte er. »Da dachte ich mir, die Mädels müssen dich meinen.«

»Chris, du bist so ein Angeber.« Lucy nutzte die Gelegenheit, um durch die Schranke zum Archiv zu verschwinden.

»So kommst du mir nicht davon«, rief Marie ihr noch hinterher.

Lucy seufzte. Das wusste sie selbst. Marie und Jules würden sie ins Kreuzverhör nehmen, wenn sie nach Hause kam.

»Hallo, ihr«, murmelte Lucy, nachdem sie die steilen Stufen hinuntergestiegen war. »Ich habe Neuigkeiten, und ihr müsst mir helfen, zu entscheiden, ob die gut oder schlecht sind.«

Die Bücher flüsterten aufgeregt. Lucy lief in das Büro und schaltete das Licht an. Die beiden Bücher, die Nathan gestern gelesen hatte, lagen noch auf dem Tisch neben dem Schreibtisch.

Ihr Herz schlug ihr bis zum Hals, als sie den Karton mit dem Buch von Lewis Caroll öffnete. Vorsichtig packte sie es aus und begann darin zu blättern. Ihre schlimmsten Befürchtungen bewahrheiteten sich – das Buch war leer. Nathan hatte gründliche Arbeit geleistet. Kein einziger Buchstabe war mehr zu erkennen. Sie schlug das Buch wieder zu und nahm es in den Arm. Ganz fest drückte sie es an sich und schloss die Augen.

Die Gefühle des Buches, das an ihrer Brust lag, stürmten ungefiltert auf sie ein. Da war Schmerz zu spüren, Trauer und Angst. Auch Wut fühlte Lucy. Wut, dass das Buch sich nicht hatte wehren können, als Nathan es bestohlen hatte.

Das war nicht richtig, befand Lucy. Sie wollte das Buch trösten,

277

aber wie sollte sie das tun? Die Worte waren verloren. Fest verschlossen, an einem geheimen Ort. Einem Ort, an dem sich nur ein paar Männer an ihnen erfreuen konnten.

Welchen Sinn hatte es, ein Buch wie *Alice im Wunderland* zu stehlen? Die katholische Kirche konnte kaum ein Interesse an einem Kinderbuch haben. Nathans Begründung für sein Tun kam Lucy im Rückblick kindisch und albern vor. Was waren die wirklichen Beweggründe des Bundes? Warum log er sie an? Ob es von Anfang an sein Plan gewesen war, sie auf seine Seite zu ziehen? Seit wann hatte er wohl gewusst, dass sie das Mädchen mit dem Mal war? Was, wenn er nur wegen ihr hierhergekommen war? Tränen brannten in ihren Augen. Sollte sie sich wirklich so in ihm getäuscht haben?

Lucy legte das Buch zur Seite und nahm das Medaillon in ihre Hand. Lange betrachtete sie es. Dann rannte sie tief in das Innere des Archivs hinein. Als sie sicher war, dass kein ungebetener Besucher sie würde finden können, lehnte sie sich gegen eine steinerne Wand und zog das Medaillon hervor. Wenn sie doch bloß mit Philippa reden könnte. Wenn Philippa ihr erklären könnte, weshalb sie den Bund verlassen hatte. Was war danach mit ihr geschehen? Wohin war sie gegangen?

Lucy klappte das Schmuckstück auf und zog den Pulswärmer ab. In Sekundenschnelle hatte das Licht sich vereinigt, und Lucy erkannte Philippa. Sie lag in einem Bett und sah krank aus. Auf der Kante des Bettes saß ein Mädchen. Es war vielleicht acht oder neun Jahre alt. Philippa hielt seine Hand, und während die todkranke Frau lächelte, strömten dem Kind die Tränen über die Wangen. Der Schmerz, der Lucy bei dem Anblick empfand, ließ sie zusammenzucken. Ihre Hand mit dem Medaillon zitterte. Am liebsten hätte Lucy es zugeklappt, um alldem zu entgehen. Da begann Philippa zu sprechen. »Du musst tapfer sein, mein Kind. Weine nicht. Du bist hier in guten Händen. Ich gehe heim. Heim zu deinem Vater. Eines Tages wirst du mir folgen, und wir werden wieder vereint sein, und so Gott will, werden auch deine Geschwister an unserer Seite sein.«

»Du darfst mich nicht verlassen, Mutter. Ich bin noch nicht so weit. Ich werde meine Aufgabe nicht erfüllen können. Nicht ohne dich.«

»Du wirst es schaffen«, bestärkte Philippa das Kind, das ihre Tochter sein musste. Ein Hustenanfall unterbrach ihre Worte. Das Mädchen nahm ein Tuch zur Hand und wischte Blut von Philippas Mund. Dann reichte es ihr einen Becher.

»Aber was, wenn ich versage? Was ist, wenn die Männer des Bundes mich erkennen, mich finden?«

»Sie wissen nicht, dass du überlebt hast, Gwen. Sie halten dich und mich seit Jahren für tot. Du musst dich vor ihnen verbergen, aber du musst sie auch daran hindern, noch mehr Wissen zu stehlen. Du musst all deine Kraft und deine Macht darauf konzentrieren. Es wird nur eine Frage der Zeit sein, bis sie wissen, dass wir sie damals getäuscht haben. Hüte dich vor ihnen. Sie sind neidisch auf die Fähigkeit der Frauen des Bundes, denn nur wir sind in der Lage, die Bücher wieder freizulassen und den Menschen die Worte zurückzugeben. Deshalb haben sie uns in all den Jahren verboten, die geretteten Bücher zu sehen, und uns den Zugang zu ihnen verwehrt. Sie trauen uns nicht.« Wieder hustete Philippa. »Sie werden versuchen, dich zu finden. Sie werden versuchen, dich zurückzuholen, und wenn ihnen das nicht gelingt, werden sie dich töten. Also verbirg dich vor ihnen. Du hast mächtige Verbündete, die dir helfen werden. Doch handle klug, mein Kind. Überstürze nichts.«

Die Hustenanfälle wurden stärker. Ein breiter Faden roten Blutes lief aus Philippas Mund.

»Du darfst nicht mehr sprechen, Mutter. Es strengt dich zu sehr an. Du musst dich ausruhen. Ich werde nachher noch einmal zu dir kommen«, sagte das Mädchen angstvoll.

Doch Philippa schüttelte leicht den Kopf. »Es wird kein Nachher geben, Gwenny. Meine Zeit ist gekommen. Du weißt alles, was du wissen musst. Nur eines noch: Vergiss nie, wie sehr ich und dein Vater dich geliebt haben. Das ist das Wichtigste.«

Das Kind nickte und legte seiner Mutter eine Hand auf die Wange. »Ich liebe dich auch, Mutter«, sagte es leise.

Philippa lächelte und schloss ihre Augen. Das Mädchen schluchzte auf und legte seinen Kopf auf die Brust seiner Mutter. Mit beiden Armen umfing es den schmalen Körper und weinte herzzerreißend.

Eine weiß gekleidete Nonne, die bisher in der Dunkelheit der Kammer gewartet hatte, um den Abschied zwischen Mutter und Tochter nicht zu stören, trat neben sie und legte ihr tröstend eine Hand auf den Rücken. Schweigend verharrten sie.

Das Licht verschwand.

Lucy wischte sich die Tränen aus dem Gesicht.

Philippa war gestorben, und trotzdem hatte sie es noch geschafft, ihre Tochter zu unterweisen. Doch diese Aufgabe unterschied sich deutlich von der, über die Nathan gesprochen hatte. Philippa hatte von ihrer Tochter verlangt, die Bücher vor den Männern zu schützen. Wie funktionierte das? Hatte Gwen die Männer tatsächlich hindern können, die Bücher zu stehlen? Und noch etwas hatte Philippa ihrer Tochter offenbart. Lucy schlug ihr Herz bis zum Hals, als sie versuchte, sich an den Wortlaut zu erinnern: Die Männer sind neidisch auf die Fähigkeit der Frauen, den Büchern ihre Freiheit zurückzugeben.

Dualismus – das war es doch, woran die Katharer geglaubt hatten. Es gab für sie das Gute und das Böse, Gott und Satan, ein schwarzes und ein weißes Mal. Jede Generation brachte einen Mann hervor, der das Wort auslesen, und eine Frau, die es zurücklesen konnte. Das war die Idee des Yin und Yang. Das musste es sein. Deshalb wollte Nathan, dass sie sich dem Bund anschloss. So würden sie kontrollieren können, was sie tat. Er hatte sie manipulieren wollen. Damit war er bei ihr an der falschen Adresse. Sie war so blöd gewesen. Ein viel zu leichtes Opfer für einen Jungen wie ihn. Fast schämte sie sich, dass sie ihm so auf den Leim gegangen war. Nichts war echt gewesen. Nicht seine Besorgnis und ganz sicher nicht seine Küsse. Es sollte ihr nicht so viel ausmachen, aber es tat mindestens so weh wie der Schmerz der Bücher. Lucy atmete tief ein. Das war vorbei. Sie würde ihm nicht die Chance geben, sie zu benutzen.

»Okay«, wandte sie sich an die Bücher und versuchte, den Herzschmerz zu ignorieren. Er war nur eine winzige Episode in ihrem Gefühlsleben gewesen. Sie kam ohne ihn klar. »Ich weiß jetzt, was hier vor sich geht, und nun müsst ihr mir helfen. Wie kann ich ihn daran hindern, weiterhin Bücher zu stehlen? Ihr seid die Einzigen, die ich fragen kann.«

Langes Schweigen folgte Lucys Worten, und fast wollte sie resigniert den Rückweg antreten, als ein lautes Wispern einsetzte. Alle Bücher plapperten durcheinander.

»So verstehe ich euch nicht«, rief Lucy laut dazwischen. »Ihr müsst euch schon einig werden, wer von euch mit mir spricht.«

»Wir mussten erst sicher sein, dass wir dir trauen können«, vernahm sie dann eine Stimme deutlicher. »Wir mussten sicher sein, dass du nicht zum Bund zurückgekehrt bist.«

»Du musst dich auf den Schutz des Buches konzentrieren«, klang eine helle Stimme durch den Raum.

»Dein Mal wird dir dabei helfen«, fiel eine andere Stimme ein, die viel älter klang.

»Dein Geist muss für diese Aufgabe bereit sein, du musst es wirklich wollen«, erklärte nun eine vierte Stimme, die eindeutig weiblich klang.

»Wer bist du?«, fragte Lucy neugierig.

»Ich bin *Sturmhöhe* von Emily Brontë«, erklärte das Buch mit Stolz in der Stimme.

»Ich habe dich gelesen«, sagte Lucy und lächelte beim Gedanken an die langen Nächte, die sie lesend unter ihrer Bettdecke verbracht hatte. Sie hatte es geliebt, und Madame Moulin hatte fast jede Nacht nach ihr geschaut, um ihr die Taschenlampe fortzunehmen. Allerdings hatte sie auch dafür gesorgt, dass sie am nächsten Abend wieder auf ihrem Nachtschränkchen stand.

»Ich weiß«, antwortete das Buch.

»Wie kannst du das wissen?« Lucy schüttelte ungläubig den Kopf.

»Wir kennen die Menschen, die uns lesen. Wir spüren ihre Gedanken und ihre Gefühle und nehmen sie in uns auf. Und mit jedem Menschen, der unsere Worte in sich trägt, werden wir stärker. Je mehr Menschen uns kennen und sich an uns erinnern, umso schwieriger wird es für den Bund, uns zu stehlen. Schwierig, aber nicht unmöglich. *Alice* hat sich sehr gewehrt, aber es konnte den Kampf nicht gewinnen. Der Bund ist sehr stark. Diese Schlacht kannst nur du für uns schlagen. Du musst versuchen, unsere Brüder und Schwestern zurückzuholen. Aber es wird nicht einfach sein. Die Frauen, die vor dir berufen waren, haben es nicht geschafft.«

»Wir wollen dir nichts vormachen, Lucy«, mischte sich eine dunkle Stimme ein. »Es ist ein gefährlicher Weg. Überlege genau, ob du ihn beschreiten willst.«

»Habe ich denn noch eine Wahl?« Das Schweigen, das ihr antwortete, sagte mehr als tausend Worte.

Lucy rannte die Stufen der Bibliothek zum Gehweg hinunter und blieb abrupt stehen, als sie das Auto erkannte, das auf der Straße parkte.

Es war dieselbe Limousine, die ihr schon vorhin gefolgt war. Lucys Magen zog sich zusammen. Das war bestimmt kein Zufall.

Ein älterer Mann mit der Uniform eines Chauffeurs stand neben dem Wagen. Als er Lucy sah, öffnete er die Fondtür. Höflich, aber bestimmt sprach er Lucy an. »Lucy Guardian? Mr de Tremaine wünscht Sie einen Moment zu sprechen.«

»Nathan de Tremaine?«, fragte Lucy nach. Zu ihm würde sie bestimmt nicht ins Auto steigen. Sie wollte ihn nicht wiedersehen. Warum ihr Herz plötzlich trotzdem schneller schlug, war ihr schleierhaft.

»Nein, Sir Batiste de Tremaine«, antwortete der Mann, und als ob er Lucys Furcht spürte, fügte er hinzu: »Sie brauchen keine Angst zu haben. Es ist nur ein Gespräch.« Jetzt lächelte er aufmunternd.

Sein Großvater wollte mit ihr reden. Okay, das würde sie schaffen. Vielleicht erfuhr sie dabei Dinge, die sie wissen musste, um den Büchern zu helfen. Sie näherte sich dem Wagen und rutschte auf eine der Rückbänke. Augenblicklich sah sie sich einem weißhaarigen Mann gegenüber, der sie aus schwarzen Augen durchdringend musterte. Lucys Furcht verstärkte sich, und sie verwünschte sich dafür, in den Wagen gestiegen zu sein. Im gleichen Moment schlug die Tür hinter ihr zu.

Lucy nahm all ihren Mut zusammen. »Was möchten Sie von mir?«

Der Mann ihr gegenüber unterzog sie einer genauen Musterung. Lucy registrierte, wie die Scheibe zwischen den Vorder- und Rücksitzen hochfuhr und das Auto sich langsam in Bewegung setzte.

»Wohin fahren wir?« Sie verschränkte die zitternden Finger. Er durfte ihr die Furcht nicht ansehen.

»Sie brauchen keine Angst zu haben, junge Dame«, antwortete Batiste endlich. Für seine kalten Augen hatte er eine erstaunlich warme Stimme. »Ich möchte mich nur ein wenig mit Ihnen unterhalten. Sie sehen Ihrer Mutter sehr ähnlich.«

»Sie kannten meine Mutter?«, fragte Lucy verblüfft.

»So kann man es wohl bezeichnen. Auch mit ihr habe ich mehrere Gespräche geführt und versucht, sie zur Vernunft zu bringen. Ich kann nur hoffen, dass Sie einsichtiger sind.« Er lachte, und das Lachen klang eisig.

Trotz der Wärme im Auto lief Lucy ein Schauer über den Rücken, und sie wünschte sich nichts sehnlicher, als die Limousine zu verlassen. Unauffällig lugte sie nach dem Griff, mit dem sie die Wagentür von innen öffnen konnte.

Batiste lächelte abfällig. »Vergessen Sie das ganz schnell wieder.«

Lucy biss sich auf die Unterlippe. »Was wollen Sie von mir?«, wiederholte sie trotzig ihre Frage. Er war nur ein alter Mann.

»Nathan hat mit Ihnen gesprochen«, stellte er mehr fest, als dass er fragte. »Er ist ein guter Junge und tut immer, was man ihm sagt.«

Lucy erstarrte. Dann hatte er seinem Enkel offensichtlich den Auftrag gegeben, sie um den Finger zu wickeln und sie auf seine Seite zu ziehen. Im Grunde hatte sie es längst geahnt, aber die Bestätigung tat trotzdem weh.

»Und? Werden Sie den Platz, an den Sie gehören, einnehmen und ihn unterstützen?«, fragte er.

Es wäre klüger, seine Frage mit Ja zu beantworten. Doch das winzige Wort kam Lucy nicht über die Lippen. Es wäre ein Verrat an den Büchern.

»Ich habe mich noch nicht entschieden«, sagte sie stattdessen vorsichtig. »Ich wollte heute noch einmal mit Nathan darüber reden. Bis vor ein paar Tagen wusste ich von all dem noch nichts. Ich verstehe nicht mal genau, was vor sich geht.« Sie versuchte, hilflos zu klingen und noch ängstlicher auszusehen. Zu ihrer eigenen Überraschung schien ihre Taktik aufzugehen.

Batiste de Tremaine lächelte beinahe großväterlich und tätschelte ihre Hand.

»Das ist sehr klug von Ihnen. Nathan wird Sie in Ihre Aufgabe einweihen, und ich werde Ihnen beibringen, wie Sie die Bücher in unsere Obhut bringen. Ihnen beiden wird Großes gelingen. Sie und Nathan werden so viele Bücher retten können. Noch in Jahrhunderten wird man unserer Namen gedenken. Wir können die Linien wiedervereinigen, nach so vielen Jahren.« Jetzt hatte das Lächeln einen selbstgefälligen Zug angenommen. »Reden Sie mit Nathan, und dann begleiten Sie ihn am nächsten Wochenende zu unserem Landsitz. Wir sollten mit Ihrer Ausbildung schnellstmöglich beginnen. Ich hoffe, dass Sie es sich nicht noch einmal anders überlegen.« Wieder klang seine Stimme drohend. Er war ein genauso begnadeter Schauspieler wie sein Enkelsohn.

Er schien zu glauben, dass er sie überzeugt hatte, denn er hob seinen Stock und klopfte damit an die Scheibe. Sofort fuhr diese herunter. »Sie können anhalten, Harold«, befahl Batiste.

Mit zitternden Knien stieg Lucy aus. Harold lächelte ihr noch einmal aufmunternd zu, bevor die Limousine davonrauschte. Es dauerte eine Weile, bis Lucy wagte, sich zu bewegen. Ihre Beine fühlten sich an, als wären sie aus Watte. Langsam setzte sie einen Schritt vor den anderen. Die letzten Worte von Batiste de Tremaine waren eindeutig eine Warnung gewesen.

Sie schob ihre Hände tief in ihre Jackentaschen und lief los. Die Bewegung würde ihr helfen, dem Zittern in ihrem Inneren Herr zu werden. Sie musste dringend mit jemandem reden. Nathan schied ja wohl aus. Er stand auf der falschen Seite. Colin wollte sie in die Sache nicht mit hineinziehen. Also gab es nur eine Person, an die sie sich wenden konnte: Madame Moulin. Lucy zückte ihr Handy und wählte die Nummer der Heimleiterin. Während sie darauf wartete, dass diese abhob, ließ sie sich auf einer Bank am

Ufer der Themse nieder. Es dauerte eine Weile, bevor sich am anderen Ende jemand meldete. Als Lucy die vertraute Stimme hörte, schluchzte sie auf.

»Lucy, was ist los? Sag schon.«

Lucy zog ein Taschentuch aus ihrer Jacke und putzte sich die Nase. Dann begann sie zu erzählen. Sie wusste nicht, ob Madame Moulin ihr folgen konnte. Selbst in ihren Ohren klang die Geschichte unzusammenhängend und unglaubwürdig. Aber Madame Moulin lauschte ihr geduldig, ohne sie zu unterbrechen. Als Lucy geendet hatte, herrschte Stille.

»Wo bist du jetzt?«, fragte Madame Moulin.

Sie hatte keine Ahnung, wo der Wagen sie abgesetzt hatte. »Irgendwo an der Themse«, antwortete sie.

»Du wirst dich auf dem schnellsten Weg nach Hause begeben. Verstehst du mich? Fahr mit dem Bus oder der U-Bahn. Achte darauf, dass du unter Menschen bist. Sprich weder mit Nathan noch mit seinem Großvater. Ich werde dich abholen. Gleich morgen.«

Lucy erschrak bei der Dringlichkeit in Madame Moulins Stimme. »Meinen Sie, das ist notwendig? Was ist mit meinem Praktikum und dem College?« Vielleicht war es voreilig gewesen, Madame Moulin anzurufen. Sie hatte ihr nur ihr Herz ausschütten wollen. Sie wollte nicht, dass sie sie aus ihrem Leben riss.

»Lucy, tu einfach, was ich dir sage, und ruf mich an, wenn du zu Hause bist. Colin wird dort auf dich aufpassen.«

»Colin?«, quietschte Lucy. »Sie haben es Colin erzählt?«

»Ich habe ihn nur angerufen und gefragt, wo du bist, und ihn bei dieser Gelegenheit gebeten, auf dich achtzugeben. Ich habe ihm nichts erzählt.«

Lucy verdrehte die Augen. Sehr unauffällig. Colin würde sie ausquetschen wie eine reife Apfelsine, und er würde nicht lockerlassen, bis er alles wusste. Doch es hatte keinen Zweck, Madame Moulin deswegen Vorwürfe zu machen.

»Okay, dann mache ich mich auf den Weg. Bis morgen.«

»Bis morgen, und pass auf dich auf. Versprich mir das.«

Lucy drückte auf den roten Knopf ihres Handys, um das Gespräch zu beenden. Im gleichen Augenblick begann das Gerät zu klingeln, und Nathans Name erschien auf dem Display. Er war der letzte Mensch, mit dem sie jetzt sprechen wollte. Sie drückte ihn weg und stellte das Telefon auf lautlos. Eilig machte sie sich auf den Weg und erreichte zu ihrer Erleichterung nach wenigen Minuten eine U-Bahn-Station.

Colin lauerte bereits hinter der Tür und sah sie vorwurfsvoll an.

»Wusste ich doch, dass du was vor mir verheimlichst«, warf er ihr vor, noch bevor sie ihre Jacke ausgezogen hatte.

»Ich muss dir nicht alles erzählen«, antwortete sie trotzig.

»Früher haben wir uns alles erzählt.«

»Das hier ist etwas anderes, Colin. Es ist gefährlich. Ich möchte dich da nicht mit reinziehen.« Lucy ging in die Küche und stellte den Wasserkocher an.

»Was meinst du mit gefährlich?« Colin folgte ihr.

»Was hat Madame Moulin dir denn erzählt?«, stellte Lucy eine Gegenfrage, um Zeit zu gewinnen.

»Ich soll auf dich aufpassen. Mehr nicht.«

»Und es ist auch besser, wenn du nichts weißt. Glaub mir.«

Der Wasserkocher summte, und Lucy goss ihren Tee auf. »Magst du auch einen?«, fragte sie versöhnlich.

Colin schüttelte den Kopf. »Es hat etwas mit Nathan de Tremaine zu tun, stimmt's?«

»Wie kommst du darauf?«

»Lucy. Lügen war noch nie deine Stärke. Ich durchschaue dich.«

Sie wandte sich ihm zu und sagte ernst: »Colin, ich möchte nicht, dass dir etwas passiert. Ich werde dir alles erklären, aber du musst mir Zeit lassen. Nur ein paar Tage. Ich bin sicher, dann hat sich die ganze Sache erledigt.«

»Wie du meinst.« Colin griff nach einer Wasserflasche. »Ich bin in meinem Zimmer, wenn du reden willst.«

»Okay«, flüsterte Lucy ihm hinterher. Sie zog ihr Handy aus der Tasche. Zehn neue Nachrichten. Sie klickte die SMS durch.

Wo bist du?
Wir müssen reden.
Du kannst dich nicht verstecken.
Du musst dich uns anschließen.
Mein Großvater wird dich zwingen.
Rede mit mir.
Bitte, Lucy. Ich möchte nicht, dass dir etwas zustößt.
Geh an das verdammte Telefon.
Ich komme jetzt zu dir nach Hause.
Ich bin gleich da.

Lucy sprang auf. Sie wollte ihn nicht sehen. Einer Diskussion mit ihm fühlte sie sich nicht gewachsen.

Aufgeregt stürmte sie in Colins Zimmer. Ihr Freund lag auf seinem Bett und sah fern. Er schrak auf, als Lucy unvermittelt die

Tür aufriss. »Du musst mir einen Gefallen tun. Nathan ist gleich hier. Du musst ihn abwimmeln. Sag ihm, dass ich nicht zu Hause bin, dass du nicht weißt, wann ich wiederkomme. Tust du das für mich? Bitte.«

Die Türklingel schellte.

»Dann bist du mir aber eine Erklärung schuldig«, sagte Colin und schob sich an ihr vorbei.

Lucy schloss die Zimmertür und flüchtete in sein Bett.

Es dauerte einige Minuten, bis Colin zurückkam. »Er ist weg. Und er ist echt sauer. Er hat mich gebeten, dir auszurichten, dass du dich bei ihm melden sollst.«

Lucy nickte.

»Er sah nicht gut aus«, bemerkte Colin dann und beobachtete ihre Reaktion. »Er war blass und ziemlich angespannt. Was läuft da zwischen euch beiden?« Er setzte sich zu Lucy aufs Bett und regelte die Lautstärke des Fernsehers herunter.

»Nichts Besonderes.«

»Lucy.«

Lucy wand sich. Ihr wollte einfach keine Erklärung für Colin einfallen. Ihr Kopf war ganz leer gepumpt. »Madame Moulin kommt morgen, okay? Dann werde ich es dir mit ihr zusammen erklären. Kannst du dich bis dahin gedulden?«

»Fest versprochen?«

»Versprochen.«

Nathans Zorn wuchs von Minute zu Minute. Dabei war er nicht einmal sicher, gegen wen sein Zorn sich richtete. Gegen Lucy, gegen seinen Großvater oder gegen sich selbst?

Weshalb reagierte sie nicht auf seine Nachrichten? Weshalb versteckte sie sich vor ihm? Am liebsten hätte er sich an dem Kerl in ihrer Wohnung vorbeigedrängelt und nach ihr gesucht. Er war sicher, dass sie zu Hause war. Er musste sie überzeugen. War ihr denn nicht klar, wozu sein Großvater fähig war? Nathan war mit seinem Latein am Ende. Was sollte er tun, wenn sie sich weiterhin weigerte, mit ihm zu reden?

Vor dem Haus in der Queen Anne's Gate stand die schwarze Limousine seines Großvaters. Harold half dem alten Mann gerade aus dem Auto.

Am liebsten wäre er umgedreht und irgendwo hingegangen, wo sein Großvater ihn nicht fand. Aber er konnte sich seiner Verantwortung nicht entziehen. »Großvater, was tust du hier?«, begrüßte er ihn. »Ich habe dir doch gesagt, dass ich alles im Griff habe.«

Sein Großvater musterte ihn abschätzig. »Beaufort hat mich gestern angerufen und mir von deinem Tête-à-Tête mit der Kleinen erzählt. Du hast gar nichts im Griff. Ich habe mich der Sache angenommen und die Kleine zur Vernunft gebracht.«

»Zur Vernunft gebracht?«, fragte Nathan. Hatte sein Großvater Lucy etwas angetan? Er öffnete und schloss seine Fäuste.

»Sie wird sich dem Bund anschließen.«

Nathan glaubte, sich verhört zu haben. »Hat sie das gesagt?«

»Sie wird dich am Wochenende auf unser Schloss begleiten. Es ist höchste Zeit, mit ihrer Ausbildung zu beginnen.«

»Sie hat dich angelogen«, widersprach Nathan. »Sie hat sich versteckt. Wir wollten heute noch einmal miteinander reden. Aber ich kann sie nicht finden. Du hast ihr Angst gemacht. Sie weigert sich, mit mir zu sprechen.«

Batiste stieß ein abfälliges Schnauben aus. »Das wagt sie nicht«, erklärte er und mühte sich die Stufen zum Haus hinauf.

Eine Stunde später saß Nathan seinem Großvater in der kleinen Bibliothek des Stadthauses gegenüber.

»Du meinst also, sie wird sich uns nicht anschließen?«, fragte Batiste.

»Ich bin nicht sicher. Ich hatte gehofft, sie noch überzeugen zu können. Ich …«

»Du hattest lang genug Zeit dafür«, fiel Batiste ihm ins Wort.

Nathan wusste, dass es keinen Sinn hatte, zu widersprechen. »Wenn du meinst.«

»Ich glaube, du begreifst den Ernst der Situation nicht. Wir müssen unseren Anspruch auf den Vorsitz im inneren Kreis festigen. Es war für mich schwer genug, den Sitz nach dem Verrat deines Vaters zu behalten. Wir müssen dieses Mädchen gewinnen oder es vernichten.«

Bei dem Wort »vernichten« spürte Nathan, wie ihm eiskalt wurde. Doch er durfte sich keine Gefühlsregung anmerken lassen. »Was hast du vor?«, fragte er stattdessen.

»Überlass das nur mir«, lächelte Batiste böse. »Sie wird ihr blaues Wunder erleben. Sie hat ihre Chance gehabt. Wir geben ihr noch diese eine Nacht, um zur Vernunft zu kommen. Du sagst mir sofort Bescheid, wenn sie sich bei dir meldet. Hast du verstanden? Denkt sie wirklich, sie könnte sich mir in den Weg stellen?«

Nathan wusste auf diese Frage selbst keine Antwort. Niemand legte sich ungestraft mit seinem Großvater an. Er erhob sich. Keine Minute länger hielt er es mit dem Mann in einem Raum aus. Als er in sein Schlafzimmer stürmte, zückte er zuerst sein Handy. Sie hatte ihm nicht geantwortet. Er musste sie irgendwie warnen. Sie musste die Stadt verlassen und sich verstecken. An einem Ort, wo niemand sie fand.

Die Tür zu seinem Zimmer wurde aufgestoßen. Ein großer Mann mit schwarzem Anzug stand im Raum. »Ihr Großvater meint, dass es besser ist, wenn er Ihr Handy an sich nimmt«, dröhnte seine Stimme.

Obwohl er selbst nicht gerade klein war, überragte Orion ihn immer noch um einen halben Kopf. Nathan wusste, dass es keinen Sinn hatte, sich zu widersetzen.

Stumm legte er sein Handy in die Pranke, die sich ihm entgegenstreckte. Die Tür schloss sich hinter dem Riesen. Was konnte er jetzt noch für sie tun?

Lucy stand am Fenster und sah in die finstere Nacht hinaus. Colin war kurz fortgegangen, um Chips und Cola zu besorgen. Er hatte es sich in den Kopf gesetzt, Lucy mit einem Fernsehabend abzulenken. Aber jetzt war er schon eine Weile fort. Spärliches Licht beleuchtete den Asphalt der Straße. Kein Mensch war zu sehen, und doch schien es Lucy, als würde sich zwischen den Autos etwas bewegen. Sie strengte sich an, um etwas zu erkennen. Doch ohne ihre Brille war das ein sinnloses Unterfangen. Schnell lief sie in ihr Zimmer und wühlte in ihrer Tasche. Die Brille hatte sich ganz unten versteckt. Dann trat sie an ihr Fenster und schob die Gardine zur Seite. Es dauert einen Moment, bis sie die Bewegung wieder bemerkte. Es war ein Hund. Lucy atmete aus. Sicher ging dort nur jemand mit ihm Gassi. Allerdings war es komisch, dass er nicht angeleint war. Sie schaute sich nach dem Besitzer des Tieres um. Weit und breit war niemand zu sehen. Wieder blickte sie zu dem Hund und erschrak. Jetzt saßen dort zwei von ihnen. Beide sahen zu ihr hinauf, und beide waren riesig. Eilig ließ sie die Gardine fallen und ging zurück in Colins Zimmer. Wo blieb er nur? Ihre Nerven waren zum Zerreißen gespannt. Wenn sie Colin alles erzählt hätte, dann hätte er sie vermutlich nicht allein gelassen. Aber sie konnte ihn da nicht mit hineinziehen. Zehn Minuten später hörte sie einen Schlüssel im Schloss.

»Ich bin es«, vernahm sie Colins vertraute Stimme.

Ihr Freund trat ins Zimmer und hielt eine Tüte hoch. Trotz ihrer Anspannung musste Lucy lächeln. Offensichtlich hatte er den kleinen Laden am Ende der Straße leer gekauft.

»Du warst lange weg«, sagte sie.

»Ich habe George getroffen«, antwortete Colin und kniete vor seiner DVD-Sammlung nieder.

»Hast du die Hunde unten auf der Straße gesehen?«, fragte Lucy.

»Welche Hunde?« Er zog *Troja* aus dem Regal hervor. »Wie wäre es damit?«, fragte er.

»Meinetwegen.« Lucy zuckte mit den Schultern und rappelte sich vom Bett hoch. »Ich hole Gläser und eine Schüssel.«

Lucy war von der Aufregung des Tages so erschöpft, dass sie nach der Hälfte des Filmes einschlief. Colin deckte sie zu und strich ihr das Haar aus dem Gesicht. Dann schaute er den Film zu Ende und löschte das Licht. Das Kratzen an der Tür hörte er nicht.

Als Lucy am nächsten Morgen erwachte, erklangen die Stimmen von Madame Moulin und Colin aus der Küche. Sie sah auf den

Wecker, der auf Colins Nachttisch stand. Kurz vor zehn. Sie sprang auf und lief ins Bad. Frisch geduscht und umgezogen stand sie zehn Minuten später in der Küche und begrüßte Madame Moulin.

»Warum hast du mich nicht geweckt?«

»Ich hab's versucht, aber du warst nicht wach zu kriegen«, verteidigte Colin sich. »Hast letzte Nacht wohl nicht viel Schlaf bekommen?«

Er grinste, und Lucy versuchte, die Erinnerung an Nathan in eine ganz entfernte Ecke ihres Gehirns zu verbannen. Sie würde ihn nie wiedersehen, und das war gut so.

»Wir haben Wichtigeres zu besprechen«, unterbrach Madame Moulin das Geplänkel der beiden. »Lucy, du packst ein paar Sachen zusammen. Colin, du rufst in der Bibliothek an und meldest Lucy krank. Zum Glück sind Marie und Jules nicht hier. Du musst dir später etwas ausdenken, weshalb Lucy verschwunden ist.«

»Mir fällt schon was ein«, bestätigte er. »Es wäre allerdings besser, wenn ihr mir sagen würdet, worum es hier geht.«

Madame Moulin schüttelte den Kopf. »Es ist besser, wenn nicht noch mehr Leute da mit reingezogen werden. Nachdem Vikar Ralph bereits wegen dieser Sache getötet wurde.«

Colin sah sie fassungslos an. »Meine Mutter sagte, es war ein Unfall.«

»Das haben alle geglaubt, aber er wurde ermordet.«

»Dann will ich erst recht wissen, was hier gespielt wird«, sagte Colin mit fester Stimme. »Ich werde nicht zulassen, dass Lucy etwas geschieht.«

Madame Moulin griff nach seiner Hand. »Ich werde auf sie aufpassen.«

Zweifelnd sah er die ältere Frau an, die seinem Blick standhielt. »Es geht nicht anders. Glaub mir.«

Colin nickte zögernd und griff nach dem Telefon, um Marie darüber zu informieren, dass Lucy heute nicht kommen würde.

Lucy hatte ein schlechtes Gewissen. Miss Olive war schon krank, und nun fiel auch noch sie aus. Sie konnte nur hoffen, dass Mr Barnes nicht auf die Idee kam, Marie in den Keller zu verbannen.

»Hat sie wieder bei Nathan übernachtet?«, fragte Marie so laut, dass auch Lucy und Madame Moulin es hörten.

»Nein, sie war zu Hause«, antwortete Colin und legte mit einer knappen Verabschiedung auf.

Lucy wartete mit einer kleinen gepackten Tasche im Flur. Sie warf einen letzten Blick auf ihr Handy, um zu prüfen, ob Nathan sich noch einmal gemeldet hatte. Es war nicht der Fall. Sie wusste nicht, ob sie erleichtert sein sollte. Wer wusste schon, was er und sein Großvater nun aushecketen.

»Wo fahren wir hin?«, fragte sie Madame Moulin.

»Ich habe eine alte Freundin. Sie lebt in Schottland in einem kleinen Dorf.« Sie wandte sich an Colin. »Entschuldige. Aber es ist besser, wenn du nicht weißt, wo Lucy ist.«

Er nickte mit zusammengezogenen Augenbrauen. »Wenn Sie meinen.« Er nahm Lucy fest in die Arme. »Pass auf dich auf.«

»Mach ich«, flüsterte sie. »Und du auf dich.«

An der Eingangstür sah Madame Moulin sich vorsichtig um. Niemand war zu sehen. Eilig liefen sie zur Hauptverkehrsstraße. Lucy folgte Madame Moulin wortlos. Immer wieder sah sie sich um. Sie fürchtete sich davor, plötzlich Nathan oder seinem Großvater gegenüberzustehen. Sie tastete nach dem Medaillon und schrak zusammen. Es hing nicht um ihren Hals.

»Was ist, Lucy?«, fragte Madame Moulin, als sie stehen blieb.

»Mein Medaillon. Es ist nicht da. Ich kann es nicht hierlassen«, sagte Lucy und tippte bereits Colins Nummer in ihr Handy.

»Colin«, sagte sie, als er sich meldete. »Schau mal bitte nach, ob mein Medaillon irgendwo in der Wohnung liegt. Auf meinem Nachtschrank oder im Bad.«

Panik ergriff sie. Sie durfte es nicht verloren haben. Das wäre eine Katastrophe.

»Hier ist es nirgendwo«, hörte sie Colin.

»Okay, danke. Falls du es noch findest, ruf mich an, ja?«

»Mach ich.«

»Wir müssen noch mal in die Bibliothek«, erklärte Lucy. »Ich verlasse die Stadt nicht ohne das Medaillon. Es ist das einzige Andenken an meine Mutter, das ich habe.«

»Dann verpassen wir den Zug«, insistierte Madame Moulin. »Dein Leben ist wichtiger als der Schmuck.«

Lucy fragte sich, ob Madame Moulin jetzt nicht übertrieb. Konnten Batiste oder Nathan wirklich zu so etwas fähig sein?

»Da vorn ist die U-Bahn-Station. Wir sind unter Menschen. Uns wird nichts passieren. Wir müssen uns eben beeilen.«

Madame Moulin seufzte. »Wenn es denn sein muss.« Schweigend liefen sie zu der Unterführung. Der Bahnsteig war voller Menschen. Madame Moulin drängelte sich nach vorn, und Lucy folgte ihr notgedrungen. Die Lichter der einfahrenden U-Bahn wurden im Tunnel sichtbar. Wind schoss über die Wartenden hinweg. Die Bahn fuhr quietschend ein. Die Frau neben Lucy begann, hysterisch zu kreischen. Plötzlich war Madame Moulin verschwunden. Das grün gemusterte Tuch, das sie um ihren Hals getragen hatte, klemmte zwischen dem Bahnsteig und dem Metall des Waggons. Lucy verstand nicht, was sie sah.

Erst als die Türen der Bahn sich öffneten, setzten die gewohnten Geräusche ein. Lucy starrte immer noch auf die Stelle, an der Madame Moulin eben noch gestanden hatte. Die Menschen wichen zurück, und immer wieder schrie jemand nach einem Arzt. Nur Lucy rührte sich nicht. Wie aus dem Nichts erschienen Mitarbeiter der Londoner U-Bahn und räumten den Bahnsteig. Jemand schob Lucy die Treppen nach oben.

»Ich muss hierbleiben«, sagte Lucy immer wieder. »Ich muss ihr helfen.«

Eine ältere Dame sah sie mitleidig an. »Ihr ist nicht mehr zu helfen, Kindchen. Glaub mir.«

Ein Bahnmitarbeiter wurde auf Lucy aufmerksam. »Kannten Sie die Frau?«, fragte er. »Weshalb hat sie das getan?«

Im selben Moment tauchte Colin neben ihr auf. »Komm, Lucy«, sagte er sanft. »Sie kannte sie nicht«, teilte er dem Bahnmitarbeiter mit und zog sie fort. »Sie hat nur einen Schock. Ich bringe sie zu einem Arzt.«

»Aber das geht nicht. Ich muss wissen, was geschehen ist«, sagte Lucy leise, ließ aber zu, dass Colin sie weiter nach oben schob.

»Sie ist tot. So einen Sturz überlebt man nicht.« Lucy fing unkontrolliert an zu schluchzen. »Es ist meine Schuld«, wiederholte sie immer wieder.

»Es ist nicht deine Schuld, Lucy. Es war ein Unfall. Sie ist zu nah an die Gleise getreten.«

Lucy sah auf. »Das glaubst du doch selbst nicht«, antwortete sie. »Jemand muss sie gestoßen haben.«

»Wer sollte so etwas tun, Lucy?«

»Ich weiß nicht«, schluchzte Lucy. »Ich weiß es doch auch nicht. Wo kommst du überhaupt so plötzlich her?«

»Ich bin euch gefolgt«, antwortete er, als sei es das Normalste der Welt. »Du glaubst doch nicht wirklich, dass ich dich allein lasse. Nach deinem Anruf konnte ich mir denken, dass ihr noch einmal in die Bibliothek fahrt.«

Erst jetzt fiel Lucy auf, wie hektisch Colin atmete. Er musste gerannt sein, um sie einzuholen. Ihr Kopf sank dankbar gegen seine Brust. Während Colin sie hielt, fiel ihr auf der gegenüberliegenden Straßenseite ein groß gewachsener, breitschultriger Mann auf. Er war ganz in Schwarz gekleidet. Neben ihm hockte ein riesiger schwarzer Hund. Lucy erkannte das Tier sofort. Das war derselbe Hund, der gestern vor ihrem Haus gesessen hatte.

»Wir müssen weg hier«, flüsterte sie. »So schnell wie möglich. Wir müssen zur Bibliothek.«

Ohne eine Frage zu stellen, nahm Colin ihre Hand und zog sie durch die Menschenmenge, die sich am Eingang der U-Bahn ballte. Niemand wurde mehr hinuntergelassen.

Immer wieder schaute Lucy sich um, doch weder der Hund noch der schwarze Mann folgten ihnen. Einige Straßen weiter stiegen sie in einen Bus, der sie zur Bibliothek brachte.

Colin reichte Lucy ein Taschentuch. »Du bist ganz verschmiert«, sagte er. »Du solltest Madame Moulins Rat befolgen und dich verstecken. Vorausgesetzt, du hast recht und sie wurde gestoßen. Was ich mir ehrlich gesagt nicht wirklich vorstellen kann.«

»Weshalb hast du dann zu dem Bahnmitarbeiter gesagt, dass ich sie nicht kenne?«

»Ich wollte dich da so schnell wie möglich wegbringen«, sagte Colin zögernd. »Erzählst du mir endlich, worum es geht?«

Lucy beschloss, ihm eine Kurzfassung der Ereignisse zu berichten. Er war der einzige Mensch, dem sie jetzt noch trauen konnte. Sie würde das hier allein nicht schaffen.

Er hörte ihr schweigend zu.

»Und deshalb muss ich das Medaillon holen. Ich werde die Stadt ohne den Schmuck nicht verlassen. Verstehst du?«

Colin nahm ihre Hand. »Ich werde dir helfen, und wenn der Typ mir noch mal über den Weg läuft, dann gnade ihm Gott.«

Lucy lehnte ihren Kopf an Colins Schulter. »Wenn wir in der Bibliothek sind, rufst du bitte bei der Polizei an und fragst nach dem Unfall. Vielleicht ist sie ja so gefallen, dass sie nur verletzt ist. Vielleicht lag sie so zwischen den Gleisen, dass der Zug sie nicht getötet hat. So etwas ist doch schon passiert, oder?« Ihre Stimme klang kläglich.

»Ja, natürlich«, sagte Colin sanft. »Das mache ich. Vielleicht hat sie ja Glück gehabt.«

Lucy nickte und klammerte sich an diese klitzekleine Hoffnung. »Wir müssen aussteigen.« Colin zog sie hoch. Noch einmal wischte Lucy sich mit dem Taschentuch über das Gesicht.

Vor der Bibliothek nahm er ihr die Tasche ab und strich ihr das Haar zurück. »Marie wird sofort merken, dass etwas nicht stimmt«, sagte er. »Erkläre ihr nicht zu viel. Beeil dich. Ich warte hier und halte nach dem Mann Ausschau.« Er versuchte sich an einem Lächeln.

300

Lucy wandte sich ab und stieg die wenigen Stufen zur Tür hinauf. Marie war nirgends zu sehen, und so lief sie eilig in Richtung Archiv. Auf dem Tisch neben der Tür lagen einige Bücher. Mechanisch griff sie danach, um sie mit hinunterzunehmen. Sie trat durch die Eingangstür des Archivs, deren alte Scharniere zur Begrüßung knarrten. Fest presste sie die Bücher in ihrem Arm an sich. Hier war sie in Sicherheit. Sie atmete auf und wischte sich die Tränenspuren aus dem Gesicht. So schnell es die steilen Stufen zuließen, eilte sie die Treppe hinunter.

In dem schmalen Gang zwischen den Regalen stieg ihr der vertraute Geruch der alten Bücher in die Nase. Aber heute vermochte er sie nicht zu trösten. Wieder rannen ihr Tränen über die Wangen, und sie betete, dass sie das Medaillon finden würde. Es musste auf dem Schreibtisch liegen. Sie durfte es nicht verloren haben.

Eilig hastete sie durch die verzweigten Gänge. Der allgegenwärtige Staub kribbelte ihr in der Nase. Umständlich kramte sie den Schlüssel aus der Jackentasche, bemüht, die Bücher, die sie auf dem Arm balancierte, nicht fallen zu lassen. Nachdem sie ihn gefunden hatte, schloss sie auf und trat ein.

Sie durchquerte den winzigen Raum, legte ihre Last auf dem Schreibtisch ab und knipste die Arbeitslampe an. Dann wühlte sie hektisch zwischen den Papieren, Büchern und Karteikarten, die auf dem winzigen Tisch verstreut herumlagen.

»Verdammt«, stieß sie hervor. Warum fand sie es nicht? Sie bückte sich und kroch unter den Tisch. Immer hektischer wurden ihre Bewegungen. Die Zeit rannte ihr davon. Sie musste weg von hier, bevor sie sie entdeckten. Aber ohne das Schmuckstück konnte sie nicht fort. Verzweifelt sah Lucy sich um. Sie brauchte es zurück. Es war ihr wertvollster Besitz. Alles, was sie hatte. Ihr Blick glitt suchend durch den Raum, der nur in schummrigem Licht lag. Endlich entdeckte Lucy es. Matt schimmernd hing es an der Ecke eines der Bücher, die neben der Tür aufgestapelt lagen. Es hätte nicht viel gefehlt, und die Bücher hätten es unter sich begraben. Aufschluchzend stürzte sie darauf zu, umklammerte das Schmuckstück und strich über das warme Metall der Kette. Hastig versicherte sie sich, dass es unversehrt war. Dann legte sie es sich um den Hals und löschte das Licht. Nie wieder würde sie das Medaillon ablegen, schwor sie sich. Ein letztes Mal sah sie sich um, bevor sie auf den Gang trat. Vermutlich würde sie nicht hierher zurückkehren. Das schlechte Gewissen, die Bücher alleinzulassen, quälte sie. Aber sie hatte keine Wahl. Sie musste fort, und zwar so schnell wie möglich. Ihr blieb nur, zu hoffen, dass die Bücher ihr die überstürzte Flucht verziehen. »Ich werde für euch kämpfen«, wisperte sie in die Stille, ohne zu wissen, was sie eigentlich tun konnte, um zu verhindern, dass noch mehr von ihnen verloren gingen. Sie erhielt keine Antwort. Ein letztes Mal atmete sie den vertrauten Duft der Bücher ein. Dann machte sie sich auf den Rückweg.

Lucy spürte die Veränderung, kaum dass sie einen Fuß zurück in das endlose Labyrinth der Regalreihen gesetzt hatte. Ihr Herz schlug schneller. Furcht kroch durch ihren Körper. Sie durfte nicht die Nerven verlieren. Aufmerksam blickte sie sich um, konnte aber nichts Ungewöhnliches entdecken. Die Bücher schwiegen, und trotzdem wurde sich Lucy ihrer Panik gewahr. Sie wünschte, sie würde die Gefühle der Bücher nicht so stark spüren, die Angst lähmte sie, ohne dass sie den Grund dafür erkennen konnte. Sie konnte sich nicht rühren. Ihr Herz wummerte in ihrer Brust. Die Bücher waren in Gefahr.

Dann hörte sie das Knistern, und im selben Augenblick bekam die Furcht der Bücher einen Duft. Der Geruch alter Bücher verschwand, und ein anderer nahm seinen Platz ein. Als Lucy begriff, was sie da roch, bemerkte sie auch schon den weißen Qualm, der wie Nebel zwischen den Regalen aufstieg. Hypnotisiert starrte Lucy auf das Schauspiel, das sich ihr bot. Wie aus dem Nichts züngelten kleine gelbe Flammen aus den Gängen zu ihrer Linken hervor. Mit jedem Wimpernschlag schienen sie größer und größer zu werden. Ihre Farben wechselten zu einer verwirrenden Mischung von Weiß, Blau und Rot.

Das Archiv brannte. Die Bücher – das Feuer würde sie vernichten. Jedes einzelne von ihnen. Lucy war immer noch wie erstarrt. Dann drangen die Schreie der Bücher an ihr Ohr. Lucy schwankte und griff Halt suchend nach der Wand. Was sollte sie tun? Viel zu schnell fraß das Feuer sich durch das trockene Holz und das uralte Papier. Die Flammen leckten über den Boden, wanden sich um jeden einzelnen Karton, bohrten sich in sein Innerstes und verrichteten ihr zerstörerisches Werk. Beinahe sorgfältig gingen sie dabei vor, als wollten sie verhindern, dass ihnen auch nur ein Buch entging. Keines würde verschont bleiben. Der Schatz, der hier so viele Jahre verwahrt und geschützt worden war, ging vor ihren Augen verloren.

»Lauf, Lucy. Rette dich!«, forderten die Bücher plötzlich von ihr. Tausende Stimmen vereinigten sich zu einem Schrei. »Rette uns!«

Die Betäubung fiel von ihr ab, und sie erwachte aus ihrer Starre. Voller Panik wandte sie sich um und hastete zurück in das Büro.

Sie knipste das Licht wieder an und griff nach dem Telefon. Ihre Hände zitterten so stark, dass ihr der Hörer entglitt und auf den Boden knallte.

Für die Bücher hier unten würde jede Hilfe zu spät kommen, aber der Bestand in den oberen Etagen konnte vielleicht gerettet werden. Sie musste sich nur beeilen. Alles hing jetzt von ihr ab. Sie bückte sich, um den Hörer aufzuheben, und versuchte, das Zittern ihrer Finger zu unterdrücken. Dann wählte sie die Nummer des Infoschalters.

Nichts. Kein Tuten erklang.

Das Telefon war tot.

Wütend schüttelte sie den altersschwachen Apparat und versuchte es noch einmal. Das Gerät gab kein Lebenszeichen von sich. Lucy stöhnte auf. Sie blickte zu den Büchern, die sie vor wenigen Minuten auf ihrem Schreibtisch abgelegt hatte. Wenigstens diese würde sie retten. Sie konnte sie nicht dem Feuer überlassen.

Hastig zog sie ihre Strickjacke von der Lehne des Stuhls, griff nach einer Wasserflasche und goss deren Inhalt über die Wolle. Dann drückte sie sich den feuchten Stoff vor Mund und Nase, nahm die Bücher und umklammerte sie wie einen Rettungsanker.

Das Feuer hatte sich weiter vorgearbeitet. Es breitet sich viel zu schnell aus, schoss es Lucy durch den Kopf, bevor sie losrannte. Sie musste den Weg abkürzen und nach oben gelangen. An der nächsten Kreuzung bog sie rechts ab. Die Bücher in ihrem Arm behinderten sie, aber sie war nicht gewillt, sie den Flammen zu überlassen. Der Weg vor ihr dehnte sich ins Unendliche. Der Rauch nahm ihr erst die Sicht und dann den Atem.

Ein Krachen ertönte vor ihr. Die riesigen Regale wankten und begannen einzustürzen. Das Feuer hatte sich durch die dicken Eichenbretter gefressen, und diese hielten ihm nicht länger stand. Sie drehte sich um und rannte zurück. Zwängte sich zwischen zwei Regale, die so eng beieinanderstanden, dass sie kaum hindurchpasste. Funken stoben durch den Raum, und eine Welle aus Flammen, Schutt und Asche flog auf Lucy zu. Sie versuchte, schneller zu laufen, drängte sich voller Furcht durch die Gänge. Eigentlich hätte sie längst bei der Treppe angekommen sein müssen. Aber sosehr sie sich auch bemühte, in dem Rauch etwas zu erkennen, um sie herum türmten sich nur Regale mit unzähligen Büchern. Verzweifelt sah sie nach oben. Der Buchstabe, der diese Regalreihe markieren sollte, war nicht mehr zu erkennen. Lucy begann zu husten und zu würgen. In ihren Schläfen pochte es. Was, wenn sie nicht hinausfand?

Sie ließ die feuchte Strickjacke fallen und zerrte mit einer Hand einen der verschlossenen Kartons aus dem Regal. Oben auf dem Deckel war deutlich die Signatur zu lesen. Sie begann mit dem Buchstaben L.

»Verfluchter Mist«, krächzte Lucy in den Lärm des Infernos. Sie hatte sich verlaufen. Zurück konnte sie nicht. Das Feuer war zu nah, und die Hitze brannte auf ihrer Haut. Sie nahm das Buch aus dem Karton, den sie achtlos fallen ließ. Sie konnte es nicht zurücklassen und der Vernichtung preisgeben. Dann rannte sie, so schnell ihre schmerzende Lunge es zuließ, weiter.

Nur Minuten später wurde ihr klar, dass sie völlig die Orientierung verloren hatte. Lucy konnte nicht mehr. Ihr fehlte die Luft zum Atmen. Die Kraft zum Weiterlaufen. Das Feuer schien sie ihres Willens beraubt zu haben. Um sie herum brodelten die Flam-

men, sie griffen nach allem, was ihnen in die Quere kam, und fraßen es auf. Egal, in welche Richtung sie sich wandte, von allen
Seiten stürmte das Feuer auf sie zu. Eine alles vernichtende Armee, die erbarmungslos ihr Werk verrichtete.

Lucy saß in der Falle.

Tränen rannen ihr über die Wangen, und sie versuchte wütend,
sie fortzuwischen. Das war sein Werk. Sie hatte ihm vertraut, und
er hatte sie verraten. Wütend ballte sie die Fäuste, sie musste die
Gedanken an ihn abschütteln. Wenn sie schon starb, sollte ihr letzter Gedanke nicht ihm gelten. Schluchzend verbarg sie ihr Gesicht
in den Händen. Langsam rutschte sie, an eines der Regale gelehnt,
zu Boden. Mit der linken Hand umfasste sie das Medaillon fester.

»Wie sind bei dir«, flüsterten die Bücher. »Wir lassen dich nicht
im Stich. Hab keine Angst.«

Lucy weinte lautlos. An allem war nur sie schuld. Sie wünschte,
sie könnte die letzten Wochen ungeschehen machen. Aber eine
glühend rote Welle rollte heran und fraß ihre Welt.

Bücher sind wie Fliegenpapier.
An nichts haften Erinnerungen so
gut wie an bedruckten Seiten.

Cornelia Funke

EPILOG

Wasser. Ihre Kehle war furchtbar ausgetrocknet. Sie bekam keine Luft. Jemand goss Wasser über ihre Lippen und strich ihr mit feuchten Fingern über das Gesicht. Ihre Haut kribbelte unter der Berührung.

»Lucy«, hörte sie eine flüsternde Stimme. »Du musst aufwachen. Hörst du mich? Bitte wach auf. Wir müssen hier raus.«

Sie versuchte zu blinzeln und die Augen zu öffnen. Aber sie waren wie zugeklebt. Sie spürte, wie sie hochgehoben wurde. Er hielt sie fest und lief los. Das Brausen und Tosen des Feuers wurde überlaut. Das musste der falsche Weg sein. Er lief genau in die Flammen hinein. So würden sie beide verbrennen. Lucy versuchte, zu sich zu kommen. Aber ihr Retter lief so schnell, dass sie Mühe hatte, sich an ihm festzuhalten, um nicht aus seinen Armen zu fallen. Sie spürte, dass er Treppen stieg. Er hat den Ausgang gefunden, dachte sie verwundert, bevor sie endgültig das Bewusstsein verlor. Das Letzte, was sie spürte, war der unvermeidliche Londoner Regen, der ihr ins Gesicht tropfte.

QUELLENVERZEICHNIS

Zitat auf S. 307 aus

Cornelia Funke: Tintenherz. Dressler Verlag 2003

Zitat auf S. 6 aus

Heinrich Heine: Almansor. Eine Tragödie. Holzinger 2013

Zitat auf S. 26 aus

Franz Kafka: Briefe 1902–1924. S. Fischer Verlag 1999

Zitat auf S. 91 aus

Fernando Pessoa: Das Buch der Unruhe. Fischer 2008

MEHR ZU MARAH WOOLFS FANTASTISCHEN WELTEN

Nachwort der Autorin   SEITE 311

Leseprobe aus: *Bookless. Gesponnen aus Gefühlen*   SEITE 313

Marah Woolf über die Magie der Bücher   SEITE 323

Leseprobe aus: *GötterFunke. Liebe mich nicht*   SEITE 325

Wenn du einen Garten und eine Bibliothek hast, wird es dir an nichts fehlen.

Cicero

NACHWORT

Der erste Teil der BookLessTrilogie ist fertig, und ich hoffe, dass er Euch mindestens genauso gut gefallen hat, wie es mir Spaß gemacht hat, dieses Buch zu schreiben, eben weil es um Bücher geht. Ich möchte an dieser Stelle nicht versäumen, darauf hinzuweisen, dass es sich hierbei um einen Fantasy- oder vielleicht besser um einen Mysteryroman handelt. Alle Figuren, die sich in meinen Büchern tummeln, sind frei erfunden, und Ähnlichkeiten mit lebenden Personen sind nicht beabsichtigt.

Doch dabei bleibt es nicht. Um einen spannenden Roman für Euch zu schreiben, habe ich die Gegebenheiten entsprechend angepasst. Natürlich gibt es eine London Library, und diese hat auch ein Archiv. Ob das Archiv so aussieht wie in meinem Buch, entzieht sich meiner Kenntnis. Aber was sollte Lucy in einem sterilen Raum mit riesigen Safes oder Metallregalen? Es sollte schon etwas mystisch sein, und, seien wir ehrlich, stellen wir uns nicht gerade so einen Raum der Bücher vor? Das Archiv der London Library beherbergt ziemlich viele alte Schriften. Unter anderem eine der ältesten Ausgaben von *Alice im Wunderland,* und tatsächlich wird dort ein wertvolles Exemplar von Oscar Wildes einzigem Roman vermisst.

Ich habe versucht, ganz viele Dinge gründlich zu recherchieren, ob es um die Katharer ging oder um englische Adelsgeschlechter, deren Vorfahren einmal in Frankreich zu Hause waren. Aber wie schon gesagt – ich habe es meinem Romangeschehen angepasst und hoffe, dass Euch meine Interpretation der Geschichte gefällt. Denn darum geht es ja eigentlich: Ich wollte Eure Fantasie beflügeln und Euch mitnehmen in ein neues Abenteuer.

Vielen Dank an Cornelia Funke, dafür, dass ich ihr tolles Zitat für meinen Epilog verwenden darf – es passt so wunderbar zu BookLess, finde ich.

Und natürlich vielen Dank an Euch, dass Ihr so geduldig auf den zweiten Teil wartet, der in gar nicht allzu langer Zeit erscheinen wird.

Wenn ich Euch mit meiner Geschichte wieder begeistern konnte, freue ich mich auf zahlreiche Rezensionen, Postings und Blogbesuche.

Eure Marah

LESEPROBE AUS

BOOKLESS

GESPONNEN AUS GEFÜHLEN

BAND 2

Mit einem Schrei fuhr Lucy hoch und sah sich angsterfüllt um. Sie war allein. Gleißendes, kaltes Licht, das den bevorstehenden Winter ankündigte, erhellte das Zimmer. Schmerz schoss durch ihren Körper, als sie versuchte, sich zu bewegen.

Ein Traum. Bestimmt war es nur ein Traum gewesen. Dann sah sie sich genauer um und krümmte sich unter der weißen Bettwäsche zusammen. Weiße Wände und der Geruch von Desinfektionsmitteln umfingen sie. Sie betrachtete ihre bandagierten Hände und versuchte, einen klaren Gedanken zu fassen. Ihr Gehirn war wie aus Watte. Nur eins wusste sie plötzlich mit Sicherheit: Sie hatte nicht geträumt. Alles, was in den letzten Stunden passiert war, war bittere Realität.

Vom Flur waren Geräusche zu hören, und kurz darauf wurde die Klinke zu Lucys Zimmer heruntergedrückt. Colin stieß mit dem Rücken die Tür auf. Erleichtert schluchzte Lucy auf, als sie seine vertraute Gestalt erkannte.

Mit einem Tablett in den Händen wandte er sich um. Seine Augen weiteten sich für eine Sekunde vor Überraschung. »Sorry, Prinzessin. Ich dachte, du schläfst länger. Tut mir leid, dass ich nicht da war, als du aufgewacht bist. Hast du Durst?« Er ließ sich auf dem Stuhl neben ihr nieder und stellte das Tablett auf den Nachtschrank.

Lucy roch den verlockenden Duft frisch gebrühten Kaffees. Sie schluckte und spürte einen scharfen Schmerz in ihrem Hals. Colin reichte ihr ein Glas Wasser, von dem sie vorsichtig nippte. Kalt rann es durch ihre geschundene Kehle.

Sie räusperte sich. »Was ist passiert, Colin?«, fragte sie flüsternd. »Warum bin ich noch am Leben?«

»Woran erinnerst du dich?«, stellte er die Gegenfrage und ergriff ihre bandagierte Hand.

»Madame Moulin – sie wollte mich abholen«, sagte Lucy stockend. »Aber ich hatte das Medaillon im Archiv vergessen. Ich musste zurück und...« Sie brach ab. Tränen quollen aus ihren Augen. Sie wollte sich an Colins Hand festklammern, aber es tat so weh. »Die U-Bahn ...« Sie konnte nicht weitersprechen.

Colins Blick bestätigte ihre schlimmsten Vermutungen. Das durfte nicht sein.

»Ich habe es nicht mal bemerkt«, flüsterte sie. »Erst als die Frau neben mir anfing zu schreien, sah ich ihren Schal am Boden liegen.«

Dann schwieg sie und forschte im Gesicht ihres Freundes. So gern hätte sie einen Funken Hoffnung darin gesehen. Aber sie wurde enttäuscht.

»Sie war sofort tot.« Sein Daumen strich unentwegt über ihren verbundenen Handrücken. »Sie hat nichts gespürt.«

Woher wollte er das wissen? Lucy atmete tief ein. Da war noch etwas, worum sie sich kümmern musste. Weinen konnte sie später. »Sind die Bücher in Sicherheit? Sie dürfen Nathan nicht in die Bibliothek lassen.« Colin war der Einzige, dem sie jetzt noch vertrauen konnte. Er musste ihr helfen.

Ihr Freund betrachtete sie sorgenvoll. »Es ist alles in Ordnung, Lucy. Eine Menge Leute kümmern sich darum. Mach dir keine Sorgen. Wichtig ist nur, dass du gesund wirst.«

»Ich kann nicht tatenlos hier herumliegen. Ich muss etwas tun. Ich darf ihm die Bücher nicht überlassen.« Ihr Herz wummerte in ihrer Brust.

»Beruhige dich, oder ich muss den Arzt rufen«, sagte Colin streng.

Lucy versuchte aus dem Bett zu klettern. »Das Feuer war sein Werk. Das war kein normaler Brand. Es hat mich gejagt.«

»Das glaubst du doch selbst nicht.« Colin drückte sie zurück in ihre Laken und legte ihr besorgt eine Hand auf die Stirn. »Du glühst«, stellte er fest.

Lucy versuchte sich seinem Griff zu entwinden. »Das war das Werk von Nathan und seinem Großvater.«

»Wie kommst du auf diesen Unsinn? Es hat gebrannt, ja, aber weshalb sollten Nathan oder sein Großvater ein Feuer in dem Archiv legen? Diese ganze Geschichte ist völlig absurd.«

»Verstehst du nicht, Colin«, begann sie. »Ich habe mich geweigert, gemeinsam mit Nathan die Bücher auszulesen. Die Bücher haben mich gebeten, ihnen zu helfen. Wir müssen Nathan und seinen Großvater stoppen. Madame Moulin wollte mich fortbringen, deshalb musste sie sterben, und dann wollten sie mich töten. Die Bücher haben geschrien. Sie haben um ihr eigenes und um mein Leben gekämpft. Sie wollten nicht zulassen, dass das Feuer mich tötet. Sie haben sich für mich geopfert. Ich konnte sie nicht davon abhalten. Sie hätten das nicht tun dürfen, nicht für mich. Es war meine Aufgabe, sie zu schützen. Ich kann sie nicht im Stich lassen.«

Sie schmiegte sich weinend in Colins Arme, er hielt sie fest und strich beruhigend über ihren Rücken.

»Lucy«, sagte er. »Du stehst unter Schock. Es sind nur Bücher. Du bist wichtiger.«

»Es sind nicht *nur* Bücher, Colin. Wenn ein Mensch ein Buch liest, schenkt er ihm ein Stück von sich selbst – einen winzigen

Traum, eine Erinnerung, einen Wunsch. Die Seele jedes Buches wird gespeist aus den Sehnsüchten und Begierden der Menschen, die es lesen. Und wenn ein Buch so grausam ums Leben kommt, dann geht alles unwiederbringlich verloren.« Er musste verstehen, was passiert war. Die Bücher hatten ihre Hilfe gebraucht, aber stattdessen hatte sie ihre Vernichter direkt zu ihnen geführt. »Du musst mir glauben!« Wenn nur ihr Hals nicht so schmerzen würde. Sie musste zu Colin durchdringen.

Er nickte und strich ihr sanft über die Wange. »Wir finden einen Weg, damit alles gut wird. Uns wird etwas einfallen. Aber du solltest trotzdem mit Nathan sprechen.«

Lucy glaubte, sich verhört zu haben. Wütend funkelte sie ihren Freund an. »Hast du nicht verstanden, was ich gesagt habe? Er ist an allem schuld. Er hat mich belogen und wollte mich für seine Zwecke benutzen. Ich wäre gestorben, wenn die Bücher mich nicht beschützt hätten. Und ich dachte, dass ich ihm etwas bedeute.« Sie lachte bitter. »Stattdessen hat er versucht, mich umzubringen.«

»Lucy. Sieh mich an! Hör mir zu!« Colin schüttelte sie sacht. Verwirrt hielt sie inne. »So war das nicht. Du hast dich da in etwas hineingesteigert. Nathan hat das Feuer nicht gelegt.«

»Nicht?«, flüsterte sie.

»Er hat dich gerettet. Wäre er nicht gewesen, dann wärst du verbrannt. Nicht die Bücher haben dich gerettet, sondern er.« Colin blickte ihr fest in die Augen. »Wir haben es alle gesehen.«

»Das kann nicht sein«, widersprach sie ungläubig. »Weshalb hätte er das tun sollen? Ich bin ihnen im Weg. Sie wollten mich umbringen, genau wie Vikar Ralph und Madame Moulin. Ihnen ist jedes Mittel recht.«

Colin strich ihr eine Haarsträhne aus dem Gesicht und drückte sie zurück in die Kissen. Völlig erschöpft ließ sie es geschehen. »Wenn Nathan nicht gewesen wäre, würdest du hier nicht liegen. Ich schwöre es dir. Genau so war es. Die Feuerwehr hat sich geweigert, dich aus dem Archiv zu holen. Alles stand in Flammen. Niemand konnte mehr zu dir. Nathan hat dich gerettet. Er hätte mit dir verbrennen können. Es war ihm egal. Er ist einfach da reinmarschiert.« In seinem ganzen Leben würde Colin Nathans entschlossenes Gesicht nicht vergessen. Niemand hatte ihn aufhalten können.

»Das kann nicht sein«, murmelte Lucy erschöpft. In ihrem Kopf drehte sich alles. Ihr war übel.

»Okay«, lenkte Colin ein. »Wir besprechen das ein anderes Mal. Es ist besser, du ruhst dich jetzt aus.«

Eine Krankenschwester betrat den Raum und musterte Colin vorwurfsvoll. »Sie regen sie zu sehr auf«, sagte sie mit strenger Miene. »Ich muss Sie bitten, zu gehen.«

Colin lächelte sie an. »Nur einen Moment noch, bitte.«

Die Schwester nickte und machte sich an Lucys Tropf zu schaffen. »Ich gebe Ihnen etwas, damit Sie schlafen können«, erklärte sie.

Lucy spürte Colins Finger auf ihren Wangen, ihre Augenlider senkten sich bereits. »Du musst mir glauben«, wisperte sie.

»Wir reden später. Ich bleibe bei dir«, versprach er und zog die Decke fester um ihren Körper. Es half nicht viel. Ihr war eiskalt.

Er musste Nathan anrufen. Colin tippte auf dessen Namen in seinem Adressbuch und dann auf das kleine grüne Symbol. Er hatte es versprochen. »Kann ich zu ihr?«, fragte Nathan statt einer Begrüßung.

»Sie will dich nicht sehen, und ich weiß nicht, was ich von der ganzen Sache halten soll.«

»Hast du ihr erzählt, dass ich sie aus dem Archiv geholt habe?«

»Natürlich. Aber das spielt für sie keine Rolle. Sie gibt dir die Schuld am Tod von Madame Moulin und am Tod der Bücher.«

»Hat sie das gesagt?«

»Denkst du, ich lüge dich an?« Colin schüttelte den Kopf. Er wurde nicht klug aus dieser ganzen Geschichte. Lucy hatte schon immer zu viel Fantasie gehabt.

Nathan schwieg am anderen Ende.

»Ich bin nicht derjenige von uns, der sie belogen hat«, sagte Colin. »Das warst du. Du hättest ihr die Wahrheit sagen müssen. Sie ist völlig durcheinander.«

»In dem Krankenhaus ist sie nicht sicher. Mir wäre es lieber, ich könnte sie fortbringen«, erklärte Nathan, ohne auf Colins Vorwurf einzugehen.

»Was meinst du damit? Nicht sicher? Das ist ein Krankenhaus.«

Nathan antwortete nicht, und Schweigen breitete sich zwischen ihnen aus.

»Dann stimmt es, was Lucy gesagt hat? Dein Großvater ist für das Feuer verantwortlich?«, fragte Colin, jedes Wort mit Bedacht wählend. Er hätte Lucy glauben müssen, schalt er sich.

»Du dürftest das alles gar nicht wissen, Colin«, sagte Nathan. »Es ist gefährlich. Lucy hätte dir nie davon erzählen dürfen.«

»Irgendjemandem musste sie sich anvertrauen, und du stehst ganz unten auf ihrer Liste. Sie glaubt, du und dein Großvater seid für all dies verantwortlich.«

»Ich kann es ihr nicht verdenken. Aber jetzt musst du sie überzeugen, mit mir zu gehen, und dann vergisst du diese Sache am besten.«

»Das wird sie niemals tun. Du musst ihr Zeit lassen. Ich bleibe bei ihr. Ich passe auf sie auf.« Colin hatte zwar keine Ahnung, was genau er tun sollte, aber ihm würde schon etwas einfallen.

»Du liebst sie, oder?«, fragte Nathan unerwartet, und seine Stimme klang angespannt.

Colin musste grinsen. »Wie ein Bruder, Nathan. Nur wie ein Bruder. Ich bin der Letzte, auf den du eifersüchtig sein musst, das kannst du mir glauben. Für mich wäre sie viel zu schade.«

»Ich weiß nicht, ob mich das beruhigt.«

Colin zuckte mit den Achseln, obwohl er sich bewusst war, dass Nathan das nicht sehen konnte. Dann trank er einen Schluck Kaffee und fragte: »Wie lautet dein Plan?«

»Das weiß ich noch nicht. Ich bin bei meinem Großvater, um herauszufinden, was er vorhat.«

»Aber er wird wissen, dass du Lucy gerettet hast. Ich an seiner Stelle würde mich fragen, warum. Er hat entschieden, dass sie sterben soll. Er wird nicht begeistert sein.« Colin schauderte bei seinen eigenen Worten. Wie war er in diesen billigen Thriller geraten? Wenn Lucy nicht darin eine Hauptrolle spielen würde, dann würde er so schnell wie möglich das Weite suchen. Aber er hatte die Verantwortung für sie. Die hatte er immer gehabt. Er konnte Lucy nicht Nathan überlassen. Nicht, bevor er wusste, was dieser im Schilde führte.

»Da hast du recht«, beantwortete Nathan seine Frage. »Aber er braucht mich. Ich bin sein Erbe. Er wird mich bestrafen, aber ohne mich ist der Bund nichts.«

»Ich hoffe, du weißt, was du tust«, sagte Colin, dem immer noch nicht klar war, was genau hier gespielt wurde. Allerdings wusste er auch nicht, ob er all das wirklich wissen wollte. Vikar Ralph und Madame Moulin waren tot, und laut Lucy war sein Gesprächspartner daran schuld.

»Pass du auf Lucy auf, das ist das Wichtigste«, sagte Nathan jetzt, und er klang aufrichtig.

Colin hatte sich auf seine Menschenkenntnis immer etwas eingebildet. »Mach dir um sie keine Sorgen.« Er legte auf und blickte der Krankenschwester entgegen, die zielstrebig auf ihn zukam.

»Die Besuchszeit ist vorbei. Ich muss Sie bitten, zu gehen.«

Colin zögerte. Eigentlich hatte er vorgehabt, vor Lucys Zimmer Wache zu halten. »Kann ich nicht hier draußen bleiben? Vielleicht braucht sie mich, sie ist sehr durcheinander.«

»Sie ist bei uns in guten Händen«, versicherte ihm die Schwester. »Ich habe ihr ein Schlafmittel gegeben. Sie wird nicht vor morgen früh aufwachen.«

»Ich gehe in die Cafeteria. Bitte rufen Sie mich, sobald sie wach wird oder sobald Ihnen etwas Merkwürdiges auffällt.« Die junge Frau sah ihn an, als wäre er von allen guten Geistern verlassen. Ihm würde es womöglich nicht anders gehen. »Bitte«, setzte er hinzu. »Ich gebe ihnen meine Telefonnummer. Rufen sie mich sofort an.«

Sie nickte, und widerstrebend machte Colin sich auf den Weg ins Erdgeschoss. Es waren nur zwei Etagen, die ihn von Lucy trennten. Vielleicht konnte er sich in ein paar Minuten wieder zu ihr schleichen. Er hatte kein gutes Gefühl dabei, sie zurückzulassen. Nathan hatte ihn mit seiner Sorge angesteckt.

Nathan stand aufrecht vor seinem Großvater im Salon des Stadthauses. Batiste war wütend, so wütend, wie er ihn noch nie erlebt hatte. Während er tobte, wurde Nathan immer ruhiger. Er war sicher, wenn er seinem Großvater erklärte, weshalb er Lucy gerettet hatte, würde dieser ihn verstehen.

»Was hast du dazu zu sagen?«, blaffte Batiste ihn an.

»Ich glaube, dass deine Entscheidung, Lucy zu töten, falsch war. Lebend ist sie uns nützlicher.«

Batistes Hals färbte sich rot, doch bevor er wieder zum Schreien ansetzte, sprach Nathan weiter.

»Wir brauchen sie für den Bund. Wenn Lucy uns vertraut, werden wir die Hüterinnen ein für alle Mal zurückholen. Ich dachte, das wäre auch dein Ziel.«

Batiste kniff die Augen zu schmalen Schlitzen zusammen. »Deshalb hast du dein Leben aufs Spiel gesetzt und sie aus dem Feuer geholt? Du konntest nicht sicher sein, dass es für dich ungefährlich ist.«

Nathan machte eine wegwerfende Handbewegung, ohne seinen Blick abzuwenden. »Dafür ist sie mir zu Dank verpflichtet. Meinst du nicht?«

Die Lippen seines Großvaters verzogen sich zu einem zynischen Lächeln. Dann klopfte er seinem Enkel auf die Schulter.

»Das hätte ich dir nicht zugetraut, Nathan. Nein, wirklich nicht.«

»Ich weiß«, antwortete dieser und lächelte schmal. »Du hast mich mein ganzes Leben lang unterschätzt.«

MARAH WOOLF ÜBER
DIE MAGIE DER BÜCHER

Büchern haftet ja seit jeher etwas Geheimnisvolles an. Aber warum eigentlich? Weil Bücher uns ihre Geschichten erzählen, und zwar jedes auf seine Art. Sie bezaubern und verzaubern uns auf immer neue Weise, entführen uns in fremde Welten und fremde Leben.

Geschichten, die einen ein Leben lang begleiten, muss man zum richtigen Zeitpunkt begegnen, damit sie unvergesslich werden. Jeder von uns kennt solche Geschichten, schätze ich. Ein paar von ihnen habe ich in BookLess verewigt.

Da ist *Alice im Wunderland*. Dieses Mädchen, das nicht über seine Fantasie bestimmen lassen möchte, sich die kuriosesten Geschöpfe und Begegnungen ausdenkt und sich dabei von all den großen, vernünftigen Leuten nicht aufhalten lässt. Wenn ich meine kleine Tochter morgens zur Schule schicke, dann verabschiede ich sie mit den Worten »Träum etwas Schönes«, und ich wünschte, sie würde einmal auf ein weißes Kaninchen treffen, einfach weil ich glaube, dass Fantasie ein Kind mehr beflügelt als Rechenaufgaben.

Wenn ich an *Emma* von Jane Austen denke, dann sehe ich nicht dieses arrogante, reiche, für manche wenig sympathische Mädchen. Ich sehe ein Mädchen, das an die Liebe glaubt und natürlich an die Konventionen ihrer Zeit. Ich sehe eine selbstbewusste junge Dame, die vielleicht das ein oder andere Mal über ihr Ziel hinausschießt, es aber im Grunde nur gut mit ihren Mitmenschen meint. Und ich sehe einen ehrlich gesagt ziemlich attraktiven und ritterlichen Mr Knightley, der Emmas Vorzüge und ihren liebenswerten Charakter hinter ihren Fehlern erkennt. Was wären wir ohne diese Männer, die uns so nehmen, wie wir sind? Dorian Gray ist sicherlich das genaue Gegenteil von Mr Knightley. Selbstbezogen und egoistisch und doch für mich als literarische Figur nicht weniger interessant. Denn obwohl makellose Schönheit in jeder Zeit ein Ideal ist und war, hält uns *Das Bildnis des Dorian Gray* vor Augen, dass sie nun mal der Vergänglichkeit unterworfen ist. Damit zu leben, ist nach wie vor eine Herausforderung, die Dorian Gray nicht sonderlich gut gemeistert hat. Im Grunde weiß auch fast jeder von uns, dass Jugend und Schönheit vergehen, aber daran erinnert zu werden kann sicherlich nicht schaden.

Es ist wohl nicht zu übersehen, dass ich eine Schwäche für das viktorianische Zeitalter und seine Schriftsteller habe. Das kann ich als Historikerin leider nicht leugnen, auch wenn ich zugebe, dass das Bild, welches uns die Bücher zeichnen, weit weg von der Wirklichkeit ist.

Aber das ist vielleicht das Schöne an ihnen. Gerade durch das Unwirkliche, vielleicht niemals Geschehene strahlen Geschichten eine ganz besondere Faszination aus und bleiben in Erinnerung. In der Realität leben wir selbst. In Büchern suchen wir das Geheimnisvolle und das Abenteuer. Uns die Realität vergessen zu lassen, ist vielleicht die wichtigste Aufgabe, die ein Buch hat.

LESEPROBE AUS

Liebe mich nicht

BAND 1 DER GROSSEN
GÖTTERFUNKE-TRILOGIE
VON MARAH WOOLF

Regeln des göttlichen Wettstreits

**Folgende Regeln sind festgeschrieben
und für alle Zeit unabänderlich.**

Hiermit gewährt Zeus dem Prometheus
alle einhundert Jahre die Gunst, durch einen Wettstreit
seine Sterblichkeit zu erlangen.

Der Oberste der Götter bestimmt den Ort des Wettstreits.

Athene, die Göttin der Weisheit, wählt das Mädchen,
um das Prometheus kämpfen muss, als wollte er sie
wirklich für sich gewinnen.

Gibt sich dieses Mädchen Prometheus im Zeitraum
von sechzig Tagen hin, so verliert er den Wettstreit
und bleibt unsterblich.

Weist sie ihn jedoch ab, macht Zeus ihn zu einem
gewöhnlichen Menschen.

Zeus gestattet dem Prometheus in jedem Jahrhundert
drei Versuche.

Alle Beteiligten schwören, sich an die Regeln
des Wettstreits zu halten, fair zu kämpfen und
weder zu lügen noch zu betrügen.

Nach dem *Tröpfeln*, wie Rosie es genannt hatte, sah alles wie frisch gewaschen aus. Obwohl es bereits zu dämmern begann, als wir unsere Lodge verließen, war es noch angenehm warm. Ich hatte eine Jeans und das Top angezogen. Am liebsten hätte ich noch meine schwarze Strickjacke darübergestreift, aber Robyn war vehement dagegen gewesen. Sie selbst trug ein schmal geschnittenes, helles Kleid und Ballerinas, die sie doch noch in den Untiefen ihres Koffers gefunden hatte.

Neugierig sah ich mich um, während wir zum Haupthaus gingen. Es herrschte rege Betriebsamkeit auf den Wegen zwischen den Lodges. Ständig mussten wir kleinen Wagen mit Campmitarbeitern und Grüppchen von Schülern ausweichen. Aus einem größeren Gebäude ertönten Geschrei und das Pingpong von Tischtennisbällen.

»Gott, ist das steil«, fluchte Robyn.

»Du bist in den Bergen«, konnte ich mir nicht verkneifen, zu sagen.

»Müssen wir für jede Mahlzeit zum Haupthaus oder gibt es einen Lieferdienst?«

»Klar, *dir* bringen sie das Essen persönlich vorbei.«

»Teuer genug ist das Camp ja, da wäre es das Mindeste.«

»Du hast doch gelesen, was auf der Website stand. *Gemeinsames Erleben der ursprünglichen Seite des Wilden Westens, verbunden mit einem abwechslungsreichen Kursprogramm.* Denkst du, den ersten Siedlern wurde ihr Essen auf silbernen Tellern geliefert?«

Erschrocken sah Robyn mich an. »Ich muss hoffentlich nichts totschießen oder im Wald sammeln gehen.«

Ich grinste. »Davon stand da nichts, aber wer weiß das schon?«

»Wozu habe ich mich nur überreden lassen?« Tapfer stapfte sie weiter.

Mein schlechtes Gewissen regte sich. Dieses abgelegene Camp war meine Idee gewesen. Normalerweise bestimmte Robyn, wohin wir fuhren. Aber dieses Mal nicht, und das, obwohl ihre Eltern das Camp für uns beide bezahlten. Meine Mom hätte sich das nie leisten können.

»Immerhin hast du Cameron und Josh überzeugt, uns zu begleiten. Obwohl Europa bestimmt wesentlich spannender ist.«

»Cameron sollte mir dankbar sein, dass er nicht mit seinen Eltern nach Italien fliegen musste. Er braucht Ferien von seinem Dad. Ich habe ihn praktisch gerettet. Er weiß es nur noch nicht. Außerdem hätte ich die Vorstellung nicht ertragen, wie er mit schwarzhaarigen Mädchen flirtet.«

»Würde er doch nie tun«, verteidigte ich ihren Freund. Wehmütig sah ich in die Baumkronen der hohen Kiefern. Vermutlich war dies unser letzter gemeinsamer Sommer. Deshalb hatten die Jungs beschlossen, uns zu begleiten. Im nächsten Jahr würden wir unseren Abschluss machen und danach an unterschiedlichen Orten studieren. Mich gruselte es jetzt schon vor der Zeit, wenn ich meine Freunde nicht mehr täglich sehen würde. Robyn wollte nach Harvard gehen, während ich versuchen musste, einen Platz an einem College in San Francisco zu bekommen. Dann konnte ich von unserem Heimatstädtchen Monterey aus pendeln. Ich würde meinen Job in der Pizzeria behalten und bei meiner Mom und meiner kleinen Schwester bleiben können. Robyn hatte mich angefleht, mit ihr nach Boston zu gehen. Sie hatte regelrechte Heulattacken bekommen, aber diesmal war ich standhaft geblieben. Allerdings hatte ich auch wirklich keine Wahl gehabt. Robyn kam allein klar, Phoebe nicht.

Diesen letzten Sommer mit meinen Freunden wollte ich daher richtig genießen. Wer wusste schon, wann wir wieder so viel gemeinsame Zeit miteinander verbringen würden? Nur noch ein Schuljahr, und die drei würden in die große, weite Welt ziehen, während ich angekettet an meine Familie zurückbliebe. Mein Vater hatte uns verlassen und ich konnte mich meiner Verantwortung für die beiden nicht auch noch entziehen. Immer noch versuchte ich, mir einzureden, dass es mir nichts ausmachte.

Mein Telefon klingelte, als wir außer Atem am Haupthaus ankamen.

»Es ist Phoebe«, sagte ich nach einem Blick auf das Display. »Geh ruhig schon rein.«

»Ich bestelle uns einen Drink.« Robyn verschwand durch die Schwingtür.

»Phoebe? Ist etwas passiert?«

Meine kleine Schwester lachte. »Nichts Schlimmes. Du sollst dir nicht immer so viele Sorgen machen.«

»Warum rufst du mich dann an? Wir haben verabredet, nur im Notfall zu telefonieren. Ich habe fast einen Herzinfarkt bekommen.«

»Das ist ein Notfall.«

Ich setzte mich auf einen abgesägten Baumstamm. »Na, dann bin ich ja mal gespannt.«

»Ich habe die Hauptrolle«, flüsterte Phoebe aufgeregt. »Im Sommertheater.«

»Nein!« Am liebsten hätte ich sie in meine Arme gerissen.

»Doch«, quietschte sie. »Ich werde die Odette tanzen. Ist das nicht der Wahnsinn? Ich muss jetzt Schluss machen. Ich will noch üben. Hab dich lieb.«

»Ich dich lieber.«

Einen Moment lang starrte ich auf das dunkle Display. Ich hatte sie nicht gefragt, wie es unserer Mutter ging. Das schlechte Gewissen regte sich umgehend. Ich verdrängte den Gedanken schnell wieder. Meine Schwester tanzte ihre erste Hauptrolle. Ich konnte es nicht fassen. In ihrem kleinen, mageren Körper steckte eine echte Kämpferin. Wenn sie sich etwas vornahm, zog sie es durch. Egal, wie sehr ihre Füße bluteten. Sie würde die tollste Odette aller Zeiten sein. Mit vor Stolz geschwellter Brust wollte ich Robyn folgen, als mich ein Schwall eiskalten Wassers traf. Wie erstarrt blieb ich stehen. Ein weißer Volvo war durch die einzige größere Pfütze gefahren, die sich in einer Mulde auf dem Weg gebildet hatte. Unbeeindruckt setzte der Fahrer seine Fahrt fort. Fassungslos sah ich dem Auto hinterher. Der Wagen stoppte vor der Anmeldung und blieb mitten auf dem Pfad stehen. Konnte der Idiot nicht wie jeder normale Mensch einparken? Musste er auch noch den Weg versperren? Das war ja noch schlimmer als Robyns Allüren. Der Fahrer stieg aus und sah sich um.

»Tickst du noch richtig?«, rief ich schon von Weitem. Mein Top klebte nass auf meiner Haut. Die Haare hingen mir ins Gesicht. Bestimmt sah ich aus wie eine Furie.

Der Junge, der das Auto gefahren hatte, drehte sich zu mir um. Grüne Augen musterten mich aufmerksam. Das war unmöglich. Ich blieb stehen und starrte ihn an. Es waren dieselben Augen. Seine Augen. Die Augen aus meinem Traum, und nun wusste ich auch, wie der Rest von ihm aussah. Meine Annahme *unverschämt gut* war eindeutig untertrieben gewesen.

»Du?«, krächzte ich und biss mir sofort auf die Zunge. Er würde mich für übergeschnappt halten, wenn ich ihn fragte, was er in meinem Traum verloren gehabt hatte, und ich könnte es ihm nicht mal verübeln. Es klang wie die blödeste Anmache aller Zeiten.

Er legte den Kopf schief und einen Arm auf das Wagendach. Abwartend sah er mich an. Ich täuschte mich nicht. Diese Augen waren unverwechselbar. Er hatte jemanden überredet, meine Seele wieder mit meinem Körper zu vereinen. Gruselige Vorstellung, aber vor allem völlig blödsinnig, ermahnte ich mich. Ich musste mich zusammenreißen. Verzweifelt versuchte ich, meine Fassung zurückzugewinnen und nicht daran zu denken, wie meine Haut unter seiner Berührung gekribbelt hatte. Ich konnte einem Wildfremden nicht unterstellen, durch meine Träume zu spazieren.

»Du hast mich nass gespritzt«, erklärte ich stattdessen lahm. »Mit deiner Angeberkarre. Sieh dir an, was du angerichtet hast.«

Sein Blick wanderte über meinen Körper. Es fühlte sich an, als bliebe die Zeit stehen. So genau sollte er nun auch nicht hinsehen. Ich holte tief Luft. Vielleicht sollte ich zukünftig einen BH unter meine Tops ziehen, obwohl es da leider nicht viel zu halten gab. Aber wer hätte schon ahnen können, dass das Stückchen Stoff an meiner Haut festkleben würde. Wütend verschränkte ich die Arme vor der Brust. »Normalerweise hält man an und entschuldigt sich.«

»Es tut mir leid. Hast du den Wagen nicht kommen sehen?«, fragte er mit warmer Stimme.

Es war dieselbe *Stimme*. Ein Irrtum war ausgeschlossen. Was hatte der Junge in meinem Traum eigentlich angehabt? Ich hatte nicht darauf geachtet. Ich hatte bis auf diese Augen und Hände nichts von ihm gesehen. Der hier trug ein dunkles Hemd, das locker über einer schwarzen Jeans hing. Es verhüllte seinen muskulösen Körper und den flachen Bauch nur mittelmäßig. Vor allem aber war es sauber und frei von Blutspuren oder Sabber. Der Typ hatte bestimmt nicht im Schlamm gekniet und eine blutige Leiche im Arm gehalten.

Dennoch hätte ich schwören können, dass es der gleiche Junge war. Wenn ich an ihm riechen könnte, hätte ich Gewissheit. Ich schüttelte den Kopf in der Hoffnung, dass meine wirren Gedanken herausfielen. An ihm riechen – so weit kam es noch! Das Dreckwasser musste meinen Verstand verflüssigt haben.

Ich räusperte mich. »Ich habe im Hinterkopf keine Augen!« Der Kerl war ein Blödmann. Ganz anders als der Junge aus meinem Traum. Seine Augen brachten mich trotzdem durcheinander und weckten in mir den hirnrissigen Wunsch, mich in seine Arme zu werfen und mich von ihm beschützen zu lassen. Pfff! Als ob irgendein Kerl mich beschützen müsste. Schnell fixierte ich stattdessen den obersten Knopf seines Hemdes. Das war allerdings auch nicht viel besser, da ich so einen direkten Blick auf die Kuhle an seinem Hals hatte, der in eine glatte Brust überging.

»Beim nächsten Mal solltest du nicht mitten auf der Straße telefonieren«, erklärte er. »Es könnte sonst noch viel Schlimmeres passieren. Du könntest sterben.«

Ungläubig öffnete ich den Mund. Hatte er gerade vom Sterben geredet? Das musste ein Zufall sein. ER WAR ES NICHT! Ich stemmte die Arme in die Hüften. »Bin ich jetzt etwa selbst schuld?«

»Das habe nicht ich, sondern du gesagt. Ich bitte dich nur, zukünftig vorsichtiger zu sein.« Er zog etwas aus dem Auto, kam zu mir und legte mir eine Jacke um die Schultern. »Du solltest dich umziehen, sonst erkältest du dich noch.«

Da war sie – die Gewissheit. Die Jacke roch wie der Junge aus dem Traum. Als ich vor Überraschung schwankte, legte er seine Hände auf meine Oberarme, um mich festzuhalten. Ein Irrtum war ausgeschlossen. Träumte ich vielleicht immer noch? Ich sah zu ihm auf. Sein ebenmäßiges Gesicht war direkt über meinem. Kleine Grübchen saßen in seinen Wangen. Er beugte sich zu mir und sein Atem traf meine Lippen.

»Ich kenne dich«, flüsterte ich, dabei wollte ich am liebsten schreien. Bestimmt verlor ich gerade den Verstand.

Er ließ mich los, als hätte er sich verbrannt. Dann schüttelte er den Kopf, aber ich sah Unsicherheit in seinem Blick aufflackern. Ohne ein weiteres Wort wandte er sich ab und lief die Treppe zur Rezeption hinauf.

Ich konnte ihm nur mit offenem Mund hinterherstarren.

»Er hat dich wirklich nicht gesehen«, sagte eine Frauenstimme und klang dabei ziemlich belustigt. Mein Mund klappte zu. Zwei weitere Personen standen neben dem Auto und hatten unserem Schlagabtausch wortlos gelauscht. Wo kamen die beiden her? Ich hatte offensichtlich nur Augen für den anderen Jungen gehabt. Meine Wangen glühten.

»Er war nur etwas abgelenkt.« Das Mädchen sah mich an. Ob sie seine Freundin war? Die Glückliche!

»Es war seine erste Autofahrt«, versicherte mir der schwarzhaarige Junge, der neben ihr stand und seine Arme auf dem Autodach verschränkt hatte. Er zwinkerte mir zu. »Ich hätte es besser hingekriegt, aber keiner der beiden wollte mir dieses stinkende Ding aus Metall anvertrauen. Dabei lenkt niemand einen Wagen besser als ich.«

Mein Blick glitt zwischen den beiden hin und her. »Äh, ja, ich geh dann mal.« Ich griff in mein feuchtes Haar. »Man sieht sich.«

»Worauf du dich verlassen kannst«, antwortete der Junge. Ich wandte mich ab, zog die Jacke enger um mich und stutzte. Zwei Jungs und ein Mädchen. Genau wie in meinem Traum. Konnte das Zufall sein?

Aufzeichnungen des Hermes

III.

Wer hätte das gedacht? Athene hatte ihren Bruder Apoll gezwungen, die Mädchen zu retten. Die Blonde sah ja auch zum Anbeißen aus. Jetzt waren sie alle in diesem Camp versammelt. Merkwürdige Wahl von Zeus, das Spiel mitten in der Einöde stattfinden zu lassen. Aber er hatte schon viel merkwürdigere Entscheidungen getroffen. Vielleicht war er es leid, in den Städten der Menschen rumzuhängen. Die Großstädte von heute waren laut und stanken. Beim letzten Mal vor einhundert Jahren waren wir zudem mitten in einen Krieg geraten, das war nicht lustig gewesen. Das griechische Feuer war ein Witz gegen die Waffen, mit denen dort gekämpft worden war.

Zeus hatte verboten, dass wir uns einmischten. Aber natürlich hatte Prometheus nicht auf ihn gehört. Er hatte noch nie tatenlos zusehen können, wenn seine Schöpfung sich die Köpfe einschlug. Wahrscheinlich hatte Zeus deshalb dieses abgelegene Camp gewählt. Hier würden wir uns höchstens zu Tode langweilen.

Die kleine Rothaarige würde Prometheus in null Komma nichts rumkriegen. Auf die würde ich keine einzige Drachme setzen.

Ihr lief ja schon der Sabber aus dem Mund, wenn er nur mit ihr sprach. Bei der Blonden würde er sich mehr anstrengen müssen. Sie würde sich eine Weile sträuben und ihn zappeln lassen. Aber vielleicht wählte Athene auch keine von den beiden. Ich wartete lieber noch ab, bevor ich meine Wette abgab.

GötterFunke. Liebe mich nicht
Erschienen im Dressler Verlag

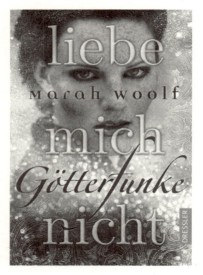

464 Seiten
Gebunden und mit veredeltem Schutzumschlag
Einband von Frauke Schneider
18,99 €[D] 19,60 €[A]
ISBN: 978-3-7915-0029-4

Viel Freude beim Abtauchen in Marah Woolfs göttliche Welten!